www.bbulmedia.com

www.bbulmedia.com

그
남
자
의
취
향

그 남자의 취향

김현진 장편 소설

DAHYANG ROMANCE
STORY

Contents

1. 우연은 운명을 만든다

어두운 방 안. 군데군데 아롱거리며 흔들리는 불빛으로 빛과 그림자를 같이 만들어 내는 향초가 어둠을 밝히고, 달콤한 과일 향까지 은은하게 뿜어내고 있었다.

넓은 검붉은색 책상 위의 큼지막한 모니터에서 나오는 빛으로 밝음이 더해졌고, 그 앞에는 굵은 웨이브의 단발머리를 한 여자가 숨도 쉬지 않고 모니터를 쳐다보고 있었다.

모니터 속에는 오랜 기다림 끝에 서로의 사랑을 확인하고 맺어지는 연인의 아름다운 베드신 장면이 펼쳐지고 있었다. 간절한 눈빛과 떨림으로 서로를 탐하는 모습에 여자는 모니터에서 눈을 떼지 못한 채 집중하고 있었다.

― 아!

볼륨을 최대한 줄인 스피커에서 격정적인 신음 소리가 나오자 여자는 무의식적으로 아무도 없는 방 안을 살폈다. 큼지막한 뿔테 안경을 쓴 여자는 같은 장면을 여러 번 반복해서 돌려 봤다. 그녀의 손에는 연필이 들려 있었고 그 밑에는 노트가 깔려 있었지만 써 놓은 것이 하나도 없었다.

여자는 모니터 속 남자와 여자가 사랑을 나누는 장면에서 화면을 정지시켰다. 그제야 노트와 화면을 번갈아 쳐다보며 무엇인가 열심히 적는 듯했지만 이내 마음에 안 드는지 크게 엑스 표를 하고서는 화면을 다시 재생시켰다.

— 오! 에린!

남자의 타는 듯한 애절한 목소리가 스피커를 통해 흘러나오자 목 전체가 울렁거릴 정도로 침을 삼켰다. 눈동자도 움직이지 않는 그녀는 얼마나 집중했던지 눈이 뻐근하게 아파 왔다.

"저런 감정선은 어떻게 표현해야 하는 거지?"

무언가 일이 잘 안 풀리는지 뽀로통해진 그녀는 연필을 툭 공책 위로 던져 놓고 의자에서 일어나 창가 쪽으로 다가갔다. 커튼을 한쪽으로 치며 어두움에 가려진 산을 쳐다봤다. 새벽에 보는 풍경은 절경에 가까웠지만 어둠 속에 가려진 풍경은 그저 어둠뿐이었다.

"에휴……."

길게 한숨을 내쉬던 여자는 다시 책상 의자에 앉아 정지되어 있는 화면을 무심하게 쳐다봤다. 여자의 몸과 하나가 된 듯 남자의 몸이 위로 겹쳐졌고, 그녀를 바라보는 눈빛에는 애틋함이 담겨 있었다.

정말 사랑해서 관계를 가지면 저런 표정을 지을까?

자신이 좋아하는 로맨스 영화를 보던 그녀는 예전에 만났었던 몇 안 되는 남자들의 표정을 떠올려 보려고 해도 자신을 바라볼 때 저런 애틋한 표정을 지었었는지 떠오르지 않았다. '그땐 너무 어렸어.' 라며 혼잣말을 중얼거리고 나니 하품이 늘어지게 터져 나왔다.

그녀 나이 이제 서른 살. 아직 많이 먹었다고는 하기 애매한 나이였지만 제대로 된 연애를 해 봤던 때로부터 4년이나 지나 버렸고, 마지막 소개팅이자 연애 감정이라는 것을 잠깐이라도 느꼈던 것은 3년 전이었다.

3년 전 소개팅 남을 제외하면 완벽하게 4년 동안 솔로 인생을 걷고 있는 것이다. 이 긴 시간 동안 자연스럽게 남녀 간의 감정에 대해 무뎌져 갔다.

그녀의 이름 한지수, 이런 그녀가 아이러니하게도 로맨스 작가였다. 취업을 준비하면서 취미 삼아 솔로들의 로망을 쓴 그녀의 작품이 운 좋게 출판되면서 작가의 길로 들어서게 되었다.

그런 그녀에게 요 근래 심각하게 고민되는 것이 있었다. 남자와 여자의 베드신을 현실감 있게 묘사하기 힘들었다. 현실감도 현실감이지만 남녀가 사랑을 나눌 때 그들 사이에 흐르는 감정을 잘 표현하고 싶었지만 그게 잘 되지 않았다.

"연애하고 싶다."

이럴 때마다 느끼는 거지만 외로웠다.

솔로 2년 차까지는 소개팅도 열심히 했다. 하지만 왜 이렇게 다들 마음에 안 드는지, 계속되는 소개팅의 실패로 '사랑은 운명인 거야'를 외치게 된 그녀는 나머지 2년을 운명론자로 살아 왔다. 인연이 되려면 방구석에 처박혀 있어도 애인이 생길 거라는 말도 안 되는 자신만의 생각을 하다 보니 지금의 지경까지 이르렀다.

오늘도 포기한 듯 영화를 꺼 버린 지수는 무심하게 턱을 괴며 인터넷 서점의 홈페이지를 띄웠다.

광고 배너에 단연 눈에 띄는 작품이 있었다. '그녀의 꽃'이라는 제목의 작품이었다. 이 작품은 남녀 간의 애틋한 사랑과 아름다운 베드신으로 출판되자마자 엄청난 인기를 끌며 연신 화제가 되고 있었다. 그 소식을 처음 들었을 때, 도대체 무슨 내용이기에 그래? 라는 막연한 호기심을 가지게 되었다.

읽어 볼까……?

오늘따라 눈에 찍어 내듯 들어오는 이유는 무엇일까, 지수는 뭐에 홀린 듯 순식간에 결제까지 마치고 나서 두 팔을 번쩍 들어 늘어지게 기지개를 폈다.

"이모, 택배 왔습니다요."

지수와 같이 살고 있는 6살 난 조카 하나가 상자를 들고 방문을 열고 빼꼼히 고개를 내밀었다. 지수는 글 쓰느라 또 밤을 샜는지 시커먼 커튼으로 햇빛을 막고 실크 잠옷을 벗지도 않은 채 아직도 잠들어 있었다.

하나는 늘 있는 일이라는 듯 지수의 책상 위에 상자를 올려놓은 뒤 조용히 뒤꿈치를 들고 걸어 나왔다. 살며시 닫는다고 조심하는 모양새였지만 어쩔 수 없이 난 문소리에 지수가 놀란 듯 눈을 번쩍 떴다. 침대에서 부스스 일어났다.

어두운 방 안에 커튼 사이로 햇빛이 비집고 들어왔다. 책상 위 택배 상자 위로 빛이 쏟아져 내리자 지수의 시선은 자연스레 그곳으로 머물렀다. 한참을 멍하게 쳐다보던 지수는 어기적거리며 침대에서 일어났다.

창가로 다가간 지수는 밝은 빛에 지레 겁먹은 듯 눈살을 찌푸리고 커튼을 열었다. 기다리고 있었다는 듯 쏟아져 들어오는 햇빛에 눈이 부셨는지 손으로 눈을 슬며시 가렸다. 밝음에 점차 적응한 지수는 가렸던 손을 내리고 뜨거운 태양 아래 초록이 우거진 산을 쳐다봤다.

벌써 여름인가.

시간 참 빨랐다. 바쁘게 글을 쓰다 보니 계절이 순식간에 바뀌는 것도 잘 느끼지 못했던 그녀는 한숨을 폭 하니 내쉬었다. 이렇게 또 혼자 있는 시간이 늘어나는 것 같은 지수는 아침부터 기분이 가라앉았다.

몸을 돌린 지수는 습관처럼 장식장 앞에 섰다.

"아구구구— 내 새끼들 잘 잤어용?"

장식장 안에는 수많은 자동차 모형들이 일렬로 세워져 있었다. 흡사 자동차 전시장을 방불케 했다. 그중 칸 하나를 다 차지하고 있는 검은색 자동차 모형 앞에 시선이 머무른 지수는 눈에 하트를 그리며 미소를 크게 그려 넣었다.

"알팔아, 이 언니가 돈 많이 벌어서 널 꼭 데려올게."

자신의 드림카 모형을 보고 기분이 좋아진 지수는 장식장 앞에 거의 붙어 있다시피 하다 아쉬운 듯 몸을 돌렸다. 책상으로 다가간 그녀는 차 모형을 쳐다봤을 때와는 다른 무심한 시선으로 상자를 쳐다봤다.

어디 읽어 볼까?

겉을 이리저리 살펴보던 지수는 조심스럽게 칼로 봉해진 테이프를 갈라내고는 왠지 모르게 긴장되는 손으로 상자를 열었다. 드디어 질투 아닌 질투를 불러일으켰던 책이 손에 들어오자 기분이 묘했다.

'그녀의 꽃'이라는 제목에 어울리게 꽃잎이 흐드러지듯이 날리는 책 표지 디자인이 정갈하게 예뻤다. 그것이 지수에게는 더 큰 호기심을 불러일으켰다. 선입견인지는 모르겠으나 일반적으로 19금 책 표지는 어딘가 모르게 자극적이었기에 이 책은 빨간 딱지를 붙이고 있음에도 순결해 보이는 느낌이 들었다.

피곤한 몸을 움직여 의자에 앉은 지수는 그 책장의 첫 페이지를 넘겼다.

응? 꽃향기?

책장을 넘길 때마다 살랑살랑 코끝을 간질이는 꽃향기에 놀란 지수는 살며시 숨을 들이쉬어 향기를 맡았다. 여자의 기분을 설레게 하는 방법도 여러 가지다. 책 읽기 전 좋은 향기가 나니 기분이 좋아지는 것은 부인할 수 없었다.

그렇게 설레는 마음으로 첫 장을 넘겼다.

「내가」

그다음 장으로 넘겼다.

「너를」

그리고 또 다음 장.

「갖는 방법」

「그녀의 흐트러진 숨결이 가슴속을 파고들어 내 속에 감춰 두었던 욕망에 젖은 나를 일깨웠다. 참을 수 없는 욕구가 차 올랐다. 이제는 더 이상 그녀에 대한 내 본성을 숨길 수 없 을 것 같았다. 축축해진 그녀의 눈빛이 자신을 집어삼킬 것 같은 내 눈빛에 흔들렸고, 두려움에 몸을 가늘게 떨었다. 그 런 그녀가 왜 더 아찔하게 보이는 것일까.」

우와, 내가 더 아찔하다.

이 책을 왜 이제야 읽은 것일까, 묘한 여운이 남아도는 것이 막 꿈에서 깬 느낌이었다. 책에 찍힌 글자를 하나하나 따라가며 두 주인공의 감정에 따라 자신의 마음도 일렁이는 것이 느껴졌 다.

특히 남자 주인공과 여자 주인공의 베드신 장면에서는 눈을 뗄 수 없는 몰입감과 저절로 머릿속에 그려지는 아름다운 장면 이 마음속 깊이 남아 맴돌았다.

이거 보니 더 연애하고 싶다.

지수는 자신의 처지가 불쌍했다. 이렇게 좋을 나이에 연애 한 번 못 하고 있는 자신이 한심하기까지 했다.

이렇게 좋은 날씨에 이러고 있다니.

"아이고오!"

한 자세로 오래 앉아 있었던 탓에 뻐근해진 허리를 쭉 펴며 일어나자 자연스럽게 앓는 소리가 흘러나왔다. 갈증을 느낀 지수 는 여전히 흐느적거리는 걸음으로 방 밖으로 나갔다.

해는 벌써 중천에 떠 있는 것 같으니 점심시간을 훌쩍 넘겨 버렸을 거라고 생각한 그녀는 부엌에서 달그락거리는 소리에 그곳으로 걸어 들어갔다.

"먹을 것 좀 있냐?"

"아! 깜짝이야."

설거지를 하던 동생 지아는 놀란 눈으로 지수를 쳐다봤다.

"놀라기는. 우리 하나 어디 갔어?"

"유치원 갔지. 오늘 늦게 일어나서 늦게 갔어."

"아항."

식탁에 다리 한쪽을 올리고 앉아 밀폐된 그릇에 담겨 있는 과자를 꺼내 입에 베어 물었다.

"밥 먹어. 과자 나부랭이 먹지 말고."

"그럼 주든가."

귀찮다는 듯이 말하는 지수를 쏘아보던 지아는 어쩔 수 없다는 듯 볼멘소리로 대답했다.

"기다려."

"박 서방은?"

"출장 갔어. 일주일."

"요새 하는 일은 잘 되냐?"

"응. 잘 되나 봐. 내년에는 분가하자고 하더라. 언니한테 미안하대."

설거지를 끝내고 프라이팬을 가스레인지 위에 올려놓으며 지아는 지수를 쳐다봤다.

"미안하긴. 어려울 때 다 돕고 사는 거지. 나도 하나 있으니까 웃으면서 스트레스 풀고 살지. 니들만 들어온다 했으면 다 쫓아냈어. 이 우울한 것들아."

실없는 듯 꺼내는 농담에 지아가 웃음을 터뜨렸다.

"나중에 하나 나한테 줘라. 내가 키울란다."

"웃겨. 남자나 만들어. 내년에 언니 서른하나야. 더 늙기 전에
서두르지?"

지아의 말에 지수는 과자를 입에 넣다 말고 그녀를 쏘아봤다.
누구는 그걸 몰라서 이러고 있는 줄 아나.

"엄마 금식 기도 들어간 거 몰라? 언니 올해 안에 좋은 사람
만나서 결혼하게 해 달라고."

더 부담스러운 것은 나이 서른이 되면서부터 엄마 영희의 압
박이 점점 더 심해졌다는 사실이었다.

"엄마도 그렇고 너도 그렇고 왜 이렇게 부담 주냐?"

"우리가 언제?"

식탁 앞에 수저와 반찬들을 내놓으며 웃음을 띤 채 말하는 지
아가 왜 이렇게 얄밉게 보이는 것인지 그녀를 쳐다보는 지수의
눈매가 점점 가늘어졌다.

"난 그냥 이대로 살아도 족해."

반어법이었다. 외롭고 연애하고 싶지만 가족들이 부담 주는
것에 대한 괜한 허세랄까.

"언니의 로맨스를 상상한 걸 글로 풀면서 사는 게 좋냐? 진짜
를 만나서 연애를 해야 글도 잘 풀리지. 언니 요새 밤마다 뭐
해?"

"궁금해하지 마. 언니 아주 죽겠다. 요새."

숟가락을 들며 미역국을 떠 입에 넣은 지수는 아주 맛 좋다는

듯이 고개를 끄덕이며 지아가 차려 준 밥과 반찬을 먹기 시작했다.

"밤마다 야동 보지?"

순간 지수는 입에서 밥알이 쏟아져 나올 뻔했다. 급하게 입을 막고 앞에 놓인 물컵을 들어 마시고는 지수는 정색한 표정을 지어 보였다.

"야동 같은 소리 하고 있네."

지아는 의심쩍은 눈빛으로 지수를 한번 쳐다보고 웃더니 식탁 자리에서 일어나 커피포트의 전원을 켰다.

"아, 진짜 웃겨. 언니 안 되겠다. 빨리 남자를 만나야지."

"그런 거 아니거든."

꾸역꾸역 밥을 먹는 지수의 모습을 보고 있던 지아는 측은한 눈빛으로 그녀를 바라보았다. 아무리 언니가 남자가 없기로서니 야동을 보다니, 야동 보고 도대체 혼자 뭘 하는 것일까 생각만 해도 얼굴이 붉어졌다.

"너 자꾸 나를 그런 눈으로 볼래?"

"내가 뭘?"

들고 있던 젓가락을 탁, 소리가 나도록 식탁에 내려놓으며 자리에서 일어난 지수는 손을 내밀었다. 지아는 머그잔에 가득 커피를 따라 지수에게 건넸다. 머그잔을 받아 든 지수는 아무 말 없이 부엌을 빠져나갔다.

우— 웅.

침대 위에 두었던 휴대폰에서 진동 소리가 울리자 한창 원고를 쓰고 있던 지수는 흐름이 끊겼는지 미간을 좁히며 애써 무시했다. 잠시 후 진동 소리가 들리지 않자 다시 집중하려고 했으나 이내 다시 울리는 휴대폰 진동 소리에 코를 찡긋거리며 자리에서 일어났다.

"여보세요."

— 작가님, 안녕하세요. 정 실장이에요.

발랄한 여자의 목소리가 들려왔다. 그녀는 오랫동안 같이 일하고 있는 출판사의 담당자였다.

"네, 안녕하세요?"

— 작가님, 죄송한데요. 지금 잠깐만 만나 뵐 수 있을까요? 나오기 힘드시면 제가 댁으로 찾아뵐게요.

"무슨 일이신데요?"

— 저번에 말씀드렸던 판권 계약 때문에요. 작가님 작품 중에 '너에게 나를' 이라는 작품 있잖아요. 그 작품의 판권을 사고 싶다고 연락이 왔어요.

간만에 좋은 소식에 지수의 입꼬리에는 미소가 걸렸다. 평소 급하게 약속 잡는 것을 싫어하는 그녀였지만 그런 좋은 일이라면 이렇게 급하게 보는 것도 기분 전환 겸 좋을 것 같다는 생각이 들었다.

"제가 나가지요."

— 아! 감사합니다. 작가님. 그럼 어디서 만날까요?

"우리 만날 만나는 곳이요. 두 시간 후에 봐요."

지수는 자신의 방에 딸린 욕실로 들어가 몸을 빠르게 씻었다. 조금이라도 화장을 하고 가려면 서두르는 방법밖에는 없었다.

서둘러 씻고 나온 지수는 큰 화장대 앞에 앉아 피곤해 보이는 얼굴을 보며 한숨을 폭 하고 내쉬고는 익숙한 손길로 화장을 시작했다. 과하거나 진하지도 않고 너무 연하지도 않은 화장을 한 지수는 머리 손질까지 끝낸 후 자신이 가장 좋아하는 fresh 향수로 마무리했다. 편한 흰색 티셔츠에 발목까지 오는 스키니진을 입고 오버사이즈의 선글라스까지 쓴 채 방에서 나왔다.

"이모, 어디 갑니까요?"

유치원에서 돌아와 거실에서 지아와 뒹굴거리며 놀고 있던 하나가 나가려는 지수를 보자 환하게 웃으며 그녀에게 달려왔다.

"하나야, 이모 돈 벌어 올게. 올 때 우리 하나 맛있는 거 사다 줄까?"

"네! 하나 초콜릿이 먹고 싶습니다요."

"알았어. 엄마 말씀 잘 듣고 있어."

꺄, 신나서 소리 지른 하나는 다시 거실로 뛰어갔다. 흐뭇한 엄마 미소로 바라보던 지수는 자신을 머리부터 발끝까지 훑어보는 지아와 눈이 딱 마주쳤다.

"이제야 사람 같네."

"나갔다 올게."

걱정스런 말투로 말하는 지아를 뒤로한 채 현관문으로 향했다. 키가 167cm인 그녀는 하이힐보다는 단화를 선호했다. 오늘도 스니커즈를 꺼내 신고 신발장에 붙은 큰 거울로 자신의 모습을 이리저리 비춰 보고는 꽤 만족한 표정으로 밖으로 나갔다.

빠르게 주차장으로 내려간 지수는 자신의 애마를 애틋한 눈으로 바라봤다. 얼마 전에 마련한 SUV 차량이었다. 비록 중고차

이기는 했지만 자신의 사랑을 받기에는 충분했다.

　남자의 몸매를 감상하듯 한 바퀴 둘러본 지수는 운전석으로 빨려 들어가듯 올라타 부드럽게 시동을 걸었다. 휘발유가 아닌 디젤 차량이어서 그런지 시동 소리가 거칠게 들리자 눈살을 찌푸리던 지수는 한숨을 작게 내쉬었다.

　"돈을 모아서 드림카를 어서 사…… 아이고, 아니야. 내 말 못 들은 걸로 해."

　마치 사람에게 말하듯 자신의 차에게 혼잣말을 하던 지수는 차를 부드럽게 몰아 주차장 밖으로 빠져나갔다.

　평일 오후, 퇴근 시간이라 그런지 도로에 차가 많아 간신히 약속 장소에 도착한 지수는 선글라스를 벗으며 주위를 두리번거렸다. 약속 시간에서 5분쯤 넘어간 시간이었지만 아직 정 실장이 없는 걸 보니 그쪽도 차가 많이 밀리는 듯했다.

　지수는 먼저 커피를 시킬까 하다 이내 조금만 더 기다려 볼 모양인 듯 테이블 위에 노트북을 올려놓고 전원을 켰다.

　어떤 자리든 그녀에게는 노트북이 필수였다. 생각보다 기다리는 시간이 많아지면 이런저런 생각을 하다가 갑작스럽게 좋은 문장이 떠오를 때도 있었기에 꼭 무엇을 하지 않아도 테이블 위에 노트북을 올려놓는 것이 버릇처럼 되어 버렸다. 그래서 커피숍 어딜 가든 구석 자리를 선호했다. 누군가 지나가면서 제 글을 보는 것이 기분이 좋은 일은 아니었기 때문이었다.

　"작가님, 오래 기다리셨어요?"

　헐레벌떡 뛰어온 모습에 호흡을 고르며 자신을 쳐다보는 정 실장과 시선을 맞춘 지수는 고개를 가로저었다.

"방금 왔어요. 차 많이 밀리죠?"

"아니요. 작가님 보고 싶어 하는 마음이 하늘에 닿았는지 밀린 차들도 금방 빠지던데요?"

너스레를 떨며 정 실장이 자리에 앉자 지수는 자리에서 일어났다.

"어디 가시게요?"

"커피 주문하려요."

"사 주시게요? 그럼 전 화이트 모카요."

초롱초롱한 눈빛으로 자신을 쳐다보는 정 실장과 눈이 마주친 지수는 미소를 지으며 주문대로 향했다. 사람이 많은 탓으로 한참을 기다려 주문한 커피가 나오자 살짝 짜증 난 표정으로 자신을 기다리는 테이블로 향했다.

"노트북이요."

지수의 말에 정 실장은 노트북을 덮고 한쪽으로 치웠다. 그녀는 자리에 앉으며 따뜻한 커피를 집어 들었다.

"계약서 가져왔어요?"

지수의 말에 고개를 끄덕이며 정 실장은 서류 봉투에서 두툼한 하얀 서류를 꺼내 들어 지수에게 내밀었다. 지수는 조용히 계약서의 내용을 읽어 내려갔다.

"나쁘지 않네요."

"더 추가할 내용 없으시죠?"

"남자 주연배우 캐스팅할 때 구경 가도 된다는 조항 넣을까요?"

"네?"

지수의 농담에 정 실장은 잠시 놀라 하다가 자신도 같이 가게 해 달라는 농담으로 받아쳤다. 화기애애한 분위기 속에서 커피를 다 마신 정 실장이 슬쩍 지수의 눈치를 보며 말했다.

"그럼 저 먼저 가 보아도 될까요?"

"데이트?"

지수의 물음에 얼굴을 살짝 붉히며 고개를 끄덕이는 그녀를 보자 지수는 '빨리 냉큼 어서 꺼져'라는 짓궂은 표정으로 고개를 끄덕였다.

"그럼 작가님, 기획사에서 연락 오는 대로 다시 연락드릴게요. 계약서는 이대로 준비하라고 전하겠습니다."

좋아하는 사람을 만나러 간다는 상기된 표정으로 서둘러 인사를 하고 자리를 떠나는 정 실장의 모습을 보자 지수는 연애 초반의 풋풋함이 느껴졌다.

좋을 때다. 나도 연애…….

갑자기 몰려오는 우울과 외로움에 자리를 정리하고 일어섰다.

카페를 나와 길을 걷다 문득 고개를 들어 보니 하얀색 작은 간판에 필기체로 쓰인 'flower'라는 글씨가 눈에 들어왔다.

참, 간결한 간판이네.

자연스럽게 가게 안을 들여다보니 건장한 남자가 테이블 위의 한 가지 꽃을 올려놓고 고민이라도 하는 듯 팔짱을 낀 채 시선을 그 꽃에 고정시키고 있었다. 남자가 꽃집 주인이라고 생각한 지수는 좀 특이하다고 생각했다.

고민하던 남자가 얼굴을 들자 지수의 동공이 커졌다.

저건 CG일 거야……. 꽃보다 예쁘다니…….

지수는 꽃집 주인이 꽃보다 아름답게 보이는 것이 믿기질 않았다. 그것도 남자가 말이다. 눈을 떼려야 뗄 수 없다는 말을 지수는 강화유리 창을 사이에 두고 있는 남자를 보며 실감하고 있었다.

그런데 그 순간, 그 남자의 눈이 이쪽을 향했다. 무심한 표정으로 자신을 쳐다보는 남자의 시선과 마주친 지수는 당황했다. 왠지 머쓱해진 지수는 그냥 가 버리는 것도 모양새가 이상한 듯하여 평소 꽃을 좋아하지는 않지만 화분이라도 사서 나올 요량으로 그 안으로 들어갔다.

지수는 손님이 들어왔음에도 불구하고 자신을 이상한 눈으로 쳐다보는 남자의 시선에 기분이 이상했다.

그녀는 당당하게 노트북 가방을 꽃이 놓여 있는 테이블에 올려놓고 팔짱을 꼈다. 테이블에 노트북을 올리자 미간이 좁아진 남자는 말없이 지수의 앞으로 다가와 그 가방을 한쪽에 마련되어 있는 의자 위에 올려놓았다.

"죄송하지만 이 테이블은 작업 테이블입니다만."

남자의 말에 당황한 지수는 민망함에 얼굴이 붉어졌다. 어서 화분을 사 들고 나가야겠다는 생각에 얼른 물었다.

"키우기 쉬운 화분 하나 주세요."

지수의 말에 남자는 큭, 하고 웃음을 터트렸다. 남자의 웃음소리에 지수는 기분이 상했다.

꽃집에서 화분 달라고 하는 말이 웃긴 건가?

"이봐요. 왜 웃어요? 내가 못 할 말 했나요?"

그녀가 정색하며 말하자 남자는 주먹을 쥐고 입을 가리며 목소리를 가다듬었다. 그러고는 미소를 지으며 지수를 쳐다봤다.

웃으니 꽃이네. 잘생겨서 봐줬다.

남자의 미소에 상한 기분이 좀 풀리는 것 같자 지수의 정색했던 표정이 슬며시 풀어졌다.

"여기 꽃집 아닌데요."

"네?"

"음, 뭔가 오해하신 거 같은데, 여긴 꽃집이 아니에요."

여기가 꽃집이 아니면 뭐람?

지수는 다시 기분이 상해서 팔짱을 꼈다. 주변을 서서히 둘러보니 꽃집에서 흔하게 볼 수 있는 화분들, 꽃 냉장고, 심지어 장미꽃조차 없었다. 점점 뭔가 이상하다고 느낀 지수는 다시 남자를 쳐다봤다.

"그, 그럼 뭐예요……."

자신도 모르게 목소리가 기어 들어갔다. 어디 가서 주눅 드는 성격은 아닌데 이상하게 잘생긴 사람, 그것도 남자 앞에 있으니 작아지는 기분이었다.

"여기는 제 작업실이에요. 작업실이라는 글씨가 구석에 쓰여 있어서 그런지 간판만 보고 꽃집으로 착각하고 들어오시는 분들이 종종 있어요."

"아……."

그제야 자신이 이곳에 들어왔을 때 무덤덤한 표정으로 쳐다본 남자의 표정을 이해할 수 있었다. 창피했다. 이런 일은 처음이라 당황한 지수는 빨리 그곳에서 나가고 싶었다. 잘생긴 남자의 얼굴을 넣 놓고 보고 있다 이런 일이 생기니 정말 창피했다.

"죄송합니다. 제가 착각을 했네요. 그럼 안녕히 계세요."

지수는 서둘러 몸을 돌렸다.

진짜 쪽팔려.

두 주먹을 꽉 쥐고 나가려고 발걸음을 떼려 하자 남자의 부드러운 음성이 지수의 발걸음을 붙잡았다.

"꽃 좋아하세요?"

2. 꽃의 유혹, 그리고 오해의 시작

남자의 음성은 분명 자신의 발목에 마법이라도 걸어 놓은 듯 움직이지 못하게 하는 힘이 있었다. 나가야 하는데 지수는 어느새 몸을 돌려 그를 무표정한 얼굴로 쳐다보고 있었다.

"아니면 찾으시는 꽃이 있으신가요? 아…… 아까 화분이라고 하셨나?"

"꽃집 아니라면서요."

퉁명스럽게 대답한 지수는 남자를 이상하다는 눈빛으로 쳐다봤다.

"꽃집은 아닌데 꽃이 급하게 필요하시면 드릴 순 있어서요."

남자는 테이블 위에 놓인 여러 종류의 꽃을 쳐다봤다. 그것을 본 지수는 고개를 슬며시 흔들었다.

"아니요, 그냥 기분 전환 좀 할까 싶어서 화분 하나 사려고 했어요. 좋아하지는 않지만 보고 있으면 안 풀리는 문제가 풀릴 것 같기도 해서요. 음…… 괜히 작업하시는데 실례가 많았네요. 그럼 가 보겠습니다."

"내일 시간 있으세요?"

"네?"

남자의 갑작스러운 말에 지수는 심장이 쿵 하고 떨어지는 기분이었다. 이 꽃 같은 남자가 지금 자신에게 시간 있냐고 물어본 것인가? 이건 무슨 의미일까.

"기분 전환할 만한 걸 추천해 드리려고 하는데 시간 있으세요?"

"그게 갑자기 무슨 말이에요?"

자신을 향해 환하게 미소 짓는 남자의 얼굴은 꽃이 만개한 듯 눈이 부셨다. 지수의 심장이 서서히 빠르게 뛰고 아찔할 정도로 마음이 일렁였다.

남자는 잠시 다른 테이블로 향하더니 꽃향기가 은은하게 풍기는 고급스러운 봉투 하나를 가져와 지수에게 내밀었다.

"이게 뭐예요?"

"티켓이요. 강연회 티켓."

"강연회요?"

"저거요."

남자가 손가락을 들어 가리킨 곳으로 시선을 돌리자 벽에 붙여진 커다란 포스터가 눈에 들어왔다.

[플로리스트 강재준의 영감 토크 박스. 꽃과 사랑 Oh, love!]

지수는 혹시나, 설마 하고 기대했던 것이 산산이 깨지는 소리가 마음속에서 들려왔다. 혼자 김칫국을 마셨다는 실망감에 더이상 그곳에 있을 수 없었다. 자괴감에 빠져 버릴 것만 같았다.

"아니요, 괜찮습니다."

머리에 얹었던 선글라스를 내려 다시 제대로 낀 지수는 서둘러 그곳에서 빠져나왔다. 얼굴이 화끈거리고 기분이 매우 좋지 못했다.

아무리 외로워도 그렇지 얼굴에 혹해서는…….

"저기요, 잠시만요."

그곳에서 나와 다섯 발자국 정도 떼었을 때 남자는 지수를 불러 세웠다. 남자의 목소리에 또다시 멈칫했지만 애써 무시하고 가 버리려는 찰나, 남자가 자신 앞에 서며 손에 티켓을 쥐여 주었다.

"오시면 후회 안 하실 거예요."

그러고는 꽃같이 싱그럽게 웃으며 다시 작업실 안으로 들어가 버렸다.

"아, 깜짝이야."

지수는 순간 남자의 온기가 제 손에 닿자 심장이 간만에 운동이라는 것을 하는 듯 두근거리는 움직임을 느꼈다.

자신의 손에 쥐여 준 티켓을 꺼내 볼까 하다 지수는 다시 몸을 돌려 작업실 앞으로 향했다. 흰 셔츠에 면바지, 그리고 스니커즈를 신은 남자의 모습은 제 소설 속에 나오는 주인공 같았다.

잘생기긴 정말 잘생겼다.

지수는 감탄사를 한번 읊조리고는 다시 주차장으로 가려고 몸을 돌렸다.

"어, 자기. 바로 작업실 앞이야. 끊어······."

"아!"

그때 키가 크고 어깨가 넓은 한 남자와 팔이 부딪힌 지수는 인상을 썼다. 남자는 전화 통화를 급하게 끊고 미안해하는 표정으로 지수를 쳐다봤다.

"미안합니다. 어디 다치셨어요?"

부드러운 음성과 귀여운 인상이 상당히 매력 있는 남자였다. 오늘따라 눈이 호강한다고 생각한 그녀는 곧바로 사과하는 남자에게 '괜찮아요'라는 눈빛과 함께 미소를 지어 보였다.

"다시 한 번 죄송합니다."

지수의 표정을 본 남자는 정중하게 다시 사과를 한 후 몸을 돌려 자신이 들어갔었던 꽃 같은 남자의 작업실로 들어갔다.

다시 작업실 테이블 앞에 선 재준은 그 위를 쳐다보며 싱그럽게 미소를 지었다.

누군가의 일이나 감정에 참견하는 타입이 아니었지만 꽃집이 아니라고 했을 때, 당황하던 그녀의 표정이 왜 이렇게 호기심을 불러일으키는 것인지 강연회에 초대하고 싶은 생각이 들자 바로 행동을 해 버렸다. 깊게 생각을 하지 않고 행동하는 것을 좋아하지 않았지만 이상하게 그녀에게는 그랬다.

"재준, 뭐 해?"

등 뒤에서 더운 바람이 느껴지며 강의 목소리가 들려오자 생각에 빠져 있던 재준은 돌아보지도 않고 입을 열었다.

"왔어?"

"응. 밥은 먹었어?"

강이 재준에게 가까이 다가갔다. 재준이 뒤돌아서 있자 그의 뒤에 선 남자는 그의 어깨에 자신의 턱을 대고 뭘 하고 있는지 넘어다봤다. 누군가가 본다면 남자가 재준을 뒤에서 껴안고 있는 것처럼 보이리라.

"좀 떨어지자. 남들이 보면 오해하겠다."

"웃긴다, 너. 언제는 여자 떨어트리는 데 좋다며?"

그의 말에 재준은 미소를 지었다. 자신의 서류 가방을 집어 들고 밖으로 향하려다 아까 여자가 놔 두고 간 노트북 가방이 눈에 띄었다. 서둘러 시선을 밖으로 향하자, 당황한 얼굴로 쳐다보던 여자와 눈이 마주쳤다.

재준은 그 가방을 들고 나가려 했지만 그 여자는 재빨리 뒤돌아 뛰어가 버렸다.

이런.

재준은 난감한 표정을 지었다.

지수는 빠른 걸음으로 자신의 애마에게 향했다. 떨리는 심장을 부여잡고 차 안으로 올라탄 지수는 잠시 멍한 표정이었다. 오랜만에 이성으로 호감을 느꼈고, 그가 티켓까지 손에 쥐여 주니 설레는 마음까지 들었는데 그런 그 남자가 동성애자일지도 모른다는 생각에 착잡한 기분이 들어 운전대를 잡고 고개를 숙였다.

나한테 왜 그래.

울고 싶어졌다. 그런데 왜 그 남자는 굳이 쫓아와서까지 티켓을 쥐여 주고 갔을까. 날카로운 생각이 머릿속을 뚫고 나갈 지경이었다.

"후—"

한숨을 내쉰 지수는 고개를 세차게 흔들며 어차피 자기 것도 될 수 없는데 이런 감정으로 에너지 소비를 할 필요 없다고 애써 생각을 정리했다.

빨리 집에 가자.

갑자기 찾아온 피곤함에 지수는 시동을 걸고 서둘러 주차장을 빠져나갔다.

★

재준은 유명한 플로리스트다. 남자지만 여자 못지않은 섬세한 감성으로 작품을 표현하여 보는 이들의 감성을 건들며 많은 공감을 형성한다는 평과 함께 많은 여성 팬들을 거느리고 있었다.

큰 키에 작은 얼굴. 그 작은 얼굴 안에 짙은 눈썹과 속 쌍꺼풀이 있는 긴 눈, 오똑한 콧날과 살짝 두툼한 입술, 날렵한 턱 선이 조화를 이루고 있었다. 관리를 잘한 듯 군살이 없는 탄탄한 몸매에 넓은 어깨가 부드러우면서도 강한 이미지를 풍겼다.

매시간 바쁜 그였다. 클래스에서 강의도 하고, 초청도 받고 작품전도 일 년에 한두 번씩 여는 그는 늘 치열한 하루를 살고 있는 남자였다. 그만큼 여유가 없는 일상에 위안을 얻는 것이 있다면 신께서 주신 꽃이라는 생명체에 자신이 의미를 부여하는 일이었다.

가지고 있는 꽃말보다 하나의 작품으로 의미를 부여하고 신께

서 가장 사랑하심으로 창조하신 인간에게 꽃이란 매개체로 위안
과 평안을 주는 일. 그것이 플로리스트인 자신이 하는 일이라 여
겼다.

지인의 파티에 초대받은 재준은 팔짱을 끼고 테이블에 놓인
다른 플로리스트의 작품을 쳐다보고 있었다.

"재준. 뭘 그렇게 생각해?"

"생각은 늘 하는 거지."

"그런가?"

빨간색 미니 드레스를 입고 그를 유혹하듯 어깨에 슬며시 올
라오려는 지민의 손을 살짝 몸을 비켜 피한 재준은 그녀에게 조
금 가까이 다가갔다.

"Don't touch me."

낮게 깔리는 그의 음성에 지민은 어쩔 수 없다는 듯이 손바닥
을 편 채 두 손을 자신의 가슴 높이로 들어 올렸다.

"우리 사이에 자꾸 이러기야?"

지민은 환하게 웃어 보였다.

"이 계집애가 뭐라는 거야?"

몸매가 드러나는 포멀한 슈트를 입은 남자가 재준 옆에 서며
그녀를 노려보았다. 일전에 재준의 작업실에 나타났던 귀여운 인
상의 남자였다.

"뭐?"

지민은 남자에게 장난스레 눈을 흘겼다. 그러자 그 남자는 재
준의 어깨에 손을 올리며 지민 보라는 듯이 어깨를 살며시 쥐었
다.

"그만하지? 병식이 너도."

"너어! 본명 부르지 말랬지? 강이라고 불러! 강!"

두 남녀가 티격태격하자 피곤한 일에 휘말리기 싫다는 표정으로 재준은 몸을 돌려 다른 곳으로 발걸음을 옮겼다.

"그래서 평생 재준이 마음 가질 수 있겠니?"

"너나 잘해."

지민은 여전히 강을 놀리는 말투로 말하고는 다른 사람들이 몰려 있는 곳으로 몸을 돌렸다. 강은 입을 삐죽거리며 재준의 모습을 찾아 두리번거리다 자신을 향해 오라고 하는 재준의 눈빛을 보고는 그에게 향했다.

"난 지금 갈 거야. 넌?"

"너 없으면 무슨 재미. 나도 가야지."

재준은 고개를 끄덕이며 발걸음을 밖으로 향했고 강은 주인을 따라가는 강아지처럼 그를 따라나섰다. 그들이 나가고 나자 기다렸다는 듯 한 무리의 여자들이 소곤거렸다.

"강재준이 게이라며?"

여자들 옆을 지나가던 지민은 새어 나오는 말소리를 듣고는 미간을 좁혔다. 잘 알지도 못하는 것들이 지껄이는 소리 따위 신경 쓰지 말아야 하는데 이상하게 거슬렸다.

"늘 같이 다니는 친구가 그냥 친구가 아니라고 하더라?"

"그럼?"

"애…… 꺅!"

지민은 손에 들고 있던 샴페인 잔을 일부러 재준을 게이라고 말한 여자에게 쏟아 버렸다.

"어머, 미안해요. 손이 미끄러졌네요."

"뭐야? 너 이 옷이 얼마짜리 옷인 줄 아니?"

"옷은 비싸 보이는데 그 입은 저렴하네요."

지민의 말에 그곳에 있던 여자들은 기가 막힌 듯 지민을 쏘아 보았다. 특히 옷을 버린 당사자는 지민의 머리채를 당장이라도 휘어잡으려는 듯 손가락을 움직였다.

"당신이 입은 옷 백 벌이든 천 벌이든 물어 줄 테니까 확인되지 않은 소문을 진짜인 것처럼 말하고 돌아다니지 않았으면 좋겠네."

"야! 너 내가 누구인 줄 알아?"

'내가 누구인 줄 알면 엄청 놀라 자빠질 거야' 라는 재수 없는 표정을 하고 있는 여자를 보며 무표정한 얼굴로 지민이 명함을 내밀었다.

"알고 싶지 않네. 그쪽이 누구인지. 옷값은 이쪽으로 전화해서 받아. 정신적 피해 보상도 청구하든가."

당당한 태도에 여자가 기가 막힌 듯 입을 다물지 못하자 지민은 여자의 옷깃에 명함을 꽂으며 그 자리에서 벗어났다. 지민이 나가자 조용했던 분위기에 웅성거림이 퍼졌다. 여자의 주변에 있던 사람들이 서로 눈치를 보며 명함을 들여다보았다.

"누군데 저렇게 행동해?"

<W그룹 상무 이지민>

온몸을 부들부들 떨며 옷깃에서 뺀 명함을 가만히 보던 여자는 굳어진 얼굴로 황급히 그곳에서 나갔다.

재준은 강이 운전하는 차 조수석에 앉아 눈을 지그시 감고 생각에 잠겨 있었다.

'당장 플로리스트인가 뭔가 때려 치우고 회사로 들어와.'
'싫습니다.'
'이 회사 안 물려받을 거냐?'
'네. 아버지랑 같이 살고 있는 사람에게 주세요. 그게 그 여자 소원 아닌가요?'

얼마 전 만난 아버지와의 대화가 자꾸만 마음속을 맴돌았다. 신경 쓰지 않으려고 해도 뱀 같은 여자의 얼굴을 보니 자꾸만 신경이 쓰였다.

대기업같이 덩치가 큰 회사는 아니었지만 어느 정도 안정된 회사였고 지속적인 성장세를 보이는 곳이었다. 하지만 재준은 회사 경영 따위 애초부터 관심이 없었다. 아니, 피를 물려받은 가족이라는 것을 빼면 어떻게 해서든 엮이고 싶지 않았다.

"재준. 다 왔어."

강의 나긋한 말투에 눈을 뜬 재준은 어느새 도착한 그들의 오피스텔로 들어갔다.

재킷을 벗으며 소파에 힘들다는 듯 털썩 앉은 재준을 본 강은 미소를 지으며 부엌으로 들어갔다.

"커피?"

"고마워."

"별말씀을."

콧노래를 부르며 커피를 내리고 있는 윤병식. 가명은 윤강. 초등학교 5학년 때부터 절친한 친구였다. 일명 불알친구라고도 하는 그것. 하지만 강은 남들과는 좀 다른 구석이 있었다.

그것은 처음 재준에게 충격으로 다가왔지만 어렵게 고백하는 강의 모습을 보니 그는 일반인들보다 조금 다른 것뿐이라는 생각이 들었다.

강은 고등학교 1학년 때 재준에게 자신이 동성애자임을 고백했다. 정말 쉬운 일이 아니었을 텐데 자신의 고민을 더 이상 숨기면 안 될 것 같다는 생각이 들었다고 했다. 재준을 마음에 품었으나 더 중요한 것은 우정이라고 생각한 강은 그 옆에서 절친한 친구로 지금껏 살아왔다.

재준은 자신 옆에서 항상 살뜰하게 챙겨 주는 강에게 고마웠다. 자신이 상처를 받았던 그때도 그는 친구로서 곁에 있어 줬다. 가끔 징그러운 짓을 해서 사람들의 오해를 받곤 하지만 재준은 그런 것 따위 크게 신경 쓰지 않았다.

"여기."

큼지막한 머그잔을 받아 들며 커피의 맛을 음미했다. 원두의 바디감이 입안에서 묵직하게 퍼졌다.

"근데, 너 어떡할 거야?"

강은 걱정된다는 표정으로 재준을 쳐다보았다.

"뭘?"

"지민이."

"걔가 왜?"

"너 좋아하잖아."

계속되는 강의 말에 재준은 미간을 좁혔다.

"난 이미 오래전에 정리했어."

"넌 정리했다지만, 그 계집애는 아니라잖아."

"자기 감정이니까 자기가 알아서 하라고 해. 걔가 지금 와서 무엇을 한다고 한들 이제 나한테는 없는 감정이야."

재준은 더 이상 말하기 싫다는 듯이 머그컵을 손에 든 채 자리에서 일어났다.

"지민이가 어떻게 하건 신경 안 쓴다는 거야. 신경 쓸 일도 없고. 그러니까 괜한 걱정 하지 말고 자."

그는 강의 어깨를 살짝 두드린 후 방으로 들어갔다. 방으로 들어가는 재준의 뒷모습이 그의 눈에는 쓸쓸해 보였다.

"넌 아닌데 걘 그렇다고 하잖아. 남녀 관계가 칼로 무 자르듯 쉬워? 정리한 감정도 다시 생기는 것이 남녀 관계인데. 차라리 네가 다른 여자라도 만나고 다녔으면 좋겠다. 지민이가 오해 안 하게."

혼잣말로 중얼거리듯 내뱉고는 씁쓸한 표정으로 강은 자신의 방으로 들어갔다. 생각해 보면 지민도 재준만큼이나 자신을 다르지 않게 대해 주었던 친한 친구였다. 그런 지민이 재준에게 상처만 주지 않았더라면 자신이 이렇게 적대시하지 않았을 텐데……. 조금 착잡해진 강은 침대에 벌러덩 누워 버렸다.

집에 들어온 지수는 곧장 제 방으로 들어갔다. 옷을 갈아입지도 않은 채 침대에 앉아 그저 멍하니 다시 복잡해진 생각을 정리하고 있었다.

"아니. 아무래도 이상해. 처음 본 사람을 붙잡아 가면서까지 이건 왜 준 거지? 순수한 의도로 초대한 건가? 뭐, 동성애자니까 이성의 감정은 없다고 배제하고……. 아, 그런 사람이 동성애자라니. 아깝다. 아까워!"

욕실로 가기 위해 침대에서 일어났다. 화장대에 달린 거울을 보니 외출할 때보다 10년은 더 늙어 보였다. 매시간 늙고 있는 자신의 얼굴을 자세히 들여다보며 한숨을 크게 내쉬었다.

내가 이 남자 때문에…… 어?

지수는 순간 그 꽃집에 놓고 온 노트북 가방이 생각났다.

"미치겠네."

그녀는 머리를 쥐어뜯으며 소리를 질렀다. 노트북을 찾으러 가야 했다. 욕실에 들어가려던 지수는 남자가 준 티켓을 찾아 다시 들여다보았다.

강재준. 강재준이 누구지? 그 남자인가?

그러더니 지수는 한 손에는 휴대폰, 다른 한 손에는 티켓을 들고 번갈아 가며 무엇인가 찾기 시작했다.

플로리스트 강재준. 검색창에 검색을 하니 그에 대한 프로필이 그녀의 눈앞에 좌르륵 올라왔다. 손가락이 화면을 스치고 눈동자는 손가락이 스칠 때마다 움직였다.

오늘 만난 남자가 강재준이었어? 아…… 어떡해. 진짜 매력 있다.

그의 프로필 사진을 바라보며 자신도 모르게 침을 꿀꺽 넘긴 지수는 이내 자신이 정말 한심하다는 듯 한숨을 쉬었다.

"이젠 동성애자한테까지 끌리냐."

지수는 갑자기 기분이 바닥으로 떨어지며 울상이 되어 버렸다. 그녀는 힘없이 일어나 어깨를 축 늘어뜨린 채 욕실로 향했다.

티켓에 쓰여 있는 대로 수 문화원이라는 곳으로 향했다. 그 입구 앞에는 재준의 얼굴이 있는 큰 포스터가 붙어 있었고, 지수는 들어가야 하나 말아야 하나 고민을 했다. 그 안으로 들어가는 사람들의 대부분은 여자들이었다. 멀리서 지켜보고 있던 지수는 이곳에 도착할 때까지도 수천 번 운전대를 돌려 집으로 향할까 하는 생각을 했다.

어제 재준의 사진을 보고 설렌 자신에게 실망 아닌 실망을 한 것 때문에 잠을 설친 얼굴이었지만 한껏 차려입고 나온 모양새였다.

재준이라는 남자에 대해서 더 궁금하긴 했지만 자신과는 인연이 될 수 없는 남자였기에 쓴웃음만 지었다. '하늘도 무심하시지'란 말은 이럴 때 쓰는 것이 맞는 것 같았다.

우—웅.

주머니 속에서 휴대폰이 울렸다. 발신자를 보니 정 실장이었다. 안 받을까 생각해 봤지만 그래 봤자 그녀의 손바닥 안이었기에 무심하게 휴대폰을 귀에 갖다 대었다.

"아침부터 무슨 일이세요?"

— 작가님, 안녕하세요. 근데 목소리가 안 좋으신 것 같은데

무슨 일 있으세요?

"아니, 신경이 좀 날카로워서 그래요. 미안해요."

금세 꼬리 내릴 것을 왜 날을 세웠는지. 지수는 이내 목소리를 부드럽게 내었다.

— 작가님이 한두 번 그러신 것도 아니고 미안하긴요. 다 아는 사이에.

다 아는 사이에 저렇게 확인 사살 하는 정 실장의 노련함에 박수를 쳐 줘야 할 판이었다.

에고, 얄미워.

"무슨 일이에요?"

— 아! 기획사 쪽에서 오늘 만나자고 해서요. 시간 되세요?

"아니, 안 돼요."

— 잠깐이라도 못 오세요? 계약서 최종 확인하고 사인만 하시면 되는데.

"이미 개인 일 때문에 나와 있어서요. 제가 당일에 약속 잡는 거 별로 안 좋아하는 거 아시잖아요. 오늘 안 되니까 약속 다시 잡아서 미. 리. 연락 주세요."

짜증이 잔뜩 난 표정으로 전화를 끊어 버렸다. 도대체 무슨 일을 이렇게 하는 거야. 만날 일이 있으면 미리 좀 이야기하는 것이 그렇게 힘든 일인가 싶었다.

시선을 돌려 보니 곳곳에 사진들이 걸려 있었다. 가까이 가서 보니 재준이 만든 작품을 찍은 사진을 걸어 놓은 것 같았다. 평소에 꽃하고는 친하지 않던 지수도 꽃이라는 것을 하나의 작품으로 만들어 놓은 것을 보니 눈이 휘둥그레졌다.

꽃으로도 감정을 전할 수 있다는 것이 느껴지는 듯했다. 그저 보는 것만으로도 감정이 몰입된다고나 할까.

특히 새하얀 웨딩드레스의 가슴에서 허리까지를 꽃으로 수를 놓듯 장식한 작품이 지수의 눈길을 끌었다. 연한 파스텔 색상의 여러 가지 꽃들로 채워진 드레스는 버진로드 앞에서 입장하기 전의 신부의 설렘과 긴장감, 그리고 신부의 순결이 느껴지는 작품이었다.

사진 앞에 서 있던 지수는 갑자기 분주해지는 소리에 고개를 돌렸다. 지수는 벌써 시간이 다 되었나 싶어 시계를 쳐다보았지만 아직 20분이나 남은 상태였다.

뭐지? 무슨 일 있나?

궁금증이 생긴 지수는 조금씩 발걸음을 강연회가 열리는 곳으로 향했다. 하지만 아직까지 마음의 갈등이 있었던 그녀는 차마 들어가지는 못하고 문 앞에서 기웃거렸다.

"오셨네요?"

뒤에서 남자의 목소리가 들리자 훔쳐보던 사람처럼 화들짝 놀라며 몸을 돌렸다. 뒤돌아보니 아찔할 만큼 섹시한 슈트 차림의 남자가 서 있어 지수의 심장은 갑자기 뛰기 시작했다.

"깜짝이야……."

조금 예의를 차린 미소를 지으며 자신을 쳐다보는 남자와 눈이 마주치자 지수는 느리게 시선을 피했다.

"안 오실 줄 알았는데요."

"아, 노트북 가방 가지러 왔어요."

지수는 자신이 결코 이곳을 오고 싶어서 온 것이 아닌 노트북 때문에 어쩔 수 없이 온 거라는 걸 강조하듯 말했다. 이것이 사실이기도 했으니까.

"아, 그거 가게에 있는데."

지수는 그가 티켓을 주었기에 당연히 노트북을 챙겨 올 것이라 생각했다. 하지만 자신의 생각이 틀렸다는 듯 그는 환하게 미소를 지으며 말했다.

어쩌지?

노트북도 노트북이었지만 자신 앞에 서 있는 그에 대한 궁금증 때문에 이곳에 온 이유도 있었다. 하지만 지금은 노트북을 가지고 오지 않았다는 그의 말에 당황해 멍해지고 말았다.

"농담이에요. 오실 줄 알고 가져왔어요. 그런데 제 차에 있어서 지금 가져올 순 없는데, 강연회 끝나고 드려도 될까요?"

아, 농담이구나, 하고 넘길 수도 있는 그의 말에 이상하게 마음이 상하는 것 같았다.

"기왕 오셨으니 들어오시겠어요? 재미없지는 않을 거예요."

"음, 한번 들어 보죠."

지수의 말에 재준은 환하게 미소를 지으며 고개를 끄덕였다.

"아! 소개가 늦었습니다. 플로리스트 강재준입니다."

참 빨리도 인사한다.

쿨한 척하는 소심한 성격인 지수는 그의 말을 하나하나 곱씹으며 반응했다. 손을 내민 그의 손을 손끝만 살짝 잡으며 재준과 눈을 마주쳤다.

"소설가 한지수입니다."

통성명을 한 지수는 잡았던 재준의 손을 서둘러 놨다. 재준의 손끝만 잡았을 뿐인데 마음이 요동치는 것이 기분이 이상했다.

재준은 이내 지수를 강연장 안으로 안내했다. 그는 그녀를 에스코트해 자신을 제일 잘 볼 수 있는 자리로 안내했다. 그 테이블 위에는 귀빈석이라는 안내 표시가 세워져 있었다. 그것을 본 지수는 그래도 자신을 조금이라도 신경 써 주는 것인가 싶어 마음이 조금 풀리는 것 같았다.

재준이 강연장으로 지수를 데리고 오자 그 안에 있던 많은 시선들이 그녀에게 향하며 쑥덕거리기 시작했다. 물론 그가 그곳을 떠나 어디론가 향하고 난 후에 말이다.

조용했던 강연장에 여자들의 수군대는 말소리가 자신에게까지 들려오자 지수는 휴대폰을 보던 시선을 들어 주변을 살폈다.

지수의 시선에 들어온 것은 무리 중 억세 보이는 여자가 자신을 향해 날을 세우고 다가오는 모습이었다. 아마 그 여자가 대장 격인 듯했다. 아니면 행동대장쯤이나.

"처음 보는 얼굴이네요?"

"처음 왔으니까요."

당연히 알면서도 물어보는 여자의 속내가 다 들여다보였다. 지수는 이런 의도하지 않는 일이 생기는 것은 딱 질색이었다. 지금까지도 의도하지 않는 일의 연속이었고 삶은 아마도 계속 그럴 것이지만, 자신을 노려보는 여자를 대면하고 있는 지금 이 순간이 싫었다. 왜 자신이 그런 눈빛을 받아야 하는 지도 모르겠고 말이다.

"그런데, 무슨 관계예요?"

처음부터 반기는 시선과 말투는 아니었지만 범죄자를 취조하는 듯한 말투에 지수는 미간이 좁아졌다.

"누구랑요?"

"우리 선생님하고요."

"우리 선생님이요?"

"이 여자가 모르는 척하는 거 봐. 이봐요. 당신을 데리고 와서 이 귀빈석에 앉힌 사람이 우리들의 선생님 강재준 님이시거든요?"

교주인가? 뭐지 이 사이비 종교에 온 느낌은?

지수는 여자의 말에 입꼬리를 한쪽만 올리고 팔짱과 다리를 동시에 꼬며 말했다. 당연히 두 눈은 자신을 노려보는 여자를 노려보면서.

"그 남자가 당신들의 선생님인지 아닌지는 잘 모르겠고, 어제 작업실에서 초대받아 온 거니 궁금한 거 풀렸으면 시끄러우니까 좀 가 주시죠?"

지수의 당돌한 말에 여자는 온 얼굴을 찌그러트렸다.

"뭐, 뭐라고? 이 여자 교양 없는 거 봐."

이봐요. 교양은 당신이 더 없거든요.

여자는 주변의 모든 사람들이 다 들으라는 식으로 큰 소리로 말했다. 여자의 큰 소리에 사람들은 더 수군거리기 시작했고 지수는 짜증이 밀려왔다.

"이게 무슨 소란이죠?"

밖에서 한 여자가 들어오며 그들을 향해 다가왔다. 정갈한 올림머리를 하고 하얀색 재킷에 실크 스커트와 검은색 킬 힐을 신은 여자의 모습이 한눈에 보아도 범상치 않아 보였다.

이 무리들의 보스인가.

"이사님. 아, 아니에요. 이분이 처음 오셨다기에 강연회에 대해서 소개 좀 해 드리고 있었어요."

지수는 능숙하게 거짓말을 하는 여자를 또다시 노려보았다. 그 여자는 내가 언제 그랬냐는 듯이 순진무구한 송아지 같은 눈빛을 하며 이사라는 여자를 쳐다보았다.

"아! 그래요. 잘 오셨어요. 한국 플로리스트협회 이사장 박주하입니다."

주하의 인사에 지수는 자리에서 일어났다.

"안녕하세요? 한지수입니다."

살짝 악수를 한 그 둘이 바로 자리에 앉자 지수를 공격하러 왔던 여자는 조용히 제자리로 돌아갔다. 주하는 지수의 맞은편에 앉아 입고 있던 재킷을 벗어 의자에 걸었다. 재킷 안에는 가슴골이 훤하게 드러나 보이는 옷을 입고 있었다.

대놓고 유혹하려고 왔구만.

지수는 신경 안 쓰려는 듯 눈길을 돌려 휴대폰으로 시간을 확인했다. 10시 59분. 1분의 시간을 앞두고 강연회장을 밝히고 있던 조명이 소등되었다. 곧 스포트라이트를 받으며 재준이 그 빛 사이로 모습을 드러냈다.

허리를 꼿꼿이 세우고 한 손을 흔들며 환한 미소를 얼굴 가득히 드러낸 재준의 모습에 지수는 마치 그에게서 빛이 나오는 것 같았다. 연예인을 실제로 보면 그 사람에게서 광채가 뿜어져 나온다더니 재준이 지금 그러했다.

"안녕하십니까? 반갑습니다, 여러분."

허리를 숙이며 인사하자 우레와 같은 박수가 터져 나왔다. 여유로운 미소를 지으며 그는 슈트 상의를 벗어 테이블 위로 올려놓았다. 셔츠 위로 그의 몸매가 드러나자 강연회장 안의 여자들은 약속이라도 한 듯이 호흡조차 멈추고 재준에게 엄청난 집중을 하는 분위기였다.

이건 완전 교주를 영접하는 분위긴데…….

지수는 그 분위기에 적응할 수 없었다. 아니, 하고 싶지 않았다. 도대체 저 남자가 얼마나 대단한 남자이기에. 여자들의 반응을 이해할 수 없었다.

재준은 그런 시선에 익숙한 듯 곧 테이블 위에 걸터앉았다. 그가 어떤 행동을 할 때마다 여자들의 입에서는 탄성이 흘러나왔다. 어찌 보면 남자는 편안한 분위기를 만들고자 하는 행동인 것 같은데 그곳에 있는 여자들이 만들어 내는 분위기는 편하지 않았다.

"항상 그랬듯이 저는 여러분에게 영감을 받습니다. 여러분들께서 하시는 모든 말씀이 저에게는 다 영감으로 떠오릅니다. 플로리스트와 여러분들 간에 벽이 있는 사이가 아닌 옆집 오빠나 동생처럼 서로 편하게 이야기 나누고 공감하는 그런 시간이 되었으면 좋겠습니다. 여러분들도 그렇게 생각하시나요?"

"네!"

여자들은 기다렸다는 듯이 일제히 대답했다.

점점 가관일세.

지수는 등을 의자에 기대고 팔짱을 꼈다. 도대체 어떤 점에서 기분 전환할 수 있을 거라고 한 건지 알 수 없었다.

"오늘의 주제는 꽃과 사랑 Oh, love인 건 다 알고 계시죠?"

"네!"

"여러분의 대답 소리가 제 심장을 쿵, 하게 하네요."

꽃같이 웃으며 말하는 재준의 위트에 이곳저곳에서 '어머, 어떡해.' '내 심장도 쿵 했어.' 등 이런저런 몹쓸 소리가 흘러나오자 지수는 미간을 좁혔다. 아무리 생각해도 재준을 교주로 생각하는 여자들 때문에 지수는 집중하지 못할 것 같았다.

웅성거리는 소리가 길어지자 검지를 입술 한가운데로 가져간 재준의 포즈에 순식간에 조용해지자 재준은 다시 입을 열었다.

"모두 심장이 쿵 하셨나요? 그럼 본격적인 이야기에 앞서 영상을 하나 보여 드릴 거예요. 영상을 보시고 이야기를 나눠 보도록 하죠."

재준은 테이블에서 일어나 지수에게 슬며시 미소를 지은 뒤 곧 다른 곳으로 시선을 옮겼다. 그의 시선과 미소에 지수는 이상하게 마음이 일렁였다. 이 남자가 동성애자만 아니었다면 본격적으로 빠져 들어가고도 남았을 것 같았다.

정신 차려 한지수!

곧 모든 조명이 꺼지고 잔잔하게 사랑을 고백하는 음악이 흐르며 마치 한 편의 영화를 보여 주듯 짧은 영상이 상영되었다. 사랑하는 누군가에게 고백하며 꽃을 전하는 장면들이 지나가고 사랑에 빠진 연인들의 프러포즈, 그리고 결혼식 장면과 강연회장에 들어오기 전 봤던 재준의 웨딩드레스를 입은 여자가 행복해하는 모습을 마지막으로 영상은 끝이 났다.

꽃에 담긴 수많은 꽃말들, 그리고 사랑을 표현하기 위한 하나의 방법. 그 방법이 어쩌면 진부하지만 가장 순수하기 때문에 사랑하는 사람에게 자신의 마음을 표현하는 것이 이토록 아름답게 느껴지는 것은 아닐까.

두 시간이라는 시간이 후딱 지나가 버렸다. 잔잔하게 흘러가듯 흘러가 버린 시간 속에서 지수는 감성이 촉촉해짐을 느꼈다. 어쩌면 다 알고 있는 것들일 수 있지만 무심한 듯 지워 버린 순수한 감정이랄까, 그런 것들이 다시 살아나며 죽어 있던 연애 세포들이 깨어나는 기분이었다.

강연회가 끝나자 자신과 마주 보고 앉았던 주하라는 여자는 기다렸다는 듯이 재킷을 걸쳐 입고 재준에게 향했다. 그를 향한 여자의 눈빛에서 지수는 그녀가 재준을 좋아하는 것같이 느껴졌다. 어떻게 해서든 잘 보이고 싶어 하는 특유의 몸짓이랄까. 그런데 그 몸짓이 몸을 내세운 유혹과도 같아 보였다. 적어도 지수의 눈에는 그랬다.

재준은 그녀의 제안을 거절하는 듯했다. 여자의 표정에는 실망이 가득 찼고, 곧 그는 지수에게 다가왔다. 그녀는 단지 그에게 노트북 가방을 받기 위해 기다리고 있었던 것뿐이었지만 재준이 자신에게 다가오자 주하의 질투 어린 시선이 자신에게 향하는 것이 느껴졌다. 지수는 또다시 불편해졌다.

이 남자와 있으면 계속해서 불편해지겠어.

지수는 빨리 가방을 받아서 자신이 좋아하는 집, 자신의 방으로 들어가고 싶었다. 그리고 이곳에서 느낀 감수성을 폭발시키며 책상 위에 고이 모셔 놓았던 '그녀의 꽃'을 한 번 더 읽어 볼 생각이었다.

"가시죠."

재준은 지수와 함께 강연회장을 빠져나갔다. 무의식중에 그곳을 빠져나가기 위한 발걸음이 빨라졌다. 자신이 재준과 함께 동행하자 아직 그곳에 남아 있던 여자들의 시선이 제 등에 꽂히는 느낌을 받았다. 이것 또한 불편했다.

둘은 지하 주차장으로 향했다. 지수는 노트북을 받고 바로 자신의 애마를 탄 후 집으로 귀가하면 된다는 완벽한 계획에 아주 만족스러웠지만 그 계획은 곧 수포로 돌아갔다.

재준의 차 앞에 서는 순간 지수는 눈이 커지면서 심장이 터질 것같이 뛰어 대는 것을 느꼈다. 그의 차에서 눈을 뗄 수 없었다. 자신의 드림카가 바로 눈앞에 있었던 것이다.

"이, 이게 당신 차?"

"네."

"아, 아우디R8 스파이더…… 블랙……."

지수는 재준이 있든 말든 신경 쓰지 않는 듯 차로 다가가 닿을 듯 말 듯 한 거리를 유지하며 그의 차를 황홀하게 쳐다보았다.

그 모습을 재준은 꽤 흥미롭게 바라봤다.

재미있는 여자일세.

"알팔아…… 내가 널 보게 되는구나."

차에 거의 몸을 밀착시킨 지수는 헤어졌던 연인을 만난 듯 애틋한 시선을 보냈다.

만지고 싶은데 만지지는 못하고 어쩔 줄 몰라 하던 지수는 갑자기 재준에게 다가왔다. 얼마나 가깝게 다가왔는지 지수의 숨결이 느껴질 정도였다. 갑작스런 그녀의 행동에 재준은 당황스러워 미간을 슬쩍 좁혔다.

점점 재준의 눈을 바라보는 지수의 눈망울이 촉촉해지며 간절한 눈망울이 되었다. 마치 애절하게 무언가를 갈망하는 듯한 그런 눈빛.

"강재준 씨. 당신의 차를 몰아 보고 싶습니다."

정말 의외였다. 다른 여자들은 차를 보고 자신을 유혹하려는 행동을 했지만 이 여자는 아니었다. 그녀의 눈에는 자신이 아닌 차만 눈에 보이는 것 같았다.

지금껏 살아오면서 재준은 자신을 보던 시선을 차에 빼앗긴 적이 단 한 번도 없었다. 그런데 지금 자신의 두 손을 자연스럽게 잡은 지수는 차에 온 신경을 홀딱 빼앗겨 버린 듯 차를 한 번만 타게 해 달라고 애원하고 있었다. 이 모습에 거부 반응이 들어야 하는데, 이상하게 그녀가 재미있었다.

3. 그 여자, 그 남자

지수는 간절한 마음으로 재준을 쳐다보았다. 지금 그녀가 얼마나 가까이 그와 얼굴을 맞대고 있는지도 자각하지 못한 채 말이다. 재준은 지금의 자세가 아찔했다. 마음만 먹으면 입맞춤이 가능했고 그녀를 품에 안아 버릴 수도 있었다.

하지만 재준은 '나에게 어서 그렇게 하겠다고 말해' 라는 사심 가득한 눈빛으로 저를 보는 지수를 어떻게 해 보겠다는 생각은 들지 않았다. 그저 차만 보이는 듯한 눈앞의 여자가 흥미로울 뿐이었다.

"잠깐, 좀 떨어져서 말씀하시죠?"

재준의 말에 그제야 남자와 너무 밀접하게 있었다는 것을 깨달은 지수는 놀란 듯 뒤로 물러났다.

"죄, 죄송해요. 제가 차만 보면 이성을 상실해서……."

그새 고개를 숙이고 한쪽 발끝으로 땅을 톡톡 두들기는 모습이 꼭 좋아하는 아이 앞에서 부끄러워하는 어린아이의 모습 같기도 했다.

하지만 재준은 지수가 부끄러워하는 대상이 자신의 차라는 것에 뭔가 씁쓸한 기분이 들었다. 한숨을 길게 내쉰 재준은 이내 말문을 열었다.

"그런데, 제 차를 몰고 싶다고요?"

재준의 물음에 고개를 번쩍 들며 세차게 끄덕였다.

"안 될까요? 저 차가 제 드림카예요. 제 애마한테는 미안하지만 오늘 배신 좀 하려는데 도와주시면 안 될까요?"

지금 제 앞에서 눈을 껌벅이지도 않은 채 쳐다보는 여자가 어제 무심하게 대답하던 그 여자와 같은 사람인지 헷갈릴 정도였다. 방금 전까지 그녀는 가방만 받으면 바로 가 버릴 기세였으므로 재준은 이 상황을 충분히 즐기고 있었다.

"조건은요?"

"조건이요?"

"네. 모든 일에는 공짜가 없죠."

그의 말에 지수는 눈빛이 흔들렸다. 도대체 무슨 조건을 말하는 걸까 싶었다.

하지만 그 어떤 조건이든 자신이 해 줄 수 있는 한에서는 다 들어줄 수 있다고 생각했다. 그녀의 머릿속에는 오직 재준의 차를 직접 운전하는 제 모습으로 가득 차 있었다.

"무슨 부탁이든 제가 할 수 있는 거면 다 들어 드릴게요. 알팔이만 운전할 수 있게 해 주세요. 단, 거리는 제가 정해요."

"좋아요. 그럼 서면에 남기죠?"

철두철미한 성격의 재준이었다. 그의 말에 지수는 어색한 듯 웃어 보였지만 농담이 아닌 것 같은 분위기에 곧 자신의 가방에서 볼펜과 종이를 꺼내 들었다.

"제가 흰 종이가 없는 관계로 포스트잇에다 쓰죠."

"좋아요."

[본인 한지수는 강재준의 아우디R8 스파이더를 시운전하는 대가로 강재준이 원하는 것을 들어준다. 단, 거리는 한지수가 원하는 대로 정한다. 또한 한지수가 할 수 없는 무리한 요구는 들어줄 수 없다는 것을 명시한다.]

지수가 적은 내용을 검토하던 재준은 한 가지를 덧붙였다.

[단, 강재준의 검토 후 한지수가 할 수 있다고 판단될 시에는 이행할 자격을 갖는다.]

그가 덧붙인 내용을 본 지수는 한숨을 크게 내쉬며 고개를 끄덕였다. 그러고는 그 밑에 서명을 한 후 재준에게 건네주었다.

포스트잇을 받아 든 재준은 자신도 서명을 한 후 그것을 접어 슈트 상의 안쪽 주머니에 넣었다. 그러고는 차 키를 그녀에게 내밀었다.

"그럼 운전을 얼마나 잘하나 볼까요?"

긴장된 손으로 차 키를 받아 든 지수의 눈빛은 초롱초롱했다.

드디어 꿈에 그리던 차를 제 손으로 운전할 수 있게 된 영광의 날이었다.

재준은 조수석에 올라탔다. 그가 차 안으로 들어가자 지수는 의식을 치르듯 차 한 바퀴를 돈 후 운전석으로 경건한 마음을 가지고 올라탔다.

"오늘 오후 일정 없으시죠?"

환하게 미소를 지으며 재준을 쳐다보는 지수의 표정은 들떠 있었다.

"예약자 명단 보고 네 이름이 있기에 혹시나 했더니 역시나 너였구나?"

"그래서 해 주기 싫어?"

강은 입을 삐쭉거리며 지민의 머리카락을 손으로 들춰 모발의 상태를 확인했다.

"계집애. 관리는 잘했네. 그래서 어떻게 해 달라고?"

눈을 가늘게 뜨며 이야기하는 강을 지민은 거울로 쳐다보며 말했다.

"글쎄다. 네가 알아서 해 줘."

"내가? 날 믿니? 세상에."

"믿어 보려고."

"뭐 딴것 할 거 없이 바리캉으로 밀어 버리면 되겠네."

강과 지민은 안 보이는 싸움을 하고 있었다. 강은 지민이 싫었다. 정확하게 말하자면 미웠다. 재준이 그녀 때문에 마음고생 한 것을 옆에서 충분히 봐 왔기 때문이다. 그렇게 매몰차게 그의 마음을 거절했던 주제에 2년 전 다시 나타나 재준의 마음을 흔들려고 하는 이 여자가 미웠다.

"그럼 그러든지."

그녀는 미소를 지었다. 고등학교 때 그 일이 있기 전에는 강하고도 친하게 지냈었다. 다시 그때로 돌아갈 수는 없겠지만 그래도 친구로 남고 싶었다.

"너 정말 원하는 게 뭐야?"

뒤에서 팔짱을 끼며 자신을 노려보는 강의 시선을 거울을 통해서 볼 수 있었다. 지민은 그의 적대적인 행동에도 꿋꿋하게 미소를 지으며 대답했다. 자신이 정말 미치도록 싫으면 이렇게 마주 보고 있지도 않을 테니까 말이다.

"게이 친구."

"뭐? 지금 뭐라는 거니?"

"난 좋더라. 너 같은 다정한 남자애를 친구로 두는 거. 많이 귀찮게 안 할 테니까 다시 친구 하자고."

강은 시선을 낮게 깔며 그저 지민의 머리를 집게핀으로 갈랐다. 그는 그렇게 한참 동안 침묵했다. 그의 모습을 보며 지민은 마음이 무거웠다. 재준이 아니더라도 자신에게 친구라는 이름으로 남아 줄 수 있는 사람이 있으면 좋겠다는 생각이 이기적인 것일까.

"끝났어. 그냥 살짝 다듬고 영양만 줬으니 그렇게 알아. 생각 같아서는 중처럼 밀어 버리려고 했어, 이 계집애야."

"고마워."

그는 지민의 시선을 피했다. 자리에서 일어난 지민은 강의 뒤에 대기하고 있던 스태프에게 가운을 건네고 자신의 옷과 가방을 받아 들었다.

"저 앞에 로즈라는 커피숍에서 기다리고 있어. 이야기 좀 해."

새침하게 말한 후 그는 지민보다 먼저 자리를 벗어났다. 지민의 입술 끝은 위로 향했다.

그녀는 그가 말한 커피숍으로 향했다. 먼저 아이스 아메리카노 두 잔을 시켜 놓고 구석진 창가 자리에 앉았다. 한 10분쯤 지났을까 강은 서두른 듯 빠른 걸음으로 그녀를 찾아왔다.

강은 자꾸만 자신을 보며 웃는 지민을 향해 눈을 가늘게 떴다.

"커피 주문해 놓은 센스 봐. 이게 너랑 나랑 친구 할 수 없는 첫 번째 이유야."

그가 팔짱을 끼며 다리를 꼬았다. 나는 너에게 절대 호의적이지 않다라는 표시를 하는 모습이었다.

"두 번째 이유는 뭔데?"

지민은 의자에 등을 기댔다. 두 번째 이유가 무엇이냐는 물음에 강의 눈빛이 살짝 흔들렸다.

재준이 더 힘들어지기 전에 자신이 그녀를 쳐 내야 한다고 생각했다. 자신이 해 줄 수 있는 일은 그것이라고 생각했다.

"두 번째 이유는 네 의도가 불순해."

"내 의도?"

"재준을 마음에 품고 있는 이상 너랑 친구 할 수 없어."

강의 말에 지민의 표정이 서서히 굳어 갔다. 강이 재준을 좋아하는 줄 알지만 자신을 너무 밀어내는 것은 아닐까 하는 생각에 기분이 좋지 못했다.

"내가 너랑 친구 하는 거랑 재준을 좋아하는 거랑 무슨 상관
인데?"

"상관이 왜 없어. 재준도 내 친구야."

"그냥 친구일 뿐이잖아."

"그래. 친구일 뿐이지. 하지만 너 때문에 오랜 시간 힘들어한
건 알아. 그래서 넌 안 돼. 그리고 우리 재준이 내가 아무 여자
한테나 줄 것 같아?"

그의 말에 지민은 가슴이 철렁하고 내려앉는 것 같은 기분이
었다.

오랜 시간 동안?

그저 청소년기 때 좋아하던 그런 거 아니었나 싶었는데 도대
체 무슨 소리인지 지민은 알아들을 수 없었다.

"너 너무 오버하는 거 아니야?"

"그래. 자세한 건 말해 줄 필요도 없지. 넌 그때 알려고 하지
않았잖아."

강은 자리에서 일어났다.

"재준이 지금 너한테 아무 감정 없어. 앞으로 죽을 때까지 없
을 거야. 그러니까 우리랑 친구 하고 싶으면 감정 정리하고
와."

지민을 뒤로한 채 강은 빠른 걸음으로 그곳에서 나와 버렸다.

강의 말을 들은 지민은 잠시 동안 멍한 표정이었다. 도대체 무
엇을 알려고 하지 않았다고 하는 건지 모르겠다. 그녀는 자리에
서 일어나 가방과 옷을 집어 들고 어디론가로 향했다.

★

　주말이었지만 서해대교는 시원하게 길을 내어 주고 있었다. 지수는 상기된 표정으로 능숙하게 운전하며 소리를 질렀다.

　"와우! 속도감 죽인다!"

　자신도 모르게 소리를 지른 지수는 반사적으로 옆에 있는 재준을 쳐다보았다. 언제부터 자신을 쳐다보았는지 모르겠지만 그의 시선과 마주치자 그녀는 재빨리 앞을 바라보았다. 재준은 마치 신기한 것을 바라보는 것 같은 눈빛이었다.

　"친, 친구 중에 나 같은 여자 친구 없어요?"

　당황한 지수는 마음에도 없는 질문을 했다. 재준은 그녀의 질문에 그저 웃을 뿐이었다. 꿈에 그리던 차를 운전한다는 생각에 들떠 그저 정신없이 제 기분에 취해 있다 정신을 차리더니 대뜸 이런 뜬금없는 질문이라니.

　"혹시 애……인이 싫……어하지 않는다면 제가 친구 해 드릴까요?"

　"……"

　어색해지는 분위기를 모면하고자 다시 입을 연 지수는 곧 절망했다. '나는 네가 동성연애자인 것을 알고 있어.' 라는 말을 한 것처럼 이상하게 얼굴이 화끈거리고 심장이 뛰었다.

　나 미쳤나 봐…….

　재준은 지수의 말에 아무 말 하지 않았다. 무슨 말이라도 좀 하면 어색함과 민망함이 덜할 텐데 조금씩 무거워지는 침묵에 지수는 괜한 액셀을 밟아 속도를 높였다.

"친구라……."

"싫, 싫으시면 말고요……."

공항에 차를 세우며 기죽은 듯한 지수의 시선을 외면한 채, 재준은 차에서 내렸다. 지수도 따라서 내리자 그가 손을 내밀었다.

그 손 위에 주고 싶지 않은 듯 천천히 차 키를 내려놓는 지수는 '언젠가 가지고 말 테야'라는 눈빛으로 한동안 차 키를 응시했다. 그런 그녀의 눈빛에 재준은 또 한 번 미소가 지어졌다.

"점심시간이 꽤 지난 건 알죠?"

재준의 말이 지수에게 너무 흥분해서 식사도 하지 않은 채 이곳까지 운전하고 왔다는 것을 바로 일깨워 주었다. 또다시 밀려오는 민망함에 그녀는 고개를 들 수 없었다.

"죄지었어요? 빨리 타요."

운전석에 타며 쭈뼛거리고 있는 지수를 향해 말하는 그의 말이 꼭 구원을 받는 느낌이었다. 왠지 재준이 자신을 버리고 갈 것 같은 생각이 들었기 때문이다.

"공항 근처 호텔에 맛있는 스시집 있는데 어때요?"

무심한 듯 내뱉는 그의 말에 벌써부터 입안에 침이 고이는 듯했다. 그만큼 배고픈 상태였는데 기분에 취해 이곳까지 온 것이었다.

사실 드림카에 눈이 뒤집혀 말도 안 되는 포스트잇 계약서를 쓰고 차를 운전해 봤지만 자신의 소유로 된 드림카를 언제 사 보나 싶은 생각에 기분이 좀 우울해진 상태였다.

"네. 좋아요."

차를 운전했을 때와는 달리 가라앉은 목소리로 말하자 재준은 그만 참지 못하고 웃어 버렸다. 그의 웃음소리에 지수는 당황한 나머지 차 문 쪽으로 몸을 붙이고 재준을 쳐다보았다.

"아, 죄송해요. 너무 웃겨서."

"뭐가요?"

"기분이 너무 금방금방 달라지는 거 아니에요?"

"그랬나요?"

"좀 그래 보여서요."

웃던 재준은 조금 차분한 목소리로 말했다.

정말 재미있는 여자였다. 솔직하고 무심한 듯하고, 외모로 봤을 때는 예민하고 꼼꼼해 보이는데 자신이 좋아하는 것 앞에서는 한없이 무너지는 허당인 귀여운 여자였다.

"친구 해요."

"네?"

"지수 씨 같은 친구 있으면 만날 웃겠네요. 우리 친구 해요."

"아…… . 네."

그저 어색한 분위기를 전환해 보려고 했던 말 때문에 결국 사고를 치고 말았다. 지수는 재준이 눈치채지 못하게 작게 한숨을 내쉬었다.

동성애자 남자 친구는 어떤 느낌일까라는 막연한 생각만 가지고 있었는데 막상 그가 친구 하자고 하니 난감한 상황이었다. 아니 오히려 쌍수 들고 환영해야 하는 걸까라고 생각했다. 가끔씩 그를 보며 뛰는 심장을 좀 조련해야 할지 모르겠지만 말이다.

"이제 저랑 친구 하기 싫은가 봐요?"

"그게 아니고……."

"그럼요?"

"애인이 저 싫어할 수도 있잖아요."

지수는 그때 본 남자가 애인이 맞는지 확인하고 싶었다. 그걸 알아야 자신이 이 남자와 친구를 해도 마음이 편할 것 같았다.

만약에 애인이 아니라고 하면 어쩌지? 내가 오해한 거면 어쩌지?

0.0000001% 희망이라도 품고 싶은 지수는 말을 내뱉고 나니 심장이 미친 듯이 뛰어 댔다. 얼마나 심하게 뛰었는지 속이 멀미하듯 울렁거렸다.

재준은 지수의 질문에 살짝 고민했다. 강이 자신이 작업실에 왔을 때 보고 자신을 동성애자라고 오해하고 있는 것 같았다. 그리고 그 오해로 자신에게 친구 하자고 하는 거라는 생각이 들었다. 처음부터 자신을 남자로 보고 다가오는 것은 아닐 테니 어쨌든 여자 한 명쯤은 친구로 둬도 좋지 않을까 하는 생각에 재준은 마음이 편해지는 것 같았다.

"내 직업 특성상 주변에 항상 여자들이 많거든요."

"아……."

"오늘부터 우리 친구인가요?"

이제는 편한 듯 치아가 드러날 정도로 환하게 미소 짓는 재준의 얼굴을 보자 지수의 심장은 또다시 뛰기 시작했다. 들키지 않으려고 그저 고개만 끄덕인 그녀는 앞으로 험난한 일이 생길 것 같은 느낌마저 들었다.

"그런데 나이가 어떻게 돼요?"

"서른이요."

"난 서른네 살."

"네……."

궁합도 안 본다는 네 살 차이지만 아깝다, 아까워.

지수는 그의 프로필을 봐서 알고 있었지만 재준에게 직접 들으니 왜 이렇게 더 아깝게 느껴지는 것인지 속이 쓰리기만 했다.

"앞으로 즐거움이 가득한 목소리를 들으려면 만날 때마다 차 운전을 시켜야겠네요."

자신을 참 정확하게 파악한 재준의 말에 지수는 환하게 미소를 지어 보였다.

알콜이~ 으흐흐흐.

생각만 해도 좋았다. 이 정도면 차 덕후라고 불릴 만했지만 돈이 없는 관계로 자신의 애마로 만족해야 했었다. 그런 덕후에게 다가온 기회는 어떡해서든 잡아야 하는 법.

"친구인 나보다 차를 더 좋아하는 것 같네요. 기분이 좀 이상한데요?"

"아! 아니에요. 그게 아니라……."

"얼굴에 티 나요."

재준은 여자와 대화하면서 오랜만에 편안함을 느꼈다. 자신을 게이로 오해하는 여자여서 그런지, 남자로 보지 않는 시선이라 그런지, 자신이 아닌 차에 대한 불순한 의도가 가득한 여자라서 그런지 이상하게 말도 안 되는 이유로 마음이 편했다.

웅—

그때 전화 진동 소리가 들려왔다.

"여보세요?"

지수의 것이었다. 그녀가 전화를 받자 재준은 입을 다물었다.

"내일 몇 시요? 오후 5시? 알겠어요. 네, 감사해요."

재준은 지수가 전화를 끊자 그녀를 쳐다봤다. 그녀는 휴대폰 액정을 손가락으로 톡톡 두들기며 잠시 무슨 생각에 잠긴 듯 자신의 시선을 알아차리지 못했다.

재준과 헤어지고 나서 자신의 차로 옮겨 타고 돌아오는 길이 왜 이렇게 허무하게 느껴지는지. 지수는 뭔가 아쉬웠다. 그와의 관계에서 얻은 것이 있다면 친구라는 타이틀이었다.

애인에 대한 질문에 재준은 애인이 없다는 대답을 하지 않았기에 지수는 자신과 어깨를 부딪쳤던 남자가 재준의 애인이라고 치부해 버릴 수밖에 없었고, 재준이 동성애자라는 것을 잠정적으로 결론 냈다.

정말 겉으로 봤을 때는 모르겠던데……. 그 남자도.

큰 키에 살짝 말라 보이는 몸매, 작은 얼굴에 이목구비가 뚜렷하지만 귀여운 인상이 강한 귀여운 남자였다. 이렇게 꽃 같은 남자 둘의 케미가 터지는 조합이라니, 세상 참 불공평했다.

동성애자 친구 말고 진짜 꽃 같은 애인을 하늘에서 떨어트려 주세요.

지수의 생각이 하늘에 닿았는지 때마침 운전하면서 켜 놓은 라디오에서는 'It's raining man'이 흘러나왔다. 그녀는 한편으로는 어이가 없으면서 어느 순간 'It's raining men Hallejulah'

하고 따라 부르고 있었다.

자신의 애마를 집 주차장에 주차시킨 지수는 측은한 눈빛으로 운전대를 쓰다듬으며 중얼거렸다.

"미안해. 오늘 내가 널 배신했어. 다신…… 안 그런다고 말…… 할 순 없지만…… 난 늘 너에게 돌아온다. 삐지지 마."

말을 마친 지수는 차에서 내려 빠른 걸음으로 집으로 향했다.

"나 왔다."

지수의 말에 거실에서 '이모' 하며 흥분한 송아지처럼 뛰어오는 하나의 모습에 가방을 내려놓고 품에 안아 들었다.

"우리 하나 유치원 잘 다녀왔어요?"

"웅웅! 이모. 할머니 와쑴니다."

"아! 그렇구나."

지수는 서둘러 하나를 내려놓은 뒤 컴퓨터 가방을 집어 들고 자신의 방으로 도망치듯 뒷걸음질 쳤다.

"한지수."

언제 와서 바라보고 있었는지 그녀의 모습에 팔짱을 끼고 살짝 노려보는 엄마 영희와 눈이 마주치자 지수는 어색하게 웃어 보였다.

"아, 엄마?"

"이년이?"

"갑자기 웬일이야?"

"됐고! 이리 와!"

걸걸한 목소리로 강하게 말하는 영희의 모습에 지수는 방문을 열고 가방만 놔둔 채 도살장에 끌려가는 송아지처럼 무거운 걸음으로 거실로 향했다.

지아는 소파에 누워 있었고 사과를 자르려던 영희는 지수를 보자 칼을 든 손으로 자신의 옆에 앉으라고 손짓을 했다.

"아이, 엄마 무섭게. 그 칼은 내려놓고……."

지수가 쭈뼛거리며 앉자 영희는 눈을 가늘게 뜨며 노려보았다.

"선봐."

"아! 내가 또 그 말 나올 줄 알았어. 싫어. 사랑은 운명이지 그런 식으로 만들어지는 게 아니라니까!"

"이년이, 운명 같은 소리 하네! 네가 그래서 4년 동안 남자 한 명 만나 봤어?"

"내가 그래서 엄마가 원하는 선 자리에 안 갔어? 어디서 대머리 아저씨를 데려다 놓고 말이야! 정도가 좀 있어야지."

미간을 잔뜩 좁힌 채 짜증 난다는 식으로 말을 내뱉었다. 영희의 칼을 든 손에 힘이 서서히 들어갔다. 반으로 자른 사과를 쟁반에 내려놓고 갑자기 칼로 사과를 힘 있게 내리치기 시작했다.

그 모습을 본 지아는 자리에서 일어나 하나를 데리고 제 방으로 들어갔다. 전쟁의 시작을 알리는 모습이었기 때문이다.

지수 역시도 긴장이 되었다. 영희는 다혈질과 폭군의 기질을 가지고 있는 집안의 군주였다. 그나마 그 성질을 종교에 대한 믿음으로 잘 다스리고 있었던 것인데 오늘은 아주 날을 잡은 것 같았다.

"다시 말해 봐."

"싫, 싫다고."

지수의 입에서 다시 싫다는 말이 나오자 영희는 말없이 주방으로 들어가 큰 사발에 물을 떠 왔다. 그러고는 그 물 안에 초록색 가루를 넣어 사과를 내리치던 칼을 넣어 저었다. 칼끝이 사발에 닿자 그 소리가 얼마나 무섭게 들리는지 제 몸에 소름이 돋는 것 같았다.

　도대체 영희는 사발에 무엇을 넣은 것일까. 지수는 엄마의 행동에 잔뜩 긴장한 채로 마른침만 삼켰다.

　"우리 동네에 빵집 아들내미 알지? K전자 수석 연구원으로 이번에 승진했대. 직업 좋고, 내가 만나 보니 성격도 서글서글하니 좋더라. 그 엄마랑 말 끝냈어. 그 집 아들이랑 선보기로 했으니까 그리 알아."

　"아, 엄마. 뚱보에 곧 머리 까질 것 같은데 직업 좋다고 그런 인물을 어디다 들이밀어?"

　"외모로 먹고 사냐?"

　서늘한 말투가 칼날을 세워 지수에게 향했다. 한 번만 더 싫다고 하면 제 생명이 지금 이 순간 없어져도 이상할 것 하나 없었다.

　하지만 그녀는 자신의 인생이 엄마의 강요에 의해서 결정되는 것은 너무하다고 생각했다. 본인이 연애를 오랫동안 못 한 것은 제 잘못이 아닐뿐더러 아직까지 늦은 나이가 아니라고 생각했다. 앞으로가 더 창창한 나이, 하고 싶은 것도 많은 나이였다.

　"엄마! 진짜 너무해. 이렇게 공포 분위기 조성해 놓고 선보라고 통보하면 누가 좋아해. 아니 이건 협박이야!"

　지수는 당당하게 말하고 싶었지만 잡아먹을 듯 노려보는 영희의 눈빛에 목소리는 점점 기어들어 갔고 시선은 땅으로 향했다. 그녀의 대답에 영희는 칼을 소리 나게 내려놓고는 사발을 집어 들었다.

"그래. 내년이면 너 서른 넘어가고 그거 넘겨서 결혼한다고 하면 벌써 노산이야, 이 계집애야. 애는 한 살이라도 젊을 때 낳아야 하는 거 몰라? 그래서 이 엄마가 선 자리를 주선해 왔는데 싫다고?"

조용히 고개를 끄덕였다. 선은 정말 싫었다.

"알았어. 오늘 네 앞에서 엄마 죽는 꼴 봐. 엄마 이거 마시고 이제 네 꼴 안 보련다."

사발을 서서히 들어 올리는 영희의 모습이 지수의 눈에는 슬로비디오처럼 보였다. 지수는 재빨리 영희의 손을 잡고 그것을 빼앗으려고 씨름했다.

"악! 엄마! 지아야! 빨리 나와! 엄마 좀 말려!"

미친 듯이 소리 지르는 지수의 목소리에 지아가 뛰어나왔다. 영희는 사발 안의 것을 마시려고 하고 그걸 말리려고 필사적인 지수의 모습을 확인한 그녀가 영희의 입을 가로막았다.

"엄마! 미쳤어. 도대체 왜 그래?"

간신히 손에서 사발을 떼어 낸 지수는 보기에도 참 징그러운 초록색 물이 쏟아지고 조금 남은 사발 안을 들여다보았다. 도대체 이것이 무엇인가.

"아주 집구석에 틀어박혀서 글 쓴답시고 남자도 못 만나는 등신아! 내가 널 그렇게 낳았냐? 아주 내가 속이 터져서, 이런 널 보는 것보다 죽는 게 낫지!"

영희는 걸걸한 목소리로 소리를 질렀다.

"엄마! 내 나이 이제 서른이야. 왜 자꾸 늙었다고 해?"

"내 기준에서 늙은 건 늙은 거야. 됐고! 남자를 당장 내 앞에 데리고 오든가 아니면 이번 주에 선봐! 둘 다 못 하겠으면 오늘 내 송장 네 손으로 치울 줄 알아!"

한번 마음먹은 것은 될 때까지 밀어붙이는 엄마의 성격 탓에 아버지도 두 손 두 발 다 드신 지 오래였다.

지수는 난감했다. 이 사태를 어찌해야 할까. 지수가 대답을 못 하고 뜸을 들이자 영희는 바닥에 내려놓았던 사발을 다시 집어 들었다. 그 모습을 본 지수는 조급하다는 듯이 소리쳤다.

"남자 데리고 올게!"

"뭐라고?"

순식간에 영희는 잡아먹을 듯이 노려보았던 눈빛을 풀고 한결 부드러워진 표정으로 쳐다보았다.

"남, 남자 데리고 온다고."

"이런 깍쟁이. 너 만나는 남자 있었구나?"

아…… 엄마.

지수는 말없이 고개를 끄덕였다. 이번에도 엄마의 수법에 낚 인 것 같았다.

"정말 남자 있는 거지?"

확인을 하는 물음에 그저 말없이 고개를 끄덕였다. 그제야 흡 족한 표정으로 영희는 자리에서 일어나 가방을 집어 들었다.

"당장 데리고 와. 너무 갑작스러우면 다음 주 주말에 데리고 와. 그리고 그 물 다 먹어라. 쑥 가루 녹인 거다. 여자 몸엔 쑥이 최고지!"

화통하게 웃으며 집 안을 쑥대밭으로 만들어 놓은 장본인은 유유히 집을 빠져나갔다. 지수와 지아는 잠시 넋이 빠져 있었다. 영희가 왔다 가는 날은 그야말로 특급 태풍이 쓸고 지나가는 날이었다. 사과 파편들과 초록색 물이 튄 거실은 그야말로 아수라장이었다.

"어, 언니. 만나는 남자 있었어?"

"있겠냐?"

"어쩌려고 그래?"

"몰라. 일단 이것 좀 정리하자."

한숨을 크게 내쉰 지수는 쭈그려 앉아 정리를 시작했다. 그 순간에도 지수는 어떻게 해야 할지 모르겠다는 표정이었다. 짧은 시간 내에 없는 남자를 어떻게 만들어야 하는가. 인생이 꼬이는 소리가 너무 강렬하게 들려왔다.

"이번 콜라보는 긍정적으로 생각하고 있습니다. 네, 곧 결정해 드리겠습니다."

재준은 누군가와 통화를 한 후 방 안에서 나왔다. 어깨가 뻐근해 두 팔을 들어 길게 스트레칭을 하며 거실 소파로 향했다.

"언제 들어왔어?"

현관에서 신발을 벗던 강이 소파에 앉는 재준을 발견하고 물었다.

"아까."

"밥은 먹었어?"

"아니. 넌?"

강은 두 손에 들린 봉지를 들어 보였다. 그것을 본 재준은 미소를 지으며 엄지를 강을 향해 들어 올렸다.

"그렇지 않아도 시원한 맥주 마시고 싶었는데."

"역시 네 마음을 아는 사람 나밖에 없지?"

"그래. 고맙다."

강은 눈을 찡긋거리며 거실 테이블에 치킨과 생맥주를 올려놓고는 제 방으로 향했다. 얼마 후 젖은 머리를 수건으로 말리며 나온 그가 재준 옆에 앉았다.

"의리 없이 먼저 먹고 있네."

"먹으라고 두고 간 거잖아."

"이런 재미없는 남자를 내가 아니면 누가 데리고 사니?"

그의 말에 재준은 환하게 미소를 지어 보였다. 강은 그의 미소에 심장이 뛰었지만 그런 것조차 그에게 부담이 될까 봐 시선을 자연스럽게 치킨으로 향했다.

"오늘 잘 했어?"

"늘 했던 것처럼."

"그 계집애 또 가슴 내보이고 왔니? 마음에 안 드는 년."

입을 삐죽거리며 맥주를 한 번에 들이켰다.

"박 이사?"

"박 이사인지 뭔지 가슴 다 내보이고 끼 부리는 여자 있잖아."

거침없는 강의 말에 재준은 웃음을 터트렸다. 늘 언제나 자신에게 웃음을 주는 친구, 강. 남자가 봐도 사랑스러운 친구이고 그를 향한 강의 마음이 어떤지도 알지만 받아 줄 수 없는 것이었다. 그것을 잘 아는 강도 자신에게 내색하지 않으려고 노력해 주는 모습이 늘 고마웠다.

"넌 애인 안 만들어?"

재준의 질문에 강은 살짝 눈빛이 흔들리는 듯했지만 이내 제 술잔에 맥주를 따르며 입을 열었다.

"있어도 네가 질투할까 봐 오픈 안 하는 거거든. 너까지 질투하면 나 정말 피곤해."

"그래. 알겠다, 친구야."

그는 강의 어깨를 두들겼다. 그 손길에도 심장이 뛰었지만 그는 이미 오래전부터 자신의 친구였고 앞으로도 그럴 것이다. 강은 환하게 미소를 지으며 닭다리 하나를 들어 재준에게 건넸다.

"그러는 넌 요새 마음 가는 여자가 여전히 없어?"

"나? 마음 가는 여자는 없는데 재미있는 여자는 만났어."

"재미있는 여자?"

재준은 고개를 끄덕였다. 갑자기 제 차를 보더니 얼굴을 들이밀고 애원하듯 말하는 지수의 모습이 떠올랐다.

"픕!"

"뭔데 혼자 웃어?"

강이 이상하다는 듯이 말하자 재준은 한번 터진 웃음을 멈출 줄 몰랐다.

"아! 신선해. 오해도 좀 하고."

"뭐라는 거야? 제대로 말 안 해?"

강이 시원하게 말을 안 하는 재준에게 섭섭하다는 표정을 지었다.

띵동!

현관문 벨소리가 들려왔다.

"이 시간에 누구야?"

재준은 자리에서 일어나 벽에 붙은 모니터로 향했다. 그는 곧 표정이 굳어지더니 팔짱을 끼고 손가락으로 팔을 두들겼다. 그의 모습을 본 강이 곁으로 다가갔다.

"아니 이게!"

강이 두 팔을 걷어붙이고 현관을 향해서 가려고 하자 재준이 그의 어깨를 잡고 괜찮다는 표정으로 쳐다보았다.

강은 화가 난 표정이었다. 낮에 그렇게 말했는데도 찾아온 것이 불편했다. 아니면 그 시간 동안 재준의 대한 감정을 다 정리하고 온 것일까.

"어쩐 일이야?"

현관문을 열자 그 앞에는 지민이 서 있었다.

굳은 표정의 재준의 얼굴을 본 지민은 마음이 저려 왔지만 그래도 조금 더 편한 사이가 되고 싶어 찾아온 것이니 이 정도는 아무것도 아니라고 생각했다. 그녀는 애써 웃으며 두 손 가득 들고 온 것을 들어 보였다.

"오늘 술 한잔 하자. 그냥 친구로서."

들어오라고 하지 않았지만 문 앞에서 쫓겨날까 싶은 지민은 얼른 집 안으로 들어갔다. 거실에 들어가니 벌써 술 한잔 하고 있었던 흔적에 미소를 지었다.

"잘 찾아왔네! 어이! 게이 친구. 이것 좀 가져가지?"

"너! 내가 말한 숙제는 다 하고 온 거야?"

"뭐 대충? 아무튼 오늘은 그냥 친구로서 술 마시러 온 거니까 째려보지 마."

강은 재준을 쳐다보았다. 재준은 그저 고개를 살짝 끄덕이고는 다시 거실로 향했다.

지민이 다시 제 앞에 나타난 지 2년이라는 시간이 지났고 그녀에 대한 예전의 마음은 다 정리한 상태였지만 완전히 편하게 그녀를 볼 수 있는 것은 아니었다. 지민의 마음을 알기 때문에.

"와! 치사한 녀석들. 나 빼고 치맥 먹고 있었나 봐."

"말하는 것 좀 봐. 그럼 널 빼고 먹지 너한테 연락이라도 해?"

"친구니까."

"친구 같은 소리 하고 있네."

"한 번 친구는 영원한 친구지."

지민은 서둘러 자신의 잔에도 술을 따랐다.

"짠 해야지!"

잔을 높이 들며 지민이 소리쳤다. 강은 어쩔 수 없다는 듯이 그녀의 잔에 자신의 잔을 부딪쳤고 지민이 재준을 쳐다보자 그도 잔을 부딪쳤다. 그런 그들의 모습에 그녀는 미소를 지었다.

이렇게 한 걸음 더 가까이 가는 거라고 생각했다. 자신이 노력하다 보면 강도 자신을 다시 온전한 친구로 받아 줄 것이고 재준도 자신의 마음을 다시 받아 줄 것이라고 생각했다.

지민은 술을 마시는 내내 종알종알 떠들었다. 그 모습을 보고 있자니 다시 고등학교 때로 돌아간 것만 같았다.

재준은 씁쓸한 표정이었다. 다시는 그 순수했던 시간으로 상처받지 않았던 시간으로 되돌아갈 수 없겠지.

생맥주로 시작했던 것이 지민이 사 온 양주로 이어졌다. 점점 술기운이 오르고 눈이 풀리는 것 같았다. 지민과 강은 술이 취한 듯 어느새 서로 기대고 있었다. 그 모습을 보니 웃음이 나왔다. 저럴 거면서 보기만 하면 으르렁대는 모습이 우스웠다.

"재준! 너 아까 재미있다는 여자는 뭐야?"

강이 꼬인 발음으로 재준에게 물었다. 재준은 그의 질문에 다시 지수가 생각났다. 제 차를 운전하면서 자신만의 세계에 빠져 있던 그녀.

"있어. 차 덕후."

"뭐? 이름이 덕후야? 진짜 촌스럽다."

지민은 다른 여자에 대해 말하면서 미소 짓는 재준의 표정을 놓치지 않았다. 그전에는 어땠는지 몰라도 자신이 그동안 봐 왔던 재준은 여자에 대해 이야기를 한 적도 없었고 있다 하더라도 냉소적이었다. 그런데 그런 남자가 미소를 지었다.

"덕후를 이름으로 듣는 사람은 너밖에 없을 거다."

"아, 아니야?"

"응."

강도 느꼈다. 여자에 대해 말하며 미소 짓는 재준의 모습. 그 모습을 보자 안도감이 들면서 가슴 한구석이 저려 왔다. 오랫동안 여자를 만나지 않았던 그를 미소 짓게 하는 여자는 도대체 누구일까 궁금해졌다.

"누군데?"

지민은 애써 아무렇지 않은 척하며 웃었다.

"있어. 친구."

"친구? 무슨 친구? 남녀 사이에서 무슨 친구야? 어떤 계집이야?"

강은 새초롬하게 쳐다보며 말했다. 그의 모습에 재준은 여전히 미소가 가시지 않은 얼굴로 대답했다.

"날 동성애자로 오해하는 친구."

"설마……."

"사실이야."

"그 여자 연기하는 거 아니야?"

의심스러운 말투로 지민이 말했다. 그를 어떤 여자에게든지 뺏길 수 없었다. 절대 그러면 안 된다. 어렵게 돌아왔다. 재준의 마음을 다시 얻으려고 노력하는 중이다. 그런 노력이 물거품이 되게 할 수 없었다.

지민의 말에 재준의 표정은 서늘해졌다.

"늦었다. 이만 가라."

갑자기 냉소적인 말투로 말하자 지민은 당황스러웠다. 계속 이 자리에 있으면 안 될 것 같았다. 차가워진 그의 시선이 이렇게 견디기 힘들 줄 몰랐다. 자리에서 일어난 지민은 조용히 현관문으로 향했다. 그녀가 나가는데도 아무도 배웅해 주지 않았다.

지민이 현관문을 열고 나가자 강은 재준을 쳐다봤다.

"내가 아는 사람이야?"

"봤을 수도 있어. 이제 치우고 자자."

말을 돌리는 걸 보니 더 이상 물어보지 말라는 뜻이었다. 누구보다 재준에 대해서 잘 아는 강은 그저 조용히 거실을 치우기 시작했다. 재준은 강을 도와 거실을 치운 후 방으로 들어갔다.

재준은 침대에 누웠다. 섞어서 마신 술의 기운이 올라오는지 눈을 감아도 어지러운 기운이 돌았다. 그 와중에 지수가 생각났다. 수줍게 자신의 전화번호를 저장하던 그녀의 모습이 떠오르자 귀엽게 느껴졌다. 다음에 만난다면 또 어떤 모습일까 기대하게 만들었다. 그렇게 그는 잠이 들었다.

자다가 무의식중에 눈을 떴다. 몇 시간 못 잤지만 푹 잔 것 같은 느낌에 몸이 가벼웠다. 지수는 시간이 얼마나 되었나 싶어 휴대폰을 켰다. 갑자기 밝은 불빛에 눈이 찡그려졌다.

새벽 3시 32분.

더 자야겠다는 생각이 들었지만 이상하게 눈이 말똥말똥해졌다. 중요한 미팅이 있기에 다시 자려고 노력했다. 그래야 피부가 덜 부석할 테니까.

하지만 그럴수록 정신은 점점 맑아져 버렸다. 그렇게 30분 이상을 자려고 노력했지만 도저히 잠을 이룰 수 없었던 그녀는 침대에서 일어나 책상으로 향했다.

노트북과 옆에 있는 책을 번갈아 쳐다보다 노트북 덮개를 열고는 안경을 썼다. 요 며칠 집중해서 글을 쓰지 못한 탓에 조금이라도 쓰기 위해서였다.

쓰다 저장해 놓은 문서를 열고 기존에 쓰던 흐름을 이어 가기 위해 앞서 쓴 문단을 천천히 읽어 나갔다. 이번 여자 주인공은 자신처럼 차를 좋아하는 사람이었다. 차에 빠져 운전하는 모습을 묘사한 글을 읽다 보니 재준의 차를 운전하던 자신의 모습이 떠올랐다.

자신을 흥미로운 눈빛으로 쳐다보던 재준이 생각났다. 도대체 나를 어떻게 생각하고 있는 것인가.

재미있는 여자?

이렇게 생각하니 기가 막혔다. 여자의 매력이라고는 눈곱만치도 없는 모습만 보여 준 것 같았다. 아무리 그가 게이라고 할지라도 여자로서의 매력을 조금이라도 어필할걸, 하며 후회를 했지만 이미 때는 늦어 버렸다.

이러니 연애를 못 하는 거였어.

절망이었다. 만나면 즐거울 것 같다는 그의 말도 떠올랐다.

난 그렇게 즐겁게 해 줄 수 있는 사람이 아닌데…….

다시 되돌아간다면 작업실에서의 무심한 표정과 말투를 구사했던 그때로 돌아가고 싶었다.

아, 못 쓰겠다.

지수는 일어나 책상 위에 있는 향초 뚜껑을 열어 불을 붙였다. 머리와 마음이 복잡할 때 향초를 켜면 마음이 안정되는 효과가 있는 것 같았다. 그러고 보니 글을 쓰기 전에 습관처럼 입던 실크 잠옷도 입지 않은 채였다.

이러니 글이 안 써지지…….

지수는 잠시 고민하다 다시 책상 의자에 앉아 버렸다. 이 새벽에 자다가 글을 쓰자고 실크 잠옷으로 갈아입고 향초를 여러 개 켜는 것도 번거로웠다. 그리고 그렇게 한다 한들 이미 의지가 한 번 꺾인 터라 집중이 되지 않을 것 같았다.

알팔이만 아니었다면 복잡해지지 않았을 텐데…….

한숨을 크게 내쉬었다. 생각을 정리해야 했다.

강재준. 그는 애인까지 있는 동성애자이다. 그를 보고 설레는 것은 그저 한순간일 뿐인 감정이다. 우리는 친구다. 오직 친구!

주문을 외우듯 중얼거렸다. 세뇌시키기라도 하려는지 외우고 또 외웠다. 그렇게 생각이 정리되나 싶었다. 그런데 갑자기 남자를 데려오라는 엄마의 호통이 생각났다. 그냥 한 대 얻어맞을걸. 하지만 이미 엎질러진 물이었다.

사람이라도 사야 하나. 어쩌지…….

지수는 매초마다 늙어 버리는 느낌이었다. 인생 최대의 위기가 점점 다가오는 것이 느껴졌다.

이 나라를 떠나 버릴까?

순간 눈이 번뜩이면서 지수의 입가에는 미소가 담겼다.

내가 왜 그 생각을 못 했지? 정말 이 나라를 떠나 버리면 되잖아?

한 달이고 두 달이고 있다 오면 무슨 수가 생기겠지 싶었다. 글은 어디에서고 쓸 수 있으니까 바로 보이는 문제만 해결하면 된다는 생각이 들었다.

가끔은 단순하게 생각하는 것이 최고야!

음흉한 미소를 지으며 혼자 만족하던 지수는 졸음이 몰려오는

지 하품을 늘어지게 했다. 엄마에게서 벗어날 생각에 기분이 좋은지 엉덩이를 흔들며 침대로 걸어갔다.

『우리 친구 하지 말고 나랑 연애할래요? 지수는 고개를 끄덕였다. 그러자 남자는 지수의 얼굴을 큰 손으로 감싸며 마치 기다리고 있었다는 듯이 뜨겁게 키스를 하기 시작했다. 몸이 붕 뜨며 하늘을 나는 기분이 들었다. '이것은 절대 꿈이 아닐 거야. 이 남자와 평생 행복하게 살아야지.' 그녀는 남자의 허리를 감싸며 세게 껴안았다⋯⋯. 언니!』

지수는 눈을 떴다. 잠에 취해 눈을 제대로 뜨지 못했지만 분명히 웬 남자와 뜨겁게 키스를 하고 있었다. 그런데 남자가 자기보고 언니라고 하는 소리에 그만 눈을 뜬 것이다.

"언니! 정신 차려!"

지아가 지수 방의 커튼을 열며 큰 소리로 말했다. 그제야 지수는 꿈을 꾼 것이란 걸 알아챘다. 간만에 꿈속에 나타난 낯선 남자와 러브 모드로 행복해하고 있었는데 원수 같은 동생이 그 꿈마저 깨 버렸다.

간만에 좋았는데!

지수는 지아를 째려보았다. 그녀의 눈빛에 사정을 모르는 지아는 아침부터 언니가 예민한 모양이라 생각하고는 그대로 방을 나갔다.

멋진 남자인 것 같았는데⋯⋯. 황홀한 꿈이 될 수 있었는데 정말정말 아쉬웠다.

"이런 꿈도 이벤트인데 왜 이렇게 씁쓸하지⋯⋯."

혼자 중얼거리던 지수는 순식간에 기분이 바닥으로 떨어졌지만 이내 아쉬워할 것이 아니라는 생각이 들었다.

욕구불만인가…….

얼굴을 잔뜩 찡그린 지수는 어기적거리며 일어나 욕실로 향했다. 깨끗하게 씻고 나면 정신이 차려지겠다 싶었다.

바닥에 질질 끌리는 기분으로 집에 있을 수 없었던 지수는 기분 전환을 위해 번화가에 있는 미용실로 향했다. 미용실로 향하기 전 커피 전문점에 들러 뜨거운 바닐라 라떼 한 잔을 샀다.

평소엔 한여름에도 뜨거운 음료를 마시던 지수였기에 뜨거운 것으로 시켰지만 오늘따라 갑자기 무척 더워진 날씨에 마시기 힘들지 않을까 하는 생각이 들었다.

결국 차가운 음료를 한 잔 더 사 버린 지수는 캐리어에 두 잔의 커피를 넣어 가지고 미용실 안으로 들어갔다.

"안녕하세요?"

"네. 안녕하세요."

데스크에 있는 직원이 친절하게 인사를 건넸다. 지수는 데스크 위에 커피를 올려놓고 선글라스를 벗었다.

"예약하셨나요?"

"아니요. 오늘 처음인데, 예약해야 할 수 있나요?"

"그건 아니고요. 디자이너 중에 지금 시간이 비는 분이 계시면 바로 하실 수 있고, 아니면 조금 기다리셔야 해요. 알아봐 드릴게요."

"알겠습니다."

지수는 직원이 알아보는 동안 미용실 안을 둘러보았다. 엄청 큰 미용실은 아니었지만 1, 2층으로 되어 있었고, 아침부터 머리 하는 사람들이 많은 것으로 보아 잘하는 곳인가 싶었다.

"저희 원장님께서 시간이 되시는데 괜찮으시겠어요?"

"네. 상관없어요."

무심한 말투로 대답하자 직원은 그녀에게 손을 내밀었다.

"가방 넣어 드릴게요."

"노트북은 가지고 갈게요."

"관리 잘 하시길 바랄게요. 분실하셔도 저희는 책임지지 않습니다."

조심스럽게 당부하는 직원을 향해 고개를 끄덕이자 곧 헤어 가운을 입혀 주며 자리로 안내했다. 큰 거울 앞에 달려 있는 조그만 선반에 조심스럽게 노트북을 올려놓고 그 위에 커피를 올려놓았다. 그러고는 자리에 앉아 거울에 비친 제 모습을 보니 두 달 전에 한 굵은 웨이브 머리가 안 어울려 보였다.

할 때는 어울려 보였는데 이상하네.

입을 삐죽거리며 손으로 머리를 쓸었다.

"안녕하세요? 기다리게 해서 죄송합니다."

앉은 의자 뒤로 귀엽게 생긴 남자가 다가와 말했다. 거울로 비친 그의 모습을 본 지수의 얼굴엔 놀란 표정이 역력했다. 얼마 전 어깨를 부딪힌 그 남자. 재준의 애인인 것 같은 그 남자가 환하게 웃으며 자신을 바라보고 있었다.

"우리 언제 봤었죠?"

반갑다는 듯이 먼저 알은척하는 남자의 인사에 지수는 그를 보며 어색했지만 최대한 어색하게 보이지 않으려고 노력하며 미소를 지었다.

"안녕하세요? 저번에 어깨……."

"세상 참 좁다. 그죠?"

"네. 그러네요. 참! 헤어디자이너 강이라고 합니다."

"한지수입니다."

강은 지수를 보며 신기하다는 표정이었다. 지수도 신기했다. 많은 미용실 중에 어떻게 재준의 애인이 있는 미용실에 들어왔을까 싶었다. 자신의 소설 속에 제가 등장하고 있는 느낌마저 들었다. 작가가 설치한 우연을 가장한 만남으로 마음에 둔 남자의 애인을 만나는 그런 치정 소설.

말도 안 돼. 치정이라니.

"어떤 걸 하시려고요?"

"지금 이 파마머리가 안 어울리는 것 같아서요."

강은 지수를 보며 고개를 끄덕였다. 그러고는 머리카락을 들어 올려 자세히 보기 시작했다.

"너무 안 어울린다. 처음 했을 때는 어울린다 생각할 수도 있겠지만 손님 같은 얼굴형이나 스타일은 볼륨매직이나 C컬 펌을 해서 스타일을 만져 주는 게 좀 더 세련돼 보이고 지적으로 보여요."

"알아서 해 주세요."

"난 그 말이 제일 무섭더라."

그는 코끝을 찡긋거리며 말했다. 지수는 그저 멍하니 거울 속에 비친 강의 모습을 보다 제 앞에 놓인 커피를 보았다.

"아! 혹시 커피 좋아하세요? 마시려고 두 개 사 왔는데 하나 드세요."

"고마워요. 잘 마실게요."

강은 냉큼 차가운 커피를 집어 들었다. 한입 마시던 그는 호감 어린 눈빛으로 지수를 쳐다봤다.

"커피 고르는 센스 봐. 정말 맘에 든다. 달달한 커피 정말 좋아해요."

"다행이네요. 저도 달달한 커피 좋아해요."

"오늘 머리 진짜 잘 해 드려야겠다. 잠시만요."

그는 잠시 다른 곳으로 향했다. 지수는 그가 별것 아닌 것에도 저렇게 좋아해 주니 덩달아 저도 기분이 좋아지는 것 같았다.

기다리는 시간을 그냥 보내는 것이 아까워 지수는 노트북을 무릎 위에 올려놓았다. 그러고는 쓰던 글을 이어서 쓰기 시작했다. 막혔던 글이 써지기 시작하자 그녀의 입술 끝이 위로 향했고 기분은 점점 더 나아지는 것 같았다.

"여기까지 와서 일하세요?"

어느새 미용 용품을 가지고 온 강은 무엇인가 하고 있는 지수에게 말을 걸었다.

"일은 아니고…… 쓰는 게 좀 있어서요."

"작가?"

지수는 수줍은 듯 고개를 끄덕였다. 강은 더 이상 질문을 하지 않았다. 작가이니 감수성이 예민할 것이고 그런 사람들은 자신의 일을 할 때 방해받는 것을 싫어한다는 걸 재준을 통해서 너무나 잘 알고 있었기 때문이다. 그는 지수를 거울을 통해 한 번 더 물끄러미 바라보았다.

괜찮은 여자 같네.

강은 처음 보는 사람이었지만 그녀가 이상하게 마음에 들었다.

★

"작가님."

정 실장은 지수를 보자 자리에서 일어났다. 지수는 미소 짓는 정 실장의 얼굴을 보자 이상하게 도망가고 싶었다. 저렇게 안 웃던 사람이 웃을 때는 다 이유가 있는 법이었으니까.

하지만 그녀 외에 다른 사람들도 있어서 빠른 걸음으로 그들이 앉아 있는 자리로 다가갔다. 지수가 다가오자 앉아 있던 남자 두 명이 일어났다.

"안녕하십니까? 작가님. 저는 라온&E 대표 백민우라고 합니다."

남자가 명함을 내밀며 허리를 살짝 숙여 인사했다. 그러고는 그 옆에 있던 남자도 그와 같이 허리를 숙여 인사했다.

"안녕하세요. 저는 한지수입니다."

그의 명함을 받아 든 지수는 자리에 앉았다.

"서류는 검토해 보셨나요?"

"네. 정 실장님과 만나 검토해 보았습니다."

"더 추가하실 사항이나 요구하실 것이 있으신가요?"

"아니요. 없는 것 같아요."

지수는 살짝 미소를 지으며 그들을 쳐다보았다.

왜 저렇게 쳐다보는 거지?

민우와 시선이 마주친 지수는 그가 자신을 계속해서 쳐다보는 것이 부담스러웠다.

"이제 사인만 하시면 됩니다."

민우 옆에 앉아 있던 남자가 지수에게 말했다. 지수가 가방에서 펜을 꺼내려고 하자 민우가 재빨리 제 상의 안쪽 주머니에서 만년필을 꺼내 지수에게 건넸다.

그에게 만년필을 건네받은 그녀는 고개를 살짝 숙여 인사했다. 그러고는 두 장의 계약서에 사인을 마친 후 그에게 다시 만년필을 돌려주었다.

"감사합니다, 작가님. 작품 진행 상황은 추후에 연락드리도록 하겠습니다."

그가 입을 열었다. 그의 인사에 지수도 가볍게 인사를 하고 자리에서 일어나려고 가방을 손에 들었다.

"혹시 괜찮으시다면 제가 작가님께 저녁을 대접해 드리고 싶은데요."

뜻하지 않은 민우의 말에 지수는 살짝 당황한 눈치였다.

식사?

이후에 일정은 없었지만 자꾸만 쳐다보던 민우의 눈빛이 신경 쓰였다. 그리고 예정에도 없던 식사를 대접하겠다고 하니 뭔가 좀 이상한 느낌이 들었다.

"저만요?"

지수는 정 실장을 쳐다보며 말했다. 지수와 눈이 마주친 그녀는 민우의 눈치를 살피더니 서둘러 자리에서 일어났다.

"작가님. 어떡하죠? 저 선약이 있어요. 대표님께서 사 주신다는데 드시고 오세요. 그럼 전 이만."

누가 쫓아내기라도 한 것처럼 그녀는 그렇게 자리를 떠났다. 식사를 하겠다고 응한 것도 아닌데 정 실장이 먼저 가 버리는 바람에 민우와 꼭 식사를 해야 하는 분위기가 되어 버렸다.

뭐지. 이 순식간에 일어난 일은?

"그럼 위로 올라가서 식사하시죠."

어색하게 앉아 있는 지수를 바라보며 민우는 환하게 웃어 보였다. 그러고는 호텔 승강기 쪽으로 안내했다. 여전히 갑작스러운 상황 탓에 지수는 긴장 아닌 긴장을 했다. 승강기에 다다르자 그는 최대한 매너 있는 손길로 승강기 안을 가리키며 먼저 들어가시라는 눈길을 보냈다.

"좋은 시간 되십시오."

민우 옆에 있던 남자, 그러니까 비서처럼 보이던 사람이 승강기를 타지 않고 그 앞에서 허리를 깊게 숙여 인사했다. 그의 인사에 지수는 더더욱 당황했다. 앞으로 옆에 있는 남자와 둘이 식사를 해야 했다.

지수는 왠지 모르게 자꾸만 백민우라는 남자가 자신에게 사심을 품은 거 같아 기분이 이상했다.

그렇게 처음 보는 남녀가 승강기 안에 같이 있으려니 지수는 점점 어색해져만 갔다. 승강기에서 내릴 때쯤 휴대폰이 울렸다. 발신자는 정 실장이었다.

"죄송하지만 먼저 가 계시겠어요? 일 전화여서요."

민우는 고개를 끄덕인 후 몸을 돌렸다. 지수는 그가 레스토랑으로 들어가는 것을 보고 전화를 받았다.

"진짜 일 있었던 것 아니죠?"

다짜고짜 지수는 물었다. 휴대폰 건너편에서 흥분을 감추지 못한 목소리가 들려왔다.

— 작가님. 백 대표 조심해요. 이 업계에서 소문난 바람둥이래요. 아까 작가님한테 시선을 못 떼더니만, 내 이럴 줄 알았어.

"그런 걸 알았으면서 나 버리고 도망가요?"

정 실장의 말에 지수는 어이가 없었다. 한쪽이 잠잠하니 이번에는 바람둥이인가 싶었다. 짜증이 난 목소리로 말한 지수는 한숨을 푹 내쉬었다. 그녀의 한숨 소리를 들은 정 실장은 어쩔 수 없었다는 말투로 대답했다.

— 저 사람한테 찍혀 봤자 좋을 게 없거든요. 그러니까 작가님도 잘 빠져나오세요. 그냥 딱 밥만 먹고 나와요. 괜히 호텔에 머물지 마시고!

"끊어요!"

전화를 끊고 난 지수는 팔짱을 끼고 뭔가 곰곰이 생각했다.

그러니까 말을 정리해 보면 자신에게 식사 대접 하겠다는 사람이 이 업계에서 소문난 바람둥이다? 그러니까 조심해라? 하! 나 참.

차라리 정 실장의 전화를 받지 않았더라면 어색하기는 했어도 마음이 불편하지는 않았을 텐데라는 생각이 들었다.

그럼 바람둥이와 밥을 먹으러 가 보실까.

피할 수 없으니 맛있는 밥만 먹고 나오자 하는 생각에 지수는 마음을 비우고 레스토랑 안으로 들어갔다.

　지수는 다른 걸 떠나서 아주 예의 바르게 행동하려고 노력했다. 머리 스타일도 바꿨겠다, 차갑고 도도한 차도녀가 되기로 결정했기에 백민우라는 남자가 자신에게 흑심이라는 것을 품지 못하도록 철벽 방어를 하려고 했다.

　"죄송합니다. 오래 기다리셨죠?"

　예의상 미소를 짓는 정도로 입꼬리를 살짝 위로 올렸다. 지수가 자리에 앉자 민우는 그윽한 눈빛으로 그녀를 쳐다보았다. 지수는 민우의 눈빛이 점점 부담스러워지기 시작했다. 정 실장의 제보가 없었다면 아마 저 눈빛에 설레고 있었겠지 싶었다.

　누가 봐도 한 번쯤은 눈길을 줄 것 같은 느낌의 남자였다. 키는 180cm가 조금 넘어 보였고 다부진 몸매와 작은 얼굴 안에 이목구비가 시원시원하게 다 들어가 있었다. 짙은 쌍꺼풀이 있지만 눈매는 날카로워 보였고 눈썹은 진했으며 턱은 고집스럽게 각이 져 있었다.

　"실례되는 줄 알지만 식사는 제 마음대로 주문했습니다."

　"아, 네……."

　"랍스터와 스테이크 좋아하세요?"

　지수의 시선이 다른 곳으로 향하자 그는 재빠르게 다른 질문을 했다.

　"랍스터는 별로고 스테이크는 좋아해요. 미디움 웰던 정도로요."

　민우는 좋아하고 싫어하는 것을 분명하게 말하는 지수를 눈을 반짝이며 바라보았다. 대게 자신이 알아서 주문하면 비록 취향에 맞지 않는 음식이어도 좋다, 괜찮다, 하고 말했지만 지수는 달랐다.

처음 보았을 때부터 눈길이 지수에게 향한 것은 다 이유가 있었다.

"와인은 어떠세요? 레드와인도 준비시켰는데요."

술은 못 마시는 지수였기에 그의 말에 살짝 미간이 좁아졌다.

"죄송하지만 술을 아예 못 마셔요."

"아……."

민우는 지수의 표정과 말투의 무심함에 민망했지만 거기에 무너질 사람이 아니었다. 그는 점점 재밌어진다는 생각에 미소를 한가득 얼굴에 실었다.

"제가 실수했네요. 여쭤 보고 주문할 걸 그랬어요."

"그런데 이렇게 개인적으로 작가들에게 식사를 대접하시기도 하나 봐요?"

단도직입적인 물음이었다. 지수는 이 남자를 신경 쓰고 싶지 않았다. 처음부터 선을 그어 버리고 편하게 식사하고 싶은 마음이었다.

"아니요. 관심 있는 사람이 오늘 나타나서 제 개인적인 시간을 쓰는 거예요."

지수는 민우의 대답에 얼굴이 화끈거렸다. 머뭇거리지 않는 직설적인 말솜씨가 그가 바람둥이라는 것을 입증해 주는 듯했다.

어찌 요새 만나는 인간들이 다 왜 이래. 싫다, 정말!

"누구요? 저요?"

다 알아들었으면서 확인하고 싶은 인간의 심리는 무엇인지 아이러니하지만 지수는 되물었다. 그의 입에서 제 이름이 나온다면 철저하게 방어할 생각이었다.

"네. 정확하게 한지수 씨한테 관심 있어요."

"음…… 그러면 그 관심을 어떻게 하면 차단할 수 있을까요?"

담담한 표정으로 물 잔을 집어 들며 이야기했다. 그녀의 말에 민우는 당황한 얼굴이었지만 이내 여유를 되찾았다.

"재미있네요."

이것들이 왜 자꾸 나한테 재미있다고 하는 거야? 나 원래 재밌는 사람이 아닌데…….

"그 말 정말 싫네요."

돌려 말하지 않았다. 맘에 들지 않는 남자한테 내숭을 떨어 봤자 뭐하나 싶었다. 하지만 지수가 솔직하면 솔직해질수록 민우는 그녀에게 점점 더 흥미가 생겨나는 듯했다.

"재미있다는 말이요?"

"네."

"왜요?"

"전 하나도 재미있지 않거든요. 이 시점에서 뭐가 재밌어야 하는지도 모르겠고요."

정색하며 말하는 지수의 얼굴을 물끄러미 보던 민우는 이가 드러날 정도로 크게 미소를 지었다.

"그럼 제가 앞으로 재미있게 해 드릴게요."

자신한테 작업을 거는 눈빛과 말투가 훤히 보이고, 바람둥이라는 걸 아는데 그가 환하게 미소 짓는 모습을 보자 순간 무척 매력적이라는 생각이 들었다. 강해 보이는 눈매가 섹시했다. 이런 타고난 외모를 가지고 바람둥이라니.

쯧쯧. 안타깝다.

지수는 민우가 바람둥이가 아니었다면 잘해 봤을 텐데라는 생각이 들자 아섭기도 했지만 엄마 때문에 별생각 다 든다며 자신의 생각을 정리했다.

씁쓸했다. 겉으로 어색하게 웃고 있었지만 속으로는 기분이 참 별로였다. 오랜 연애 공백기 끝에 나타나는 남자라고는 왜 하나같이 이 모양인지. 그것이 동성애자든 이성애자든 뭐든.

★

아버지가 위독하시다는 연락을 받은 재준은 잔뜩 구겨진 얼굴로 본가로 향하고 있었다. 아버지 옆에 뱀같이 사악한 미소를 짓고 있을 여자의 목소리를 들으니 기분 좋을 리가 없었다. 어떻게 해서든 자신을 불러들일 구실을 만들어 연락한 것이리라.

그들이 사는 집이 눈에 보이자 날이 선 표정으로 거칠게 차를 세우고는 커다란 대문 앞에 섰다. 도대체 이번에는 무슨 말을 하려고 부르는 것인지. 단지 아버지의 핏줄이라는 이유만으로 자신을 좌지우지하려는 것이 정말 싫었다.

"접니다."

철컹, 무거운 쇳소리를 내며 문이 열리자 큰 숨을 내쉬고는 안으로 들어갔다. 한 걸음씩 걸을 때마다 잊고 싶은 과거로 향하는 것 같아 마음이 점점 무거워졌다.

재준의 친모가 죽은 집. 이후 기다렸다는 듯 들어와 안주인 행세를 하는 여자. 재준을 무섭도록 노려보던 그 눈. 그 여자가 죽기보다 싫었던 재준.

그 여자가 현관문까지 나와 팔짱을 끼고 새빨간 입술 끝을 위로 끌어 올려 억지로 웃고 있었다.

"억지로 웃지 마세요."

"그러지 뭐."

냉기가 도는 재준의 말에 여자는 차라리 편하다는 표정으로 한쪽 입꼬리만 올린 채 집 안으로 들어갔다.

스무 살이 되자마자 도망치듯 나와 버린 이 집은 올 때마다 드는 생각이지만 자신을 옥죄는 것 같았다. 잔인한 사람들. 엄마의 온기가 없어지기도 전에 정사를 즐기던 그들의 모습이 너무나 선명하게 떠오르자 재준은 표정이 굳어져 갔다.

갑자기 올라오는 역함에 그는 화장실로 뛰어 들어갔다. 세면대의 물을 세게 틀고 찬물로 얼굴을 씻어 냈다. 늘 이번이 마지막이라고 생각하며 어쩔 수 없이 오지만 결국 다시 돌아오고 만다.

정말, 마지막이다.

마음을 진정시킨 재준은 화장실에서 나와 곧장 안방 문 앞에 섰다.

"접니다."

"들어와라."

기운이 빠진 목소리였지만 그 목소리 안에는 자식이라도 찔러 죽일 수도 있는 칼을 품고 있었다.

"별로 위독해 보이지 않으시네요."

"네 엄마가 위독하다고 했나 보군."

누가 내 엄마입니까? 라고 속으로 외쳤다. 이젠 이런 걸로 말싸움하고 싶지 않았다. 이런 게 아니라도 충분히 싸울 거리는 많았다. 표정이 굳어진 재준의 시선을 외면한 아버지, 병만은 여자를 쳐다보며 고개를 살짝 끄덕였다. 그의 사인을 알아들은 혜리는 재준 앞으로 서류 봉투를 내밀었다.

"이게 뭡니까?"

"열어 봐."

서류 봉투 안에는 여자의 사진이 붙은 프로필이 들어 있었다.

이지민!

그것을 본 재준의 시선이 병만을 향했다. 왜 지민의 프로필을 자신이 건네받았는지, 저 둘의 꿍꿍이가 무엇인지 모르겠다는 표정이었다.

"W그룹 장녀 이지민 상무."

"알고 있습니다."

재준의 말에 냉랭한 표정이었던 병만의 얼굴이 조금 풀어졌다.

"고등학교 동창이더구나."

"그런데요?"

"선봐라. 이미 그쪽하고는 이야기가 다 됐어."

"이지민도 알고 있습니까?"

"아니, 부모끼리 이야기가 된 거지. 너희들은 따르면 되는 것이고."

점점 화를 넘어선 분노가 끓어오르고 있었다. 힘주어 주먹을 쥐는 바람에 손안의 서류가 구겨졌다. 이 더러운 집안과 연을 끊겠다고 생각한 지 오래였지만 실행에 옮기지 못했던 자신이 한심스러웠다.

"제가 왜 당신들 마음대로 해야 합니까?"

"그야, 넌 내 아들이니까. 내가 필요할 땐 널 언제든지 사용할 수 있다. 지금 난 W그룹의 도움이 필요하고, 구실을 만들려면 널 팔아서라도 도움을 받을 거다. 알아보니 그쪽 딸이 너를 좋아한다고 하던데, 나에게는 이렇게 좋은 기회가 없지. 안 그러냐?"

"핏줄이라고 하면 다 아버지입니까? 그러면 마음대로 할 수 있다? 참 편한 논리네요. 어디 한번 마음대로 해 보시죠. 저 여자와 아버지 뜻대로 될 수 있나, 어디 두고 보죠."

지독하다. 너무나 지독하다. 그들의 향한 마음의 분노가 제 살을 갉아먹는 느낌이 들었다. 마음이 너무 아팠다.

자신의 차로 돌아오고도 재준은 곧바로 시동을 걸지 못했다. 온몸이 떨리고 호흡이 가빠져 왔다.

"젠장!"

핸들을 주먹으로 몇 번이나 쳐 댔다.

재준은 아직도 그때가 생생하게 떠올랐다.

고등학교 2학년 새 학기가 시작되기 전 재준의 어머니는 자살을 했다. 오랜 기간 동안 이어진 아버지의 외도와 폭언이 이유였다. 혼자 울고 있는 어머니를 볼 때마다 외면하고 싶었다. 어떻게 위로를 해야 할지도 몰랐고 그렇게 마음이 썩어 가고 있었는지는 더더욱 몰랐다.

그런 어머니는 자신에게만은 아무것도 내색하지 않으며 늘 미소를 지어 보였다. 그래서 괜찮은 줄 알았다. 잘 견뎌 내고 있는 줄만 알았다. 그런 생각에 어머니를 혼자 두었다. 얼마나 외로웠을까. 제 속으로 난 자식까지도 자신을 외면했다는 사실이 더 힘들었을 것이다.

사고가 있던 그날, 어머니를 혼자 두고 좋아했던 지민이를 만나러 나갔었다. 그리고 그렇게 어머니는 스스로 눈을 감아 버렸다.

강한 줄만 알았던 어머니는 강한 사람이 아니었다. 자식에게 자신의 슬픔을 들킬까 속으로 삼키고 삼키며 미소를 지은 것이었다.

그런 것도 모른 채, 아니 알려고 하지도 않은 자신은 좋아하는 여자에게 고백하기 위해 집을 나섰다. 그날, 집에만 있었더라면 어머니의 죽음을 막을 수 있지 않았을까 하는 생각에 모두 자신의 잘못인 것 같았다. 자신이라도 어머니의 마음을 위로해 줬더라면. 감싸 줬더라면.

생각의 끝에 재준은 마른세수를 해 댔다. 빨리 이 기분에서 벗어나야 한다. 순간 그의 머릿속에서는 어린아이처럼 웃고 있는 지수의 얼굴이 떠올랐다. 너무나 갑작스러워 당황스러웠다. 이런 상황에서 왜 지수의 얼굴이 떠오른 것인가.

친구…….

그는 차를 몰며 휴대폰을 집어 들었다. 몇 번의 신호음 끝에 낯설지 않은 여자의 목소리가 차분하게 들려왔다. 그녀의 목소리를 들으니 머리 꼭대기까지 차올라 곧 터질 것 같았던 분노가 좀 가라앉는 것 같았다.

— 여보세요?

"······."

대답할 타이밍을 놓치자 지수가 다시 물었다.

— 여보세요?

"한지수 씨?"

거의 식사가 마무리되어 갈 무렵 제 앞에 앉은 버터 같은 남자 때문에 속이 참 불편했다. 생긴 건 진정한 남자처럼 생겨 가지고 입만 열면 보통 사람이 내뱉기 힘든 말을 잘도 해 댔다. 마음에도 없는 남자와의 식사 시간은 지루함을 넘어 견디기 힘들었다.

누가 전화 안 해 주나?

"애인 있으세요?"

저 질문에 뭐라고 대답해야 하나 고민하고 있을 때, 가방 속에 넣어 두었던 휴대폰 진동 소리가 들려왔다.

아싸!

"잠시만요."

휴대폰을 들어 발신자를 확인한 지수는 '살았다'를 외쳤다. 아니, 설레기까지 했다. 자리에서 일어난 지수는 양해를 구하고 서둘러 전화를 받으며 밖으로 나갔다.

"여보세요?"

분명히 강재준한테서 걸려 온 전화였다. 그런데 대답이 없자 참을성이 부족한 지수는 먼저 다시 한 번 말을 꺼냈다.

"여보세요?"

— 한지수 씨?

휴대폰 너머로 들려오는 그의 낮은 목소리가 왜 이렇게 달콤하게 들리는 것인지 민우에게 들었던 낯선 경계심마저 무너지는 것 같았다.

"네."

— 통화 가능하신가요?

"네. 말씀하세요."

— 시간 괜찮으시면 친구 노릇 좀 해 주시면 안 될까요?

지수는 그의 말과 목소리에 이상하게 심장이 뛰기 시작했다. 단지 친구 노릇이라 했다. 그런데 설레었다.

"제가 지금 일 때문에 강남의 그랜드오리엔탈호텔에 있는데 괜찮으시다면 이쪽으로 오실 수 있으신가요?"

재준이 알겠다는 대답만 해 주면 자신을 미끄덩거리게 만드는 남자에게서 탈출할 수 있다는 계산까지 마친 질문이었다.

— 잘됐네요. 마침 그 근처예요. 한 10분쯤 걸릴 겁니다.

"네. 기다리고 있을게요."

전화를 끊은 지수는 오두방정을 떨며 '나이스'를 속으로 외쳤다. 이 자리가 이렇게까지 힘들어질 거라고는 생각도 못 했기 때문이다. 그 정도로 민우의 눈빛과 말에는 사심이 가득했다.

너무 순진하게 생각했어.

하지만 곧 재준과 그의 차를 다시 볼 수 있다는 생각에 기분이 갑작스레 좋아진 지수는 가벼운 발걸음으로 다시 자리로 향했다. 차가 좋은지 아니면 재준을 다시 한 번 더 볼 수 있다는 게 좋은지는 알 수 없었지만 말이다.

"기분 좋은 전화였나 봐요."

민우가 아무렇지 않은 척 말을 건넸다. 식사하는 내내 자신을 경계하며 잘 웃지 않았던 여자가 전화를 받고 돌아오는 모습이 즐거워 보였다. 본능적으로 경계령이 발동되었다.

남자가 있는 것인가.

그의 질문에 지수는 계속해서 미소를 지은 채 대답했다.

"친구라서요."

"그렇군요."

"만나기로 했어요."

지수는 식사가 끝난 뒤에 커피 나부랭이 같은 것을 마시러 가자고 하지 말란 말을 돌려서 이야기했다. 그녀의 말을 들은 민우는 치아가 드러날 정도로 크게 미소 지었다.

"모셔다 드릴까요?"

민우는 태연하게 말을 이어 나갔다. 지수는 그럴 줄 알았다는 듯이 물로 입을 축이고는 그를 쳐다보았다.

"아뇨. 이곳으로 오기로 했어요."

지수의 대답에 민우는 잠시 눈빛이 흔들렸지만 아무렇지도 않은 척하며 고개를 끄덕였다. 하지만 그는 속에서 묘한 승부욕 같은 것이 끓어올랐다.

저 여자. 내 여자로 만들고 만다.

이미 목표까지 정해졌다. 자, 누가 오나 보러 갈까 싶은 마음에 자리에서 일어났다.

"식사도 다 했으니 그럼 가실까요?"

지수도 가방을 들고 자리에서 일어났다. 바람둥이만 아니었다면 좋았을 텐데라는 아쉬움이 남았다. 하지만 바람둥이는 바람둥이일 뿐이라는 생각에 지수는 기분 나쁘지 않게 잘 거절했다고 생각했다.

생각보다 빨리 도착한 재준은 호텔 정문 앞에 차를 세웠다. 발렛이 다가왔지만 곧 친구가 나올 거라는 말로 그를 돌려보냈다. 지수에게 전화를 할까 하다가 천천히 기다리기로 했다.

그 기다림 속에서 쿵쿵거리는 심장 소리가 빠르게 들리는 것 같았다. 심지어는 마음이 초초해지는 탓에 자꾸만 시선은 호텔 안쪽으로 향했다.

멀리서 지수의 모습이 보였다. 그녀의 모습이 보이자 자연스럽게 얼굴에는 미소가 지어졌다. 그리고 그녀 옆에서 같이 걸어오는 남자의 모습도 보였다. 일한다고 했으니 출판사 쪽 사람인가. 담당자치고는 풍겨져 오는 분위기가 달랐다.

그들이 점점 문 쪽으로 가까이 다가오자 그의 얼굴이 자세히 보였다. 지수를 바라보는 눈빛은 비즈니스 상대를 쳐다보는 느낌이 아니었다. 소유욕이 가득한 눈빛.

뭐야?

이상하게 그 남자가 신경 쓰였다. 문밖으로 지수와 남자가 나오자 그녀에게 빠른 걸음으로 다가갔다.

지수는 재준이 자신에게 다가오는지도 모른 채 민우를 향해 허리를 조금 숙여 인사했다.

"오늘 잘 먹었습니다. 그럼 안녕히 가세요."

"다시 한 번 봅시다."

지수는 가슴이 철렁했다. 제발 듣지 말았으면 하는 말을 들어버렸다. 어떻게 거절해야 하나 싶었다.

"한지수."

재준이 부르는 목소리에 지수는 뒤를 돌아보았다. 선글라스를 썼지만 그의 외모는 빛났다. 잠잠해졌던 심장을 망치로 두드리는 듯 제 가슴을 치기 시작했다. 속이 일렁였다.

미친 게야. 이러지 마. 친구라고. 단지 친구일 뿐이야, 한지수.

어느새 제 앞에 다가온 재준은 옆에 있는 민우를 한번 쳐다보더니 다시 시선을 지수에게로 향했다.

"가자."

자신의 차 키를 내민 재준의 손을 본 지수는 순식간에 그것을 받아 들고는 민우에게 다시 고개를 숙여 인사를 했다. 그러고는 제 눈에 들어온 그의 차를 향해 신난다는 듯이 뛰어갔다. 재준도 곧 그녀의 뒤를 따라 제 차로 향했다.

지수는 또 넋이 빠진 표정으로 차를 몰기 시작했다. 생각보다 빠르게 재회한 재준의 차와 사랑에 빠진 듯했다. 그러다 문득 아까 재준이 자신에게 반말을 쓴 것이 생각났다.

"근데, 아까 왜 반말했어요?"

언제 넋을 빼고 운전하던 사람이었나 싶을 정도로 정색을 하며 말하는 지수의 모습에 재준은 저도 모르게 미소가 지어졌다.

한지수라는 여자는 보기만 해도 웃음이 나는 것 같았다.

"친한 척."

재준은 지수를 따뜻한 눈빛으로 쳐다보았다.

5. 오해는 감정을 서서히 불러일으킨다

남자의 차를 운전하며 보란 듯 옆으로 지나가는 지수를 보자 민우는 어이없으면서도 매우 흥미로웠다.

아주 매력 있어!

양쪽 입꼬리가 큰 호선을 그리며 위로 향했다. 친구라고 하지만 남자였다. 생각할수록 기분이 묘해지는 것이 점점 속에서 뜨거운 것이 치밀고 올라오는 것 같았다.

이렇게 매력적인 날 거절하고 내 앞에서 다른 남자와 갔다 이거지.

민우는 제 마음에 사냥 본능이 일어났다. 눈앞에서 다른 남자와 가는 지수의 모습에 자극을 받은 민우는 지수를 자신이 잡아야 하는 사냥감으로 생각했다.

한동안 한 여자를 진득하니 만날 수 없었던 그였다. 겉으로 보기에는 예쁘고 매력 있어 보이는 여자들도 한 시간만 있다 보면 지루해지기 마련이었다. 아니면 그런 여자들밖에 제 눈에 띄지 않았거나, 그런 여자들이 가만히 있는 민우에게 다가온 것이었다.

지수는 처음부터 눈에 들어왔고, 남들과 똑같지 않아서 좋았다. 앞으로 그녀와의 만남이 기대되면서 설레기까지 했다.

민우는 자신을 기다리고 있던 차에 올라탔다. '회사로'라고 짧막하게 말한 그는 차 안에 있던 초콜릿을 입에 넣었다. 금세 녹으며 자극적이지 않은 단맛이 입안을 가득 채우자 기분이 나아진 민우는 차창 밖으로 시선을 향했다

내가 얼마나 괜찮은 놈인지 보여 주겠어.

끝없는 자신감이 하늘을 찔렀다. 그는 목표물을 사냥하기 위해서는 정확한 정보가 필요하다고 생각했다. 잡느냐, 실패하느냐는 어떻게 사냥을 하느냐에 따라서 달라질 것이다.

"오 비서. 한지수 작가와 그 주변에 대해서 조사 좀 부탁하지. 응. 흥미로워서 말이지."

절친한 친구이자 오른팔인 오종철에게 전화를 건 민우는 지수에 대한 정보를 요청했다.

— 네가 여자한테 흥미라……. 도대체 어떤 여자냐.

그의 입술에 미소가 걸렸다.

친한 척이라고 말하는 재준의 따뜻한 말투와 시선에 지수는 몸이 떨려 왔다. 자꾸만 입이 말랐다. 심장은 그저 미친 듯이 뛰어 댔으며 긴장한 것같이 속이 메스꺼워지는 것 같기도 했다.

친구니까 친해져야 하지만 너무 갑작스러웠다. 생각해 보니 그와는 처음부터 갑작스러운 일뿐이었다. 꽃 대신 강연회를 추천하고, 거절하니 뛰어나와 티켓을 손에 쥐여 주고, 마음이 설레나 했더니 게이였고, 재준과 엮이면 피곤해질 것 같아 그를 피하려 했지만 자신의 드림카를 가지고 있었고, 그 자동차를 운전하게 되면서 친구가 된 이 모든 일이 말이다.

"친, 친구니까 친해……져야죠."

지수는 어색한 듯 대답했다.

재준은 그런 그녀를 보니 마음이 더 편안해졌다. 그동안 살면서 쓸데없는 감정은 절제하며 살아온 그였다. 소중한 사람을 지켜 주지 못한 죄책감과 자신이 하는 것만이 사랑이라며 어머니를 짓밟은 아버지. 제 마음을 무시하고 알아주지 않았던 지민. 이 모든 일이 쌓이고 쌓여 그는 사랑 따위 필요 없는 감정이라고 늘 생각하고 살아왔다.

"어디로 가요?"

"숨이 확 트이는 곳."

숨이 확 트이는 곳이라.

그녀는 재준의 말이 떨어지기 무섭게 핸들을 꺾어 급하게 유턴했다.

"어디 가요?"

"부산이요."

"부산?"

"숨이 확 트이는 곳이면 바다 아닌가요? 그래서 부산."

단순한 것이 제일 좋을 때가 있는 법이다. 고민하지 않고 단순한 대답을 한 지수는 환하게 미소 지었다.

그녀의 미소에 재준은 갑자기 제 심장이 조금씩 빠르게 뛰는 것이 느껴졌다. 그 느낌에 당황한 나머지 재빠르게 창문을 내려 버렸다. 시원한 내부 공기가 더운 공기와 섞여 머리칼을 뒤엉키게 할 만큼 강한 바람은 도시의 바람이라 상쾌하지는 않았지만 그래도 제법 괜찮았다.

"창문 좀 닫아요. 에어컨 틀었는데 더운 바람 들어오잖아요."

지수의 말에 재준은 야단맞은 아이처럼 재빠르게 창문을 닫았다. 재준은 운전하는 지수의 모습을 쳐다보다 아까 호텔에서 그녀를 끈적한 눈빛으로 쳐다보던 남자가 생각났다.

"아까 그 남자 누구예요?"

궁금한 듯 물어보는 물음에 지수는 무심하게 대답했다.

"이번에 계약한 회사 대표요."

"아, 그래요?"

무언가 더 물어보고 싶은 재준이었지만 이내 입을 다물었다. 하지만 지수가 그것을 알아챘다. 궁금한 것은 못 참는 성격인 지수는 바로 재준에게 되물었다.

"저한테 뭐 궁금한 거 있으세요?"

"아, 아뇨."

말을 더듬는 재준이 지수는 수상하게 생각되었다. 분명 무언가 더 궁금한 것이 있는데 숨긴다는 그런 느낌이 강력하게 들었다.

설마…….

한 가지 떠오르는 생각에 지수는 심각한 표정이 되었다. 재준이 혹시나 애인을 두고 백민우라는 남자에게 관심이 있는 것은 아닐까 하는 그런 생각 말이다.

이 남자 보기보다 바람둥이인가?

자신의 생각이 이상한 쪽으로 흘러 버린 줄도 모르고 지수는 운전하면서 자꾸만 재준을 흘겨보았다.

그는 자신을 자꾸만 이상한 눈으로 쳐다보는 지수의 시선을 견디지 못하고 먼저 입을 열었다.

"왜 자꾸 그런 눈으로 보는 거예요?"

그의 질문에 지수는 머뭇거리다 대답했다.

"저, 그게……."

"그러니까 뭐요?"

"그 대표가 저랑 만나고 싶대요."

지수의 말을 들은 재준의 마음이 일렁였다.

왜 나에게 이런 말을 하는 거지?

재준은 지수의 말에 이상하게 마음이 불편해졌다.

"그래서요?"

관심 없다는 듯 말한 재준은 이상하게 분위기가 어색해지는 것 같아 슬며시 지수를 쳐다봤다.

이제는 애인이 생길 것 같으니 친구 하지 말자고 하는 것인가. 친구…… 그래, 친구! 동성애자를 친구로 둔 여자…… 아, 그런 건가?

그제야 지수가 갑자기 자신에게 그런 말을 꺼낸 이유를 알 것 같았다. 동성 친구처럼 고민을 들어 달라고 하는 모양이었다.

"아, 아니. 그래서요?"

재준이 조심스러운 말투로 다시 묻자 지수는 자신이 생각한 것을 말하기로 했다.

"그러니까 그 사람은…… 음…… 제가 주제넘은 참견이라는 것은 알지만 재준 씨 애인 있잖아요. 그러니까 다른 사람한테 관심 가지면 안 되죠."

심각한 말투의 지수의 말을 듣자 재준은 자신과 그녀가 같은 공간 안에서 다른 생각을 하고 있었던 것을 깨달았다. 이 상황이 너무 황당했다. 어떡하면 이렇게 완벽할 정도로 서로 다른 생각을 할 수 있는 것일까.

"아! 그런 거 아니에요. 난 연애 상담 같은 거 해 달라고 하는 줄 알고……."

재준이 웃으며 말하자 지수는 자신이 오해했다는 사실에 얼굴이 붉어지며 부끄러웠다. 오해하는 것은 한순간이라더니.

"아, 아니……. 전 그런 바람둥이 같은 남자 싫어요."

재준이 자신을 오해하는 것이 싫은 지수는 말까지 더듬으면서 변명했다. 붉어진 얼굴은 식을 기미가 보이지 않았고, 마음도 편하지 않았다.

친구일 뿐이라고. 왜 변명을 하는 거야.

단지 친구일 뿐이라고 계속 되뇌었다. 오로지 친구밖에 될 수 없는 남자한테 자신의 감정이 흔들리는 것이 힘들었다.

내가 미쳐 가고 있나 보다. 차라리 바람둥이가 났지.

감정과의 싸움을 하는 지수의 상태를 모르는 재준은 서로가 오해한 이 상황이 재미있었다. 미소를 지으며 재준은 화제를 전환할 겸 다른 말을 꺼냈다.

"그런데 왜 애인이 없어요? 지수 씨 충분히 매력 있는데."

"글쎄요. 제 글 속 주인공들하고 연애해서 그런지 현실 인물들이 좋다고 안 덤비네요."

왜 이렇게 씁쓸한 기분이 드는 것인지 지수는 크게 한숨을 내쉬었다.

"재준 씨는 좋겠어요. 마음이 맞는 사람이 있어서."

"……."

강을 자신의 애인이라고 오해하고 있는 지수를 보며 재준은 많은 사람들도 그렇게 오해하고 있기에 대수롭지 않게 생각했다. 아니, 어쩌면 그녀와의 관계가 이렇게 이성이란 생각을 배제한 만남이어서 좋은 걸 수도 있다는 생각이 들었다.

"어떤 사람을 만났으면 좋겠어요?"

"글쎄요. 지금 상황 같아서는 아무나 와도 감사합니다, 할 것 같아요."

무덤덤하게 말하는 지수였지만 속으로는 자신이 한심하다 생각했다.

아무나 와도 감사합니다라니…… 최악이다. 진짜!

"거짓말. 아까 바람둥이는 싫다면서요."

재준은 환하게 미소를 지으며 말했다. 말은 저렇게 하지만 결코 아무나 만나는 여자가 아니라는 것쯤 보면 알 수 있을 정도의 눈썰미를 가지고 있었다. 가끔 허당기가 보여서 걱정이 되지만 말이다.

"아까 그 남자요? 아하하하하……."

어색하게 웃는 지수를 재준이 뚫어져라 쳐다봤다. 그의 시선이 느껴졌지만 지수는 그와 눈을 마주치지 않으려고 시선을 앞에 고정시켰다. 자신을 깊게 빨아들이는 듯한 눈동자를 쳐다보면 마음이 다 그에게 넘어가 버리고 말 것이었다.

"그러고 보니 머리 스타일이 바뀌었네요."

"네……."

'당신 애인이 해 줬어요.' 지수는 차마 입 밖으로 뱉지 못한 그 말을 삼켰다.

"훨씬 나은데요? 더 어려 보이고. 지적이고."

"그런가요?"

"예쁘다."

그저 '예쁘다'라는 말을 했을 뿐인데 왜 갑자기 자신의 심장이 빠르게 뛰기 시작하는지. 그 심장의 울림이 생생하게 느껴지자 재준은 지수를 더 이상 쳐다보지 못하고 시선을 다른 곳으로 향했다.

생각지도 않았던 재준의 말이 제 귀에 꽂히자 간신히 잠재워 놓았던 심장의 떨림이 강해져 자신을 흔들어 놓았다.

진정해. 그냥 동성 친구한테 들은 말 같은 거야. 다른 뜻 없어.

숨을 크게 들이쉬고 내쉬면서 마음을 잠재웠다. 벌써 몇 번째 감정의 파도에 휩쓸렸다 돌아온 건지 모르겠다.

내가 미쳐! 왜 부산을 가자고 해서…….

이래서 부산까지 잘 다녀올 수 있을까란 생각에 벌써부터 험난함을 느낀 지수는 후회했다.

"저기 휴게실에 좀 들렀다 갈까요?"

"아! 네네!"

다행이다!

지수는 반가운 듯 얼른 대답했다. 신께서 자신을 불쌍히 여기사 어색한 기운을 전환할 곳을 주셨다는 생각에 발에 무게를 실어 액셀을 밟았다. 점점 빨라지는 속력이 지수의 마음 같았다. 일단 차 안에서 벗어나자.

서울에서 부산까지 4시간 30분 정도 되는 거리를 지수의 불꽃 같은 운전으로 한 시간 단축시켜 도착해 버렸다. 그럼에도 이미 밤 10시가 조금 지나 버린 시간이었다.

오랜만에 서울을 벗어난 재준은 하늘과 바다를 구분할 수 없는 시커먼 수평선을 바라보았다. 조용하기까지 했다면 얼마나 좋았을까. 점점 더워지는 날씨에 바다를 보려고 오는 사람들이 많은 것 같았다.

"정말 오랜만에 와 보네요."

무릎까지 오는 정장 팬츠를 입은 지수는 두 손을 주머니에 걸치며 재준의 옆에 섰다. 지수의 말을 들었지만 재준은 시선을 저 멀리에 고정한 채 한동안 말이 없었다.

그의 모습이 쓸쓸해 보이는 것은 내 착각인가, 지수는 생각했다. 그를 물끄러미 쳐다보던 그녀는 그 자리에 앉아 무릎을 세우고 팔로 감쌌다. 아무래도 자신을 만나기 전에 무슨 일이 있었던 것 같은데 물어보기 조심스러웠다.

숨이 확 트이는 곳이라고 할 때부터 좀 이상하긴 했지.

가끔 단순하게 발동되는 생각에 일을 저지르고 볼 때도 있었지만 재준같이 계획적으로 행동할 것 같아 보이는 남자가 아무 말 없이 따라 와 주니 기분이 이상했다.

고개를 옆으로 비켜서 쌓여 있는 모래를 손으로 한 줌 쥐었지만 완벽하게 제 손으로 들어오지는 않았다. 수많은 모래 알갱이들이 빠져나가고 나자 처음에 집었던 것보다 몇 안 되는 모래만이 남아 있었다.

슬며시 쥐었던 손을 펴니 그것마저도 바닥에 소리 없이 떨어졌다. 인생이란 것도 똑같은 것 같았다. 제 모든 것을 손에 다 쥐고 있을 수 없는 것이었다. 손에 쥐었던 것마저도 어느 순간에 빠져나가는 것이 인생이었다. 사랑도 같았다.

"지수 씨."

조용히 제 이름을 부르는 재준의 목소리에 고개를 들어 그를 쳐다보았다. 잠깐 동안 시선이 부딪치자 재준의 복잡해 보이던 눈빛이 서서히 따뜻하게 변해 갔다.

"당분간 제 약혼녀 노릇 좀 해 주실래요?"

그러고는 미소를 지었다.

지수는 재준의 말에 당황한 나머지 벌어진 입을 다물지 못했다. 그의 상황을 이해하지 못한 것은 아니다.

당연히 모르겠지.

재준의 집안에서는 그가 게이인 줄 꿈에도 생각 못 할 것이다.

혹시 선보라고 했나?

입장은 다르지만 지수의 엄마처럼 막무가내로 난리를 치셨나 싶었다. 그러니 막 친구가 된 자신에게 이런 부탁을 하는 거겠지. 그래서 이렇게 부산까지 와서 고민이 있는 얼굴로 말하는 거겠지 싶었다. 하지만 그렇다고 흔쾌히 승낙할 문제는 아니었다.

"약혼자요?"

알면서도 그의 의중을 파악하기 위해 되물었다.

"어려우신가요? 제 부탁 하나 들어주신다고 하신 거 안 잊으셨죠?"

재준의 말에 포스트잇 계약 내용이 떠올랐다. 알아도 너무 잘 알고 있는 그 내용.

"그게 아니고, 왜 제가 약혼자 행세를 해야 하는지 설명을 해 주셔야죠."

"음, 그건 밥 좀 먹으면서 하면 안 될까요?"

재준은 요란한 불빛이 번쩍이는 횟집 간판들이 늘어선 골목을 바라보며 말했다. 그러고 보니 자신은 밥을 먹었지만, 재준은 먹지 못했다는 것을 깨달았다. 엉덩이를 털며 자리에서 일어난 지수는 늘어선 횟집을 살펴봤다.

"혹시 회 좋아해요?"

"엄청 좋아해요."

세상에서 제일 좋아하는 음식 중에 하나가 바로 회였던 지수는 재준의 물음에 고개를 세차게 끄덕이며 대답했다.

"그럼 일단 저쪽으로 가요."

지수가 발걸음을 떼자 재준은 걷는 속도를 맞추어 나란히 걸었다. 남자와 나란히 걷는다는 것이 이렇게 설렌다는 것을 예전에는 왜 몰랐을까.

늦은 시간이었지만 식당 안에도 사람이 많았다. 본능인지 무의식인지 지수는 구석 자리가 보이자 서둘러 그곳으로 향했다.

자리에 앉자 뒤따라 자리를 잡는 재준을 향해 환하게 미소 지었다.

"사람이 많네요."

"그러네요."

민우와의 식사 자리에서는 불편함 때문에 먹어도 먹는 것 같지 않았던 지수는 식당에 들어서자마자 급격하게 배가 고파 왔다.

"배고파요오."

지수가 혼자 중얼거리다 앞에 재준이 있다는 것을 깨닫고는 살짝 눈치를 봤다.

"저도 배고파요."

재준이 미소를 지었다. 그들을 향해 아직 고등학생처럼 보이는 소년이 다가왔다. 나무 테이블 위로 얇은 비닐을 깔고 그 위에 물수건과 물병 그리고 물컵 두 개를 올려놓고는 어떤 것을 주문할 것인지 말해 달라는 표정을 지어 보였다.

"회는 아무거나 다 좋아하니까 드시고 싶은 걸로 주문해요."

지수가 말하자 재준은 고개를 끄덕이며 도미 있으면 부탁한다는 말과 함께 소주 한 병도 같이 주문했다.

왜 술을?

지수는 그를 쳐다보았다. 자신이 아무리 여자로 안 보인다 한들 자신에게 술을 마실 것인가 안 마실 것인가 그런 것조차 물어보지 않는 것이 좀 서운했다. 아니면 자신을 너무 편하게 봤다든가.

"저 술 못해요."

이상하게 자존심이 상했지만 먼저 말하는 것이 낫겠다 싶은 지수는 시선을 다른 곳으로 향하며 말했다.

"아…… 미안해요."

"아니에요. 그럴 수도 있죠. 뭐……. 술을 마시고 해야 할 말인가 봐요."

물컵에 물을 가득 따르며 무심한 말투로 말하는 지수를 쳐다보며 재준은 그저 한숨을 내쉬었다.

서울에서 부산으로 오는 시간 동안 생각해 낸 것이 고작 가짜 약혼녀를 만드는 것뿐이었지만, 시간을 벌기에는 충분했다. 포스트잇 계약서로 지수에게 당당하게 도움을 청했지만 자신의 그런 부탁을 들어줘야 하는 그녀에게 미안한 마음이 드는 것은 왜일까.

"그러네요. 술의 힘을 좀 빌려야겠어요."

미안함과 씁쓸함 그리고 외로운 표정이 언뜻 지수의 눈에 보인 것 같았다. 자신이 생각한 사정 외에 또 다른 사정이 있는 것일까. 지수는 걱정이 되었지만 테이블 위로 쉴 새 없이 놓이는 음식들을 보다 보니 침이 고였다. 심각한 것 이전에 먹는 욕구가 먼저인 그녀였다.

"그 어떤 말이든 일단 말은 들어 줄 테니까 먹고 하죠?"

젓가락을 잡고 환하게 미소 지어 보이는 지수는 언제 무심한 표정을 지었었나 싶었다. 그녀의 다양하게 변하는 표정을 보고 있자니 웃음이 올라왔다. 아까는 자신에게 물어보지도 않고 시킨 술 때문에 마음이 좀 상한 것 같아 보였지만 이내 웃어 주니 고마웠다.

트드득, 소리를 내며 소주 뚜껑이 열리자 알싸한 냄새가 후각을 자극하는지 재준은 코를 찡그렸다. 중요한 일을 앞두고서는 술을 잘 하지 않지만 평소에는 종종 마시고는 했다.

기분이 좋을 때나 안 좋을 때나 마누라처럼 옆에서 쫑알거리며 참견하던 강이 생각났다. 강이 있었기에 자신이 지금까지 무너지지 않고 버티고 있었던 것인지도 모른다. 그리고 지금은 지수가 앞에 있다. 그녀와 함께 있으니 마음이 줄곧 편했다.

소주잔 가득 따른 술은 조금만 움직이면 주르륵 하고 흘러내릴 것 같아 보였다. 그것에 아랑곳하지 않고 한 번에 다 삼켜 버린 재준은 알싸한 맛에 한쪽 눈을 살짝 찡그렸다.

"술의 맛이 말을 하지 않아도 보이는 것 같네요."

지수의 말에 그가 고개를 끄덕였다.

"이제 한 잔 마셨을 뿐인데 빠르게 취기가 올라오는 느낌인데요?"

"아무래도 빈속에 마시니까 그렇죠."

잔소리하듯 말한 지수는 그의 빈 접시에 생선 구이의 살을 발라 올려놓았다.

"이래서 친구가 좋은 건가."

혼잣말하듯 말했지만 그 말을 들은 지수는 재준에게 들리지 않도록 작게 한숨을 내쉬었다.

도대체 무슨 감정인지 모르겠다. 넘지 말아야 하는 선을 마음만 먹으면 바로 넘어 버릴 것 같았다. 희망이 없는 일에 희망을 품는 것처럼 미련한 일이 또 있을까. 바로 자신이 그런 미련한 일을 하지 않기를.

오늘 이 자리에서 마음을 정리하고 제 앞에 있는 재준을 온전히 친구로만 보기로 마음먹었다. 그래야만 했다. 안 그러면 자신이 너무 힘들어진다는 걸 알 수 있었다.

지수는 아무렇지도 않은 표정으로 열심히 먹기 시작했다. 드디어 회가 나오자 싱싱하고 탱탱한 살들이 누드 대회를 하듯 발가벗은 채 그녀의 간택을 기다리고 있었다. 지수의 젓가락이 향하기 전에 재준이 먼저 그녀의 빈 접시에 회 한 점을 집어 놓아 주었다.

"이제 말해 봐요."

접시에 놓인 회를 집어 들며 지수는 말했다. 망설이던 재준은 소주잔에 또다시 술을 따라 단숨에 들이켰다.

"말 그대로예요. 당분간 약혼녀 노릇만 해 주면 돼요."

"그러니까 왜요? 집에서 정해 준 여자랑 선보라고 그래요?"

"네."

지수는 그동안 재준이 자신과 같은 문제로 고민하고 있었구나라고 생각했다. 어쩌면 좋은 기회일 수도 있다.

일타쌍피.

자신도 엄마에게 데려갈 남자가 필요했다. 하지만 엄마에게 재준을 보여 준다면 그다음 날로 상견례를 하자고 달달 볶을 것이었다. 그 생각을 하니 간담이 서늘했다. 좀 더 고민이 필요했다. 이럴 때까지 단순하면 얼마나 좋을까.

"지수 씨랑 안 지도 얼마 안 되었는데, 이런 부탁 하기가 좀 그렇잖아요."

"그래서 용기가 필요해서 술 마시는 거예요, 지금?"

"뭐, 그렇다고 해 두죠."

사실 지금의 지수에겐 어린아이 앞에 달콤한 사탕을 두고, 제 앞에는 멋진 차를 둔 것처럼 거절할 수 없는 유혹이었다.

"지금 바로 대답 못 해 드려요. 시간이 필요해요. 일주일만 시간을 주세요."

"그래요. 그런데 제가 이 시점에서 포스트잇 계약을 들먹인다면 안 되겠죠?"

"아 쫌!"

자신도 모르게 흥분된 목소리로 말하자 재준은 재밌다는 표정을 지었다. 그놈의 포스트잇을 찾아 태워 버리고 싶었다.

"일주일 기다려 줄게요. 그런데 그건 그냥 기다려만 주는 거라는 건 알죠?"

아, 생각보다 칼 같은 성격이네라는 생각에 입을 삐쭉거렸다. 선택권이 없다는 그 말처럼 무서운 말이 또 있을까.

강재준이라는 남자가 정말 여러 명이었으면 좋겠다고 생각했다. 동성애자인 남자 친구로 하나, 따뜻한 눈빛으로 바라보는 애인으로 하나, 지금처럼 자로 잰 듯 실속 챙기는 얄미운 남자로 하나.

"무슨 생각 해요?"

"아니, 아무것도 아니에요. 다 제가 알팔이에 빠져서 몸을 판 대가죠."

갑자기 재준의 웃음이 터져 버렸다. 웃는 모습에 도대체 자신이 내뱉은 말의 웃긴 포인트가 어디인지를 찾아봤지만 도저히 웃긴 곳이 없었다.

벌써 술 취했나?

"작가라서 그런가. 단어 선택이 재미있네요. 알팔이라."

"나름 애칭이라고요. 댁의 차에 대한 애칭이죠."

벌써 소주 한 병을 다 비워 버린 재준은 기분이 딱 좋았다. 술은 기분 좋을 때 그만 마셔야 하는 거였기에 더 이상 술을 시키지 않았다.

"지금 쓰고 있는 글 있어요?"

"궁금해요?"

재준은 고개를 끄덕였다.

그는 그녀가 어떤 글을 써 왔는지 알고 있었다. 자신의 작품을 위해 로맨스 소설을 읽어 본 적 있었다. 그중 지수의 소설도 있었다. 간결하며 담담함을 담은 문체로 지루하지 않게 남녀 간의 일들을 자연스럽게 풀어 나가는 글이었다.

그녀의 글을 사람들이 좋아할 수밖에 없겠다는 생각이 들었다. 이런 글을 쓰는 사람은 어떤 사람일까 궁금하기도 했다. 그 사람이 제 앞에 있다니 재미있었다. 자신이 생각했던 이미지하고는 정반대의 사람이었으니까. 오히려 매력이 넘친다고나 할까.

"로맨스와 판타지의 만남이라고나 할까요. 유출은 여기까지."

큼지막한 회 한 점을 집어 입에 넣고 오물거리는 모습이 털털해 보이기까지 했다.

"책 나오면 말해 줘요."

"오! 친구의 의리로 사 주려고요?"

"내용이 궁금해서?"

"남자들은 로맨스 소설 별로 안 좋아하지 않나요?"

의아하다는 표정으로 재준을 쳐다보자 그는 팔짱을 끼고 그렇지 않다는 표정을 지어 보였다.

"그건 편견이죠. 난 가끔 봐요. 작품에 도움 될 때도 있고."

"하긴, 강연회 때도 다른 곳하고는 좀 색다르더라고요."

"사람들의 생각과 경험에서 영감을 얻는 것이 제일 좋더라고요. 그것도 여자들에게서."

재준도 회 한 점을 집어 들었다. 형광등 빛을 받아 윤기가 흐르는 하얗고 두툼한 살은 '날 먹어 줘'라며 유혹하는 느낌이었다.

그 회 너머로 지수의 모습이 보였다. 시선이 자연스럽게 연결이 되면서 주황색 틴트를 바른 두툼한 입술로 향했다. 입을 다물고 오물오물 먹고 있는 모습에 자신도 모르게 저 입술의 느낌은 어떨까라는 생각이 들어 버렸다

술 취했나.

자신의 어이없는 생각에 웃음이 새어 나왔다. 왜 자꾸 지수를 보면 이상한 생각들이 자신을 당황하게 하는지 모르겠다.

"제가 요새 약간 슬럼프인 거 같아서 다른 작가의 책을 한 권 사서 읽었거든요?"

지수는 재준이라면 자신의 고민에 대해 잘 알아주지 않을까 하는 생각에 입을 열었다.

"'그녀의 꽃'이라는 작품이 있어요. 저는 그 작가가 궁금하더라고요. 만나 보고도 싶고, 도대체 어떤 사람이 이런 글을 썼을까, 여자의 마음을 이렇게 잘 표현했을까 싶었어요. 더구나 남녀 간의 사랑을 나누는 장면에서 그…… 감정 표현을 섬세하게 잘

했더라고요. 제가 할 수 없는 부분을 잘하니까 샘도 나고요."

"할 수 없는 부분?"

"그게 말하기가 참 창피한 부분이긴 한데요······."

지수는 말끝을 흐렸다. 절친한 친구들과 가족들한테 이런 말을 하면 당장에 남자부터 만나라고 훈계 아닌 훈계를 해 대는 통에 진지하게 고민을 털어놓을 수 없었다. 그런데 이 남자에게 말한다면 시원한 답변을 해 주지 않을까 하는 밑도 끝도 없는 기대감이 들어 용기를 냈다.

"사람들은 연애를 하지 않아도 누구를 만나 설레고 좋고 가슴 뛰고 기대하고 뭐 이런 감정들은 얼마든지 쓸 수 있다고 생각해요. 사랑을 나누는 부분도요. 그런데 전 그 사랑을 나눌 때 느껴지는 세밀한 감정을 표현하기가 힘들어요. 아무리 써 보려고 노력해 봐도······ 아무튼 어려워요."

말하면서 점점 어깨가 축 처져 버렸다.

정말 슬럼프가 맞는가 싶었다. 늘 새로운 글, 신선한 글을 쓰려고 노력했었다. 사람들은 말한다. 정사 장면을 쓰지 않아도 스토리가 탄탄하고 내용이 좋으면 된다고. 지금까지 해 온 것처럼 하라고.

그렇지만 작가가 된 입장에서 욕심이라는 것이 있다. 자신이 표현하고 싶은 것에 대한 욕심. 로맨스라는 장르에서 성인 남녀 간의 심리와 사랑을 나타나는 데에 있어 정사를 나누는 장면이 그것들을 표현해 줄 수 있다면 쓸 수 있어야 한다고 그녀는 생각했다.

"나 정말 사랑받고 있구나라고 느껴 본 적 있어요?"

재준은 심각한 표정의 지수에게 말을 건넸다. 사람이 살면서 받아야 할 가장 중요한 느낌을 그녀는 느껴 봤을까. 아니면 반대로 그렇게 사랑을 해 보았을까.

"글쎄요."

생각을 더듬어 보니 그랬다. 그냥 시시한 연애만 했던 것 같았다. 목이 타는 것 같아 물 한 모금을 마셨다. 많은 이야기를 한 것은 아니지만 갑갑했던 가슴이 조금은 시원해진 것 같았다.

재준은 강연회를 통해서 여자들에게 자신이 얼마나 사랑받고 있는가 하는 생각과 느낌이 중요하다는 것을 알았다. 그것 때문에 여자들은 생각하고 상상하고 보고 읽는다는 것도 알았다.

입장을 바꾸어서 작가가 그런 감정들을 모르고 글을 쓴다면 시간이 지날수록 표현하는 데 있어서 힘들지 않을까.

"그럼 본인이 느끼고 있는 문제가 뭐라고 생각해요?"

"연애를 못 하고 있는 거……요……. 그래서 이제는 제 몸속에 있는 연애 세포가 다 죽은 것처럼 느껴져요."

지수의 대답을 들은 재준은 얄궂게 웃었다. 도통 속마음을 알수 없는 웃음이었다. 지수는 자신을 놀리려고 하는 것은 아닐까 싶은 마음에 괜히 제 고민을 말했나 하는 생각이 들었다.

그때 웃던 재준의 입술이 다물어지면서 자신을 뚫어져라 쳐다보기 시작했다. 그 시선에 지수의 마음에 큰 파도가 몰려오는 것 같았다. 자신에게 고정된 그의 시선이 매혹적이었다. 지수는 시선을 피해 어색하게 가게 안을 두리번거렸다.

그렇게 쳐다보지 말지. 아…… 죽겠네.

"내가 도와줄까요?"

재준의 말에 지수는 다시 그를 쳐다보았다. 다시 미소 짓고 있는 재준과 시선이 마주치니 얼굴이 달아올랐다.

"뭘요?"

"연애 감정."

"네?"

도무지 이해할 수 없는 말을 하는 재준을 지수는 눈을 가늘게 뜨며 쳐다보았다.

★

민우는 자신의 비서이자 친구인 종철과 일본식 선술집에서 술을 마시고 있었다. 회사 일 때문에 조금 늦게 도착한 종철은 이미 술이 좀 취한 것처럼 보이는 민우를 보고 있자니 웃음이 났다.

"천하의 백민우가 여자한테 까인 거야? 그러니까 여자를 만나더라도 조용하게 만났어야지. 이 업계에 너 바람둥이라는 거 모르는 사람이 어디 있냐?"

한입에 사케를 털어 넣은 민우는 자신도 어이없다는 표정으로 제 앞에서 웃고 있는 종철을 쳐다보았다.

"남자가 바람둥이라는 걸 알아도 넘어오는 게 여자거든. 요새 여자들 영악해서 자신이 얻을 게 뻔히 보이는 남자 안 놓쳐. 설령 그게 단 하룻밤이라고 해도."

"그럼 그 여자는 너한테 얻을 게 없었나 보지."

자신의 턱을 손으로 쓰다듬으며 생각에 잠긴 민우는 고개를 가로저었다.

"아니야. 그 여자는 그런 느낌이 아니었어. 마치 진짜 관심 없다, 뭐 이런 거?"

"그런 걸 느꼈는데 자존심 상하게 왜 들이대?"

"재밌을 것 같지 않아? 잡히느냐, 도망가느냐, 빠지느냐, 빠져드느냐를 두고 게임하는 것 같아서."

"미친. 이제 하다 하다 별……. 여자가 궁한 것도 아니고 이해가 안 된다."

고개를 저으며 종철은 제 앞에 놓인 술잔을 집어 들었다.

"너도 사실 궁금하지 않아? 내가 어떤 여자에게 이런 유치한 생각을 품는지."

민우의 웃는 얼굴 앞으로 노란 서류 봉투를 내민 종철이 들어 올린 술잔을 입으로 가져갔다.

"그렇지 않아도 네가 말한 그 조사라는 걸 해 왔다."

재빨리 받아 든 민우는 그 안에서 하얀 종이를 꺼내 들었다. 사실 조사라고 해 봤자 별거 없었다. 특별히 눈에 띄는 것이 없던 그의 눈에 현재 만나는 사람 없음이라고 빨간색으로 쓰인 글씨에 입술이 호선을 그렸다.

"별거 없네."

입술은 웃고 있으나 말투는 투덜거렸다. 어쩌면 별거 없는 것이 더 어려울 수 있으니 이제 사냥감을 어떻게 잡아야 하나 계획을 짜야 했다.

장난기 가득한 얼굴로 술을 한 잔 더 들이켜던 민우는 갑자기 친구라는 남자와 같은 차를 타고 가는 지수의 모습이 떠올랐다.

그러자 속에 불덩어리가 떨어진 것처럼 화끈거림이 올라왔다.

이게 무슨 감정이지?

"무슨 생각을 그렇게 해?"

종철의 물음에 그는 심각한 표정으로 말했다.

"여자가 말이야. 친구가 온다고 해서 친구를 만났는데 남자야. 같은 차를 타고 가는 걸 보니 막 속에서 불이 타오르는 것 같아. 이게 무슨 감정이야?"

"이제 질투까지 하냐?"

"질투?"

지—일—투?

민우의 한쪽 눈썹이 올라가며 입꼬리도 눈썹을 따라 한쪽만 올라갔다.

그 정도로 그 여자에게 끌렸단 말이지.

민우는 자리에서 일어났다. 이렇게 된 이상 앉아서 술이나 먹고 있을 상황이 아니었다. 최상의 피부 컨디션을 위해서 들어가 쉬어야 했다. 그래야 내일부터 사냥에 돌입할 수 있을 테니까.

"나 먼저 간다."

6. 연애 감정을 가장한 악마의 속삭임

지수는 자신을 놀려도 정도껏 놀리라고 하고 싶었다. 포스트 잇 계약 때문에 팔자에도 없는 약혼녀 노릇을 하게 생겼는데 갑자기 연애 감정 어쩌고 하면서 도와준다느니 뭐니. 애인 있는 자의 여유로움인가 싶어 눈을 가늘게 뜨고 그를 노려보았다.

"그러다 가자미 되겠네."

하얀 피부와 술기운 때문인지 살짝 풀어진 눈, 새빨갛게 물든 입술에서 이제는 퇴폐미마저 느껴졌다.

술 취해서 섹시하게 보이는 남자는 처음일 거라고 생각하는 지수는 시선이 밑으로 향했다. 화가 나야 하는데 도무지 화를 낼 수가 없다. 무릎 위에 두 손을 올려놓고 괜히 손가락을 꼼지락거렸다.

뱀파이어 같은 인간. 게이로 위장해서 날 홀리고 있는 것이 분명해.

"취했어요? 혹시 소주 한 병이 치사량은 아니죠?"

지수는 다시 고개를 들고 재준을 쳐다보았다. 재준은 지수와 시선이 마주쳤지만 무슨 생각을 그리하는지 그녀의 물음에 대답할 생각조차 하지 않았다. 더 취기가 올라오기 전에 밖에 나가 바닷바람이라도 쐬면 좋을 것 같아 자리에서 일어났다.

"나가요. 기왕 왔는데 해변은 거닐어 봐야죠."

재준은 미소를 지으며 일어나 계산대로 향해 카드를 꺼냈다. 여유로운 모습으로 계산하며 제 뒤를 따라 나오는 지수를 쳐다보았다.

"반은 이따가 드릴게요……."

평소에 더치페이가 몸에 밴 그녀였기에 대수롭지 않게 말했다.

"음, 좀 웃어 봐요."

"네?"

"그러지 말고 한번 웃어 봐요."

뜬금없는 그의 말에 지수는 어쩔 수 없이 입꼬리를 억지로 끌어 올려 미소를 지었다.

"억지로 말고 진짜로 웃어 봐요."

술이 좀 들어가더니 이 인간 참 요구하는 게 많아진다며 귀찮다는 표정이었지만 이상하게 싫지 않았다. 지수는 자신을 계속 바라보고 있는 재준의 시선이 점점 부담스러워지자 빨리 해치워 버려야겠다고 생각했다.

"위—이—스—으—키—이—"

입꼬리를 최대한 올리며 진짜로 웃으려고 노력했다. 그녀는 그제야 여기까지 와서 내가 왜 이런 걸 해야 하느냐고 후회했지만 소용없었다.

재준은 한지수라는 사람이 다른 남자하고 있을 때도 이런 모습일까 하는 생각에 기분이 묘해지는 느낌이 들었다. 그녀가 자신 앞에서만 이런 모습을 보여 줬으면 하는 생각이 들자 마음이 일렁거렸다.

취하긴 취했어. 이상한 생각도 들고.

빈속에 술은 쥐약인데 그 쥐약이 생각도 만지는 것 같았다. 계속해서 자신을 쳐다보며 미소 짓고 있는 지수의 얼굴이 곧 경련이 일어날 것 같아 보이자 재준은 입을 열었다.

"그 미소로 절반 받은 셈 칠게요."

환하게 미소를 지으며 그는 뒤돌아 해변으로 향했다. 지수는 볼 안에 빵빵하게 공기를 넣어 경련이 일어날 뻔했던 근육을 풀어 주며 그의 뒤를 따라갔다.

생각해 보니 기분이 나빠지는 것이 그가 정말 자신을 놀리는 것 같았다. 지수는 빠른 걸음으로 재준을 앞질러 막아섰다.

"지금 뭐 하는 거예요?"

"뭐가요?"

"아니, 아까 전부터 도와준다니 어쩌느니 연애 감정 뭐라고 하면서 이해할 수 없는 말만 잔뜩 늘어놓더니 지금은 왜 웃었다고 밥값 감면이에요?"

말을 하다 보니 화가 점점 올라왔다. 차 때문에 한 계약에 말도 안 되는 약혼자 행세를 하라는 통보를 받았지만, 억지로 웃으라고 해 놓고 밥값 받은 걸로 한다 하니 뭔가 싶었다. 자존심이 상한다고나 할까.

하란다고 가만히 따라 하니 가마니인 줄 아시나!

"나름대로의 정당한 감면이라고 생각해요."

"전 별로 정당하지 않다고 생각해요. 나 지금 놀려요?"

"음……. 그럼 없었던 걸로 하죠. 이따 줘요."

아무렇지도 않게 말하는 재준이 원래 이렇게 얄미운 사람인가 싶었다. 지수는 그가 지금 그 무엇을 한다 해도 기분이 나쁠 것 같았다.

재준은 잔뜩 굳어진 표정으로 시선을 아래를 향한 지수를 보자 허리를 살짝 숙여 시선을 마주했다. 갑자기 눈앞에 재준의 얼굴이 닿을 것 같아 보이자 화들짝 놀란 지수는 몸의 균형이 무너지면서 뒤로 갸우뚱거렸다.

그 순간 재준은 팔을 뻗어 그녀의 허리를 감싸 제 몸 쪽으로 끌어당겼다.

순식간에 벌어진 일이었다. 재준의 품에 안기자 그에게서 희미하게 꽃향기가 나는 것 같았다. 그 향기의 정체를 찾기도 전에 놀란 그녀는 그의 품에서 벗어났다. 얼굴이 벌게지고 심장은 폭주 기관차처럼 시끄럽게 소리를 내며 뛰어 댔다.

품에 닿은 지수의 흔적이 남은 것처럼 재준의 심장도 뛰기 시작했다. 저 여자를 만날 때마다 매 순간 심장이 뛰었다. 도대체 왜 그러는 걸까. 시선을 마주치지도 못하고 몸을 돌려 버리는 지수를 보자 재준은 자신도 모르게 그녀에게 다가가 손을 잡았다.

그의 손길이 자신의 손에 겹쳐지자 지수는 놀란 표정으로 뒤돌아 그를 쳐다보았다. 따뜻한 눈빛, 따뜻한 미소. 또다시 자신을 그렇게 쳐다보는 재준을 보자 그녀는 차라리 눈을 감아 버려야겠다고 생각했다.

이러지 마. 내 남자가 될 수 없어.

선을 바로 그어야 했다. 안 그러면 자신이 힘들어진다.

"손…… 좀 놔요……."

평소의 한지수라면 거세게 뿌리치고 그 자리에서 벗어나 연락도 안 받고 잠수를 탔을지도 모른다. 활달해 보이지만 소심했다. 집에 틀어박혀 몇 날 며칠을 곱씹게 될 것이 뻔했다. 그래서 당장 손을 뿌리치고 재준과의 관계에 선을 그어야 했지만 실제로는 기어들어 가는 목소리로 손을 놔 달라고 하고 있었다.

"아까 말했잖아요."

"뭘요?"

"연애 감정 느끼게 해 준다고."

"그게 말이 되요?"

"말이 되나 안 되나 한번 해 볼래요?"

악마다. 악마가 틀림없다. 해맑게 웃고 있는 재준을 보며 지수는 생각했다. 사실 싫지 않았다. 이런 남자가 어디서 또 올까 싶었다. 한 가지 자신과 성적 취향이 다른 것만 빼고 말이다.

그러나 그 한 가지 때문에 매몰차게 거절해야 했다. 자신의 것이 될 수 없는데 그 사람한테 연애 감정 느껴 봤자 본인만 힘들어질 것이 뻔하다.

"서울로 올라가죠."

차가운 말투로 말했다. 그러고는 재준의 손에서 자신의 손을 빼며 몸을 돌렸다.

재준은 자신이 뭔가 실수한 걸까 싶었다. 맞다. 실수했다. 그녀는 지금 자신을 동성애자로 알고 있다. 그런 남자와 연애 감정을 느껴 봤자라고 생각했을 것이다.

"지수 씨. 나 좀 볼래요?"

"싫어요."

"왜요?"

"오늘 재준 씨 너무 멋대로네요. 친구 하는 것도 생각해 봐야겠어요."

자신을 외면한 채 말하는 그녀의 뒤에서 재준도 말을 계속 이어 나갔다.

"너무 심각하게 생각하는 것 같네요. 그냥 친구들도 손잡고 다니지 않나요. 그 대신 난 남자니까 예전에 연애했을 때 그 감정을 조금 기억해 보라는 거죠. 그러면 글 쓰는 데 더 도움이 될 거 아니에요."

차분히 말하는 그의 목소리가 다짐을 조금씩 흔들었다. 그를 남자 그 자체로 보고 있는 자신과 자신을 온전히 친구로 보고 있는 그는 생각하는 관점이 다른 것일까. 아니다. 재준은 자신이 느끼고 있는 감정을 아예 모르기 때문에 이렇게 할 수 있는 것이라는 생각이 들었다. 본인을 남자로 보고 있다는 것을 알면 이렇게 편하게 대할 수 있을까.

친구야. 온전히 친구. 그냥 친구. 사람인 친구.

주문을 외우듯 속으로 중얼거리며 천천히 뒤돌았다.

그는 내 감정을 모른다. 혼자서 심각해지지 말자.

지수는 마음을 하나씩 내려놓으려고 노력했다. 그녀가 뒤돌아 자신을 쳐다보자 그는 미소를 지으며 손을 내밀었다. 여자인 제 손보다 더 하얗고 굴곡이 없는 긴 손이었다. 지수도 손을 내밀자 그는 큰 손으로 감싸듯 그녀의 손을 잡았다.

그들은 그렇게 아무 말도 하지 않고 해안을 따라 걷기 시작했다. 걷다 보니 모래에 발이 자꾸만 빠지자 그는 바지를 접어 올리고 신발과 양말을 벗었다. 지수도 간만에 신고 나온 구두를 벗어서 손에 들었다. 알알이 느껴지는 모래의 느낌에 발가락 사이사이가 간지러웠다.

지수는 누군가와 단둘이 모래사장에서 신발을 벗고 걸어 본 기억이 없었다. 아마 어렸을 때 가족들과는 해 본 적 있었겠지만 성인이 되어서는 없었던 것 같다.

아직은 깜깜한 새벽에 바다를 보고 친구이기는 하지만 남자와 손을 잡고 해안을 걷는 기분이 연애하고 있는 것 같았다. 정말 오랜만에 느껴 본다. 재준의 말이 맞았다. 그저 느껴 보라는 것. 그것이 중요했다.

"어때요? 이렇게 걸으니까."

생각에 빠져 있던 자신을 건져 낸 것처럼 낮은 목소리가 들려왔다.

"좋네요. 단지 애인과 함께라서가 아니라는 게 문제지만."

지수의 볼멘소리에 재준은 큭 하고 웃음을 터트렸다. 자신이 무슨 말만 하면 웃는 재준이 이제는 조금 얄미웠다. 그렇게 재미있는 사람은 아닌데 도대체 왜 그러는 건지 모르겠다.

"지금 이 순간만큼은 애인이라고 생각해요."

"싫어요."

단호하게 싫다고 말한 지수는 저 멀리 보이지 않는 수평선을 찾고 있었다. 더 이상 질문하지 말라는 신호였다.

"왜 싫은데요?"

신호를 죽어라 보내면 뭐하나. 상대방이 못 알아차리는 것을. 지수는 큰 숨을 내쉬었다. 꼭 제 입으로 말해 주길 원한다는 느낌이었다.

"……우리 친구 하기로 했으니까요."

지수의 대답에 재준은 마음이 일렁였다. 방금 파도가 마음을 치고 빠져나간 것 같았다.

"재준 씨도 남자니까…… 잘못하면 감정이입 된단 말이에요. 난 글 쓰는 사람이니까 감정이입 참 잘 시킨다고요."

이미 벌써 감정이입이 시작되었다고요.

돌려서 말하기는 했지만 지수는 혼이 나가 버릴 지경이었다. 재준이 감성적인 직업을 가지고 있고, 그런 강연회를 수없이 하면 뭐하나 싶었다. 바로 옆에 있는 사람의 심리도 모르는데 말이다. 재준은 뭔가 알겠다는 듯이 고개를 끄덕일 뿐이었다.

"이제 진짜 출발해야 할 것 같은데요."

재준이 핸드폰으로 시간을 확인했다. 시간을 보니 새벽 3시가 넘어가고 있었다. 자신은 술을 마셨고 지수에게 계속 운전을 시킬 수 없는 노릇이었다. 차 안에서 잠시 눈을 붙이든 어디서 잠시 쉬어 가든 해야 할 것 같았다.

"어디서 좀 2시간 정도만 자고 갈래요?"

"네?"

또다시 그의 갑작스러운 말에 지수는 어이가 없는 표정이 되었다.

★

강은 혼자서 맥주를 마시고 있었다. 저녁에 재준과 통화했을 때 갑자기 친구랑 부산을 내려간다고 했었다. 자신이 알기로 그는 소소하게 만나는 친구가 없었다. 감이 좋은 그는 저번에 재준이 말하던 그 여자가 부산을 같이 간 친구가 아닌가 하는 생각이 들었다.

재미있는 여자라고 했다. 자신이 알 수도 있다고도 했다. 있는 기억 없는 기억 다 끄집어내 그 여자가 누군지 맞춰 보려고 했지만 도무지 떠오르지 않자 인상을 쓰며 맥주를 마셨다.

"궁금해! 궁금해 미치겠어!"

재준이 여자와 단둘이 어디론가 간다는 것을 상상조차 해 보지 않았던 강은 막상 그가 정말 여자를 만나는 것 같아 씁쓸한 마음이 들었다.

강은 그의 친구이자 보호자로 곁에 있었다. 그를 향한 마음은 빼고 말이다. 그 마음이 오랜 시간 지나다 보니 이제는 정말 우정이 되어 버린 것 같았다. 재준이 좋은 여자를 만났으면 하는 생각을 한 강은 또다시 술을 들이켰다.

어떤 여자인지 내가 한번 만나 봐야 하는데.

잘게 잘린 육포를 입에 넣으며 질겅질겅 씹었다. 하지만 늘 둘이 마시던 술을 혼자 마시려니 참 맛이 없었다. 마시던 것만 마시고 정리해야겠다고 생각한 강은 맥주 캔에 반 정도 남아 있는 맥주를 한 번에 다 마셔 버려야겠다고 생각했다.

띵동!

벨소리가 들리자 그는 재빠르게 일어나 현관문으로 향했다. 재준이 가끔 술을 많이 마시고 들어오면 벨을 누르기 때문이었다.

"왜 이제야……."

인터폰으로 얼굴을 확인하지 않고 문을 연 강은 제 앞에 서 있는 지민의 모습에 표정이 한순간 굳어 버렸다.

"계집애가 이렇게 늦은 시간에 교양 없이 남의 집에 오는 건 뭐니?"

"친구 집에 온 건데 뭘."

당연하다는 표정으로 집으로 들어가는 지민을 막지도 못하고 강은 얼굴을 구긴 채 문을 닫았다. 역시나 지민의 손에는 무언가가 한가득 들려 있었다.

"이번엔 뭘 또 가져온 거야?"

"혼자 술 마시고 있었어? 재준이는?"

재준을 찾는 지민을 보며 왜 이렇게 약 올리고 싶은 생각이 드는지, 강은 요걸 어떻게 놀려 줄까라는 생각을 했다.

"걔 찾지 마."

"왜?"

지민은 자리 잡고 앉아 제가 사 온 맥주를 따며 강을 쳐다보았다. 강은 아무것도 모르는 지민이의 일그러지는 표정이 보고 싶었다.

"데이트 갔어. 아마 자고 들어올걸?"

"뭐?"

자신이 기대한 대로 지민은 얼굴이 세차게 구겨졌다. 말하지 않아도 그녀의 감정이 얼굴에 드러났다. 평소에도 오만방자한 그 표정이 절대 그럴 리 없어 하는 슬픈 표정으로 바뀌어 갔다.

"거짓말하지 마……."

지민은 충격을 받은 듯 말끝을 흐렸다. 이곳을 찾은 이유는 집 안끼리 정해 준 결혼에 대해 의논하러 온 것이었다. 재준이 절 밀어내는 이유와 자신의 뜻과는 상관없이 정해진 혼사를 어떻게 할 것인지에 대한 그의 생각이 필요했다.

"내가 왜 너한테 거짓말을 하니? 아무리 내가 널 미워하지만 이런 건 거짓말 안 해."

그녀와 마주 보며 앉은 강은 자신이 마시다 만 맥주를 집어 들고 마시기 시작했다.

"갑자기 여자가 생길 리 없잖아. 사랑 따위 안 믿는다며. 그래서 여자 필요 없다며."

거의 울 것 같은 분위기였다. 강은 다 비워 버린 맥주 캔을 찌그러트리고는 바닥에 내려놓았다. 그러고는 다른 맥주 캔을 집어 들었다.

"사람 일이란 것은 모르는 거지. 특히 감정에 대한 것은. 장담할 수 있는 것이 아니란다."

지민은 자리에서 일어났다. 지금은 술을 마실 수 없을 것 같았다.

"강. 미안. 나 좀 해야 할 일이 생각났어."

사색이 된 얼굴로 그녀는 현관 쪽으로 향했다. 충격받은 얼굴을 하고 집에서 나가는 지민을 잡지는 않았지만 좀 걱정이 되었다.

그녀의 표정을 보니 재준과 무슨 말을 하려고 온 것 같았다. 재준을 혼자 볼 용기가 없으니 자신이 집에 있을 때 찾아온 것이란 생각은 들었지만 크게 신경 쓰지는 않았다.

"혹시 무슨 일 벌이는 건 아니겠지?"

강은 자리에서 일어나 거실을 정리하기 시작했다. 분주히 움직이며 생각하니 재준과 지민 모두 불쌍한 것은 매한가지였다.

그러니까 그때 잘했어야지.

재준을 생각한다면 지민이 미웠지만 따로 떼어 놓고 생각한다면 친구한테 미움받고 좋아하는 사람에게는 무시당하는 그녀의 마음에도 많은 상처가 있을 거라고 생각했다. 언젠가는 다 행복해질 거야. 그는 억지로 그렇게 생각했다.

지금 자신의 앞에서 아직도 새빨간 입술을 움직이며 말하는 남자가 자신을 말려 죽이려고 작정했구나 싶었다. 정말 뱀파이어가 맞는 것 같다. 피를 빨지 않아도 사람을 말려 버릴 수 있는 엄청난 마력을 소유하고 있는 재준에게서 벗어나야 했다.

지수는 그에게 마늘 대신 현실 인정에 대한 처방을 하기로 했다. 또한 당황한 표정을 보여 주지 않겠다는 생각을 한 지수는 팔짱을 끼고서 짝다리를 짚었다.

"이봐요. 강재준 씨. 아무리 당신이 동성애자이고 우리가 친구 사이라고 하지만 이건 좀 아닌 것 같은데요."

그녀는 그동안 대놓고 말하지 못했던 단어를 아주 강한 악센트를 주며 말했다. 지수는 자신의 의도와는 다르게 오해한 것 같았다. 화가 나 보이는 그녀의 모습을 보자 재준은 빠르게 변명했다.

"제 말이 좀 오해의 소지가 있기는 한데, 잘 생각해 봐요. 전 술을 마셨고 지수 씨는 아까 운전하고 와서 피곤하잖아요. 더구나 지금 시간이 새벽 3시가 넘었고요. 아무리 정신력으로 버틴다고 하더라도 졸음은 한순간이에요. 전 오래 살아야 할 이유가 있어서 지금은 절대로 출발 못 해요."

재준이 어떠한 말을 해도 뻔뻔한 그의 모습만 눈에 들어왔다. 아무리 자신을 이성으로 생각하지 않는다고는 하지만 이건 좀 너무한다 싶었던 지수는 그에게 서운한 마음이 들었다.

"그럼 차 안에서 잠시 눈 좀 붙여요."

잠시 생각하던 지수는 냉랭하게 쏘아붙였다. 그렇다. 쉬고 싶다면 차에서 쉬면 그만 아닌가.

"알았어요. 그럼 가죠."

재준은 지수를 생각해서 그런 제안을 한 것이긴 했지만, 그녀의 냉랭한 반응을 보자 자신이 생각이 짧았다는 것을 인정했다. 자신이 동성애자라고 생각하는 지수였지만 그래도 남자 아닌가. 그는 포기한 듯 주차장으로 가기 위해 걸음을 옮겼다.

"지수 씨, 어서 와……."

"아악!"

지수의 비명 소리에 재준은 깜짝 놀라 뒤를 돌아보았다. 자신의 오른쪽 발을 부여잡고 몸을 덜덜 떨고 있는 그녀의 모습을 보자 재준은 너무 놀라 그녀에게 뛰어갔다. 그는 바로 지수를 앉히고 그녀의 상태를 확인했다.

발을 들자 순식간에 새빨간 피가 모래사장 위로 후두둑하고 떨어졌다. 새벽이라 상처 부위가 제대로 안 보이자 휴대폰 불빛으로 비춰 보니 발바닥 한가운데에 큼지막한 유리 조각이 박혀 있었다.

상처를 보자 긴장감이 순식간에 몰려왔다. 지혈을 해야 했다. 주변을 살펴보아도 불이 꺼진 가게들뿐이었다. 저 멀리 편의점 하나가 보이기는 했지만 거기까지 가는 동안 출혈이 너무 많을 것 같았다.

재준은 잠시 망설이더니 셔츠의 단추를 풀기 시작했다. 지수는 그를 쳐다보았지만, 엄청난 통증에 의지와는 상관없이 눈물이 흘러내렸다.

"뭐……뭐 하는…… 거예요?"

"일단 지혈해야죠. 그리고 119도 부를 거니까 조금만 참아요."

셔츠를 벗자 드러나는 그의 몸에 지수는 통증에도 숨이 막힐 지경이었다. 발의 통증은 통증이고 눈앞에 보이는 재준의 탄탄한 몸매는 몸매였다. 아무리 봐도 정말 매력적이다. 가끔 사람을 놀려서 그렇지.

"우아아아악!"

조심스럽게 감는다고 감은 것이 상처를 건드렸는지 지수는 살이 찢어지는 고통에 울부짖었다. 얼마나 아픈지 입술까지 덜덜 떨려 왔다.

"이건…… 너무 아프잖아……. 흑……."

통증으로 눈물이 올라왔다. 119에 전화를 하던 재준은 그녀의 모습에 큰일났다 싶었다. 얼마나 아플까, 상처를 감아 놓은 자신의 흰 셔츠는 이미 피로 흥건했다.

"네. 빨리 와 주세요. 출혈이 심합니다. 네. 알겠습니다."

전화를 끊은 재준은 어쩔 줄 몰랐다. 닭똥 같은 눈물을 뚝뚝 흘리며 울고 있는 그녀가 그저 안쓰러웠다. 괜스레 자신 때문에 다친 것만 같아 마음이 좋지 않았다.

그는 그녀의 다친 다리를 최대한 움직이지 않게 조심하며 지수의 몸을 끌어 품에 안았다. 그녀의 아픔으로 인한 떨림이 전해져 오자 자신도 모르게 지수를 더 세게 안았다.

지수는 그의 맨살에 닿으니 아프면서도 정신이 아찔했다. 재준의 빠르게 심장 뛰는 소리가 제 귀에 들려오자 그를 쳐다보았다. 따뜻한 눈빛으로 자신을 바라보는 재준과 눈이 마주치자 숨이 멈추며 시간도 함께 멈춘 것 같았다. 그 순간은 아픈 것도 잊어버렸다. 재준은 따뜻한 손길로 지수의 머리와 얼굴을 쓰다듬었다.

뭐…… 뭐야…….

그에게서 눈을 뗄 수 없었다. 그도 지수의 시선을 피하지 않았다. 그렇게 서로의 시선이 서로에게 머물수록 지수와 재준은 같이 호흡하고 심장박동도 비슷해지는 것 같았다. 재준은 품에 안은 지수가 자신의 심장 소리를 들으니 숨기고 싶은 것을 들켜 버린 것 같은 느낌이었다.

내가 도대체 이 여자에게 왜 이러는 것일까.

재준은 깊게 생각할 겨를도 없이 마음이 지수에게로 향했다.

하지만 그는 지수에게 느껴지는 마음을 부정했다. 자신은 사랑을 해서는 안 된다는 생각과 함께 그때처럼 상처받게 될 것이 두려웠다. 그렇지만 마음이 가는 것은 사람이 막는다고 막아지는 것일까?

지수는 또다시 밀려오는 고통에 미간을 찌푸렸다. 조금씩 움직일 때마다 그 움직임으로 인해 신경을 타고 아픔이 전해져 왔다.

쉴 새 없이 흐르는 눈물을 재준은 손으로 닦아 주었다. 손길이 닿자 자신을 다시 쳐다보는 지수의 촉촉한 눈빛에 숨이 멎을 것만 같았다. 재준은 자신도 모르게 서서히 고개를 숙여 지수의 입술로 향했다.

"아, 구조 요청하신 분?"

저 멀리서 구급 대원의 말이 들리자 화들짝 놀란 재준은 손을 번쩍 들어 올렸다. 구조 요청을 하고 많은 시간이 걸리지 않았지만 재준과 지수는 꽤나 오랜 시간이 흐른 것 같았다.

구급차를 타고 응급실로 같이 향하면서 서로 시선을 맞추지 못했다. 입맞춤을 하려 했던 재준의 행동에 서로가 너무 어색했기 때문이었다.

지수는 그의 입술이 자신에게로 향할 때 자신도 모르게 두 눈을 감아 버렸다. 심장은 고장 난 듯이 뛰어 댔고 그 역시도 그랬다.

동성애자잖아. 그런데…… 왜?

복잡했다. 머릿속이 복잡해서 딱 미쳐 버릴 지경이었다. 다치고 안 다치고의 문제를 벗어나 그가 왜 자신에게 그런 행동을 했을까 하는 문제가 생겨 버렸다. 이성을 상실할 정도로 술을 마신 것도 아니다. 너무나도 멀쩡한 정신이었다는 것을 그 자신도 알고 저도 알았다.

도대체 뭐야?

발도 아픈데 감정의 일렁임도 더해져 미쳐 버릴 것 같은 지수는 혼이 나가 버린 것처럼 제정신을 차릴 수가 없었다.

"아아악!"

구급 대원이 소독약을 들이붓자 살을 잘라 내는 듯한 극한의 고통이 몰려왔다. 지수의 비명 소리에 재준의 얼굴에는 근심이 가득했다.

"병원 도착했어요. 쫌만 참으소!"

친절한 미모의 구급 대원이 미소를 지으며 말했다. 사실 지수보다는 재준을 보는 시간이 더 많았지만 말이다. 상의를 탈의한 군살 없는 몸매에 뱀파이어 같은 외모가 모든 사람들의 시선을 강탈하고도 남을 만했다.

어쩌면 진짜 뱀파이어가 사람으로 변했을지도 모를 일이었다. 그래서 지수는 자신을 이렇게 미혹하는 것일지도 모른다고 생각했다.

"환자분과 관계가 어찌됩니꺼?"

구급 대원이 자신들이 적는 서류를 넘기며 재준에게 물었다.

"곧 약혼할 사이입니다."

재준은 한 치의 망설임 없이 미소를 지으며 대답했다.

난 누군가 또 여긴 어딘가.

지수는 지금 제 눈앞에 보이는 낯선 천장과 목까지 덮인 포근한 하얀 이불을 확인했다. 그리고 무거운 한쪽 다리가 자신의 몸을 짓누르고 있는 것 같은 느낌을 받으며 침대에서 일어나지 못하고 눈만 껌벅이고 있었다.

그러니까 내가 어제 병원에 가서 강재준 그 망할 인간의 망언을 듣고, 치료실에 들어가서 잠든 것까지 생각나는데…….

생각 중이던 지수는 문이 닫히는 소리에 고개를 옆으로 돌려 쳐다보려고 노력했다. 문 쪽에서는 맛있는 냄새가 솔솔 풍겨 와 코를 자극하니 입안에서는 침이 고였다.

"일어났어요?"

어느새 침대로 다가와 환하게 미소 짓는 재준의 얼굴을 보자 지수는 입술을 쭉 내밀며 시선을 피했다. 그는 그녀의 그런 표정을 보고는 미소를 지으며 테이블에 자신이 사 온 음식을 꺼내 놓았다.

"배 안 고파요? 뭘 좋아하는지 몰라서 간단하게 죽을 좀 사 왔는데 먹을래요?"

그의 말에 배는 미친 듯이 고파 왔으나 지수는 자신이 왜 이곳에 와 있는지 알아야 했다.

"여기가 어디에요?"

"호텔이요."

"호, 호텔이요?"

당황해하는 지수를 그럼 어디겠냐는 얼굴로 쳐다보던 재준은 짓궂은 표정을 지으며 서서히 그녀에게 다가갔다.

"안정제를 맞고 잠들어서 깨어날 때까지 응급실에서 기다려야 하는데 운전하려면 피곤할 것 같아서 안 되겠더라고요. 그래서 여기에 온 거니까 이상한 오해 하지 말아요."

뭣이라?

오해는 실컷 하게 만들어 놓고 지금 오해하지 말라는 말을 하는 재준이 아주 얄밉게 느껴진 지수는 고개를 반대로 휙 돌려 버렸다. 뭔가 굉장히 토라진 것 같은 분위기를 풍기는 지수의 모습을 본 재준은 그녀에게 다가가 상체를 숙이며 그녀의 등 밑으로 손을 넣어 몸을 일으켜 주었다.

"우아아아악!"

시선을 다른 곳에 돌리고 있던 지수는 놀란 나머지 괴성을 지르고 말았다. 그 모습에 재준은 눈썹 한쪽을 추켜올리며 흥미진진하다는 표정을 지었다.

"밥 먹자고요."

"아! 진짜 나한테 왜 그래요?"

신경질이 가득한 말투로 내뱉자 그는 침대에 걸터앉으며 팔짱을 끼고 다소 심각한 표정으로 그녀를 쳐다보았다.

"우리 친구잖아요! 그 약혼녀 행세하는 건 일주일 후부터 아닌가요? 왜 자꾸 사람 헷갈리게 해요? 어제 해변에서 응? 응?"

흥분한 지수는 말을 잇지 못했다. 그녀는 진정하려는 듯 숨을 크게 들이마시고 크게 내쉬었다.

재준은 그런 그녀를 아무 말 없이 바라만 보고 있었다. 제가 지금 무슨 말을 해도 듣지 않으려고 할 것이 뻔했다. 지수도 마음을 진정시키려는 듯 잠시 말을 멈추고 시선을 위로 향했다. 시간이 얼마나 지났을까? 지수는 한숨을 푹 내쉬고는 입을 열었다.

"아니…… 이해가 가야죠, 이해가……. 술도 이성을 상실한 사람처럼 먹은 것도 아니고 제가 다치기도 했고, 물론 옷까지 벗어 가며 지혈해 준 것은 고마워요. 그런데 구급 대원 오기 전에…… 그건 좀 아니잖아요."

좀 차분해진 말투로 말하자 재준은 그제야 팔짱을 꼈던 것을 풀고 지수를 향해 미소를 지었다. 어제, 지수의 눈과 마주치자 최면에 걸린 것처럼 그녀에게 입맞춤을 하려고 했었다. 자꾸만 그녀에게 이상한 행동을 하는 자기 자신이 이해가 되질 않았다. 자신도 이해가 되질 않는데 지수는 오죽할까.

"그리고! 구급 대원한테도 친구라고 하면 되지 곧 약혼할 사람이라고 하면 어떡해요? 당황했잖아요."

말하다가 흥분하고 말하면서 진정되는 지수의 모습에 재준은 지금의 상황이 조금은 심각한 상황임에도 불구하고 지수가 왜 이렇게 귀엽게 보이는 걸까.

"확실하게 해야 할 부분이 있어요. 강재준 씨, 도대체 정체가 뭐예요?"

"정체라뇨?"

"왜 이렇게 사람을 헷갈리게 해요?"

말투는 진정되었지만 지수의 얼굴은 많이 화가 나 보였다. 재준은 차분해지도록 노력했다. 분명 자신의 행동이 잘못이라는 것을 알고 있었다. 지수에게 한 어제의 행동은 재준 자신도 이해하기 어려웠지만 한 가지 분명한 것은 이상하게 싫지 않았다는 것.

"일단 사과할게요. 호기심이 좀 생겼었어요. 여자의 입술은 어떤 느낌일까 하는 그런 호기심이랄까. 그리고 병원에서는 기왕

144

약혼자 행세할 거 먼저 좀 하면 어떠냐고 생각해서 그렇게 말한 거였어요. 헷갈리게 했다면 미안해요."

미안하다고 말하는데 하나도 미안해 보이지 않는 재준의 표정을 보며 지수는 무슨 대답을 바라겠나 싶었다.

내가 말을 말자. 말을 마.

얼굴을 잔뜩 구긴 지수가 재준을 쳐다보니, 여전히 그는 자신을 향해 미소를 짓고 있었다.

"지수 씨. 난 지수 씨가 좋아요."

"네?"

"좋아한다고요."

갑작스런 그의 말에 그녀는 당황했다.

"왜요? 아예 사랑한다고 하지."

"큭!"

못마땅하다는 듯이 말하자 재준은 뭐가 재미있는지 웃음을 터트렸다. 자신이 뭔가 하기만 하면 웃어 대는 그를 보고 있으니 기분 나쁜 것을 떠나서 이제는 적응하기도 힘들었다.

그녀는 무덤덤하게 침대에서 내려오려고 애썼다. 이불을 걷자 무릎 밑까지 깁스를 한 자신의 오른쪽 다리가 보였다. 재준에게 자신을 좋아한다는 말을 들었을 때보다 더 당황한 표정으로 재준을 쳐다보았다.

"아……아니…… 이게 무슨……."

"제가 좋아하는 한지수 씨. 발이 좀 깊게 찢어져서 많이 꿰맸어요. 그리고 움직이지 말아야 한다고 그렇게 깁스를 해 놓더라고요. 많이 놀랐나요, 제가 좋아하는 한지수 씨?"

하, 이제 저 인간이 하다하다 말끝마다 돌림노래 하듯 말을 할 생각인 것 같았다.

"갑자기 그 말투는 뭐예요?"

"친구로서 좋아해요. 알아 달라고요."

"아…… 알았어요. 그러니까 그만해요."

"알겠어요. 제가 좋아하는 한지수 씨."

또 재미 들렸나 보다. 자신을 놀리는 것에 말이다.

"강재준 씨, 그거 알아요?"

"뭐가요?"

"강재준 씨는 말을 할수록 매력이 떨어진다는 거."

지수도 그를 놀리듯이 말했다. 그녀의 말을 들은 재준은 잠시 무슨 생각을 하는 듯싶더니 그녀에게 다가와 공주님 안기로 그녀를 안아 올렸다.

"제가 좋아하는 한지수 씨. 당신이라는 친구한테만 그래요. 이제 밥이나 먹죠?"

이제 능글맞기까지 한 그의 모습에 그녀는 두 손 두 발 다 들었다. 벗기면 벗길수록 참 여러 모습이 나오는 남자였다. 그야말로 양배추 같은 남자였다. 생으로 먹으면 식감이 좀 거칠지만 삶아서 먹으면 단맛이 나는 그 양배추.

"식사하고 대충 세수만 해요. 이제 올라가야죠."

그의 말에 지수는 죽을 쳐다보며 고개를 끄덕였다.

"자유를 만끽해요. 다음 주면 만끽하고 싶어도 못 할 테니까."

지수의 집 앞에 그녀를 내려 주고는 재준은 기분 좋은 표정으로 말을 건넸다.

서울로 돌아오는 내내 둘은 아무 말도 하지 않았다. 밀폐된 공간에 있으니 두 사람 다 어색한 분위기를 견디기 힘들었지만 어쩌면 침묵 속에서 조용히 온 것이 다행일지도 몰랐다. 말끝마다 '내가 좋아하는—'이라는 말로 시작하니 들어 주기 힘들었다.

역시 사람은 겉모습만 보면 모르는 거야. 누가 알겠어. 강재준이 저렇게 말한다는 사실을.

자신의 드림카가 떠나는 뒷모습을 보니 당분간 운전을 할 수 없다는 사실이 상기되어 지수의 기분은 급격히 우울해졌다.

"에잇! 이건 또 왜 이리 불편한 거야?"

양쪽 겨드랑이 사이에 목발을 낀 후 몇 발자국 뗀 지수는 불편함에 짜증이 몰려왔다.

그리고 그 모습을 건너편에 서 있는 검은색 재규어 차량 안에서 민우가 쳐다보고 있었다.

아무것도 모른 채 아파트 안으로 들어가던 지수는 잠시 후 매우 날카롭게 차가 출발하는 소리에 뒤를 돌아봤다. 주변에 아무것도 보이지 않자, 그저 대수롭지 않게 생각한 그녀는 절뚝거리며 집으로 향했다.

"나 왔다."

지친 목소리로 살아 있다는 표시를 했다. 지수의 목소리에 조카 하나가 뛰어나오며 그녀 앞에 서서 고개를 갸웃거렸다.

"이모 이거 뭡니까?"

"이모 다쳤어. 아야 했어. 호 해 줘."

"음……."

뭔가 이상하다는 듯이 팔짱을 끼고 한 손으로는 턱을 괴고 계속해서 지수를 쳐다봤다.

"이모를 왜 그렇게 쳐다볼까요?"

"뭔가 이상한 냄새가 나는군요. 한 형사님!"

하나가 소리치자 지아가 달려왔다. 지아는 지수를 아래위로 훑으며 놀란 눈으로 쳐다보았다.

"하나 지금 뭐 하냐?"

"역할놀이 하잖아. 얘, 요새 명탐정 코난에 빠졌어."

"아!"

그러고 보니 쓰지도 않던 알 없는 검은 뿔테 안경 쓰고 꽤 그럴듯한 포즈로 자신을 이리저리 쳐다보고 있었다.

"진실은 밝혀졌어! 몸은 작아졌어도 두뇌는 그대로, 불가능을 모르는 명탐정!"

"벌써 찾아냈나?"

지아가 묻자 하나는 안경을 고쳐 쓰고 심각한 표정으로 입을 열었다.

"진실은 한지수 씨가 다쳤다는 것입니다. 저것이 그 증거입니다."

손가락으로 다리를 가리킨 하나는 이내 지아를 쳐다보았다.

"한 형사님. 체포하십시오."

눈에 넣어도 안 아플 조카의 재롱이지만 이제 그 재롱은 그만 보고 방으로 들어가고 싶었다.

"명탐정 님, 전 감옥으로 들어가겠습니다."

하나에게 꾸벅 인사하고는 자신의 방으로 향했다. 곧 지아가 옆으로 따라붙으며 무언가 할 이야기가 많다는 표정을 지었지만 지수의 피곤한 표정을 보더니 입을 열려다 말았다.

"나중에 이야기하자, 시스터."

"엉. 씨유."

참 많은 일들이 있었다. 강재준. 앞으로 저 남자를 어떻게 해야 하는지 생각이 많아지는 밤이 될 것 같았다.

7. 흔들리는 마음

살면서 한 번도 해 보지 않았던 깁스를 점점 더워지는 날에 하고 있으니 죽을 맛이었다. 방법을 찾으면 씻는 것은 문제가 되지 않을 테지만 운전을 할 수 없다는 것이 가장 큰 문제였다.

바람피웠다고 우리 애마가 벌주는 거구나.

슬퍼지려 했다. 운전을 못 한다는 것은 제 삶의 즐거움을 앗아가는 거였다.

무슨 부귀영화를 보겠다고 부산까지 내려가서는…… 오지랖 넓은 내가 미친년이지.

침대에 누워서 머리를 잡아 뜯었다. 차마 발버둥까지는 칠 수 없었다. 아직도 상처 부위가 아려 왔기 때문이다.

정신적인 에너지 소모가 너무 많았는지 피곤이 몰려왔다. 자려고 눈을 감자 베개 옆에 둔 휴대폰의 진동이 울렸다.

이 시간에 누구야?

지수는 미간을 잔뜩 좁히며 짜증이 밴 손길로 휴대폰을 집었다.

[내가 좋아하는 한지수 씨, 잘 자요.]

재준의 메시지였다. 아주 자신을 놀리는 데 재미 들렸나 보다 했다. 좀 시크한 강재준의 모습이 더 매력 있었긴 했지만, 이런 장난이 싫은 건 아니었다.

'여자의 마음은 참 알 수 없어.'

자신도 여자면서 이런 생각이 들었다. 답장을 보내지 말까 하다 장난을 좀 치고 싶은 생각에 손가락을 움직이기 시작했다.

[괜히 친구 하자 했어요. 강재준 씨 좀 친해지니 매력 없어.]

그녀만의 소심한 복수였다. 언제 또 당할지 모르겠지만 이것만으로도 어제, 오늘 일에 대한 것을 복수한 것 같았다. 지수는 휴대폰을 놓고 눈을 감았다. 또다시 휴대폰이 울렸다. 이번에는 메시지가 아닌 전화였다.

"왜요?"

퉁명스럽게 말이 나왔다. 피곤해 죽겠는데 말이 곱게 나갈 리 없었다.

— 아무리 생각해도 안 되겠어요.

"뭐가요?"

— 우리 내일도 봐요.

"네?"

지금 이 남자가 뭐라고 하는 것인지, 지수는 피곤한 나머지 이해하고 싶은 생각조차 들지 않았다.

— 내일도 보자고요. 약혼자 노릇 하려면 우리 더 친해져야 해요.

"부산에서 우리 충분히 친해졌잖아요. 그러니까 다음 주에 봐요."

— 어쨌든 내일 모시러 갈 테니까 준비하고 있어요. 그럼 잘 자요. 내가 좋아하는 한지수 씨.

재준은 자신의 말만 하고 전화를 끊어 버렸다. 끊긴 휴대폰을 그저 멍하니 쳐다보고 있던 지수는 이불을 머리끝까지 올리고 소리를 질러 댔다.

"아! 진짜 나한테 왜 그러냐고! 애인이 있으면서 이제 이성이 끌리나! 악악!"

지수는 좀처럼 진정되지 않았다. 자신의 마음을 들었다 놨다 하는 재준이 미웠다.

내가 나가나 봐!

지수는 굳게 다짐했다. 절대 그의 마수에 걸려들지 않겠다고 생각하던 지수는 자신도 모르게 감기는 눈꺼풀을 이기지 못하고 이내 잠들어 버렸다.

★

점심때 즈음에야 눈이 떠진 지수는 자신이 일어난 것을 어떻게 알았는지 때마침 재준에게서 전화가 오자 깜짝 놀랐다. 이 남자, 지금 지켜보고 있나? 하는 생각에 무의식적으로 주위를 둘러본 지수는 설마 그럴 리가 있겠나 싶어 전화를 받았다.

"여보세요?"

— 내가 좋아하는 한지수 씨. 잘 잤어요?

휴대폰을 통해 흘러나오는 재준의 목소리에서 상당히 기분이 좋음을 알 수 있었다. 반면 잠은 잤지만 다리 다친 것 때문에 피곤한 지수의 목소리는 잠겨 있었다.

— 잘 잔 것 같지는 않네요. 혹시, 다리 아팠어요?

걱정스러움이 묻어나는 말투에 지수는 피식, 웃어 버렸다. 그렇게 걱정되면 좀 쉬게 놔두지.

"그래서 오늘 쉬고 싶어요."

— 아……

뭔가 많이 실망한 듯한 재준의 목소리를 무시하고 싶었지만 이상하게 신경 쓰였다.

— 알겠어요. ……그럼 쉬어요.

내가 미쳐.

"오늘 뭐 할 건데요?"

— 일단 만나요.

지수의 물음에 재준은 언제 실망했냐는 듯 재빠르게 대답했다. 여우같이 자신의 마음을 들었다 놨다 하는 재준의 술수에 지수는 못 당하겠다고 생각하며 알겠다고 대답하고 서둘러 전화를 끊었다.

최선을 다해 빨리 씻고 나온 지수는 화장대 앞에 앉았다. 그냥 편하게 하고 나가자는 생각과는 다르게 정성을 다해 화장을 하고 있었다. 최고의 난이도가 있는 화장은 안 한 듯한 화장이라지. 거울을 보고 꽤 만족스러운 미소를 지었다.

똑똑.

노크 소리 후 문이 열리는 소리가 들렸다.

"언니, 들어가도 돼?"

"응."

지수는 화장대에 앉아서 대답만 했다. 궁금한 것이 굉장히 많다는 표정으로 지수의 뒤에 의자를 끌어다가 앉았다.

"언니, 다리 어쩌다가 다친 거야?"

"부산 갔다가."

"부산? 왜? 누구랑?"

지수의 말을 덥석 문 지아는 궁금했던 것을 쏟아 내었다.

"응. 바람 쐬러. 친구랑."

물음 그대로 대답하는 지수에게 지아는 내가 뭘 바라겠냐는 표정을 지어 보였다. 그러자 지수는 인심 쓰듯 입을 열었다.

"신발 벗고 모래사장 걷다가 유리 조각을 밟았어."

"근데 그렇게 깁스를 해 놔?"

"걷지 말래. 상처 벌어진다고."

"친구랑 다녀왔다고?"

지아는 의심하는 듯 팔짱을 꼈다. 그 모습에도 지수는 무심하게 자리에서 일어나 옷장으로 향했다.

"너 지금 나 취조하냐? 하나랑 명탐정 놀이 하더니 너도 탐정이 되고 싶어?"

"이상하잖아. 언니가 친구랑 그런 곳을 가 본 적이 없는데 갑자기 친구랑 갔다 하면 그걸 곧이곧대로 들을 사람이 어디 있어?"

"관심 끄지?"

"남자랑 같이 갔지?"

"묻지 마."

"엄마한테 말해야겠다."

화장대에서 일어나 붙박이장 안에 있는 옷을 꺼내 갈아입던 지수는 엄마라는 말에 아픈 다리로 거의 달리듯이 걸어 지아 앞에 섰다. 매우 심각한 표정으로 미간을 잔뜩 좁힌 채 지아를 노려보며 입을 열었다.

"이 집에서 쫓겨나고 싶으면 그리해 보시든지. 날씨가 더워지니 쫓겨나도 얼어 죽을 걱정 안 해도 되겠네."

지수의 말에 정색하며 침대에서 일어난 지아는 언니의 시선을 피하며 뒷걸음질 쳤다.

"도……동생이 궁금해할 수도 있지 이렇게 매정하게 굴 거야?"

"네 이년. 넌 주둥이가 문제야. 엄마한테 이 사건에 관해 말만 해 봐. 하나만 빼고 쫓겨날 줄 알아!"

"치사해. 말도 안 해 주고."

"그러니까 거기서 왜 엄마라는 말이 나오니? 너 같으면 밀고자 기질이 다분한 너한테 말해 주고 싶겠어?"

"치!"

지아는 못마땅하다는 표정을 지었지만 더 이상 지수에게 물어보지도 못하고 방 안에서 나가 버렸다.

그녀가 그렇게 나가고 시간을 확인하니 재준이 오겠다고 한 시간이 되어 갔다.

방 밖으로 나가려던 지수는 벽에 세워진 목발을 쳐다보았다. 참 멋 안 난다 싶었다. 그 앞에서 잠시 고민하던 지수는 목발을 벽에 그대로 세워 놓고 밖으로 향했다.

"지수 씨!"

벌써 도착해 기다리고 있던 재준은 지수의 모습이 보이자 미소를 지으며 그녀에게 다가갔다. 목발도 없이 쩔뚝거리며 나오는 모습에 미간이 좁아진 재준은 지수의 앞에 서서 머리부터 발끝까지 훑어봤다.

"왜 그렇게 음흉한 눈빛으로 훑어봐요?"

볼멘소리로 묻는 지수의 말에 재준은 한숨을 크게 내쉬며 대답했다.

"목발은요? 그거 안 하고 다니다 상처 덧나면 어떡해요?"

"그 정도로 안 걸을 거잖아요. 거추장스럽고 불편하고 그래서 하기 싫어요."

"흠……."

재준은 뭔가 생각하나 싶더니 지수 앞에 더 가까이 다가섰다. 그가 다가오자 흠칫 놀란 지수는 부정하고 싶지만 심장이 서서히 빠르게 뛰는 것을 느꼈다.

"왜, 왜요?"

"잠시만요."

"재, 재준 씨!"

재준은 지수를 안아 들었다. 부산에서 그랬던 것처럼 지수는 원치 않게 재준의 품에 안길 수밖에 없었다. 그런데 원치 않는 상황인데도 왜 이렇게 마음이 설레는 것일까. 지수는 마음대로 조종할 수 없는 자신의 심장과 마음이 원망스러웠다.

"조심해요."

조수석 문을 열고 조심스럽게 지수를 차에 태운 재준은 조용하게 숨을 내쉬었다. 그녀를 품에 안았을 때 그 심장의 떨림이 지수에게 향하고 있다는 것을 재준은 깨닫지 못했다.

"그래서 우리 어디 가는데요?"

괜스레 퉁명스럽게 말을 건네며 시선은 차창 밖으로 향했다. 그런 그녀를 보며 큰 호선을 입꼬리에 담은 재준은 부드럽게 차를 움직였다.

"비밀."

"하나도 비밀스럽지 않으니까 말해 줘요. 이상한 데 끌고 가지 말고."

"오늘 지수 씨 좀 예민해 보이네요."

'피곤하니까, 억지로 끌려 나왔으니까 당연하지.' 라는 말이 목까지 치밀어 올랐지만 그녀는 괜히 분위기를 망칠까 싶어 그 말들을 간신히 누르고 매우 피곤한 얼굴로 재준을 쳐다봤다.

"이거 봐요. 다크서클 턱까지 내려온 거."

"다크서클 같은 거 지수 씨 미모에 가려서 안 보이는데요?"

"내가 말을 말아야지."

표정을 찡긋거리며 창문에 고개를 기댄 지수는 아직도 남아 있는 피곤함에 두 눈을 감았다. 차의 부드러운 움직임 때문인지 서서히 잠이 들었다.

"자요?"

신호 대기에 차를 멈춘 재준은 말없이 조용한 지수를 슬며시 쳐다봤다. 고개를 숙이고 잠이 든 지수를 보자 왜 이렇게 심장이 있는 쪽이 저릿하면서 쿵 하고 내려앉는 기분이 드는 건지, 기분이 묘하면서도 뛰는 심장을 손으로 잡고 진정시키고 싶은 마음이었다.

재준은 자신의 안전벨트를 풀고 몸을 비틀어 지수의 고개를 바로 해 주었다.

빠—앙!

어느새 바뀐 신호에 뒤의 차량이 클랙슨을 울려 댔다. 재준은 서둘러 차를 움직였지만, 그의 시선은 자꾸만 지수의 잠든 얼굴로 향했다.

"지수 씨, 다 왔어요."

"으음……."

힘들게 눈을 뜬 지수는 몸이 뻐근했는지 팔을 반만 들어 스트레칭을 했다.

"잘 잤어요?"

"아, 미안해요. 저도 모르게……."

"괜찮아요."

"그런데 여긴 어디예요?"

화려한 외관을 자랑하는 건물에는 블랙 아트홀이라는 글씨가 큼지막하게 박혀 있었고, [제15회 전국 헤어기능대회 · 헤어쇼]라고 쓰여 있는 큰 현수막이 달려 있었다.

"헤어쇼?"

"와 본 적 있어요?"

"아뇨. 와 본 적은 없지만……."

'헤어쇼'라는 걸 보자마자 재준이 자신의 애인인 남자의 쇼에 데려온 거라는 것을 알 수 있었다. 썩 기분이 좋지 않았다. 친해져야 한다더니 고작 자신의 애인을 소개시켜 주러 온 것인가 하는 생각이 들자 마음이 착 가라앉았다.

"곧 시작하는데 빨리 가야겠어요."

"아, 네네."

여기에 들어가는 것에 대한 거부감이 들었지만 내색하고 싶지 않았던 지수는 재준을 따라 차에서 내렸다. 재준은 당연하다는 듯이 지수의 옆으로 다가와 그녀의 손을 잡고 부축했다.

바람에 실려 온 재준의 체향이 느껴지자 지수는 또다시 심장이 뛰기 시작했다. 마음이 편안해지는 은은한 꽃향기. 꽃을 만지는 사람이라서 그런 건지, 아니면 그 자체가 꽃이라서 그런 건지 헷갈릴 정도로 좋은 향기였다.

"가요."

환하게 웃으며 조심스럽게 발걸음을 떼는 재준의 배려에 지수는 한 번 더 마음이 흔들렸다. 심장이 뛰고 마음을 움직이게 하는 그의 마력에 빠져들면 안 된다고 지수의 이성은 계속해서 방어했다.

진짜 미치겠다.

"저기, 재준 씨."

"네."

"아, 아무것도 아니에요."

차마 '당신 애인이 있는 곳이죠?'란 말을 할 수 없던 지수는 애써 미소를 짓고는 느린 걸음을 걸으며 아트홀 안으로 향했다. 전국 행사여서 그런지 형형색색의 머리색과 요란한 헤어스타일을 한 많은 사람들이 그 안에 몰려 있었다.

"어? 재준!"

저 멀리서 익숙한 한 사람이 뛰어오자 지수는 자신도 모르게 표정에 긴장감이 깃들었다.

"준비 다 했나?"

재준의 얼굴을 보고 행복한 표정으로 뛰어오던 남자는 시선이 재준의 어깨를 타고 내려와 재준과 지수의 맞잡은 손에 머물다 다시 지수의 얼굴로 향했다.

"어?"

"아, 안녕하세요?"

"또 보네요?"

"그러네요……."

기어들어 가는 목소리로 대답한 지수는 이상하게 바람피운 현장을 들킨 듯 창피함이 몰려왔다.

"둘이 아는 사이야?"

"미용실에 오셨었어. 그런데 둘이 무슨 사이기에 손을 잡고 있어?"

의아한 표정을 한 강이 보고 있는 상황에서도 재준이 지수의 손을 놓지 않자, 지수는 조심스럽게 잡은 손을 빼냈다. 하지만 재준은 지수의 마음도 모르는 채 손을 다시 맞잡았다.

"약혼자 놀이."

"뭐?"

"자세한 건 이따 말해 줄게. 그럼 쇼 잘해. 지켜보고 있을 테니까."

사정을 모르는 강은 할 말이 많은 표정이었지만 재준 때문인지 입을 다물었다. 다만 새침한 표정으로 지수를 쳐다보다 이내 대기실로 향할 뿐이었다.

"그렇게 말하면 어떡해요?"

"뭐가요?"

"딱 오해하기 좋게 말하네요."

"괜찮아요. 그럼 들어가죠."

도대체 뭐가 괜찮다고 하는 건지, 지수는 복잡한 심경이었다. 이런 관계와 상황은 딱 질색이었다. 더군다나 강의 노려보는 듯한 시선을 받게 되니 기분이 좋지 않았다. 재준과 자신과의 불가피한 관계에 대해 강이 모르는 것 같이 느껴졌다.

말 안 해 줬나?

"헤어쇼만 보고 바로 갈 거죠?"

"아까 그 친구 보고요."

"아아……."

뭐라고 더 말을 꺼내고 싶었지만 지수는 입을 다물었다. 그렇게 그녀는 소가 도살장 끌려가듯이 헤어쇼가 열리는 곳으로 들어갔다.

런웨이처럼 길게 펼쳐진 무대가 있었고, 양옆에 마련된 좌석에는 이미 많은 사람들이 앉아 있었다. 재준은 서슴없이 제일 앞자리에 지수를 앉혔다.

"우리 이렇게 막 앉아도 돼요?"

"지정된 거라 괜찮아요."

"네에."

곧 장내의 조명이 어두워지고 런웨이에 화려한 조명이 집중되었다. 꽤나 리드미컬한 음악이 흘러나오며 두 눈을 확 사로잡는 의상과 헤어 스타일링을 한 모델이 등장했다.

"우와."

모델이 자신의 앞에 지나갈 때마다 지수는 탄성을 냈다. 그러고는 입을 다물지 못하고 신기하다는 듯 모델들에게서 시선을 떼지 못했다.

지수가 감탄하는 소리가 들리자 모델을 쳐다보던 재준은 그녀의 옆모습에 시선을 고정했다. 왼쪽 귀에 머리카락을 걸어 지수의 옆얼굴이 완벽하게 자신의 눈에 들어오자 자신도 모를 설렘에 미소가 지어졌다.

"재준 씨, 저기 봐요."

무대에 강이 올라오자 지수는 고개를 돌려 재준을 바라보다 눈이 딱 마주쳤다. 언제부터 자신을 보고 있었는지는 모르겠지만 그의 두 눈과 마주치자 지수는 숨이 멎어 버릴 것 같았다. 왜 이렇게 재준의 눈빛이 뜨겁게 느껴지는 것인지, 지수는 시선을 어디에 둬야 할지 망설여졌다.

"아, 강이 나왔네."

지수와 눈이 마주친 재준 또한 당황함에 눈빛이 흔들리다 이내 무대에 선 강의 모습이 눈에 들어오자 자연스럽게 시선을 그에게로 온전히 옮겼다.

지수는 아무렇지도 않은 듯 강에게 시선을 옮기는 재준을 보며 자신의 애인에게 눈빛을 주는 것은 당연한데 왜 이렇게 씁쓸한 마음이 드는 것인지 자신이 정말 싫어졌다.

"지수 씨, 저 친구가 하는 것 좀 봐요."

지수의 손을 잡은 재준은 그녀를 쳐다보며 말했다. 뭔가 힘들어 보이는 지수의 모습에 미간이 좁아진 재준은 혹시나 다친 곳이 아픈 것은 아닌지 걱정되기 시작했다.

"혹시 다친 곳이 아파요? 안 좋아 보이는데."

"컨디션이 좋지 않네요."

"그래요?"

컨디션이 좋지 않다는 말에 시선이 강에게 잠시 머무르다 이내 무엇을 결심한 듯 재준은 지수의 손을 잡고 자리에서 일어났다. 갑작스러운 그의 행동에 놀란 지수는 두 눈을 동그랗게 뜨고 재준을 쳐다만 보고 있었다.

"일어나요."

"왜, 왜요. 아직 다 안 끝났는데."

"일단 여기서 나가요."

억지로 일으켜 세워진 지수는 재준이 부축하는 것을 따라서 밖으로 향했다. 헤어쇼장에서 나오니 공기부터 달랐다. 더운 공기였지만, 그래도 조금은 신선하다고나 할까.

"미안해요. 내가 너무 이기적으로 생각한 거 같아요."

"뭐가요?"

"많이 아파 보여서요. 난 더 친해지고 싶어서 그런 거지만 지수 씨 몸 상태를 세세하게 신경 쓰지 못해서 미안해요."

지수의 의기소침했던 모습이 재준에게는 아픈 사람처럼 보였다니 말로 뱉을 수 없는 '아싸!' 를 속으로 외쳤다. 사실 쇼가 끝나고 재준의 애인과 얼굴 맞댈 것이 엄청나게 부담스러웠다.

"재준 씨, 어지러워요."

체중을 실어 지지하고 있던 왼쪽 발의 힘을 살짝 빼니 지수의 몸이 휘청했다. 그런데 잘 받치고 있을 거라고 생각했던 재준의 팔이 하필 타이밍도 나쁘게 그녀에게서 떨어진 상태였다. 한순간 깨진 균형 탓에 그녀의 몸이 그대로 고꾸라지려 했다. 꾀병 코스프레하려다 넘어지게 생긴 지수는 급박한 표정으로 재준을 쳐다봤다.

"엄마야!"

그 모습이 슬로비디오처럼 보였던 재준은 곧 팔을 뻗어 그녀의 허리를 감싸고 순간적으로 자신의 품에 안아 버렸다. 자신을 쳐다보는 지수의 놀란 눈을 보자 재준은 자신도 모르게 제 품에 더욱 깊게 끌어안았다.

"약혼녀 한지수 씨. 내 앞에서만 이런 빈틈 보여 줘요."

"뭐, 뭐라는 거예요!"

재준의 가슴팍을 세게 밀었지만 그녀의 힘보다 재준이 안고 있는 힘이 더 강했다. 당최 놓아줄 생각이 없는 재준이 야속한 지수는 자꾸 가만히 있는 사람의 감정을 뒤흔드는 재준이 미워지기 시작했다.

"이러다가 애……인이 보면 어쩌려고 그래요……."

다 죽어 가는 목소리로 말하는 지수의 말에 재준은 안고 있던 지수를 품에서 놓아주었다. 왜 자꾸만 선을 넘어가는 행동을 하는지, 그것도 지수라는 여자 앞에서만 이런 행동을 하니 자기 자신도 이상한 일이었다.

"어쨌든 넘어지지 말아요. 특히 나 없을 때."

"내가 왜 그래야 하는데요?"

"내 약혼녀니까요."

"누가 보면 진짜인 줄 알겠네."

"이 순간만큼은 진짜죠."

새빨간 입술로 한 점 부끄러움 없이 자신에게 말하고 있는 재준을 지수는 두 눈을 가늘게 뜨고 쳐다보다 쩔뚝거리며 몸을 돌렸다. '이 순간만큼은 진짜'라면, 그럼 자신의 남자라고 생각해도 된다는 말인가?

감정이 복잡하게 엉켜 버리자 빨리 집으로 돌아가야겠다는 생각이 들었다.

집으로 돌아온 지수는 재준을 만날 때마다 이렇게 감정이 뒤흔들려서야 되겠나 싶었다. 자신의 마음이 마음대로 되지 않는 것이 참 힘들었다.

"꽃 같은 그 외모만 아니었으면! 알팔이만 아니었으면! 진즉에 잘랐을 건데!"

지수는 누구를 원망하나 싶었다. 다리에 한 깁스 때문인지 쉽게 피곤해진 지수는 침대에 눕자 눈이 가물가물했다. 자고 일어나서 며칠 못 했던 글 작업을 하자 싶었던 지수는 두 눈을 감고 잠을 청했다.

얼마나 잤을까, 갑자기 눈이 떠졌다. 정말 푹 잔 것 같은 개운한 느낌에 몸을 일으키니 아직도 해가 떠 있었다.

"뭐야? 얼마 안 잔 거야?"

짧게 자더라도 푹 자고 일어나면 개운하다더니 한결 가벼워진 것 같았다. 침대에 뒹굴거리며 휴대폰으로 시간을 확인한 지수는 뭔가 이상하다는 듯 고개를 갸웃거렸다.

잠깐만…… 오전 8시?

어안이 벙벙했다. 도대체 얼마나 많이 잔 것인가. 단 한 번도 깨지 않고 그다음 날 아침에 눈을 떴으니 말이다.

"정신적인 스트레스 때문이야."

거의 울 것처럼 혼잣말을 하던 지수는 들고 있던 휴대폰에서 진동이 느껴지자 반사적으로 발신인을 확인했다.

이 인간은 왜 전화질이람?

받고 싶지 않았지만 혹시나 일 때문이면 어쩌지 하는 생각에 지수는 억지로 전화를 받았다.

"네. 여보세요."

— 지수 씨, 안녕하세요. 백민우입니다.

"네, 대표님."

— 대표님이라뇨. 너무 딱딱한 거 아니에요?

"대표님을 대표님이라고 하죠. 아무튼 아침부터 무슨 일이세요?"

지수는 최대한 공적으로 대하려고 노력했다. 자신을 어떻게 해 보려는 민우의 속이 뻔해 보였기에 말이다.

— 다른 것이 아니고 작가님 작품 시나리오 작가에게 넘어가기 전에 저희가 배우 캐스팅을 먼저 할 생각이거든요. 그거에 대해 상의 좀 드리려고요.

"캐스팅이요?"

배우 캐스팅이라는 말에 눈이 번쩍 뜨인 지수는 정 실장과 나누었던 대화가 생각났다. 배우 캐스팅할 때 꼭 자신이 참관하게 해 달라는 말, 혹시 계약서에 진짜 포함되었나 싶었다.

"원래 작가가 배우 캐스팅할 때 가나요?"

— 때에 따라 다르죠. 그런데 지수 씨는 관심 있으실 것 같아서요. 첫 영화화인데 어떤 배우를 캐스팅할지 궁금하지 않으세요?

"음……. 궁금하긴 한데 제가 움직이기가 힘드네요."

— 무슨 일 있으세요?

순식간에 걱정스러운 목소리로 물어보는 민우의 말에 지수는 귀찮다는 듯 심드렁하게 대답했다.

"좀 다쳤어요."

— 큰일이네요. 그럼 제가 모시러 갈까요?

"아니, 뭐……."

민우가 어떤 꿍꿍이인지 알 것도 같았으나 배우 캐스팅하는 데 참여할 수 있다는 것은 거절할 수 없는 아주 강력한 유혹이었다.

— 아예 못 움직이시는 거 아니죠? 그럼 제가 내일 오전에 모시러 가겠습니다.

"아, 예예."

얼떨결에 대답해 버린 지수는 통화를 마무리 짓고 전화를 끊었다. 재준과 민우, 이 둘은 아주 여우 중에 꼬리 아홉 개 달린 구미호처럼 자신을 쥐락펴락했다. 어떻게 약한 부분을 그렇게 잘 파고드는지 의아했다.

지수는 몸을 일으켜 거실로 향했다. 지아는 쩔뚝거리며 나오는 그녀를 보며 불쌍하다는 표정을 짓고는 텔레비전으로 다시 시선을 고정했다.

"뭐 봐?"

"막장 드라마."

"욕하면서도 만날 보냐?"

"원래 막장 드라마는 욕하면서 보는 거야."

"아침부터 심란하게 싸우는 거 보고, 정신 사납다."

소파에 몸을 널듯이 기댄 지수는 천장에 시선을 향하며 한숨을 크게 내쉬었다. 세상 떠나가라 크게 한숨을 내쉬는 소리에 지아는 텔레비전을 끄고 그녀를 쳐다봤다.

"무슨 일인데?"

"뭐가?"

"무슨 일이 있기에 그렇게 한숨을 내쉬어?"

"그냥 내 애마를 주차장에 홀로 방치해야 한다는 것이 슬퍼서 그런다."

"그럼 내가 잠시 가지고 다녀도 돼?"

얼굴을 심하게 구긴 지수는 곧 지아를 잡아먹을 듯이 쏘아봤다. 다른 건 다 빌려줘도 빌려주지 않은 것이 하나 있다면 바로 자신의 애마였다. 비록 드림카와는 비교할 바 못 되지만 애지중지하는 자식과도 같았다.

"그 입 다물라."

지아와 더 이야기하다가는 푹 자고 일어나서 좋아진 기분이 안 좋아질 것 같았다. 지수는 다시 자신의 방으로 들어왔다.

우─웅.

마치 자신이 들어오기를 기다렸다는 듯 전화가 걸려 왔다. 누구굴까 싶었지만 액정 화면을 확인한 그녀는 곧 그럴 줄 알았다는 듯 전화를 받아 들었다.

"네, 강재준 씨."

— 내가 좋아하는 한지수 씨. 컨디션은 어때요?

"그렇게 좋지 못해요."

일부러 둘러댔다. 혹시나 오늘도 만나자고 할까 봐.

— 아…… 그래요…….

또 사람의 간장(肝臟)을 녹이는 재준의 실망한 듯한 말투에 지수는 마음이 또다시 심하게 동요했다.

왜 자꾸 이 남자한테는 한없이 아량이 넓어지는 것일까. 분명 그와는 친구인데 말이다.

"오늘은 또 뭔데요?"

— 아니에요. 몸도 안 좋은데 그냥 쉬세요.

"쉬라고 하는 말 같지 않게 들리는 이유는 뭘까요?"

휴대폰 너머로 너털웃음 소리가 들려왔다. 그렇게 크게 웃을 필요까지야 있을까 싶었지만 이상하게 지수도 웃음이 터져 버렸다.

— 아하하. 이제 제 마음을 너무 잘 아는 거 아니에요?

"너무 잘 아니까 오늘 만나지 말죠."

— 제가 너무 매달리는 것 같지만 혼자 가기 너무 아까운 곳이 있어서요.

"어딘데요?"

— 궁금해요? 궁금하면…….

"그만해요! 유치하게."

흔한 개그 소재로 농담하려는 재준을 서둘러 지수가 제지하
자, 또다시 그의 웃음소리가 들려왔다.

— 나랑 꽃 보러 가요. 마음 편해지게.

"어디로요?"

— 비밀.

"그놈의 비밀은!"

— 준비해요. 한 시간 뒤에 집 앞으로 갈게요.

"두 시간!"

여자의 준비 시간으로 한 시간은 너무 빠듯하다고 생각한 지
수는 자신도 모르게 큰 소리로 외쳤다. 또다시 휴대폰 너머로 들
려오는 재준의 웃음소리에 얼굴이 붉어진 지수는 서둘러 전화를
끊었다.

오늘따라 웃음 홍수가 난 재준 때문에 같이 웃기도 했지만 결
국에 민망함이 결론이 되었다.

아……. 갑자기 나가기 싫다.

★

출근하기 전에 지수와 전화 통화를 한 민우는 환하게 미소를
지으며 소파에서 일어났다. 이미 글렌체크 패턴 스타일의 카키
색 슈트를 멀끔하게 차려입은 민우에게서 진중한 멋이 흘러나

왔다.

현관에 붙은 큼지막한 거울에 비친 자신의 모습을 보며 옷매무새를 정리하던 민우의 표정에는 만족이 가득했다.

이런 나를 보고 안 반할 여자가 없지.

가만히 있어도 여자들이 다가왔던 민우는 지금은 지수가 자신을 밀어내지만 곧 이런 자신을 보면 반하지 않고는 못 배길 거라고 생각했다.

빨리 내일이 왔으면 좋겠다. 그러면 백민우라는 남자의 매력에 빠져 못 벗어날 테니까. 뭔가 치밀하게 계획한 듯 그의 표정에는 비장함마저 감돌았다.

주차장으로 향한 그는 자신의 차를 보자 갑자기 지수가 친구라고 했던 남자가 떠올랐다. 그 남자에 대해서 받은 자료에는 매우 흥미로웠던 점이 있었다.

강재준이라는 플로리스트. 동성애자라는 소문이 암암리에 퍼져 있었다. 그렇다면 지수와 그가 정말 친구 사이인 것일까. 소문은 확인을 해야 한다. 제 눈으로 보지 않은 이상 다 믿을 수 없는 것이다. 하지만 자신이 싫었다면 애인이라고 했어야 하는 것이 맞았다.

믿어 볼까?

그렇게 생각한 민우는 서둘러 차에 올라탔다. 시동을 걸고 차를 움직이던 민우는 보고서에 있던 지수가 차를 좋아한다는 항목이 떠오르자 회심의 미소가 지어졌다.

이렇게 매력 있는 나를 더 이상은 거부하지 못할 것이다.

실실 미소가 새어 나왔다. 여자의 마음을 돌리는 데 시간과 인

력과 정보력 등등을 이용해 보기는 처음이었다. 공을 들인 만큼 한지수라는 여자가 반응해 주길 원했다. 단순한 호기심을 넘은 진지한 관심이 생겨나고 있었다.

8. 내 마음을 돌려놔

"나갔다 온다."

"그 발을 하고서 어딜 그렇게 다녀?"

"묻지 마. 나도 힘들어."

"목발은?"

"그게 더 힘들어. 다녀올게."

지아의 걱정스러운 표정을 뒤로한 채 쩔뚝거리며 재준이 기다리고 있는 아파트 입구로 향했다. 자신의 차에 기대서 있던 재준은 또 목발을 짚고 나오지 않는 지수의 모습에 미간을 한껏 좁히며 다가갔다.

"자꾸 목발 안 하고 다닐 거예요?"

"불편하니까요."

"그러다 상처 덧나요."

173

"그럼 불러내지를 말든지."

입을 삐죽거리던 지수를 재준은 가만히 쳐다보다 어쩔 수 없다는 듯 그녀를 공주님처럼 안아 들었다. 또다시 재준에게 안긴 지수는 얼굴이 붉어졌다. 갑작스러운 재준의 이런 행동에 어쩌면 익숙해질 때도 됐지만 절대 익숙해지지 않을 것 같았다. 누군가에게 익숙해진다는 것은 마음에 품는다는 것이니까.

"뭐, 괜찮아요. 지수 씨가 목발을 하고 나오지 않으면 계속 안으면 되니까."

핏빛을 머금은 입술로 자신을 미혹하는 말을 하는 재준에게서 벗어나야 했다. 이러다가 마음이 정말 흐트러질 것 같았다. 간신히 붙잡고 있는 마음을 자꾸만 흔들어 대는 재준이 미워지기 시작했다.

정말 얄밉다.

조수석에 그림같이 태워진 지수는 계속해서 입술을 삐죽거렸다. 자신의 마음을 알 턱이 없는 악마 같은 재준이 미웠다. 어떡하면 그에게 흔들리는 마음을 가위로 자르듯 자를 수 있을까. 지수는 마음이 조금씩 무거워졌다.

"지수 씨, 왜 토라진 표정이에요?"

"아무것도 아니에요."

"으음. 이상한데요. 괜찮은 거예요?"

"어서 출발해요. 꽃 보러 간다고 했잖아요."

뭔가 숨기기 위해 말을 돌린다는 것쯤은 알고 있었지만 재준은 그만 묻기로 했다. 지수도 말하고 싶지 않은 사정이라는 것이 있을 테니까.

행사장에 가는 내내 지수는 말이 없었다. 꼭 자신에게 화가 난 사람처럼 표정도 굳어 있었다. 평소와는 다른 그녀의 분위기에 재준은 자꾸만 신경이 쓰였지만 어떻게 물어봐야 할지 난감했다. 그냥 그대로 내버려 두는 것이 좋은 걸까, 아니면 물어봐야 하는 걸까.

"조심히 내려요."

"고마워요."

지수의 손을 잡고 부축하며 큰 돔처럼 생긴 건물의 행사장 안으로 들어갔다. 입구로 들어가기 전부터 진한 꽃향기가 풍겨 나왔다. 수많은 꽃들의 향기가 섞여 있음에도 불구하고 결코 역하지 않고, 오히려 몸에 좋은 향기가 배는 것 같아 지수는 기분이 점점 나아졌다.

"와."

형형색색의 이름도 알 수 없는 수많은 꽃들이 하나의 작품으로 전시되어 있는 것을 보자 지수는 자신도 모르게 탄성이 새어 나왔다.

"아름답죠?"

"네. 저번에 재준 씨 강연회 갔을 때 걸려 있는 작품 사진 보고도 아름답다고 생각했었는데, 그 아름다운 것들을 모아 놓으니 뭐라고 설명하기 힘들 정도네요."

"꽃도 한 송이로 봤을 때 아름다운 꽃이 있고, 하나의 작품으로 어우러졌을 때 아름다움을 발하는 꽃들이 있죠. 아름답지만 더 아름답게. 그리고 전달하고자 하는 메시지는 확실하게."

조곤조곤하게 설명하는 재준의 옆모습을 슬며시 쳐다본 지수

의 가슴에서는 또다시 방망이질을 하듯 심장이 요동쳤다. 자신의
전문 분야여서 그런지 프로페셔널하고 진지해 보이는 모습이 섹
시하게 보였다.

"지수 씨, 이거 봐요."

큼지막한 꽃 한 송이를 지수의 얼굴 앞까지 내민 재준은 개구
지게 미소를 지었다. 길쭉한 꽃잎이 여러 개 겹쳐져 있고, 꽃잎
끝 쪽의 붉은색이 안으로 들어갈수록 밝은 노란색을 띠어 시선
을 사로잡는 아름다움을 가진 꽃이었다.

"우와. 예쁘다."

"달리아라는 꽃이에요. 부케로도 많이 사용되고요."

"부케로 들면 정말 예쁘겠어요."

"꽃말은 '당신의 사랑이 나를 아름답게 한다' 예요. 멋지죠?"

왜 그 말이 꼭 재준이 자신에게 하는 말같이 들리는 걸까, 지
수는 얼굴이 서서히 붉어졌다. 혼자서 착각하는 것도 이제 그만
하고 싶은데 왜 자꾸만 달콤한 착각에 빠져드는지……. 뛰는 심
장의 움직임을 느끼며 지수는 고개를 끄덕였다.

"받아요."

"받아도 돼요? 이거 전시해 놓은 거 아니에요?"

"약혼녀한테 이런 거 하나 못 해 주겠어요?"

"치. 말이라도 못 하면!"

지수의 손에 꽃을 들려 주고 재준은 또 다른 곳으로 향했다.
그곳으로 가까이 다가가기도 전에 몰려 있던 여자들이 재준을
보며 호들갑을 떨었다.

"선생님! 안 오실 줄 알았는데, 오셨네요."

"수고가 많으시네요. 오늘은 이곳을 보여 주고 싶은 사람이 있어서 같이 왔어요."

여자들의 시선이 곧 지수에게 쏠렸다. 그리고 그들이 잡은 손으로 시선이 옮겨 가자 여자들은 당황한 표정이 되었다. 더군다나 달리아를 손에 든 것을 보자 표정들이 점점 굳어져 갔다. 지수는 뜻하지 않게 그런 시선을 받는 것이 불편했다. 강연회에서 그랬던 것처럼.

"그럼 고생하세요. 잠깐 인사하려고 들른 거예요."

"아, 네네. 선생님, 그럼 클래스에서 봬요."

재준은 그녀들을 뒤로하고 지수와 천천히 걸으며 전시되어 있는 작품들을 감상했다. 일일이 하나하나 설명해 줄 것 같았지만 그림을 감상하듯 입을 다물고 무언가를 느끼듯이 조용하게 보고 또 보았다.

지수도 그런 것이 나쁘지 않았다. 잘 알지도 못하는데 이런저런 설명을 들어 가며 본다면 순수하게 작품을 보고 느낄 수 없을 것이었다.

작품들을 살펴보는 재준의 눈이 빛났다. 그의 외모에 묻혀서 보이지 않았던 날카로움과 진중함이 느껴지자 지수의 마음이 멀미가 날 것같이 울렁거렸다. 이렇게 계속 재준과 있다가는 매혹당하고 말 거라는 신호가 머릿속에서 요란하게 울렸지만 그의 얼굴과 눈빛에 이미 자신의 시선을 빼앗겨 버리고 말았다.

나 정말 어떡해.

"어때요?"

"……네?"

"작품들을 보니 어때요?"

작품들을 바라보던 한없이 따뜻한 눈빛이 그대로 지수에게 향했다. 지수는 재준의 눈빛을 마주치지 않으려 시선을 한 작품에 고정시켰다. 물을 채운 둥근 투명 유리 용기에 푸른색을 띠는 수국이 담겨 있었다.

"좀 식상한 표현이지만 아름답네요."

"아름답다고 하는 표현에는 많은 것들이 들어 있죠. 그리고 그 말을 대신할 단어도 거의 없는 것 같고요."

"아무래도요."

"마음이 편해지는 기분이죠? 저 아름다운 생명체를 보고 있으니."

"네. 그런 거 같아요."

"그럼 이제 맛있는 거 먹으러 갈래요? 나랑 같이 밥 먹어 주면 좋을 것 같은데."

여전히 지수의 손을 놓지 않은 채 재준은 출구로 향했다. 그는 알고 있을까. 차에서 내리면서부터 지금까지 줄곧 지수의 손을 놓지 않고 있다는 사실을. 지수는 자꾸만 이런 것에 신경이 쓰이며 마음이 흔들렸다.

"조심히 타요."

"그럼요. 우리 알팔이 다치지 않게 조심히 타야죠. 그치? 알팔아아."

재준에게 마음이 홀라당 빼앗기기 전에 지수는 원래 자신이 사랑하던 재준의 차에 눈길을 돌렸다.

'그래, 너라면 내 마음을 멈출 수 있어.'

사랑이 담긴 눈빛과 손길로 차 내부를 쓰다듬으며 마음을 가라앉혔다.

　"무한 애정이네요. 이거 왠지 질투라도 해야 할 것 같은데요."

　"그러시든지."

　또다시 쌀쌀맞게 말하는 지수를 보자 재준은 그녀가 오늘따라 감정 기복이 심한 것 같아 이상했다. 자신이 뭐 잘못한 거라도 있는 걸까? 내심 걱정되기까지 했다.

　"지수 씨, 혹시 제가 뭐 잘못했어요?"

　"아니요."

　"그런데 차에만 타면 날카로워지는 것 같아요. 또 컨디션이 안 좋은가요?"

　강재준, 당신 때문에 그런다는 걸 어떻게 말해요.

　답답함이 가득했지만 하면 안 되는 짝사랑을 품으려고 하는 자신의 마음을 내보일 수 없음에 지수는 한숨을 크게 내쉬었다. 혹시나 재준이 알게 된다면, 그렇다면 약혼자든 친구든 하려고 하지 않을 것이다. 차라리 그렇게 되는 것이 편할까.

　"그렇게 느꼈다면 미안해요. 차에 타면 이상하게 발이 찌릿거려서요. 신경이 예민해지네요."

　"아……. 그럼 그냥 바로 집에 데려다줄까요? 배 안 고파요?"

　"아뇨. 여기까지 왔는데 밥은 먹고 갈래요. 재준 씨도 혼자 밥 먹는 거 싫잖아요. 저도 그래요."

　"고마워요."

　"고맙긴요……."

　때마침 지수의 휴대폰이 울렸다. 마치 그녀의 마음을 알기라

도 한 듯. 하지만 발신인을 확인한 지수는 조금 망설이다 억지로
전화를 받았다.

"응, 엄마."

— 너 어디야?

"밖. 왜요?"

— 너 남자 데리고 오기로 한 거 안 잊었지?

"아, 엄마 정말. 어쨌든 이따 전화할게. 나 일하고 있어서."

— 이년이!

"끊어요."

서둘러서 전화를 끊었다. 이건 엎친 데 덮친 격이었다. 처음에
재준에게 약혼자 노릇을 해 달라는 말을 들었을 때에는 한 번에
두 가지를 해결할 수 있겠다 싶었지만 엄마에게 데려간다면 정
말 결혼해야 할지도 모를 일이었다.

"어머니세요?"

"네."

"좋겠다."

"뭐가요?"

"어머니가 계셔서요."

자신을 쳐다보는 것은 아니었지만 순간 재준의 눈빛이 세차게
흔들리는 것이 느껴졌다. 쓸쓸함이 묻어 나오는 말에서 지수는
재준의 어머니가 안 계시다는 것을 알 수 있었다.

"돌아가셨군요."

"네. 제가 고등학생 때 돌아가셨어요. 어머니 덕분에 플로리스
트라는 직업을 선택했죠."

"아, 정말요? 그렇지 않아도 궁금했어요. 어떻게 플로리스트를 선택하셨는지. 그런데 어머니의 영향이 있으셨군요."

"네. 어머니께서 플로리스트셨거든요. 아버지를 만나 결혼하면서 그만뒀지만요. 하지만 꽃을 좋아하셔서 집 안에는 늘 꽃으로 가득 차 있었어요. 어머니께서 돌아가시고 난 후에 그 꽃들이 없으니 마음이 이상하게 힘들더라고요. 그래서 제가 꽃을 만지기 시작했어요. 아버지는 싫어했지만."

지수는 자신도 모르게 아파 보이는 말을 덤덤하게 풀어내는 재준의 손을 잡았다. 생각해 보니 무슨 이유가 됐건 자신이 재준의 손을 잡은 것이 처음이었다.

"고마워요."

"또 뭐가요."

"손잡아 줘서."

손의 감각으로 전해져 오는 재준의 미세한 떨림이 그의 감정을 느낄 수 있게 해 주는 것 같았다. 부드러운 미소로 자신을 쳐다보는 재준의 얼굴에 지수는 또다시 가슴이 세차게 흔들렸다. 얼굴이 점점 붉어졌다. 이러면 안 되는데 자꾸만 그랬다.

"냉, 냉면이 먹고 싶다."

정말 뜬금없이 다른 말을 했다. 이렇게라도 마음을 숨기고 싶었던 것이다.

"냉면 먹고 싶어요? 마침 이 근처에 정말 맛있는 집 있는데, 거기로 갈게요."

"네."

지수는 이만 그의 손을 놓으려고 했다. 하지만 재준은 그녀의 손을 놓아주지 않았다. 다른 여자들의 손이 몸에 닿는 것은 정말 싫었지만 지수의 손은 참 따뜻했다.

처음 그녀의 손을 잡았을 때, 자신이 왜 그렇게 선뜻 손을 내밀었는지조차 미스터리했지만 이젠 지수의 손을 잡고 있으면 마음이 더 편안해졌다. 바로 지금처럼.

"아, 여기 진짜 맛있어요."

볼록해진 배를 탕탕 두드리며 호쾌하게 웃는 지수의 얼굴이 밝게 빛났다. 지수의 가식 없는 모습에 재준의 얼굴에는 따뜻한 미소가 퍼져 나갔다.

"이제 가요. 지금 좀 많이 피곤해요."

잠시 멍하게 있던 재준은 먼저 일어선 지수의 인기척에 서둘러 자리에서 일어났다. 다리를 쩔뚝거리며 계산대로 향한 지수는 직원에게 카드를 내밀었다.

"서명 부탁드립니다."

"여기요."

계산을 마친 지수는 뒤에서 머뭇거리며 서 있는 재준을 보자 자연스럽게 손을 내밀었다.

"그동안 재준 씨가 너무 많이 사 줘서 미안했거든요. 다음에는 더 비싸고 맛있는 걸로 사 줄게요. 알았죠?"

"알겠어요. 잘 먹었어요."

지수가 내민 손을 잡으며 부축하는 재준은 그녀의 말이나, 행동들이 예뻐 보이기 시작했다. 그런 생각들에 재준은 거부감이 들기는커녕 기분이 묘하게 좋았지만, 애써 외면하려고 노력했다.

자신은 누군가를 좋아할 수 있는 사람이 아니니까 이런 감정 또한 시간이 지나면 무덤덤해지리라 생각했다.

"지수 씨, 집에 가서 푹 쉬어요. 글 쓴다고 무리하지 말고."

"불러내지나 마세요. 좀 쉬게."

"알겠어요."

지수의 집 앞에 도착하자 재준은 차 문을 열어 주며 말했다. 재준이 막 차에서 내린 지수의 손을 잡자 깜짝 놀라며 주변을 둘러보던 지수는 인상을 살짝 구기며 말했다.

"혹시나 운 없게 저희 엄마랑 마주치면 큰일 나요. 그러니까 저 혼자 들어가 볼게요."

"아, 알았어요. 다친 다리에는 힘 많이 주지 말고요."

"알겠어요. 어서 가요."

지수는 서둘러 집으로 향했다. 이런 상태로 자신의 엄마와 마주친다는 것은 생각만 해도 아찔했다. 잘못 걸리면 곧장 결혼식장으로 걸어 들어가야 할지 모르는 불상사가 생겨 버릴 것이다.

조심해서 나쁠 건 없지. 암!

집으로 들어간 지수는 사람의 인기척이 느껴지지 않자 잘됐다 싶었다. 곧바로 자신의 방으로 들어간 지수는 옷도 갈아입지 않고 침대에 누워 버렸다.

깁스를 한 다리로 다닌다는 것은 생각보다 많은 체력을 소모하는 일이었다. 다행히도 재준의 차를 타고 이동했기에 망정이었다. 침대에 누워 있으니 또다시 졸음이 몰려왔다. 아무래도 글 쓰는 건 오늘도 틀렸다고 생각한 그녀는 그대로 잠이 들어 버렸다.

어젯밤 일찍 잠들었던 지수는 한밤중에 울린 핸드폰의 진동에 잠에서 깼다. 오늘 약속을 상기시키는 민우의 문자를 깔끔하게 무시하고 오랜만에 실크 잠옷을 입고 글을 썼다.

유난히 집중이 잘 되어 새벽 6시까지 글을 쓴 탓에 3시간 정도 자고 일어난 지수는 피곤한 몸으로도 배우 캐스팅을 보러 간다는 설렘에 곧바로 일어나 치장을 하기 시작했다. 깁스를 했다고 해서 후줄근하게 하고 다닐 수는 없는 법이었다. 사실 연예인들을 보러 가기 위한 치장이었지만 말이다.

오전 10시가 되기 5분 전 지수는 지아의 걱정스러운 얼굴을 뒤로하고 집에서 나왔다. 승강기 앞에서 내려가는 버튼을 누른 그녀는 핸드폰의 진동 소리가 느껴져 민우가 도착했나 싶었다.

주머니에서 휴대폰을 꺼내 든 지수는 눈을 가늘게 떴다. 강재준. 지수는 자신을 들었다 났다 하는 이 남자, 아니 이 친구가 왜 아침부터 전화인가 싶었다.

"네."

— 내가 좋아하는 한지수 씨. 오늘은 뭐 해요?

도대체 몇 번을 들어도 적응 안 되는 저 말은 왜 자꾸 하는 것인지 모르겠다. 친구로서 좋아한다는 것은 충분히 알았는데 말이다.

"그 말 좀 그만해요."

— 싫은데요?

"지금 장난해요?"

자기도 모르게 버럭 소리 질러 버린 지수는 승강기의 문이 열리자 그 안으로 빠르게 들어갔다.

— 오늘 시간 있어요? 지수 씨가 좋아할 만한 게 있는데.

"저 오늘 바빠요. 그럼 나중에 연락드릴게요."

— 아…….

또다시 서운하다는 목소리가 들려왔지만 지수는 재준의 말을 더 들어 보지도 않고 일방적으로 전화를 끊어 버렸다. 재준이 더 할 말이 있었던 것 같은데 끊어 버려서 한편으로는 미안하기도 했지만 자꾸만 그를 만나면 흔들리는 마음 때문에 잠시 만나지 않는 것이 좋겠다는 생각이 들었다.

서둘러 아파트 현관을 나서니 검은색 재규어가 몸을 반짝이고 있었다. 이번에 페이스오프된 신형은 재규어의 몸을 따라 만든 듯 섹시해 보였다.

이 남자들이 날 차로 죽일 생각이군.

이미 바람둥이로 낙인 찍혀 버린 민우였던지라 지수는 크게 상관하지 않으려고 했다. 재준과 차 때문에 얽힌 피곤한 인생 더 피곤하게 만들고 싶지 않았달까?

차 안에서 지수를 본 민우는 운전석에서 내려 쩔뚝거리며 걸어오는 그녀에게 다가갔다. 이미 다친 것을 알고 있었지만 크게 놀라는 척하며 그녀 앞에 섰다.

"지수 씨, 많이 다쳤는데요?"

"아니에요. 그냥 깁스한 거니까."

"깁스할 정도면 많이 다친 거죠. 그런데 목발은요?"

"아, 그게 더 불편해서요."

민우는 걱정스러운 눈빛으로 지수를 쳐다보다 환하게 미소를 지어 보였다.

"잠시 실례."

그는 갑자기 몸을 낮춰 지수의 다리와 몸을 손으로 받쳐 들었다. 몸이 공중에 뜨자 지수는 자신도 모르게 팔을 그의 목에 둘러 매달렸다.

"뭐 하는 거예요?"

지수는 놀란 마음에 큰 소리로 말했다. 하지만 민우는 미소를 지으며 지수와 눈을 마주쳤다.

"걷기 불편하실 것 같아서요."

지수의 몸이 제 몸에 닿자 민우의 심장은 급격히 뛰기 시작했다. 기분 좋은 심장의 두근거림이라고 생각한 그는 자신의 차 조수석 쪽으로 발걸음을 옮겼다. 지수는 뻔뻔하게 미소를 지으며 말하는 민우에게 너무 당황한 나머지 반항도 못 하고 옮겨지고 있었다.

진짜 다들 나한테 왜 그러는 거야. 재준 씨도 이 인간도!

입술이 실룩거렸다. 웃음이 나오려 해서가 아니라 뭐라고 한마디 쏘아붙일 작정이었다. 자신을 조수석에 태운 민우가 운전석으로 올라타자 그를 쏘아보았다.

"제가 만만해 보이세요?"

날이 선 말투에 민우는 개의치 않는 듯 시동을 걸고 차를 움직였다.

"아니요. 만만해 보이지 않아요."

"그럼 왜 이런 행동을 하시는 거죠?"

"지수 씨가 좋아서요."

도대체 저 좋다는 말은 몇 번째 듣는 건지 모르겠다. 귀에서 아주 버터가 흐를 지경이었다. 다행인 건 재준 덕분에 민우가 자신이 좋다고 하는 말에 심드렁하다는 것이었다.

민우는 자신이 이 타이밍에 지수를 좋아한다고 말하면 그녀가 놀란 표정을 지으며 부끄러워할 줄 알았다. 그런데 심드렁한 표정으로 자신을 쳐다보고 있는 여자만 있을 뿐이었다.

"왜요? 제가 싫어요?"

민우는 자신의 생각을 바로 말하기로 했다. 지수같이 솔직해 보이는 여자에게는 오히려 이런 게 통할 거라 생각했다.

"바람둥이라는 소문이 있더라고요."

"소문을 믿으시는 거예요?"

"확인하지 않은 사실이지만 조심해서 나쁠 건 없죠."

지수의 딱딱 부러지는 말투에 민우의 입꼬리는 점점 위로 향했다. 대화를 할수록 마음에 드는 것이 제 스타일이었다.

"맞아요. 조심해서 나쁠 건 없죠. 나라는 사람에 대해서 잘 관찰해 보세요. 얼마나 매력이 넘치는지."

흘러넘치는 자신감이 재준과는 또 다른 성향을 가진 것 같았다. 차가 빨간불에 걸리자 기어를 중립으로 넣고, 민우는 지수를 가만히 쳐다보았다. 시선이 서로 마주치자 그녀도 그의 얼굴을 더 자세히 볼 수밖에 없었다. 어제 보았을 때보다는 좀 더 젠틀해 보인달까.

쯧쯧. 저런 외모에 바람둥이라니……. 참으로 안타깝다.

"왜 그렇게 쳐다봐요?"

민우가 물어 왔지만 사실대로 대답할 수 없었던 지수는 입을 다물었다.

"지금 어디 가는 줄 알아요?"

조용하게 말없이 차창 밖만 바라보던 지수에게 물었다. 지수는 그를 힐끔 쳐다보더니 무심한 말투로 대답했다.

"회사 가는 거 아닌가요?"

"아닌데요."

"네?"

"농담이에요."

큭큭거리며 혼자 웃던 민우는 곧 웃음을 멈추고 지수를 쳐다봤다. 기분 나쁘게 왜 웃냐는 지수의 표정을 보자 마음이 철렁한 민우는 곧바로 사과했다.

"미안해요. 지수 씨가 놀란 표정이 너무 귀여워서요."

"하나도 안 귀여워요."

"제가 보기에 귀여워요."

대꾸하지 않았다. 뭔가 대꾸를 하다 보면 기회를 호시탐탐 노리는 민우의 덫에 물릴 것 같은 생각이 들었다. 지수는 팔짱을 낀 채 차창 밖으로 시선을 돌렸다.

"어떤 배우들이 캐스팅되었으면 좋겠어요? 생각해 본 배우들 있으세요?"

"글쎄요."

자신의 작품이 영상화가 된다는 것을 꿈에도 생각해 본 적 없던 일이었다. 그래서 누구를 캐스팅하고 싶다는 생각도 해 본 적이 없었다.

"가시면서 잠시 생각해 보세요. 남주와 여주 정도는."

"네, 알겠어요."

그 대화를 끝으로 지수는 말이 없었다. 사실 엄청 들뜨는데 민우라는 남자 앞에서 들뜬 모습을 보여 주기 싫었다. 빈틈을 내보이기 싫다고나 할까.

출근 시간이 지나서 그런지 도로는 생각보다 한산했다. 서울의 도로가 한산해 봤자지만 막히지 않아 다행이라는 생각이 들 정도였다.

자신의 작품을 계약한 회사라면 어떤 회사인지 찾아볼 만도 했지만, 그럴 시간도 없었고 궁금함을 느낄 여유조차 없이 많은 일들이 그녀에게서 벌어졌었기에 큰 빌딩 안 주차장으로 들어가는 것을 본 지수는 큰 회사인가 보다라고 막연하게 생각했다.

"좀 서둘러야 할 것 같아요."

"네."

지수는 차에서 내려 민우가 다시 저를 안을지 모른다는 본능적인 생각에 잠시 경계를 했지만 자신의 생각을 읽은 듯 그는 그녀의 옆에 서서 팔을 내밀었다. 지수가 그런 민우를 멀뚱거리며 쳐다보자, 그는 피식하고 웃음을 터트렸다.

"뭐 해요? 팔짱 껴요."

"왜요?"

"음……. 인간 목발이랄까?"

이번에는 환하게 미소를 지으며 지수를 쳐다보았다. 지수는 사실 목발 없이 걷는 것에 많은 불편을 느끼고 있었다. 그래서 그의 호의에 마음이 흔들렸지만 그의 도움을 받고 싶지는 않았다.

"아뇨. 괜찮아요. 혼자 걸을 수……."

말이 끝나기도 전에 지수는 자신의 팔에 민우의 팔이 쑥 하고 들어오자 놀란 눈으로 그를 쳐다보았다. 팔과 팔이 맞닿으니 몸이 밀착되는 것은 당연하고, 밀착되니 그의 탄탄한 팔 근육이 느껴졌다.

"뭐……뭐예요?"

당황한 지수는 말을 더듬었다. 정말 방심할 수 없는 남자였다. 예고편 없이 바로 본방 하는 그런 느낌이랄까.

"지수 씨가 팔짱 끼기 싫어하는 것 같기에 제가 팔짱 끼는 건데 뭐가 잘못되었어요?"

참, 뻔뻔하다. 너무너무 뻔뻔해서 기가 찼다. 하지만 민우가 부축해 주자 걷기가 한결 수월해진 그녀는 더 이상 뭐라 말은 하지 못했다.

"이제 가 볼까요?"

내가 못 살아.

이런 마음이 들어도 어쩔 수 없는 일. 정말 도움받고 싶지 않았지만 어쩔 수 없이 이번만 도움받아야겠다 생각한 지수는 자신의 느린 걸음에 맞춰 조심스럽게 걷는 민우를 쳐다봤다. 이런 남자가 순정남이었으면 얼마나 좋을까 하는 그런 생각이 들었지만 생각하면 뭐하겠나 싶었다.

승강기를 타고 11층을 누른 민우는 한껏 멋 부리고 나온 지수의 모습을 보자 왜 이렇게 귀엽게 느껴지는 것인지, 바로 안아 버리고 싶은 생각을 간신히 눌렀다. 아무래도 연예인을 본다고 그런 거겠지 싶었다.

"오늘 제 눈이 매혹당할 만큼 아름답네요, 지수 씨."

"제가 좀 신경을 쓰고 나온 건 맞지만 그럴 정도로 아름다운 것은 아닌 것 같아요."

"자신에게 너무 관대하지 않은 것 같네요."

"관대하지 않은 것이 아니라 누군가에게서 방어하는 거죠."

무덤덤하게 말하는 지수를 본 민우는 그만 크게 웃음을 터트렸다. 자신에게서 빠져나가려고 하는 여자가 그저 귀엽게만 보였다. 스멀스멀 남자의 본심이 살아났다.

"뭐, 뭐 하는 거예요?"

자신의 본능이나 욕구를 참지 못하고 지수를 뒤에서 안아 버린 민우는 지수의 신경질적인 반응에 더 세게 껴안았다.

"왜 이렇게 귀여운 거예요. 안고 싶게."

"빨리 놓죠?"

"싫은데요?"

"싫어요?"

"네. 너무 좋은데 왜요."

"그러세요. 그럼."

"지수 씨도 좋으면…… 아악!"

말로는 통할 것 같지 않은 민우였기에 지수는 자신의 목을 두르고 있던 그의 팔을 가차 없이 물어 버렸다. 있는 힘껏 물어 버리려고 했지만 아침부터 피 보면 안 될 것 같아 적당히 물어 준 지수는 자신의 몸에서 민우가 떨어져 나가자 입꼬리를 힘껏 위로 향했다.

"아, 너무해요."

"그러니까 상대방이 싫어하면 하지 마요. 그거 성추행인 거 알아요, 몰라요?"

단호히 말하는 지수를 자신의 팔을 감싸며 원망하는 눈빛으로 쳐다보던 민우는 승강기가 열리자 곧바로 다시 지수의 팔짱을 껴 그녀를 부축했다. 그렇게 물리고도 자신을 부축해 주는 민우의 모습에 살짝 감동이 밀려왔다.

성질내고 먼저 나가 버릴 줄 알았더니, 의외네.

둘은 사무실로 향했다. 안으로 들어가니 기다리고 있던 사람들이 지수와 민우를 향해 반갑게 인사했고, 지수의 다리 상태를 본 한 직원은 서둘러 지수가 앉을 곳으로 안내했다.

"그런데 대표님하고 작가님하고 무슨 관계세요? 너무 친하게 들어오신다."

어딜 가나 자신의 궁금증을 참지 못하고 물어보는 사람들이 있다. 그 사람들 때문에 피곤해지는 것이 싫은 지수는 정색한 표정으로 딱 잘라 말했다.

"제가 오늘 목발을 안 가지고 나와서 대표님께서 친절하게 부축해 주신 거예요. 오해하지 마세요."

"아, 네."

쌀쌀맞을 정도로 말해 버리자 민우는 내심 서운했다. 이렇게 멋진 자신에게 반하기는커녕 아니라고 부인하는 그녀의 행동에 기분이 묘했다.

지수를 다른 여자들과 다르지 않게 생각했던 생각이 변하고 있었다. 쉽게 하룻밤을 보냈던 그런 여자들과 같겠거니 하고 생각한 것이 잘못되었다는 걸 이제야 깨달은 민우는 마음이 심하게 흔들리는 것을 느낄 수 있었다.

"아무래도 지수 씨의 이런 모습에 제가 반한 것 같아요."

지수의 옆에 앉은 민우가 귀에 대고 소곤거리자, 화들짝 놀란 지수는 황당하다는 표정으로 그를 쳐다봤다. 재준만으로도 힘든데 민우라도 알아서 떨어져 나갔으면 하는 바람이 있었지만 점점 마음대로 안 될 것 같다는 생각 들었다.

에고, 내 팔자야. 꼬인 남자들이 정상이 하나도 없어.

"일단 회의 시작하죠."

회의를 주도적으로 이끌어 나가는 민우의 눈빛이 달라졌다. 늘 장난기 가득하고 능글거리는 미소와 느끼함이 흐르던 말투는 온데간데없이 사라지고 날카로운 눈빛과 카리스마 있는 목소리, 신중함이 담긴 말투를 구사하는 자신이 처음 보는 남자 백민우가 옆에 앉아 있었다.

평소에도 이런 모습이라면 굉장히 멋있었겠네.

남자들이 한 가지 일에 집중하면 멋있어 보인다더니 일에 집중하는 민우의 모습은 제법 괜찮았다. 하지만 자신에게는 그저 바람둥이라고 각인된 남자일 뿐이었다.

"작가님 생각은 어떠세요?"

"아…… 저는 남자 주인공은 말씀하신 대로 준후 씨가 좋을 것 같아요. 그런데 여자 주인공은 좀 더 세련미가 느껴지는 분이었으면 좋겠어요. 말씀하신 강세라 씨보다 더……. 아, 정진아 씨는 어떤가요?"

"정진아 씨도 생각해 봤는데 이분은 이미 다른 작품과 계약이 되어 있더라고요."

"아, 그렇군요."

자신이 생각한 배우가 안 된다고 하니 조금은 아쉬운 마음도 들었지만 더 좋은 배우들도 많으니까 앞으로 어떤 배우가 캐스팅될 것인가 하는 기대감이 차올랐다.

"그럼 주연은 좀 더 알아보도록 하고, 방으로 옮겨서 캐스팅 오디션 현장으로 가 보도록 하죠."

민우는 자연스럽게 지수를 부축했다. 그의 부축을 받으며 다른 층에 있는 큰 사무실로 들어가니 카메라 한 대가 서 있고, 그 뒤로 테이블과 의자가 놓여 있었다. 그중 한 자리에 지수를 앉힌 민우는 당연하다는 듯 옆에 앉았고 곧 다른 사람들도 들어와 자리에 앉았다.

"자, 시작하죠."

민우의 말로 시작한 캐스팅은 두 시간 정도의 시간이 어떻게 흘러갔는지도 모를 만큼 빠르게 지나갔다.

회사 일정을 마치고 민우는 여전히 지수를 부축하며 주차장으로 향했다. 뭔가를 굉장히 기대하는 표정을 한 민우는 지수를 자신의 차에 태운 후, 서둘러 자신도 운전석으로 올라탔다.

"저기, 백민우 씨."

다친 다리 때문에 금세 피곤이 느껴진 지수는 시동을 거는 민우를 불렀다.

"네, 말씀하세요."

"죄송하지만 집에 가 봐야 할 것 같아요."

"무슨 일 있으세요?"

"좀 피곤해서요."

잠시 생각을 하는 듯 아무런 대답 없던 민우는 문 아래에 꽂혀 있던 팸플릿을 꺼내 건넸다. 그것을 받아 든 지수의 눈은 점점 커져 갔다.

"이……이게 뭐예요?"

"거기 가려고 했었거든요."

"여기요?"

표시를 내지 않으려고 노력했지만 입이 씰룩거렸다. 피곤함을 단번에 싹 날려 버린 기분이었다. 1년에 한 번만 한다는 국제모터쇼. 그것도 귀빈들만 갈 수 있다던 사전 관람이었다.

"진짜 여기 가는 거예요?"

"네, 진짜 거기 가려고요. 어때요? 갈래요?"

표정이 한결 부드러워진 지수는 수줍게 고개를 끄덕였다. 자기 앞에서는 한 번도 보인 적 없었던 그녀의 표정에 민우는 뭔가 속에서 꿈틀대는 것이 느껴졌다. 자존심이 조금 상한다고 해야 할까. 어쨌든 그녀는 특이한 여자였다.

9. 그런 말 해도 싫지 않아

    국제모터쇼. 돔 형태의 화려한 외관에 모든 것이 사로잡힌 듯
지수는 마음이 뛰었지만 왠지 모르게 점점 이 모터쇼라는 거대
한 덫에 걸린 느낌이 들었다.

    민우의 부축을 받으며 그 안으로 들어간 지수는 수많은 브랜
드의 컨셉카부터 시작해서 VIP들만 볼 수 있는 각 브랜드의 신
차들이 시선에 들어오자 벌어진 입을 다물지 못했다.

    "꺄악! 벤틀리 GT3-R! 어머! 웬일이니!"

    새로 선보이는 차량에도 불구하고 차 모델까지 꿰고 있는 그
녀는 민우의 팔을 뿌리치며 쩔뚝거리는 걸음으로 벤틀리 앞으로
다가갔다.

    보호 난간에 몸을 바짝 기대선 그녀는 곧 손을 뻗을 것만 같
았다. 한 번이라도 만져 보았으면 하는 그녀의 간절한 바람이 담

긴 모습을 뒤에서 보던 민우는 그만 큰 소리로 웃을 뻔했다.

슬며시 지수의 옆으로 다가간 민우는 자신에게는 눈길 한 번 주지 않았던 그녀가 한없이 사랑을 담은 눈빛으로 오로지 앞에 있는 벤틀리만 보니 살짝 배알이 꼬이는 기분이었다.

항상 생각하는 것이지만 이렇게 매력적인 자신을 두고 다른 것만 쳐다보는 지수의 시선을 확 사로잡을 수 있는 방법이 무엇이 있을까 잠시 고민했다.

"지수 씨?"

"나 몰라! 포르쉐—"

지수는 부르는 소리도 듣지 못하고 잽싸게 대각선으로 뛰다시피 걸어갔다. 민우는 아무리 지수가 차를 좋아한다 해도 이렇게 자신을 나 몰라라 할 줄은 꿈에도 생각하지 못했다.

"백민우 씨!"

멍하니 지수를 쳐다보고 있던 민우는 자신을 부르는 소리에 정신을 차렸다. 한 손을 들어 자신을 향해 손을 흔드는 지수의 모습에 심장이란 놈이 가슴을 두들겨 대기 시작했다. 서운한 마음이 한순간에 사라져 버렸다.

지수가 즐거워하는 것은 좋았지만 민우는 이곳에 더 있다가는 자신이 받아야 할 그녀의 관심이 오직 차에게 쏠릴 것만 같은 불안함에 빨리 이곳을 빠져나가야겠다고 생각했다. 자신이 생각했던 알콩달콩 데이트는 이런 그림이 아니었다.

"지수 씨, 이곳에 오니 어때요?"

"완전 좋아요! 예쁜이들을 직접 눈으로 보다니……."

감격에 겨워하는 모습에 민우는 미소를 지어 보였다.

"저…… 지수 씨."

"어머머~ 웬일이니! BMW 때깔 봐!"

또 지수는 민우를 버려둔 채 무언가 홀린 사람처럼 발걸음을 옮겼다. 그런 지수를 바라보는 민우의 표정은 점점 심각해졌다.

인간도 아닌 것들한테 질투를 내게 해?

그는 넋을 빼고 BMW를 보고 있는 지수에게 빠른 발걸음으로 다가갔다. 이제는 더 이상 자신을 외면하는 것을 용납할 수 없었다. 신의 한 수라고 생각했던 모터쇼가 제 꾀에 제가 빠져 버린 꼴이 되어 버렸다.

"한지수 씨."

민우가 지수의 팔을 잡았다. 누군가 자신의 팔을 잡자 놀란 지수는 뒤를 돌아보았다. 민우가 가늘게 뜬 눈으로 강하게 자신을 쳐다보자 그제야 분위기가 심상치 않음을 느꼈다.

"이제 가 봐야 할 것 같은데요."

"벌써요?"

생각지도 못한 말에 지수는 금세 시무룩해졌다. 온 지 얼마나 됐다고 벌써 가자고 하는 것인지. 바쁜 일이 생겨 버린 것일까.

"제가 또 다른 일정이 있거든요. 식사하고 나면 일하러 가야 해서요."

"네?"

또 다른 일정이 있다는 민우의 말에 지수는 실망한 표정이었다. 고작 한 시간도 있지 않을 거면서 이곳에 오자고 한 거였나 싶었다. 최대한 아쉬운 표정을 지으며 민우를 쳐다봤지만 자신을 쳐다보고 있는 민우도 어쩔 수 없다는 표정이었다.

가고 싶지 않은데······.

어쩔 수 없었다. 순식간에 기분이 땅으로 떨어진 지수는 어깨가 축 처져 버렸다. 그런 그녀의 모습에 민우는 난감했다. 어린애처럼 좋아하는데 그냥 놔둘까도 싶은 마음이 한편으로 들었다.

"흠······. 그, 그럼 30분만 더 있다 가죠."

"정말요?"

시선이 바닥으로 향했던 지수는 언제 그랬냐는 듯 민우에게 환하게 미소를 지어 보였다.

"네."

"아하하하하."

순식간에 기분 좋아진 지수는 아주 유쾌하게 웃어 버렸다. 창피한 것 따위 상관없었다. 그녀는 휴대폰을 꺼내 사진을 찍기 시작했다. 민우는 지수의 뒤를 조용히 따라다니며 그녀를 지켜보았다.

아무리 생각해도 특이해.

언제 그녀에게 서운한 마음이 들었었냐는 듯 지수를 바라보는 민우의 입가에는 큰 호선이 그려졌다. 하지만 그것도 잠시, 지수만을 좇던 시선은 어느 순간 늘씬하게 빠진 레이싱 걸들에게 향했다.

거의 벗은 듯한 의상에 잠시 머물렀던 시선을 돌려 지수를 찾았지만 그 어디에도 그녀의 모습을 찾을 수 없었다. 당황한 그는 빠른 걸음으로 지수를 찾기 시작했다.

도대체 어디로 간 거야?

어디로 뛸지 모르는 여자라고 생각한 민우는 빨리 그녀를 찾아 밖으로 데리고 나가야겠다고 생각했다. 이곳에 있다가는 자신이 불안해 못 견디겠다 싶었다.

저 멀리 한쪽 다리에 깁스를 하고 쩔뚝거리는 걸음으로 어딘가 향하는 지수의 모습을 발견한 민우는 뛰기 시작했다.

지수는 이곳저곳 둘러보다가 바닥에 꽃잎이 떨어져 있는 것을 보자 이상하게 마음이 설레었다. 꼭 헨젤과 그레텔이 집을 찾아가려고 표시해 둔 빵 부스러기를 따라가는 것처럼 자신도 그 꽃잎이 떨어진 것을 보고 따라갔다.

강재준?

플로리스트 강재준과 QM자동차 합작 콜라보레이션이라고 쓰여 있는 표지판이 눈에 들어왔다. 재준의 이름을 보자 생각할 것도 없이 지수는 그곳으로 향했다.

그곳에는 이미 많은 사람들이 모여 있었고 재준은 그들의 시선을 의식하지 않은 채 하얀 세단에 꽃으로 그림을 그리듯 작업을 하고 있었다. 그 옆에는 강연회에서 보았던 이사라고 하는 여자가 여전히 가슴이 돋보이는 옷을 입고 흐뭇하게 바라보고 있었고, 재준을 서브하는 사람들은 그의 지시에 따라 부지런히 움직였다.

흰 셔츠의 소매를 걷어 올리고 청바지에 스니커즈를 신은 그는 더 매력적으로 보였다. 밝은 조명 아래 그의 하얀 피부가 돋보였고 굳게 다문 입술은 핏빛으로 물들어 있었다.

여전히 미모는 죽이는구먼.

넋이 빠진 사람처럼 재준의 외모에 감탄하던 지수는 혹시나 재준이 작업 중 자신을 볼까 싶어 한쪽 구석으로 몸을 숨겼다.

바쁘다고 매몰차게 전화를 끊었는데 이곳에 와 있는 것을 본다면 그가 혹시 서운하게 생각하지 않을까 하는 생각이 들었다.

"우리 QM자동차의 콘셉트는 미래를 지향하는 자연 친화적인 아름다움을 추구하는 것입니다. 지금 여러분들께서는 유명 플로리스트 강재준 씨의 작업 과정을 보고 계신데요, 사람의 편의를 위해 만들어진 자동차가 예술과 결합했을 때 유니크한 아름다움이 얼마나 극적으로 표현되는지 여러분들의 두 눈으로 직접 확인하고 계십니다."

잠깐 동안 이어진 사회자의 설명이 끝나자 그 주변으로 사람들이 더욱 많이 몰려들었다. 재준을 바라보는 지수는 자신도 모르게 흐뭇한 미소가 지어졌다. 뜻밖의 곳에서 재준을 보니 반갑기도 했지만 자신의 일에 열중하며 작품을 완성해 나가는 그의 모습을 보자 심장이 뛰고 설레기까지 했다.

반하겠어.

지수는 그가 동성애자라는 사실을 잊어버린 듯 모든 시선을 그에게 향했다. 지수를 뒤쫓아 오던 민우는 표지판에서 강재준이라는 이름을 보자 심기가 매우 불편해졌다. 그가 동성애자라는 소문이 있고 그녀가 친구라고 했지만 역시 그 모든 것은 자신의 눈으로 확인해야 한다는 것을 다시 한 번 생각했다.

"지수 씨!"

잠시 넋을 빼고 재준을 보고 있던 지수는 민우의 목소리에 시선을 돌렸다. 민우가 왠지 초조한 기색인 거 같아 의아해하던 지수는 자신이 갑자기 사라져 놀랐을 것이라는 데에 생각이 미쳤다.

"아…… 미안해요."

"많이 찾았잖아요."

민우는 일부러 화가 난 사람처럼 말했다. 그래야 미안해할 테니까. 그 구실로 이곳을 빨리 빠져나가려는 계획이었다.

차도 차지만 예상치 못한 강재준의 출현에 그는 불안했다. 그가 게이든 아니든 자신을 제외한 남자에게 지수가 눈길을 주는 것은 용납할 수 없을 것 같았다.

"아는 사람을 잠깐 봐서요……."

지수는 미안한 마음이 들었다. 자신을 많이 찾아다닌 것 같아 보이는 민우가 화가 많이 난 것처럼 보이자 어떻게 해야 할지 난감했다.

"여기서 나가죠."

아쉬웠다. 하지만 어쩔 수 없었다. 그녀가 고개를 끄덕이자 민우는 지수의 손을 잡고 천천히 걷기 시작했다.

"이걸로 풀게요."

민우가 잡은 손에 힘을 주며 말했다. 그가 잡은 손을 빼내고 싶었지만 세게 잡은 탓에 손을 뺄 수 없었다. 더군다나 손잡은 걸로 화를 푼다 하니 제 손 하나 희생하자 했다. 그렇게 말없이 주차장까지 걸으면서 지수는 부산에서 재준과 손을 잡고 해변을 걸었던 일이 생각났다.

'내가 좋아하는 한지수 씨.'

바로 옆에서 재준의 목소리가 들리는 것 같았다. 얼굴이 붉어졌다. 설레었고 심장이 자꾸만 빠르게 뛰었다. 이놈의 감정은 정리하고 싶어도 때때로 이렇게 파도를 치니 아주 몸살 날 것 같았다.

민우는 지수를 차에 태우며 그녀의 미묘한 표정 변화에 자신이 손을 잡아서 그런 건가 하는 오해를 했다.

손잡는 것만으로 설레어하는 표정이라니……. 더 적극적인 스킨십을 해야겠어.

슬며시 미소를 지으며 차를 출발시킨 민우는 창밖으로 시선을 돌리고 있는 지수의 왼손을 잡았다.

"뭐, 뭐예요?"

"나 아직 화 안 풀렸어요."

"하! 뭘 그런 걸로 이렇게 오래 화를 내요? 유치하게."

남자가 세상에서 제일 듣기 싫어하는 말 중의 하나가 '유치하게'라는 말이다. 알고 한 말인지 모르겠지만 그녀는 그것을 적절하게 사용했다.

뜻하지 않은 모터쇼에 경계가 살짝 풀어지기는 했으나 민우의 행각을 보자 다시 결계를 치기 시작했다.

"사랑에 빠지면 유치하게 되는 게 당연한 거 아닌가요? 글도 쓰면서 그런 것도 모르시나 봐."

민우는 능청스럽게 지수의 말에 약 올림까지 얹어서 다시 되돌려 주었다. 지수는 어이가 없었다. 복수해야 하는데 이상하게 입이 떨어지지 않았다. 뇌가 파업이라도 한 것처럼 적절하게 대응할 단어들과 문장이 생각나지 않았다.

"이 손 좀 놓으시죠?"

"싫은데요."

"아…… 진짜 한 대 때리고 싶다."

속에서 올라오는 진심 어린 말을 중얼거리듯 뱉어 낸 지수는 시선을 마주치지 않고 창 쪽으로 고개를 돌렸다. 그 모습에 민우는 웃음을 참느라 아랫입술을 깨물었다.

민우는 자신이 미리 예약해 놓은 한정식집으로 향했다. 한국 사람이 한정식집을 안 좋아할 리가 없지 싶은 생각에 이번에도 지수에게 메뉴 따위 묻지 않았다. 으리으리한 기와집 앞에 도착하자 지수는 민우를 쳐다보았다. 여기는 도대체 어딘가요. 딱 그 눈빛이었다.

"한정식집이에요. 괜찮죠?"

"자기가 다 정해서 온 걸 뭘 괜찮냐고 물어요?"

볼멘소리로 대답하는 지수의 손을 또다시 잡고 굳건하게 닫혀 있는 대문 앞으로 향했다. 인터폰을 누르자 곧 육중한 문이 자동으로 열렸다.

"이게 음식점이라고요?"

"예전에 양반집 99칸을 개조한 곳이라고 하더라고요."

"서울에도 이런 곳이 있었구나. 앗!"

민우의 손에 이끌려 대문을 통과하던 지수는 문턱에 발이 걸려 앞으로 넘어지려고 했다. 그 찰나, 손을 잡고 있던 민우는 몸을 낮춰 지수의 몸을 끌어안았다. 자신의 품으로 지수가 들어오자 우연히 생긴 소중한 기회를 놓칠 수 없어 세게 끌어안았다.

"놔, 놔요!"

"이렇게 좋은데 왜요."

"계획했죠?"

"설마요. 지수 씨가 넘어지는 것까지 계획할 정도로 나 머리 안 좋아요."

"안 넘어지게 해 줘서 고마운데 이제 좀 놔요!"

지수는 그의 가슴팍을 손으로 밀었으나 민우는 더욱더 깊게 지수를 품 안으로 끌어안았다. 민우의 품에 갇힌 지수는 한숨을 길게 내쉬었다.

이 인간을 그냥!

민우는 지수를 품에 안고 있으니 마음이 소용돌이에 **빨려** 들어가듯 지수에게 **빨려** 들어가는 것만 같았다. 그는 지수의 정수리에 살포시 입을 맞췄다. 은은한 향수를 뿌린 것 같은 향기가 후각을 자극했다. 기분이 좋았다. 살다 보니 여자의 정수리에도 키스를 할 수 있구나란 생각에 미소가 지어졌다.

"한지수 씨, 나 정말 당신 좋아해."

이 말에 민우는 진심을 담았다. 사냥 본능으로 인한 목표물 한지수는 사라졌고 품 안에는 좋아하는 여자 한지수가 안겨 있었다. 너무 짧은 시간에 생긴 마음이었지만 지수가 알아주었으면 좋겠다고 생각했다.

"그, 그만해요. 또 물어 버릴 거예요!"

지수는 민우의 말에 그의 가슴팍을 한 번 더 세게 밀어 그의 품에서 벗어났다. 민우의 품에 안긴 것은 분명히 사고였다. 부산에서 재준의 품에 안겼던 것처럼. 더 이상 빈틈을 보이면 안 되겠다고 생각한 지수는 민우가 자신을 부축하기 전에 멀찌감치 떨어지려고 했다.

"정말 좋아해요, 한지수 씨."

"농……농담하지 마요."

"농담이라뇨. 지금 저에게는 지수 씨를 좋아한다는 이 감정이 얼마나 중요한지 모르죠?"

"장난하는 거 같거든요. 아까 승강기 안에서도, 지금도요."

지수는 몸을 돌려 계단에 발을 내디뎠다. 민우는 씁쓸하지만 이내 미소를 지으며 지수의 뒤를 따라갔다.

지수는 민우의 말을 신경 쓰고 싶지 않았지만 신경에 계속 거슬렸다.

뭐가 그렇게 쉽냐고. 만난 지 얼마 안 됐는데 좋아한다고 하다니…… 말이 돼?

민우는 밥을 먹는 내내 지수의 얼굴을 살폈다. 음식을 먹으며 인상을 쓰는가 싶더니 이내 미간을 좁히고, 또다시 무덤덤해지는 표정 변화에 민우는 턱을 괴고 지수를 빤히 쳐다보았다. 어쩜 저렇게 자신을 신경 쓰지 않고 자기만의 세계에 빠져 있는지 신기했다.

지수는 민우 앞에 있는 더덕무침을 젓가락으로 집으려고 시선을 멀리 두다 자신을 빤하게 쳐다보고 있는 민우와 눈이 마주쳤다.

"왜요?"

지수는 맘에 안 든다는 듯 눈을 가늘게 뜨며 민우에게 말하자 그는 큭, 하고 웃음을 터트렸다.

"아, 진짜 왜 그래요?"

자신을 보고 웃는 것이 기분 나쁜 지수는 다소 퉁명스러운 목소리로 말했다.

"원래 음식 먹으면서 표정이 그렇게 변해요?"

"제가요?"

"전 무슨 팬터마임 하는 줄 알고 구경하고 있었잖아요."

민우의 말에 지수는 고개를 갸우뚱거리며 이마를 손으로 긁적였다.

"저기요."

"저기요 아니고 민우 씨."

"아…… 저기요."

"그러니까 저기요 아니고 민우 씨라고 해 봐요."

민우의 말꼬리 잡는 것에 질린 표정을 한 지수는 어쩔 수 없이 '민우 씨'라고 불러 주었다. 지수의 말에 만족한 민우는 한 손으로 턱을 괴며 눈웃음을 지으며 대답했다.

"네에."

"지금 방금 그거 애교예요?"

"애교? 그게 뭐예요? 난 대답했을 뿐인데."

"아……."

지수는 더 말해 봤자 자신이 손해라는 것을 느꼈다. 민우와 계속 있기가 힘들었다. 마음에도 없는 남자의 혼자만의 삽질에 동조할 생각은 없었기에 이제 이 남자와 이별을 고해야 할 시간이었다.

"저 좋아하지 마세요."

"왜요?"

"전…… 동성애자예요."

정나미 뚝 떨어져라!

지수는 입에서 멋대로 말이 나오는 걸 내버려 두었다. '동성애자라고 하는데 지가 어쩔 거여.' 딱 이 마음이었다. 지수의 말을 들은 민우는 갑자기 표정이 어두워지더니 이내 고개를 숙였다.

오오! 먹히는 건가.

지수는 쾌재를 부를 준비를 했다.

"그렇게 말할 정도로 내가 싫어요?"

낮게 깔린 목소리가 많이 실망한 것 같았다.

"미안해요. 우린 길이 달라요."

지수는 민우의 목소리에 거절하는 방법이 너무 과했나 싶어 미안한 마음이 들어 그의 눈치를 살며시 살폈지만, 그녀의 말을 들은 민우는 차마 고개를 들 수 없었다.

입술이 씰룩거리며 웃음이 터져 나올 것만 같아 어금니를 꽉 깨물었다. 그는 지수의 머리 굴리는 소리가 자신의 눈에 다 보이는 것 같았다.

간신히 웃음을 참은 민우는 고개를 들어 지수를 지그시 쳐다보았다. 지수는 그의 눈빛에 슬그머니 시선을 다른 곳으로 향했다. 사기 수준의 거짓말로 남자를 떼어 내려고 하니 점점 미안한 마음이 들었기 때문이다.

"내 마음을 받아 줄 수 없다는 건 충분히 알겠어요. 하지만 우리…… 친구는 할 수 있잖아요. 그죠?"

민우의 말을 들은 지수는 망치로 머리를 한 대 얻어맞은 기분이었다.

오…… 주여…….

자신의 거짓말을 간파한 것인지 아니면 정말 친구라도 하고 싶어 하는 것인지 계산하지 못했던 방향으로 전개되자 지수는 어이없는 웃음이 흘러나왔다.

"친……친구요?"

"네."

"민우 씨가 힘드실 텐데요."

"괜찮아요. 그냥 친구라도 되고 싶어요."

간절한 눈빛과 말투였다. 어쩌면 진심처럼 보였다. 지수는 자신의 꾀에 자신이 넘어가 버린 이 상황에 울고 싶어졌다.

"친구라……."

"왜요? 싫어요?"

눈을 가늘게 뜨며 뭔가 생각하던 지수는 민우에게 대답을 피하는 듯 자리에서 일어났다.

"이제 일어나죠. 작업해야 할 것도 있고."

"친구. 가죠."

"그 친구라는 말은 좀 빼죠?"

"왜요. 좋잖아요. 지수 친구."

대화를 할수록 속이 막 답답해져 오는 것이 갈수록 백민우라는 인간한테 엮이는 기분이었다.

"친구 된 기념으로 밥 사는 거예요. 다음에는 지수 친구가 사요. 계약금 들어간 걸로."

"아…… 네네."

계산을 하고 돌아 나오는 길에 민우는 자연스럽게 지수의 손을 잡았다.

"아, 또 왜요?"

지수는 불만 섞인 목소리로 말했다.

"내가 손 안 잡아 주면 넘어질까 봐요. 여기."

밑으로 나 있는 돌계단을 보며 민우는 말했다. 그것을 본 지수는 한숨을 내쉬며 자포자기한 듯이 그의 손에 이끌려 밑으로 내려갔다.

"그래도 제가 손 잡아 주니 좋죠?"

"고……고맙네요."

민우는 처음부터 끝까지 능글능글한 인간이었지만 이상하게 밉지는 않았다. 바람둥이라는 것만 빼면 나쁘지 않은 것이 친구라면 괜찮다는 생각을 했다.

차에 올라탄 지수는 휴대폰을 켜 재준에게서 온 부재중 전화를 확인했다. 무슨 일일까? 그녀는 서둘러 재준에게 전화를 걸었다.

"여……여보세요."

— 한지수 씨.

차가운 말투로 자신의 이름을 부르는 그의 목소리에 지수는 마음이 철렁하고 밑으로 떨어지는 기분이었다.

"네."

— 어디인가요?

"일이 좀 있어서요."

— 알겠어요. 그냥 궁금해서 전화해 본 거였어요. 많이 돌아다

니지 말아요. 상처 벌어지니까.

꼭 다 알고 있는 것처럼 말하는 재준의 말에 지수는 모터쇼장에서 자신을 본 것은 아닐까 생각했다.

"알겠어요. 나중에 연락할게요."

통화를 마친 지수의 기분이 묘했다. 그의 목소리와 말투는 상당히 자신을 신경 쓰고 있는 듯했다. 그를 생각하니 잠잠했던 심장이 또다시 뛰기 시작했다.

지수를 지켜보던 민우는 통화하는 사람이 아무래도 재준인 것 같아 신경이 쓰였다. 모터쇼장에서의 지수의 시선이 재준에게 향했던 모습이 떠올랐다.

게이 친구라…… 이상하게 묘하단 말이지.

수상쩍은 의문이 들은 민우는 그에 대해 자세하게 알아볼 필요가 있다고 생각되었다. 그는 차를 부드럽게 움직이며 곁눈질로 지수를 쳐다보았다. 피곤한 표정의 지수는 문 쪽으로 머리를 기대었다. 다친 다리로 그러고 다녔으니 피곤할 만했다.

"아무튼, 잘 가요."

민우의 차가 세워지자마자 기다렸다는 듯 차에서 내린 지수는 일방적인 인사를 한 후 쩔뚝거리며 아파트 안으로 향했다. 그런 그녀를 보며 뭔가 망설이다 민우는 지수를 향해 소리쳤다.

"지수 씨! 그런 거짓말은 나한테 안 통해요!"

지수는 뒤에서 들려오는 민우의 목소리에 흠칫 놀라고 말았다.

젠장.

굉장히 창피했다. 차마 뒤돌아보지 못하고 최대한 빨리 쩔뚝거리며 안으로 들어갔다. 그런 그녀의 모습에 민우의 입꼬리에 큰 호선이 그려졌다. 끝까지 모르는 척하려다 자신이 호락호락하지 않다는 것을 보여 주려 입을 열었던 것이다.

더 이상 지수의 모습이 보이지 않자 민우는 차를 출발시켰다.

10. 심장이 되흔들리듯 감정은 흐른다

하루 종일 신경에 거슬리는 한지수란 여자 때문에 재준은 신경이 날카로웠다. 다른 남자 손을 잡고 가는 지수의 모습이 자꾸만 떠올라 마음이 불편했다. 모터쇼에서의 일을 마치고 자신의 작업실로 돌아온 재준은 휴대폰을 괜히 만지작거렸다.

신경 쓰고 싶지 않아도 계속해서 신경이 쏠리자 아무것도 할 수 없었다. 거의 하루 종일 감정을 소모한 탓에 피로감이 몰려오자 더 이상 가게 안에 있을 수 없었다.

재준은 차를 몰고 지수의 집으로 향했다. 마음이 이상했다. 지수가 보고 싶다는 막연한 생각이 들었다. 부산에서 올라와 지수를 내려 줬던 아파트 앞에 차를 세운 재준은 차에서 내리자마자 전화를 걸었다. 한참의 신호음이 흐르다 지수의 목소리가 들리자 입술 끝에 미소가 걸렸다.

"한지수 씨, 어디예요?"

재준은 급한 마음에 다짜고짜 그녀가 있는 곳을 물었다.

— 집 앞이요.

"집 앞이요?"

— 네, 승강기 탈 거예요. 끊어요.

"아! 잠시만요. 나 집 앞이에요."

그의 말에 저쪽에서 한숨을 폭 내쉬는 소리가 들렸다. '문이 닫힙니다.' 하는 기계음이 들려왔다.

— 갑자기 왜요?

"물어볼 것이 있어서요."

— 후우, 기다려요.

그녀는 한 번 더 한숨을 내쉬더니 전화를 끊었다. 잠깐의 시간이 지나고 현관에 그녀가 나타났다. 그런데 그를 발견한 지수가 경악을 하며 그에게 다가왔다.

"아니, 누가 우리 알팔이에게 기대래요? 저리 비켜요."

"하!"

자신을 쳐다보지도 않고 오직 자신의 차에게 무한 애정을 쏟는 지수를 보자 재준은 괜히 찾아왔나 싶었다.

지수는 당황한 그의 표정을 보자 장난치고 싶은 생각이 들었다. 그녀는 재준을 한번 쓱, 쳐다보고는 그의 몸 뒤에 깔려 있는 차를 손으로 만지지도 못하고 닿을락 말락 하는 거리를 유지한 채 그는 아예 쳐다보지도 않았다.

재준은 지수가 자신의 차를 더 좋아한다는 사실을 알고 있었지만, 그런 그녀의 행동을 보자 인간이 아닌 것에게 처음으로 질투를 느꼈다.

"팔아 버려야지."

"네?"

재준은 지수를 놀리고 싶은 생각이 들자 무덤덤한 표정을 지으며 말했다. 그의 말에 지수는 화들짝 놀라며 또다시 재준의 얼굴 가까이 자신의 얼굴을 들이밀었다.

"다시 말해 봐요. 지금 뭐라고 그랬어요?"

"팔아 버린다고요."

"왜요? 왜요? 왜요?"

말할 때마다 눈이 점점 커져 꼭 튀어나올 것만 같았다. 너무 가까운 거리에서 가감 없이 그런 모습을 보니 꼭 호러영화 보는 기분이 든 재준은 뒤로 한 발자국 물러났다.

"아까 그 남자한테도 이랬어요?"

재준은 이곳에 오기 전까지 모터쇼 장에서 그녀를 봤다는 말은 절대 하지 말아야지 하고 생각했음에도 자신도 모르게 말하고 말았다.

"아까 그 남자라뇨?"

"모터쇼."

"……"

지수는 자신의 모습을 봤다는 재준의 말에 얼굴이 순간적으로 화끈거렸다. 꼭 나쁜 짓 하다 들킨 사람처럼 심장이 마구 뛰어댔다.

내가 죽을 죄 지은 것도 아닌데, 왜 이러는 거야?

지수는 마음을 가다듬고 재준과 시선을 똑바로 맞췄다.

"아니, 차 팔아 버린다고 하는 말에서 남자 이야기가 왜 나와요? 내가 남자를 만나건 말건 재준 씨랑 무슨 상관이에요?"

"왜 상관없어요? 다음 주부터 우린 약혼한 사이인데."

"그건 그냥 하는 척하는 거죠!"

"보는 눈이 얼마나 많은데, 역할을 하려면 제대로 해 줘야죠."

"와……."

재준의 뻔뻔함에 한 번 더 놀라는 지수였다. 백민우와 강재준의 뻔뻔함을 하나로 합쳐 놓으면 지구도 지켜 낼 수 있을 것 같은 생각이 들자 지수는 그저 어이가 없을 따름이었다.

"차 팔아 버리면 그 계약도 무효인 거 알죠? 차 팔 생각 하지 마요."

지수는 어금니를 꽉 깨물며 또박또박 한 단어 한 단어에 힘주어 말했다.

"그런데 그 남자, 호텔에서 그 남자 맞죠?"

"왜요?"

재준이 계속 남자에 대해 묻자, 피곤함에 지수는 순간 짜증스러운 목소리로 말했다.

"그때 바람둥이라 싫다 하지 않았어요? 그래서 걱정돼서 물어본 거예요. 이상한 남자 만날까 봐."

"흥!"

지수는 재준이 그 어떤 이유에서든 남자에 대해 물어보는 것이 불편했다. 전에 아니라고는 말했지만 재준이 그에게 관심이 있는 건가 싶은 생각에 싫었고, 자신이 이상한 남자를 만날까 걱정되어서 묻는 것도 싫었다. 하지만 제일 싫은 것은 재준의 앞에서 갈피를 못 잡고 이곳저곳 뛰어 대는 자신의 마음이었다.

지수는 입술을 굳게 다물고 팔짱을 낀 채 시선을 다른 곳으로 향했다. 가만히 서서 지수의 모습을 바라보는 재준의 얼굴에는 어느새 미소가 걸려 있었다.

"왜요? 또 내가 웃겨요?"

지수는 자신을 보며 미소 짓는 그의 모습에 마음이 주체하지 못할 만큼 설레고 피가 빨리 도는 듯 심장이 빠르게 뛰었다. 하지만 그녀는 그 마음을 감추기 위해 오히려 화를 냈다.

'왜 자꾸만 그녀만 보면…….'

재준은 지수를 향한 자신의 생각과 마음이 혼란스러웠다. 양 볼에 공기를 빵빵하게 넣고 입술을 삐쭉거리며 자신을 쳐다보는 지수의 모습을 보자 재준은 자신도 모르게 두 손으로 그녀의 얼굴을 감쌌다.

지수는 놀란 듯 두 눈이 더 커졌고 빵빵해졌던 두 볼은 바람이 빠지듯 줄어들었다.

"뭐……뭐예요?"

재준은 지수를 따뜻하게 쳐다보았다. 언제 보아도 마음이 녹을 것 같은 눈빛에 지수는 심장이 세차게 뛰어 댔다. 그녀는 계속해서 눈빛을 마주칠 자신이 없었다. 그렇게 계속 보게 된다면 자신도 모르게 간신히 잡고 있던 마음이 갈 데까지 갈 것 같았다.

재준은 지수가 자신의 시선을 피하려 하자 한 손으로 그녀의 허리를 감싸 안으며 몸을 밀착시켰다.

"강재준 씨, 좀 놓고 이야기하죠?"

지수는 그에게서 벗어나려고 했지만 그럴수록 재준은 더 세게 자신의 몸에 밀착시켰다. 지수는 또다시 자신을 놀리는 것이라면 이제는 참을 수 없을 것 같았다.

"아씨, 진짜! 내가 우스워 보여요?"

"아악!"

지수는 이를 세워 재준의 가슴팍을 물어 버렸다. 오늘 따라 물 사람들이 많다고 생각한 지수는 피식 웃어 버렸다. 살이 찢어지는 듯한 고통을 느낀 재준은 지수를 안았던 팔을 풀고 놀란 표정으로 물린 가슴을 움켜쥐었다.

"내가 다 받아 주니까 호구로 봤어요? 사람 잘못 봤네, 잘못 봤어. 이봐요, 강재준 씨. 친구면 친구답게. 알겠어요?"

재준은 지수의 말에 고개를 끄덕였다. 자신의 이해할 수 없는 행동에 대한 벌이라고 생각해야겠다는 마음이 들자 오히려 제재해 준 지수가 고마웠다.

"차 팔기만 해요! 파는 순간 계약 종료니까!"

지수는 의기양양한 표정으로 소리치며 몸을 돌렸다. 재준이 가는 것을 지켜볼 만한 체력이 되지 않았다. 요 며칠 무리한 탓인지 몸이 무거웠다. 걸을수록 다친 곳의 살이 불에 덴 것처럼 화끈거리며 아린 아픔이 몰려오자 신경이 칼끝 위에 아슬아슬하게 걸려 있는 것처럼 예민해졌다. 어서 들어가서 쉬고 싶은 마음이 간절한 지수는 서둘러 집으로 향했다.

재준은 집으로 향하면서 자신의 행동에 너무 어이가 없어 그저 웃을 수밖에 없었다. 지수가 문 곳이 아직도 아려 왔다. 그녀를 볼 때마다 잔잔하게 치는 감정의 파도에 재준의 단단했던 마음이 조금씩 허물어져 간다는 것을 아직 그는 깨닫지 못했다.

윙—

생각을 끊듯이 휴대폰 진동 소리가 들려오자 재준은 바로 전화를 받았다.

"말해."

— 전화받자마자 말해가 뭐니? 차가워도 너무 차갑다.

투덜거리는 목소리는 지민이었다.

"무슨 일이야?"

— 만나자.

만나자는 지민의 말에 재준은 그 이유를 알 것 같았다.

"언제?"

— 지금 와. 술 한잔 하자.

"지금 운전 중이니까 장소는 메시지로 보내. 확인하고 바로 갈게."

— 그래.

전화를 끊은 지 얼마 지나지 않아 지민에게서 메시지가 도착했다. 그것을 확인한 재준은 한숨을 크게 내쉬고는 지민이 있는 곳으로 향했다.

"여기야!"

지민은 재준의 모습이 보이자 왼손을 들어 흔들었다. 그런 그녀의 모습에 재준은 서두르지 않고 그녀에게 향했다. 언제부터 술을 마셨는지 양주병 속의 술은 이미 반 정도가 사라진 상태였고 지민의 얼굴은 불그스름해져 있었다.

"언제부터 마신 거야?"

"나도 온 지 얼마 안 됐어. 이건 저번에 와서 남긴 거 먼저 가져온 거야."

재준의 생각을 읽었는지 지민은 양주병을 들어 보이며 말했다.

"자, 한잔해."

이미 술이 든 술잔을 건네자 재준은 그것을 받아 한 번에 쭉 들이켰다.

"뭐야? 왜 혼자 마시고 난리야. 너 매너가 별로다."

"말할 것만 말하자. 나 지금 농담할 기분이 아니거든."

재준의 차가운 말투에 지민은 씁쓸한 표정을 지으며, 자신의 잔에 담긴 술을 한 번에 들이켰다.

"……들었지?"

"응. 그래서 너에게 부탁이 있어."

"무슨 부탁?"

"너희 쪽에서 이 혼사 엎어 줘. 너랑 나 사이를 떠나서 난 너희 회사가 그 인간의 회사를 도와주는 거 원하지 않아."

재준의 말을 들은 지민은 순간 자신의 귀를 의심했다. 강을 통해서 아버지와 사이가 좋지 않다는 것을 전해 들었지만 도와주지 말라고 하는 말을 서슴없이 하는 그의 모습에 놀라지 않을 수 없었다. 게다가 아버지라고 부르지도 않고 그 인간이라고 부르다니.

"난 너희 아버지 회사에는 관심 없어. 단지 너와 나 사이에 관한 것만 관심 있을 뿐이야."

"너랑 나 사이?"

"응. 나 너랑 정식으로 만나고 싶어."

그는 지민에게서 듣지 말아야 할 이야기까지 들어 버린 것 같아 더 이상 같은 곳에 있기 불편했다.

"지민아. 말하지 않아도 내 마음 알잖아. 이제는 다른 사람 만났으면 좋겠다."

"2년이야. 자그마치 2년을 아무 말 없이 네 곁에서 맴돌았어. 그러면 이젠 날 좀 봐 줘도 되잖아."

재준은 굳은 표정으로 잔에 술을 가득 따랐다. 그러고는 또 한 번에 다 마셔 버리고는 자리에서 일어났다.

"난 네 마음을 받아 줄 수 없어. 앞으로 영원토록."

"재준아, 내가 너에게 어떻게 아프게 했다고 그러는 거야? 도대체 왜 안 되는 건지 말해 주면 안 되니?"

그녀의 말을 들은 그에게서 서늘한 기운이 맴돌았다.

"다 옛날 일이야."

차가웠지만 안타까움이 묻어나는 말을 내뱉고는 재준은 그곳에서 나와 버렸다. 술을 마셔 운전을 할 수 없게 되자 그는 자신도 모르게 익숙한 번호를 눌러 전화를 걸었다.

"강, 어디야? 만나서 술 한잔 하자. 여기 집 근처 그 바 앞이야."

길고 깊게 숨을 들이쉰 재준은 익숙한 향기가 코끝을 자극하자 뒤를 돌아보았다.

익숙한 향기에 강이 벌써 온 줄 착각한 재준은 자신을 따라 나온 지민의 얼굴을 보자 얼굴이 점점 굳어졌다.

"그렇게 그냥 가면 어떡해?"

"더 이상 할 말 없어."

"내가 도와줄게."

지민은 무엇을 결정한 듯 재준을 똑바로 쳐다보고 말했다.

"뭘?"

"네가 그랬잖아. 우리 회사가 너희 아버지 회사를 도와주는 거 원치 않는다고."

"그래서?"

"너희 아버지 회사, 아는지 모르겠지만 지금 자금난으로 어려워. 그래서 우리 회사에서 투자를 받으려고 해. 그러려면 구실이 필요하고. 그 구실이 지금 이 상황이라는 건 말 안 해도 알겠지?"

지민의 말에 재준은 기분이 몹시 가라앉았다. 아무리 사랑하지 않는 자식이라지만 자식까지 팔아 회사를 살리겠다는 아버지를 떠올리자 또다시 속이 불편해져 왔다.

"너랑 너희 아버지랑 무슨 일이 있었는지는 몰라도 도움이 필요하면 내가 도와줄게."

"……."

재준은 바지 주머니에 한 손을 찔러 넣었다. 최대한 감정의 변화를 보이지 않으려던 그는 여전히 굳은 표정으로 지민을 쳐다보았다.

"날 도와주고 싶다면 이 혼담 없는 걸로 만들어. 그게 날 도와주는 거야."

"하지만······."

"지민아, 부탁인데 오늘은 그만 이야기했으면 좋겠어."

"그, 그래. ······알았어."

길거리에서는 더 이상 깊은 이야기를 할 수 없었다. 지민은 더 이상의 말을 이어 나가기 힘들겠다는 판단이 들었는지 고개를 끄덕이며 대답했다.

"아직 시간은 있으니까, 나랑 이야기하고 싶은 생각이 들면 연락해. 기다릴게."

지민은 몸을 돌려 떨어지지 않는 발걸음으로 다시 술집으로 들어갔다. 그런 그녀의 모습을 보자 재준도 마음이 좋지 않았다.

후, 한숨을 내쉰 재준은 주변을 둘러보았다. 조용하게 술을 마실 수 있는 곳이 있을까 하다 제일 조용하고 아늑한 곳은 자신의 집뿐이라는 생각이 든 재준은 전화를 걸기 위해 휴대폰을 들었다.

"무슨 생각을 그리해?"

강의 목소리가 들렸다. 어느새 재준의 앞에 선 강은 자신이 오는 것도 모르는 그에게 말을 건넸다.

"아, 아무것도 아니야."

"아무것도 아닌 표정이 아닌데?"

강은 눈을 가늘게 뜨며 재준을 쳐다보았지만, 재준은 그의 시선을 피하며 입을 열었다.

"집으로 가서 마시자. 집이 제일 조용해."

"간만에 나와서 좀 마시나 싶었더니 또 집이야?"

"그럼 어디 아는 곳 있어?"

강은 고개를 끄덕이며 몸을 돌렸다. 재준은 조용히 강이 이끄는 곳으로 따라갔다. 한 10분쯤 걸었을까 좁은 골목 안에 작은 간판이 걸려 있는 허름한 건물 지하로 걸어 내려가자 낡고 큰 붉은색 문이 보였다. 그 문 앞에는 'Open'이라는 작은 푯말이 걸려 있었다.

"여긴 뭐야?"

재준은 의심쩍은 표정으로 강을 쳐다보았다.

"오래되긴 했지만 분위기 좋은 재즈 바야. 요새 자주 오는 곳이랄까."

"그렇군. 뭔가 분위기는 좋아 보이네."

"들어가자."

능글거리는 표정을 지으며 강은 익숙하게 재준을 안내했다. 시크한 재즈 선율이 강렬하게 귀를 사로잡았다. 그렇게 늦은 시간이 아니라서 그런지 사람들이 많지 않았다.

조용한 분위기가 마음에 든 재준은 복잡한 표정으로 바 한쪽에 앉았다. 그들이 앉자 바텐더가 다가와 빠르게 잔 세팅을 끝내고 주문을 받고 술을 가져왔다.

"갑자기 무슨 일이야?"

"마음이 복잡해. 이것저것."

재준은 강이 내민 술잔을 받아 들고는 한 번에 마셔 버렸다. 얼음이 들어가 조금 희석되었지만 끝 맛의 알싸함은 다르지 않았다.

"무슨 일인데?"

"흠……."

"뭐야? 궁금하게."

"지금 내 마음이 뭔지 잘 모르겠어. 그리고 지민이하고의 문제도 있고."

재준의 말을 들으며 강은 한입에 술을 털어 넣고는 술잔을 테이블에 내려놓았다. 그러고는 팔짱을 끼며 소파에 기대어 앉았다.

"지민이?"

"응."

"왜? 그 계집애가 뭔 일 벌였어?"

"아니, 지민이가 벌인 일은 아니야. 아버지가 시작했지."

강은 한숨을 길게 내쉬었다. 재준과 아버지의 관계를 누구보다 잘 아는 강은 그 사람이 또 어떤 일로 그를 힘들게 하나 싶었다.

"이번에는 무슨 말을 할지 듣기도 전에 겁난다. 밖에서 애라도 낳아 오래?"

강은 무거워진 분위기를 너스레 떨며 환기시키려고 노력했다. 그의 노력에 재준은 보상이라도 하듯 픽, 하고 웃음을 터트렸다.

"차라리 그런 거라면 쉽지."

"어쭈? 자신 있나 본데?"

그의 말에 살짝 미소를 짓던 재준은 씁쓸한 표정으로 술을 따라 마셨다.

"뭔데 이렇게 심각해?"

"지민이네 회사에서 투자받을 구실을 만들려고 지민이랑 나랑 혼사로 엮었어."

"뻔하지."

"지민이 마음을 이해하지 못하는 건 아닌데, 상황이 좀 그렇다."

재준은 자신의 술잔에 술을 가득 따랐다. 지금 마시는 술로 더러워진 기분을 털어 내고 싶었다. 목울대를 일렁이며 몸으로 들어간 술은 빠르게 온몸으로 퍼져 갔다.

"그래서 어쩌려고?"

"인연을 끊어야지."

"말이 쉽지."

"그런가."

술을 한입에 털어 넣은 재준은 무덤덤해진 표정이었다. 그 표정 속에는 표출되지 못한 화가 억눌려 있었다. 그런 그의 모습에 강은 한숨을 내쉬었다.

"그 작가님이랑은 도대체 뭐야?"

강은 갑자기 화제를 돌렸다. 심각한 분위기를 바꾸기에 안성맞춤인 재료였다.

강의 물음에 재준은 자연스레 지수의 얼굴이 떠올랐다. 재준의 얼굴에는 슬며시 미소가 머물러 있었다.

"둘이 사귀어? 너 완전히…… 사랑에 빠진 놈 같다."

놀리듯 말하는 강은 재준의 표정에서 그가 사랑에 빠졌다는 것을 느낄 수 있었다. 요 근래 혼자 웃는 모습이 많아진 그였다.

"뭐가 빠져?"

"사랑에 빠졌다고."

"미친놈. 무슨 사랑이야."

강의 말에 재준은 어이없다는 듯 쳐다보았다. 자신이 무슨 사랑이란 말인가. 사랑을 받을 자격도 할 자격도 자신에게는 없다고 생각했다.

"너 요새 혼자 많이 웃는 거 알아? 내가 보기엔 너 좀 변했어."

"난 변한 거 없어. 단지……."

"단지, 뭐?"

"아…… 아무것도 아니야."

강은 자신의 마음을 부정하고 있는 재준이 불쌍했다. 자신의 마음을 인정하고 사랑을 시작한다면 얼마나 좋을까.

"괜찮아. 사랑해도."

강은 재준에게 위로하듯 말했다. 그의 말 속에는 따뜻함이 담겨 있었다.

괜찮아. 사랑해도.

강의 말이 한 번 더 재준의 마음속으로 울려 퍼졌다.

침대에 누우니 몸이 갈가리 찢어질 것같이 아파 왔다. 다리 한쪽에 깁스를 하고 절뚝거리며 다니는 건 쉬운 일이 아니었다.

내가 진짜 이 인간들 때문에 글도 못 쓰고 뭐 하는 건지.

지수는 욱신거리는 통증이 발바닥에서부터 머리끝까지 신경 하나하나를 타고 올라오자 인상을 쓰며 이불을 턱 바로 밑까지 끌어 올렸다. 추운 것 같았다. 손끝도 시렸고 몸 이곳저곳이 아팠다.

이러다 제명에 못 살지 싶다, 정말.

전생에 무슨 죄를 지었기에 오랜 연애 공백 후 만난 남자들이 자신을 이토록 괴롭게 하는가. 특히, 재준의 헷갈리는 행동에 지수는 정신적으로 힘들었다.

혹시, 내 마음을 눈치채고 놀리는 건 아니겠지.

곧바로 아마 아닐 것이라고 생각했다. 사람을 가지고 놀 만큼 나쁜 사람은 아니다. 자신이 느낀 재준이라면 말이다.

그리고 백민우. 객관적인 시선으로 보면 정말 호감을 느낄 만한 외모를 가졌다. 하지만 입만 열면 감당할 수 없을 정도로 느끼하면서 자기애가 가득한 말을 서슴없이 하는 그런 인간이었다.

아오오오오!

그러고 보니 영희가 남자를 데리고 오라고 통보한 날짜가 미친 듯이 다가오고 있었다. 엄마에게 남자를 데리고 간다는 것은 당장 내일이라도 결혼을 하겠다라는 것을 암묵적으로 나타내는 것이나 다름없었다.

미치겠네.

지수는 몸이 덜덜 떨려 왔다. 자신도 모르게 앓는 소리가 나고 몸은 움직이지 못할 정도로 아팠다. 그녀는 간신히 머리 위에 올려 둔 휴대폰을 팔을 뻗어 집었다.

"내…… 방으로……."

지수의 전화를 받은 사람은 지아였다. 곧 방문이 열리고 지아가 놀란 듯 빠른 걸음으로 들어왔다. 이불을 덮고 있음에도 불구

하고 벌벌 떨고 있는 그녀를 보자 놀란 지수는 서둘러 체온계를 가지고 돌아왔다. 지수의 체온을 잰 지아는 호들갑을 떨며 말했다.

"언니! 열이 너무 높아. 40도야. 어떡해."

"닥……쳐……. 머리…… 울려……."

숨이 차오르는 것 같았고 정신이 몽롱해졌다. 정신이 혼미해 보이는 지수의 모습을 본 지아는 이럴 때 출장 간 남편을 욕하며 안절부절못하다 119에 전화를 걸어 도움을 청했다.

눈을 뜬 지수는 삭막한 풍경에 이곳이 병실이라는 것을 깨달았다. 몸은 아직도 열이 나는 듯 덜덜 떨렸고, 뼈 마디마디가 끊어져 버린 듯 몸을 움직일 수 없었다.

"일어나셨네요. 좀 어떠세요?"

누가 말을 걸어 돌아보았더니 간호사 한 명이 자신을 보고 있었다.

"아…… 음……. 어찌 된 일인지?"

"어제 고열로 정신 잃으셔서 동생분이 구급 대원들과 함께 응급실로 오셨고요. 염증 수치가 너무 많이 올라 백혈구 수치가 정상이 아니어서 입원하셨어요. 자세한 것은 이따 주치의 선생님 오실 테니까 들으시면 되고요."

용가리 통뼈라고, 건강 하나는 자신 있었던 지수는 입원까지 하자 도대체 이게 뭐하는 짓인가 싶었다.

"아우, 아직도 열이 많네요. 해열제 드릴 테니 기다리세요."

열을 재던 간호사는 빠른 걸음으로 밖으로 향했다. 지수는 다시 눈이 감겨 왔지만 어느새 해열제를 들고 나타난 간호사가 자려고 하는 그녀를 깨워 약을 전해 주었다. 상체를 일으켜 세워 보려고 해도 몸이 움직이질 않았다.

옆에 보호자가 안 보이자 간호사는 지수가 약을 먹을 수 있도록 도와주었다.

"감사합니다……."

말할 기운도 없었지만 지수는 자신을 도와준 간호사에게 인사했다. 간호사는 씽긋 웃으며 커튼을 치고 병실을 빠져나갔다.

밖을 보니 아직 새벽이었다. 아무래도 지아가 자신을 입원시키고 집으로 돌아간 것 같았다. 몸이 힘드니 눈을 뜨고 있을 기운도 없었다. 자꾸만 눈이 감기자 지수는 이기지 못하고 다시 잠이 들었다.

군살 없는 몸매가 드러나는 슈트를 입은 민우는 전신거울에 비친 자신의 모습을 흐뭇한 표정으로 쳐다봤다. 오늘따라 느낌 있게 멋있는 자신을 지수에게 보여 주지 않을 수 없다는 생각이 든 그는 휴대폰을 찾아 들었다.

— 한지수 휴대폰입니다.

상대방이 전화를 받았는데, 그녀가 아니었다.

"지수 씨 어디 가셨나요?"

— 누구세요?

"지수 씨와 만나고 있는 사람입니다."

민우는 이 말을 하는데 얼마나 기분이 좋아지는지 웃음이 실실 새어 나왔지만 상대방에게 들킬까 싶어 입을 꾹 다물었다.

— 아! 정말요?

갑자기 반색하며 높아지는 목소리와 웃음소리가 들려오자 민우는 살짝 당황했다.

— 안녕하세요? 전 지수 언니 동생이에요.

동생이라는 말에 민우는 소리를 지를 뻔한 걸 삼키며 기뻐했다. 자고로 누군가를 간절히 원할 때는 주변인을 먼저 포섭하는 것이 진리다. 이것은 하늘의 도우심이 분명하다고 생각한 민우는 활짝 웃으며 입을 열었다.

"안녕하세요? 목소리를 들으니 지수 씨처럼 동생분도 예쁘실 것 같네요."

— 어머, 말씀도 어쩜 듣기 좋게 잘하시네요.

"언제 지수 씨와 같이 뵙죠. 식사 대접이라도 하겠습니다."

— 네에! 기대할게요.

"그런데 지수 씨는 어디 가셨나요?"

— 참! 언니 입원했어요.

지수가 입원했다는 말에 민우의 가슴은 철렁했다. 어제까지만 해도 쌩쌩하던 그녀가 입원이라니.

"갑자기 왜요?"

— 어젯밤에 고열이 나서 정신을 잃었어요. 발 다친 곳에 염증이 퍼져서 그런 것 같다고, 입원하라고 하더라고요.

"그렇군요. 병원이 어디인지 가르쳐 주시겠어요?"

— 서울 새누리병원 607호실이에요.

"알겠습니다."

전화를 끊은 민우는 마음이 들끓었다. 어서 그녀에게 달려가고 싶었지만, 해야 할 일이 있었다.

"나의 세심한 면을 보여 줄 수 있는 기회로군."

밖으로 향하는 그의 발걸음은 이상하게 신나 보였다.

11. 남자는 남자를 알아본다

언니의 남자가 누구인지 알아낸 지아는 일급비밀이라도 알아낸 듯 기분이 날아갈 것 같았다. 이것을 언니에게 들이밀면 며칠 편하게 생활할 수 있을 거란 아주 단순한 생각이 드니 설레기까지 했다.

콧노래를 흥얼거리며 노트북까지 챙겨서 나가려던 지아는 가방에 넣어 두었던 지수의 휴대폰이 또 울리자 잠시 고민했다.

받지 말까? 누구지?

두 손 가득 짐을 들고 있던 지아는 중요한 전화일 수도 있겠다는 생각에 짐을 내려놓고 가방에서 지수의 휴대폰을 꺼내 들었다. 발신인을 확인한 지아는 또다시 남자의 이름이 뜨자 두 눈이 커지며 재빠르게 전화를 받았다.

오! 이게 웬 떡이야?

"한지수 휴대폰입니다."

— ·······.

"여보세요?"

— 한지수 씨 안 계시나요?

"누구세요?"

— 강재준이라고 합니다.

지아는 재준의 이름을 어디서 들어 본 것 같은 생각에 고개를 갸웃거렸다.

"저희 언니 지금 병원에 입원해 있어요."

— 입원이요?

"네. 어제 고열이 나서 정신을 잃었거든요."

같은 말을 두 번씩 반복하고 있었지만, 지아는 아침부터 지수에게 전화하는 남자가 두 명이나 있다는 사실에 감동했다. 한 명의 정체를 확인했으니 나머지 한 명의 정체도 확인할 시간이었다.

"애인은 아니시죠?"

지아의 말에 남자는 고민하는 듯 잠시 뜸을 들이더니 이내 입을 열었다.

— 친구입니다.

"친구요?"

— 네.

지아는 친구라고 말하는 재준의 말이 별로 믿기질 않았다. 그녀는 남녀 사이에 친구가 어딨냐는 주의였다.

도대체 뭐야? 한지수 남자 없다더니!

특종을 잡은 기자처럼 지아의 표정에서는 흥분이 가시질 않았다.

"전 지수 언니 동생이에요."

— 그러시군요. 저…… 실례지만 병원이 어디인가요?

"서울 새누리병원 607호입니다."

— 감사합니다. 그럼.

처음에 통화한 민우라는 남자와 지금 통화한 재준이라는 남자의 분위기는 180도 달랐다. 지아는 엄마의 난리에 지수가 아무나 만나고 있는 것은 아닌가 하는 생각이 들기도 했지만, 상상 속에서 빠져 사는 줄만 알았던 언니가 실존 인물을 만나고 있다는 사실에 음흉한 미소가 지어졌다.

잘하면 사랑과 전쟁을 볼 수 있겠어.

지아는 서둘러 짐을 싸 들고 병원으로 향했다. 아픈 언니를 간호하러 가는 것이 아닌 다른 것에 목적을 품은 그녀였다.

커피 전문점에서 누군가를 기다던 재준은 어제 지수와의 일이 신경 쓰였다. 도대체 왜 그녀만 보면 상식에서 벗어난 행동을 하는 건지 머리가 지끈거릴 정도로 생각해 봤지만 정답은 나오지 않았다.

설마, 사랑이라니.

강의 말에 피식, 웃음이 새어 나왔다. 그런 감정을 사치스럽게 느낄 만한 주제도 되지 않는다는 걸 알기에 재준은 강의 말을 부정했다. 하지만 눈을 뜨자마자 지수가 생각났다. 이러다가는 하루 종일 신경 쓰일 것 같단 생각에 지수에게 전화를 건 재준은 지수가 병원에 입원했다는 말을 듣자 마음이 찌릿하게 죄는 것을 느꼈다.

고열이 나서 정신을 잃었다니.

도대체 어디가 어떻게 아프기에 그런 걸까 싶은 재준은 지수가 걱정되기 시작했다.

"무슨 생각을 그렇게 해?"

"왔어?"

재준의 대학교 동기이자 헤드헌터라는 직업을 가진 현수가 환하게 미소를 지으며 다가와 앉자 재준도 치아가 드러날 정도로 환하게 웃으며 그를 반겼다.

"오랜만이다."

"그러게. 3개월 만인가?"

"결혼하더니 얼굴 좋아 보인다, 현수야."

재준의 말에 자신의 얼굴을 매만지며 인정한다는 듯 고개를 끄덕였다.

"너 요새 엄청 바쁘지 않아? 저번에 QM자동차랑 콜라보도 했다며? 우리 지인 씨가 데려가 달라고 조르는 거 출장 다녀오는 바람에 못 갔더니 엄청 삐졌었어."

"지인 씨 혼자라도 오시라고 하지."

"안 돼. 혼자는."

"왜?"

"임신했거든."

현수는 행복해 죽겠다는 표정을 지어 보였다. 재준은 현수의 표정에서 사랑에 빠져 있는 남자의 얼굴을 보았다. 늘 까칠하던 사람이 사랑을 받으니 저렇게 부드럽게 변할 수도 있구나라는 생각이 들었다. 현수를 바라보는 재준의 입가에도 슬며시 미소가 번졌다.

"그런데 너 애인 생겼냐?"

뜬금없는 현수의 말에 재준은 심장이 세차게 뛰기 시작했다. 도대체 자신의 무엇을 보고 그런 말을 하는 건지 의아했다.

"왜?"

"이건 그냥 순전히 내 느낌인데 말이지. 잘 웃는다?"

"지극히 아주 개인적이고 주관적인 생각이네."

"그래서, 생겼어?"

"글쎄."

또다시 미소를 지으며 대답하는 재준은 긍정도 부정도 하지 않았지만 그를 지켜보는 현수는 재준이 정확하게 대답하지 않아도 마음이 향하는 사람이 생겼다는 것을 느낄 수 있었다.

"아, 그런데 만나서 할 이야기라는 게 뭐야?"

재준은 지난밤 현수와의 통화에서 해 줄 말이 있다던 것이 생각났다. 어느새 웃음기가 가신 현수의 표정에서 진지함이 흘렀다.

"너희 아버지 괜찮으셔?"

"갑자기 그게 무슨 말이야?"

"찌라시는 아니고 확실한 정보통에서 나온 이야긴데, 지금 너희 아버지 회사가 자금 위기라던데. 빨리 해결 안 되면 1차 부도를 벗어나지 못할 거라더라. 알고 있었어?"

"자금난은 들었지만 그 정도인 줄은 몰랐어."

아버지에 관련된 말에 재준의 표정에서는 순식간에 냉기가 흘렀다. 현수는 한숨을 푹 내쉬고는 다시 말을 이어 나갔다.

"그래서 W그룹에게 투자 의뢰를 했다던데, 그것도 몰랐어?"

그거라면 지민에게 들어 잘 알고 있었다. 하지만 현수에게 한 번 더 들으니 기분이 좋을 리가 없었다. 그렇게 급한 상황인데도 자신에게 강요만 하다니. 아버지란 사람에게 조금이라도 남아 있었던 정이 떨어졌다.

"현수야. 우리 아버지 회사 상황 좀 자세히 알아봐 줄 수 있나?"

"왜? 뭐라도 하게?"

"아니, 그냥 알고 있게."

비릿한 미소가 흘렀다. 어쩌면 자신의 아버지가 무너지는 것을 지켜볼 수 있는 기회가 올지도 모른다는 생각에 재준은 마른침을 삼켰다.

"알겠어. 연락할게."

"그래, 아무튼 신경 써 줘서 고맙다."

"고맙긴, 참! 다음에 꽃바구니 하나 부탁하자. 우리 지인 씨가 네 작품 좋아하는 거 알지?"

"알았다. 이 사랑꾼아. 먼저 간다."

자리에서 일어난 재준은 시간을 확인했다. 클래스 강연까지 4시간쯤 여유가 있었다. 그는 서둘러 지수가 입원한 병원으로 향했다.

그곳으로 가기 전 백화점에 들러 지수가 좋아할 만한 것들을 잔뜩 사서 차 뒷좌석에 싣고 나니 지수가 자신의 차를 음흉한 눈빛으로 쳐다보던 모습이 생각나 자신도 모르게 웃음이 터져 나왔다.

내가 이제 미쳐 가는군.

자신의 감정을 누르고 살아온 재준은 시간이 흐를수록 지수에 대한 감정이 조금씩 터져 나오자 낯선 자신의 모습이 이상했다. 겉으로 보일 만큼 자신의 감정이 흐트러졌다고 생각하니 마음 또한 복잡했다.

우—웅.

지수에게 가려고 차에 시동은 건 재준은 휴대폰이 울리자 전화를 받았다.

"여보세요."

— 강재준 씨?

"네. 누구십니까?"

— 안녕하십니까? 저는 외조부 되시는 박철웅 회장님의 대리인입니다.

재준은 일순간 표정이 굳어졌다. 무슨 일이 생기신 걸까.

"무슨 일이십니까?"

— 지금 회장님께서 편찮으십니다. 강재준 씨를 만나고 싶어 하시는데, 이쪽으로 오실 수 있으시겠습니까?

"많이 안 좋으십니까?"

— 네, 그렇습니다.

"제가 운전 중이니 어디에 계시는지 메시지로 남겨 주십시오."

전화를 끊은 재준은 한숨을 길게 내쉬었다. 어머니가 죽은 뒤 아버지의 만행을 아신 외조부모님들은 분노했고, 그 후로 아버지와의 연을 끊어 버렸다. 손자인 자신에게는 종종 연락하시고 가끔 만나기도 했었지만 한 2년 전부터 정신없이 바빠지는 통에 재준은 그분들을 만나러 가기 힘들어졌다.

그런데 편찮으시다는 연락을 받으니 갑자기 답답해져 오는 가슴에 길게 숨을 내쉬었다. 병원으로 향하던 재준은 잠시 차를 도로변에 주차한 후 마음을 진정시켰다. 마음이 무거워지는지 연거푸 한숨을 내쉰 재준은 다시 차를 몰았다.

승강기 문이 열리자 그는 빠른 걸음으로 나와 주위를 두리번거렸다. 외조부모님의 대리인에게 외조부님이 이 병원에 입원해 있다고 전해 들었다. 마침 지수가 입원한 그 병원이라 재준은 그를 만나고 그녀를 보러 가야겠다는 생각을 했다.

데스크로 향한 재준은 일을 하고 있는 간호사를 쳐다보았다.

"실례합니다. 1022호는 어느 쪽으로 가야 합니까?"

"오른쪽으로 돌아가시면 바로 나옵니다."

"감사합니다."

재준은 발걸음을 내딛을 때마다 표정이 무거워지는 것을 느꼈다. 자주 뵙지 못했는데 위독하시다니, 돌아가신 어머니를 대신해서 그분들을 보살피지 못했다는 생각에 죄송한 마음이 들었다.

1022호 박철웅, 선명하게 붙어 있는 외조부의 성함을 보자 재준은 마른침을 삼키며 옷매무새를 정리했다.

똑똑.

노크를 하자 안에서 젊은 남성의 목소리가 들려왔다. 잠시 후 문을 열고 재준의 앞에 모습을 드러낸 남자는 그를 알고 있다는 듯 허리를 깊게 숙이며 인사했다.

"오셨습니까?"

"네……."

비서처럼 보이는 남자는 미소를 지으며 재준을 병실 안으로 안내했다. 재준이 그를 따라 들어가니 병실은 크고 아늑한 분위기였다. 마치 병원 안 호텔 같다고나 할까.

좀 더 깊숙하게 들어가니 백발인 노부인과 침대에 산소 호흡기를 달고 누워 있는 남자가 자신을 바라보았다. 그들을 보니 가슴 속에서 먹먹함이 몰려왔다. 노부인 즉, 재준의 외조모인 전 여사는 재준을 보자 자리에서 천천히 일어나 쓰고 있던 안경을 벗고 눈물을 훔쳤다.

"오랜만에 뵙습니다."

재준은 허리를 깊게 숙였다. 전 여사는 그에게 다가와 품에 한번 안고는 눈물이 그렁그렁한 눈으로 쳐다보았다.

"녀석, 오랜만이로구나."

"그동안 찾아뵙지 못해 죄송합니다."

전 여사는 흘러나오려는 눈물을 눌러 가며 간신히 입을 열었다. 그는 자신도 모르게 그녀를 품에 안았다. 2년이란 시간이 무색할 만큼 아직도 정정한 그녀였지만 오늘따라 작게 느껴지는 것은 왜 일까.

침대에 누워 있던 박 회장은 그들을 향해 손을 까닥거리며 다가오라 손짓했다. 그것을 보고 있던 젊은 남자는 조심스럽게 재준에게 다가와 말했다.

"회장님께로."

그의 말에 재준은 품에 안은 전 여사를 떼어 놓고 박 회장이 누워 있는 침대로 향했다. 재준이 의자에 앉자 박 회장은 스스로 호흡기를 살짝 내렸다.

"잘 지냈니?"

"할아버지, 찾아뵙지 못해서 죄송합니다."

죄송해하는 재준의 모습에 박 회장은 괜찮다는 듯 인자한 미소를 지어 보였다.

"내가 너에게 해 주지 않은 이야기가 있다. 그래서 죽기 전에 얼굴 보고…… 마음을 놓으려고 널 부른 것이야."

재준은 외조부와 눈을 마주쳤다. 그의 촉촉해진 눈을 들여다보며 그가 하는 이야기를 들으려고 준비했다. 그가 과연 무슨 이야기를 할 것인가.

"어떤 말씀을 하시려는 겁니까?"

재준은 조용히 입을 열었다. 그러자 박 회장은 젊은 남자를 향해 손짓했다. 그의 손짓에 그 남자는 전 여사를 모시고 병실 밖으로 나갔다. 그들이 나가는 것을 본 박 회장은 재준의 손을 잡았다.

"너희 엄마가 자살하기 며칠 전에 나를 찾아왔었단다."

그의 첫마디에 재준은 목울대가 일렁일 정도로 침을 삼켰다.

"너도 알고 있겠지만, 네 엄마와 우린 거의 연락을 안 하고 살았다. 우리가 그 결혼을 반대했었으니까 말이야. 그래도 오랜 시간이 지나서 마음이 많이 누그러지고 너도 자주 봤었지."

"네, 그러셨죠."

"그런데 네 엄마가 찾아와서는 그러더구나. 자신에게 무슨 일이 생기면 자신의 재산을 너에게 모두 상속해 달라고. 나는 그게 무슨 말이냐고 다그쳤다. 네 엄마는 아무 말도 없이 그저 울기만 하고 가더구나. 그때 네 엄마를 잡았어야 했어……."

그는 숨이 가쁜지 잠시 말을 쉬고는 숨을 골랐다. 재준은 잠시 그가 편하게 숨을 쉴 수 있도록 산소호흡기를 대 주었다. 잠시 숨을 고르던 그는 괜찮아졌는지 재준을 쳐다보았다. 그가 다시 말을 시작하자 호흡기를 떼었다.

"네 엄마가 자살을 하고 우리는 큰 충격에 빠졌다. 무남독녀 외동딸이 자신이 원하는 결혼을 해서 행복하게 살고 있다고 생각했었는데 그게 아니었어. 우리가 너에게 말을 하지 않아도 느끼고 있었겠지만 네 엄마를 잊기 위해서 우린 가슴을 태우고 또 태워야 하는 고통에 시달렸었어. 그래도 네 엄마를 많이 닮은 네가 있기에 우린 견딜 수 있었지……."

박 회장의 말에 재준은 심장이 터질 것 같았다. 돌아가시기 전까지 자신을 생각해 외조부를 찾아가신 어머니를 생각하니 가슴이 터져 버릴 것만 같았다.

박 회장의 얼굴에 어느새 눈물이 흐르고 있었다. 재준은 자신의 손수건을 꺼내 그의 눈물을 닦아 주었다. 무덤덤해 보였지만, 그는 그렇지 않았다. 단지 감정을 누르고 있을 뿐이었다.

"그래서 네 엄마가 그렇게 허망하게 죽고 나서 네 엄마에게 상속하려고 했던 모든 것으로 회사를 하나 인수해서 지금까지 운영해 왔다. 내가 이것을 지금에서야 말하는 건 그놈이 알게 된다면 수단과 방법을 가리지 않고 그 회사를 뺏어 갔을 것이 뻔했기 때문이야. 지금은 너무 늦지 않았을까 하는 생각도 들긴 한다만, 지금 네 위치라면 뺏기지 않도록 무엇이든 하지 않을까 하는 생각이 드는구나."

"회사라뇨."

"저기…… 테이블 위에 있는 서류를 보고 사인만 하면 된다. 전문 경영인은 따로 있지만 실질적인 주인은 네가 되는 것이지. 자본력이 막강한 회사란다……."

박 회장이 손가락으로 테이블을 가리키며 말을 하자 재준은 테이블에 놓인 서류를 집어 들었다. 꽤 두툼한 종이 뭉치가 느껴졌다.

"시간을 두고 확인하겠습니다."

"그래. 그렇게 해. 처음부터 네 것이었으니까."

그의 말을 들은 재준은 심장이 미치도록 뛰었다. 생각지도 않은 일이었다.

"이제 좀…… 쉬어야겠다. 얼마 남지 않은 시간 동안 자주…… 보자꾸나."

"예, 할아버지. 자주 오겠습니다."

재준은 마음이 무거웠다. 그 무거워진 마음이 병실 밖으로 향하는 발걸음에도 나타났다. 생각지도 않은 일들이 생겨나자 생각이 많아진 재준은 서둘러 지수의 병실로 향했다.

★

민우는 사무실 의자에 앉아 턱을 괴고 다른 한 손으로는 책상 위를 검지로 톡톡 두들겼다. 종철이 들어오는지도 모르고 계속해서 생각에 빠져 있던 그는 책상에 서류철이 놓이자 놀란 표정으로 종철을 올려다보았다.

"대표님, 뭘 그렇게 생각하고 계십니까?"

"아무것도 아니야. 오늘 스케줄 다 비워 줘."

"무슨 일이신지?"

"급한 일."

씨익, 웃으며 자신을 쳐다보는 민우를 보자 종철은 그가 저러는 이유가 무엇인지 말 안 해도 알 것 같았다.

"그 사냥인가 뭔가는 아직 안 끝났어?"

"만만한 상대가 아니야. 아주 매력 있어."

"그래?"

민우는 자신에게 동성애자라는 거짓말을 태연하게 하던 지수의 얼굴이 떠오르자 주체할 수 없을 정도로 웃음이 터져 버렸다.

"대표님, 점점 이상해지십니다. 정신과 의뢰할까요?"

종철의 농담에 민우는 아직도 큭큭거리며 자리에서 일어났다.

"오 비서, 아니 종철아. 나 병원에 다녀온다."

자신의 한쪽 어깨를 두들기며 민우가 사무실 밖으로 향하려 몸을 돌리자 농담도 못 한다며 투덜거렸다. 그의 투덜거림에 민우는 다시 몸을 돌려 종철을 쳐다보았다.

"그런데, 여자가 말이지…… 아…… 아니다."

"뭔데?"

"궁금해?"

"말을 하다 마니까 궁금하지."

"궁금하면 일 열심히 하고 있어. 연애질하지 말고. 알겠습니까, 오 비서?"

짓궂게 웃으며 민우는 황당해하는 종철을 놔두고 유유히 사라졌다.

차를 타고 회사를 나선 민우는 지난번 지수와 함께 갔던 한정식집에 들렀다. 그는 백미러로 뒷좌석의 큰 쇼핑백을 쳐다보며 흐뭇한 미소를 지으며 중얼거렸다.

"병원 밥이 무슨 맛이겠어. 12첩 반상 정도는 들고 가는 이 센스 좀 보게. 아주 반하겠지."

특별하게 부탁해 포장해 온 음식들이었다. 이 정도로 세심하게 신경 써 주는 남자라고. 민우는 계속 중얼거리며 지수가 좋아할 표정을 상상하니 기분이 하늘을 향한 듯 둥둥 떠다녔다.

빵빵, 뒤차의 클랙슨 소리에 민우는 언제 바뀌었는지 모를 푸른색 신호등 불빛을 확인하고는 차를 움직였다. 저 멀리 병원이 보이자 민우는 마음이 조급해짐을 느꼈다.

쇼핑백 안의 포장해 온 음식이 생각보다 묵직해 그는 힘을 주어 양손으로 나눠 들고는 승강기 앞으로 향했다.

식기 전에 먹여야지.

승강기를 기다리면서 이렇게 설렌 적이 있었던가 했던 민우는 승강기 문이 열리자 그 안으로 들어갔다.

— 6층입니다. 문이 열립니다.

승강기의 문이 열리자 민우는 설레는 마음으로 밖으로 향했다. 그런데 그때, 마침 마주 보고 있던 승강기의 문이 열리며 그 안에서 재준이 나타났다. 민우와 재준의 눈이 딱 마주쳤고 서로를 의식한 듯 동시에 시선을 다른 곳으로 향했다.

'강재준, 여기서 이렇게 마주치나?'

민우는 언젠가 한 번은 마주칠 것 같았던 재준을 보자 비릿하게 입꼬리가 위로 향했다. 재준의 손에 들린 쇼핑백에 시선이 향한 민우는 자기 것보다 못하다는 생각에 어깨를 으쓱거렸다.

'그 바람둥이와 마주치는군.'

재준은 같은 방향으로 향하는 민우의 시선에 신경이 거슬렸다. 마치 자신을 잘 알고 있다는 듯한 눈빛 속에 자신을 경계하는 것이 느껴진 재준은 의식하지 않으려 했지만 지수의 병실이 보이자 자신도 모르게 발걸음이 빨라졌다.

하지만 앞서 있던 민우가 먼저 손을 뻗어 병실 문을 잡았다. 민우는 재준을 의식한 나머지 뒤를 돌아 그를 쳐다봤다. 다시 눈이 마주치자 그들 사이에는 순식간에 어색한 기운이 맴돌았다. 하지만 민우는 재준을 무시하듯 다시 몸을 돌려 문을 살짝 열었다.

뭔가 축축한 느낌에 눈을 뜬 지수의 몸은 흥건하게 젖어 있었다. 새벽에 간호사의 도움으로 해열제를 먹고 다시 잠든 후 열이 다 떨어졌지만 식은땀으로 환자복과 침대 시트가 다 젖어 버린 것 같았다.

"언니, 괜찮아?"

지아의 목소리에 찝찝함을 견딜 수 없던 지수는 너무나 반가웠다. 지아의 식구들과 같이 살면서 이렇게 반가웠던 적이 있었을까. 지수는 얼른 고개를 끄덕였다.

"언니, 갑자기 정신 잃어서 내가 얼마나 놀랐는지 알아?"

"그랬냐? 고생했다."

"그런데…… 언니?"

지아는 지수의 눈치를 살폈다. 지수는 갑자기 자신의 눈치를 보는 지아를 보니 불안한 느낌이 들었다.

"말해."

"아니, 그러니까……."

"아, 빨리 말해."

"언니 남자 있더라?"

뜬금없이 말하는 지아를 지수는 똥 씹은 표정으로 쳐다봤다.

"남자? 뭔 소리야?"

"백민우, 강재준."

지아의 입에서 민우와 재준의 이름이 흘러나오자 지수는 인상을 쓰며 그녀를 노려보았다.

"뭐?"

"백민우, 강재준이라고."

또박또박 다시 한 번 남자들의 이름을 말하는 지아의 말투가 아주 조심스러웠다. 지수가 노려보자 지아는 시선을 다른 곳으로 피했다.

"네가 그 이름들을 어떻게 알아?"

"전화가 와서 말이지……."

"내 전화를 네가 왜 받아?"

"난…… 중요한 전화인 줄 알고……."

지아의 목소리는 갈수록 기어들어 갔다. 지수는 일어날 기운도 없었지만 지아의 머리채를 잡겠다는 일념하에 어금니를 깨물고 상체를 일으켜 세웠다.

"죽고 싶냐?"

"아…… 진짜 중요한 전화인 줄 알았어."

"웃기네. 남자 이름 뜨니까 얼씨구나 하고 받았겠지."

정곡을 찔린 지아는 어색하게 웃으며 살며시 한 발자국 뒤로
물러났다.

"사실은…… 언니…… 그들이 올지도 몰라?"

"뭐?"

지수는 자신이 방금 들은 말을 믿고 싶지 않았다. 동생이라는
계집애가 도대체 무슨 짓을 벌인 것인가.

"나 여기 있다는 거 말했어?"

"응. 그…… 백민우라는 남자가 언니랑 만난다고 하기에
난……."

절대 일부러 누설한 것이 아니라는 것을 말하고 싶었던 지아
는 변명 아닌 변명을 했다.

"뭐라고 했다고?"

"언니랑 만난다고 해서 애인인가 싶었지."

"미쳤다, 진짜."

지수는 다시 추위를 느꼈다. 몸도 떨려 왔다. 아무래도 젖은
환자복을 계속 입고 있어서 그런 것 같았다.

"너…… 일단 새 환자복 좀 가져와. 춥다."

"어어!"

지아는 서둘러 밖으로 향했다. 지수는 머리가 지끈거렸다. 설
마 두 남자를 이곳에서 마주치진 않겠지.

내 소설 속 주인공이었으면 백 퍼센트 마주치지.

이 상황에서도 소설 속 주인공들을 떠올리다니, 피식, 웃어 버렸다. 모든 상황을 소재로 생각하는 이 프로페셔널한 모습이란.

"언니, 갈아입자."

해맑은 표정의 지아는 자신을 노려보는 지수의 시선을 애써 무시한 채 실실 웃으며 그녀에게 다가왔다.

"만약 그들이 병원에 와서 엄마와 마주친다면 그 이후의 모든 일은 내 집을 나감으로써 사죄해라."

"아잉— 언니, 내가 일부러 그랬나?"

"어디서 앙탈이야? 넌 그러고도 남아."

상의의 단추를 풀며 지수는 무표정하게 말했다. 아니, 이제 표정 지을 힘도 없었다. 상의를 벗고 새 옷으로 갈아입으려는 찰나, 문밖에서 덜컹거리는 소리가 들려와 그녀들의 시선은 한순간 그곳으로 향했다.

병실 문이 열린 사이로 남자들의 모습이 보였다. 그들의 모습에 지수는 눈이 점점 휘둥그레졌다.

"아아아아아아악!"

지수는 소리를 질렀다. 문밖에 민우와 재준이 냉랭한 기운을 뿜으며 서 있었다.

이건 꿈일 거야. 소설이 아니잖아. 도대체 나한테 왜 이래!

문을 열고 병실 안으로 들어오려던 민우와 재준은 지수의 비명 소리에 놀라 누가 먼저랄 것 없이 병실로 뛰어 들어왔다. 초췌해진 얼굴, 그리고 벗은 상의.

벗, 벗었어!

"아아아아아아악!"

남자들의 시선이 자신의 풀어진 상의에 꽂히자 지수는 손으로 가슴을 가리며 미친 듯이 소리를 지르기 시작했다.

지수는 당황한 나머지 허둥지둥 새 환자복을 입었다. 지수와 마찬가지로 당황한 재준은 서둘러 병실 밖으로 향했고, 민우는 여유 있게 뒤돌아섰다.

재빠르게 다시 단추를 잠근 지수는 뒤돌아서 있는 민우의 등을 매섭게 노려보았다.

"백민우 씨, 돌아선다고 해결되나요?"

지수의 갈라지는 목소리에는 냉랭한 기운이 맴돌았다. 그녀의 말에 민우는 치아가 드러날 정도로 환하게 웃으며 지수를 향해 고개를 살짝 돌렸다.

"우리 사이에 뭐 어때요?"

뻔뻔한 것이 하늘을 찌르다 못해 지구를 뚫고 나갈 기세였다. 지금 이 순간 지수는 이 남자가 눈앞에서 제발 꺼져 줬으면 하는 바람이 간절했다.

"우리가 무슨 사이인지 전 도통 모르겠네요."

"만나는 사이잖아요."

"아…… 진짜."

민우의 눈치 없고 뻔뻔한 행동에 제명에 살지 못할 것 같았다.

"와 준 건 고마운데, 쉬고 싶으니 좀 가 줄래요?"

열이 다시 오르는 듯 몸이 더 떨리기 시작했다. 민우는 그런 그녀의 말을 아랑곳하지 않고, 지수에게 다가갔다. 그녀의 이마에 손을 짚으며 뭔가 이상하다는 듯이 고개를 갸웃거렸다.

"지수 씨, 열나는 거 같은데요?"

"괜찮으니 좀 가세요오오오."

"이런 지수 씨 놔두고 어딜 가요? 안 그래요?"

민우는 지수 옆에 있던 지아를 쳐다보며 미소를 지었다. 지아는 그를 보자 고개를 끄덕였다.

"그런데……"

"뭐 필요한 거 있어요?"

"아까 어떤 남자와 같이 오지 않았어요?"

민우는 지수가 재준을 찾자 기분이 썩 좋지 않았다. 이렇게 매력 있는 자신을 두고 친구든 뭐든 다른 남자를 찾는 것이 마음에 들지 않았다.

"모르겠는데요."

"바로 옆에 있었는데 왜 몰라요?"

시치미를 떼며 모르는 체하는 모습에 지수는 어이가 없었다.

"지아야."

"아! 동생분이시죠?"

민우는 지수가 지아를 향해 말하자 그녀를 향해 몸을 돌려 환하게 미소를 지으며 말했다.

"네. 제가 언니 동생입니다."

"역시 목소리를 들었을 때 느꼈던 거지만 미인이시네요."

"미, 미인이라뇨. 과찬이십니다."

"백민우입니다. 전화로 인사드렸던."

치아가 드러날 정도로 환하게 미소 지으며 손을 내밀자 지아는 부끄럽다는 듯이 슬쩍 민우의 손을 잡고 악수했다. 지아는 민우에게서 풍기는 자신감과 유쾌해 보이는 성격, 그리고 남자다운 모습에 만족스러운 듯 지수를 쳐다봤다.

여자라고 생물학적으로 명명된 건 다 홀리고 다니는구나. 쯧.

흡족하다는 듯이 자신을 쳐다보는 지아의 눈빛에서 이미 민우에게 넘어가 버린 것 같은 느낌이 들자 지수는 못마땅하다는 듯 그들을 쳐다봤다.

"한지아!"

다소 신경질스러운 목소리로 자신의 이름을 부르는 지수의 목소리에 민우에게 꽂혀 있던 시선이 바로 지수에게 향했다.

"언니 왜?"

"아까 밖에 나간 남자 좀 데리고 들어와."

"내가?"

"그럼 내가 나가리?"

순간 욱한 마음에 성질을 부린 지수의 머리가 지끈거리며 아파 왔다. 소리를 지르니 울리는 건 제 머리통뿐이었다.

지아는 괜히 민우의 눈치를 보며 병실 밖으로 나갔다. 재준은 의도하지 않게 어색한 상황이 되어 버려 병실 안으로 선뜻 들어오지 못하고 병실 밖에 서 있었다. 병실 문을 등지고 선 그는 한숨을 푹 내쉬었다.

"저기…….. 언니가 들어오시라는데요."

지아는 고개만 슬쩍 내밀며 뒤돌아 있는 재준을 향해 말했다. 자신이 부르는 소리에 곧 몸을 돌린 재준의 꽃 같은 미모에 순간 넋이 나갈 뻔했다. 재준은 지아를 보고 어색한 듯 미소를 지어 보인 후 서둘러 병실 안으로 들어갔다.

한지수 땡잡았네. 남자 없다더니 어디서 저런 월척들을 관리
하고 계셨대?

지아는 지수의 남자들을 눈으로 확인하자 괜스레 자신의 어깨
가 으쓱했다. 재준이 옆으로 지나가자 은은하게 풍기는 꽃향기에
고개를 갸웃거리기는 했지만 곧 그의 뒤를 따라 병실로 들어갔
다.

"괜······찮아요?"

조심스레 입을 연 재준은 지수의 풀어진 상의 속 맨살이 눈앞
에서 아른거리자, 그녀를 바로 보기가 민망했던지 시선을 바닥으
로 향했다.

"하나도 안 괜찮아요."

지수의 좋지 않은 목소리에 재준은 다시 그녀를 쳐다봤다. 얼
마나 아팠는지 그새 많이 해쓱해져 있었다. 지수를 쳐다보는 재
준의 눈빛에는 애잔함이 담겨 있었다.

재준이 지수를 바라보는 눈빛을 본 민우는 이상한 기분이 들
었다.

뭐야? 게이 눈빛이 왜 저래?

민우는 본능적으로 재준에게 경계심이 생겼다. 친구를 바라보
는 눈빛이라고 하기에는 미묘한 감정이 담긴 눈빛이었다.

"왜 이렇게 된 거예요?"

"지아야, 나 왜 이런 거래니?"

새벽에 간호사에게 대충 이야기를 들었지만 정확하게 알지 못
하는 지수는 지아에게 다시 되물었다.

"상처 난 부위에 염증이 생겼는데, 그게 좀 많아서 이런 거래

요. 염증 수치가 비정상적으로 높다더라고요. 그래서 고열 나고."

"무리해서 다닌 건 아닌가요?"

재준은 자신도 모르게 민우를 쳐다보며 말했다. 민우는 그의 눈빛이 '너 때문에'라고 하는 것 같아 기분이 나빴지만 내색할 수 없었다.

"이제, 제 생사 확인을 하셨으니 가 주시면 안 될까요? 무지하게 힘이 드네요."

편하게 눕고 싶었다. 환자복을 갈아입었음에도 왜 이렇게 추운 것인지 컨디션이 좋지 못했다. 제발 눈치 없는 민우와 자신을 측은하게 쳐다보고 있는 재준이 빨리 가 주기를 마음속으로 바랐다.

"지수 씨, 지아 씨. 식사하셨어요?"

그녀의 마음을 외면하듯 민우는 눈치 없이 자신이 가져온 12첩 반상을 테이블 위로 꺼내 놓으며 말했다. 자신이 가져온 것을 재준 앞에서 자랑하고 싶었다. 유치한 남자의 질투 어린 허세랄까.

"우와, 별게 다 있네요."

지아는 민우가 꺼내 놓는 걸 보며 감탄했다. 지수는 먹을 것에 넋을 빼고 쳐다보고 있는 지아를 노려보았다.

저러니 내가 속 터져 안 터져. 눈치 없는 년 같으니라고.

자신이 아프면 동생이라고 있는 것이 눈치껏 행동해 줬으면 했지만, 그것은 자신의 큰 욕심일 뿐이라고 생각했다.

하지만 재준은 그 마음을 눈치채고 있었다. 아무리 봐도 지수의 상태가 좋지 못한 것 같았다. 그녀는 쉬어야 했다. 재준은 지수에게 다가가 허리를 살짝 숙였다.

"지수 씨, 괜찮아지면 전화해요. 난 가 볼게요. 그리고 저쪽에 놔둔 건…… 나중에 드시고 싶을 때 드세요. 내가 좋아하는 한지수 씨."

지수에게만 들릴 만큼의 목소리로 말한 재준은 따뜻하게 미소 지어 보였다. 지수는 그의 미소에 화답하듯 힘없는 미소를 지어 보였다.

"오늘은 예쁜 강재준 씨, 전화할게요."

재준은 몸을 똑바로 세우고 민우과 지아를 쳐다보았다. 그리고는 살짝 고개를 숙이며 인사한 후 병실 밖으로 빠져나갔다.

재준이 병실 밖으로 나가자 보란듯이 음식들을 꺼내던 민우가 서둘러 그를 따라 나갔다.

"강재준 씨."

자신을 부르는 소리에 재준은 그 자리에서 멈춰 몸을 돌렸다. 민우는 팔짱을 낀 채 재준 앞으로 가 섰다.

민우가 매서운 눈빛으로 재준을 쳐다보자 재준의 눈빛도 서늘해졌다.

"당신 게이 아니지?"

단도직입적인 민우의 물음에 재준은 한쪽 입꼬리만 끌어 올렸다.

"제가 게이가 아니면 곤란한 일이라도 있습니까?"

애매하지만 의도는 분명한 재준의 물음에 민우는 재밌다는 듯 웃었다.

"아니, 난 당신이 게이든 아니든 상관없이 지수 씨를 내 여자로 만들 테니 그렇게 알라고요."

선전포고였다. 민우는 재준이 동성애자가 아님을 확신했다. 재준이 어떤 생각으로 지수에게 거짓말을 했는지는 모르겠지만 그는 분명 지수에게 마음이 있는 한 남자로 민우의 눈에 비쳤다.

"글쎄요. 그렇게 될까요."

여유 있는 미소를 지으며 재준은 마지막까지도 예의 있게 고개를 살짝 숙이고는 몸을 돌렸다. 민우는 재준의 모습에서 만만치 않은 상대라는 것을 느낄 수 있었다.

생각지도 못한 변수네. 그런데 왜 속이고 있는 거야?

궁금해져 왔다. 그리고 확인이 필요했다. 정말 지수가 그를 게이로 알고 있는지 말이다. 민우는 서늘한 표정을 풀고 미소를 지으며 다시 병실 안으로 들어갔다.

"어딜 다녀오세요? 같이 먹으려고 기다렸는데."

지아가 살갑게 말하자 민우는 소파에 앉으며 말했다.

"아! 그랬어요?"

"당연하죠."

"어서 드세요. 음, 지수 씨?"

지수를 보자 다시 잠이 들어 있었다. 처음 봤을 때보다 얼굴이 많이 창백해져 있었다. 민우는 자리에서 일어나 그녀에게 다가갔다. 이마를 다시 만져 보니 자신이 처음에 만졌을 때보다 훨씬 뜨거워져 있었다.

"저기, 지아 씨. 지수 씨가 좀 안 좋아 보이는데요."

민우의 말에 지수의 안색을 살피던 지아는 간호사를 부르러 빠른 걸음으로 밖으로 향했다. 민우는 잠이 든 지수의 얼굴을 살포시 쓰다듬었다. 그의 마음은 재준에 의한 경쟁심으로 뜨겁게 불타올랐다.

재준은 민우의 도발에 심장이 빠르게 뛰었다. 남자는 남자를 알아본다고 했나. 그는 자신이 단번에 동성애자가 아니라는 것을 파악했다. 눈썰미가 좋은 남자였다.

아니, 자신이 느슨해졌는지도 모른다. 도대체 어떤 것에서 그가 자신을 파악할 수 있었을까 생각해 봤지만 답이 나오지 않았다.

재준은 민우가 지수를 자신의 여자로 만들겠다는 말에 굉장히 불쾌했다. 지수가 누굴 만나든 상관없다고 생각했지만 그런 것이 아니었다.

짐승 한 마리를 놓고 가는 것이 찜찜했지만 지수의 상태가 좋지 않아 자신이라도 빨리 가 주어야 할 것 같았다. 그래야 그녀가 폭 쉴 수 있을 테니까.

하지만 민우라는 존재가 계속 신경에 거슬려 발걸음이 무거웠다. 마음이 서서히, 불편할 정도로 타올랐다.

"지아 씨, 여긴 내가 있을 테니까 급한 일 있으면 가 보세요."

갑작스럽게 여행 간다는 영희의 통보로 인해 유치원 통학차에서 하나를 마중 나갈 사람이 없어졌다. 지아가 난감해하자 민우는 시원한 미소를 지어 보이며 지아에게 말했다.

"죄송해서 어떻게 그래요."

"전 지수 씨랑 둘이 있으면 오히려 더 좋은걸요. 그러니까 걱정하지 말고 어서 가세요."

"그럼 최대한 빨리 딸내미만 유치원에서 데리고 여기로 다시 올게요."

"최대한 늦게 오세요. 아셨죠?"

"화이팅입니다!"

자신을 배려해 주고 남자답게 자신의 마음을 잘 표현하는 민우가 마음에 든 지아는 얼굴 앞으로 두 주먹을 불끈 쥐고 그를 응원했다. 그러고는 서둘러 병실 밖으로 향했다.

동생도 꽤 귀엽네.

지아가 나가는 모습을 지켜본 민우는 보호자 의자에 앉아 잠들어 있는 지수를 애정 어린 눈빛으로 쳐다봤다. 그녀가 아픈 것을 보니 마음이 좋지 않았다. 자신이 무리하게 데리고 다녀서 병이 난 건 아닐까 싶어서.

그러다 문득 재준이 자신을 쳐다보던 눈빛이 떠올라 깊게 미간을 좁힌 민우는 정말이지 마음에 들지 않는다며 팔짱을 꼈다.

"으음……. 물……."

지아가 나가고 나서도 한 시간 정도 더 자던 지수는 열 때문에 목이 타는지 무거운 상체를 일으키며 물을 찾았다. 약 기운 덕분인지 눈이 잘 떠지지 않자 그저 그대로 고개를 숙이고 앉았다.

"지수 씨, 여기요."

당연히 민우가 갔을 거라고 생각했던 지수는 남자의 목소리가 들려오자 순식간에 눈이 떠졌다. 자신을 향해 종이컵을 내민 민우를 보자 자신도 모르게 깊게 한숨을 내쉬었다.

"몸 안 좋아요? 얼마나 아프면 한숨을 다 내쉬어요?"

걱정스러움으로 자신의 이곳저곳을 살펴보는 민우를 지수는 이럴 때 보면 참 눈치 없는 남자라고 생각했다.

"왜 안 갔어요?"

지수의 잠긴 목소리가 갈라지듯 흘러나왔다. 자신이 곁에 있다면 좋아할 줄 알았던 민우는 지수의 차가운 반응에 가슴이 뭔가 쿡 하고 찌른 듯 아파 왔다. 하지만 그것은 잠시뿐이었고 그저 부드러운 미소를 지으며 종이컵을 손에 들려 주었다.

"어서 물 마셔요."

"아, 고마워요."

갈증을 심하게 느꼈던 만큼 민우가 물을 건네자 단숨에 들이 켰다. 차가운 물이 입안을 적시자 딱 살 것 같다는 느낌이 들었다. 정신도 맑아졌다.

"살 것 같죠?"

자신의 마음을 읽은 듯한 민우의 말에 놀란 지수는 두 눈을 끔뻑였다. 그런 그녀가 민우의 눈에는 왜 이렇게 귀엽게만 보이는 것인지 미소가 지어졌다.

"표정에 다 보여요? 내가 지금 어떤 상태인지?"

"네. 제 눈엔 다 보여요."

"그럼 지금 저는 어떤 생각을 하고 있을까요?"

"음…… 백민우 너무 멋있다?"

차라리 재준 씨가 있었더라면…….

생각한 말을 입 밖으로 꺼내지 못하고 정말 못 말린다는 표정을 지은 지수는 잠시 화장실이라도 간 줄 알았던 지아가 아직도 병실에 들어오지 않자 주변을 살폈다.

"누구 찾아요?"

"동생이요. 어디 갔어요?"

"딸 데리러 갔어요. 갑자기 어머님께서 여행을 가셨다면서."

에효, 지수는 크게 한숨을 내쉬었다. 안 듣고 안 봐도 뻔했다. 제 앞에 있는 남자가 분명히 자신이 여기 있겠다며 지아에게 인

261

심 쓰는 척했겠지. 주변인을 포섭하는 뛰어난 지략을 가진 남자임이 틀림없었다.

"병원으로 다시 오긴 온다고 했죠?"

"네. 아주 늦게 올 거예요."

"민우 씨가 그러라고 했어요?"

"아니요."

"아니긴 뭐가 아니에요. 표정이 딱 그런데."

지수는 도대체 이 남자를 어떻게 해야 돌려보낼 수 있을까 궁리를 하기 시작했다. 몸이 아프니 누군가 옆에 있는 것이 불편했다. 특히 이 기회에 자신을 어떻게 해 보려고 하는 불순한 의도를 가진 남자와 한 공간에 있는 것은 더더욱 불편했다.

하지만 민우는 지수의 그런 시선에 아랑곳하지 않고 재킷을 벗어 옷걸이에 걸었다.

"왜 옷을 벗고 그래요. 안 갈 사람처럼."

"안 갈 건데? 지수 씨가 원하면 여기서 먹고 자고 할게요."

"아, 일 안 해요? 회사 대표가 여기서 놀고 있으면 어떡해요?"

"회사보다 지수 씨랑 있는 게 더 좋아요. 난."

더 이상 말을 해 봤자 말꼬리 잡기밖에 안 되겠다 싶었던 지수는 주변을 둘러보며 휴대폰을 찾아 전화를 걸었다.

"너 어디야?"

지수의 전화를 받은 지아는 하나의 손을 잡고 서둘러 병원으로 향했다. 민우의 말대로 느긋하게 있다 병원으로 가려고 했으나 살벌함이 담긴 지수의 목소리에 발걸음을 재촉했다.

민우 씨가 뭘 잘못했나?

그러고 보니 처음 그들이 병실에 왔을 때부터 지수가 민우에게 대하는 것과 재준에게 대하는 것이 틀렸다. 지아는 아까 전부터 느낀 거였지만 민우가 가져온 음식 때문에 눈이 뒤집혀 모르는 척했던 것뿐이었다. 그리고 자신의 형부로는 민우가 더 좋을 것 같은 사심을 가졌다.

"이모님!"

병실 안으로 먼저 들어간 하나는 지수를 보자 큰 소리로 부르며 뛰어갔다.

하나의 목소리가 들리자 자신과 있을 때와는 다르게 환하게 웃으며 조카를 쳐다보는 지수의 얼굴을 보자 민우는 마음이 씁쓸해졌다.

"에고고, 우리 하나 왔어요?"

"이모님, 어디가 편찮으세요?"

"이모 괜찮아. 엄마는?"

지수는 하나의 뒤를 따라 들어오는 지아를 한 번 쏘아본 후 다시 부드러운 표정으로 하나를 쳐다봤다. 하나는 자신을 향해 미소 짓고 있는 민우를 냉랭한 표정으로 쳐다보고 있었다.

"하나야, 어른을 봤으면 인사를 해야지."

"안녕하세요."

쭈뼛거리며 인사하던 하나에게 민우는 한쪽 무릎을 꿇고 눈을 맞추며 더욱더 환하게 미소 지어 보였다.

"안녕? 이름이 뭐니?"

"박하나입니다."

"예쁘게 생겼네."

하나는 민우가 머리를 쓰다듬으려고 하자 한 발자국 뒤로 물러섰다.

"엄마가 혼자 있을 때 모르는 사람이 만지려고 하면 소리 지르라고 했는데, 혼자가 아니니 소리를 지르지 않겠다고요."

하나의 말에 당황한 민우는 몸을 일으켜 세우며 멋쩍게 미소를 지었다. 지수는 엉뚱한 조카 덕분에 웃음이 터져 버렸다. 아무리 생각해도 하나는 영재가 아닌가 싶었다. 가르쳐 준 대로 어쩜 저렇게 잘하는지.

"하나가 꽤 영리하네요. 너무 귀여워요."

자꾸만 민우가 자신을 향해 웃자 하나의 표정은 새침해졌다. 그러고는 지수의 팔을 잡아당겨 그녀의 귀에 대고 속삭였다. 하나의 말을 들은 지수는 어깨를 들썩거리며 혼자서 웃기 시작했다.

"언니 왜 그래?"

"아놔! 내가 하나 때문에 미치겠다."

"도대체 뭐라고 했는데?"

"저 아저씨 아무 여자한테나 웃어 주냐고. 바람둥이 같대."

아이가 한 말일 뿐인데 또다시 당황한 민우는 하나와 지수를 번갈아 가며 쳐다봤다. 아이의 눈에도 자신이 바람둥이같이 보이는 것인가. 그저 미소를 지었을 뿐인데, 뭔가 억울했다.

"민우 씨, 있어 줘서 고마워요. 동생 왔으니까……"

간신히 웃음을 멈춘 지수는 말끝을 흐렸다. 이상하게 자신의 입으로 그만 가라고 말하기가 조금은 미안했다. 민우의 시커먼 속내가 보였지만 그래도 아프다는 말에 시간 내서 와 준 사람이란 생각 때문이었다. 민우는 그런 그녀를 보며 알겠다는 듯 옷걸이에 걸린 재킷을 빼내 들었다.

"이제 저의 역할은 여기서 끝난 거 같네요. 그럼 전 가 볼게요."

"덕분에 잘 다녀왔어요. 감사합니다."

지아는 고개를 숙이며 인사했다.

"감사하긴요. 그럼 가 볼게요. 지수 씨 푹 쉬어요. 하나도 안녕."

"조심해서 가세요."

끝까지 지수에게 따뜻한 시선과 미소를 보내며 민우는 떨어지지 않는 발을 뗐다. 자신의 매력을 발산해서 지수를 사로잡으려고 했던 계획은 왠지 실패한 것 같았다. 더구나 재준을 막상 만나니 마음까지 초조해지는 것 같아 기분이 좋지 못했다.

어떻게 해야 딱 그녀의 마음을 가질 수 있지?

차에 올라탄 민우는 생각이 깊어지는지 한참 동안 시동조차 걸지 않고 생각에 빠져 있었다.

밤 10시. 겨울처럼 진한 어두움을 가지진 않았지만, 그래도 밤은 밤이었다. 그 덕분에 병실 복도도 병실 안도 온통 어두웠다. 모든 일정을 마친 재준은 오전에 잠깐 봤던 지수의 모습이 하루 종일 지워지지 않아 다시 병원을 찾았다.

특히, 민우의 그 자신만만하던 모습이 신경 쓰이게 했다. 그로 인해 봉인시켜 놓았던 마음이 풀어져 버린 듯 재준은 더 늦기 전에 서둘러 지수에게 향한 것이다.

재준이 소리 나지 않게 문을 열고, 조용히 지수의 병실 안으로 들어갔다. 침대로 향하자 은은하게 낮춰진 스탠드 조명 덕에 지수의 잠들어 있는 모습이 보였다. 재준은 숨을 멈춘 듯 그 무엇도 하지 않고 그녀만을 바라보았다.

"으음……."

지수는 침대가 불편한지 몸을 뒤척였다. 그 움직임에 재준은 흠칫 놀랐지만 이내 바로 잠든 그녀를 보자 입꼬리 끝에 미소가 걸렸다.

한지수 씨. 내 마음이 말이야, 자꾸만 당신을 보면 이상해. 부정하고 싶어. 그런데 자꾸만 당신이 보고 싶은 건…… 당신을 좋아하게 된 걸까? 나 당신을 좋아해도 되는 걸까?

재준은 지수를 그윽한 눈빛으로 바라보았다. 그녀를 보고 있으니 마음이 편해졌다. 아무 말도 하지 않고 한 공간에 같이 있다는 것뿐인데 설레었다. 재준은 손을 뻗어 이마에 붙은 머리카락을 떼 내어 주었다.

"한지수."

나지막하게 지수의 이름을 부른 재준은 곧 침대 난간에 손을 짚고 허리를 숙여 그녀의 이마에 살짝 입을 맞췄다.

그러고 고개를 살짝 들어 그녀의 얼굴을 지그시 쳐다보던 재준의 눈빛이 흔들렸다. 그는 다시 고개를 숙여 지수의 입술을 훔쳤다. 입술과 입술이 맞닿자 재준의 숨결이 뜨거워졌다. 심장의 뛰는 것이 귓가에도 울리는 것처럼 세차게 뛰어 댔다.

"음……."

지수가 몸을 뒤척이자 재준은 재빨리 입술을 떼어 냈다. 그녀는 재준의 입술이 닿았던 자신의 입술을 손으로 문지르더니 볼을 긁었다. 무의식중에 뭔가 닿는 느낌이 들었던 모양이다.

재준은 병실 안에 계속 있을 자신이 없었다. 심장이 뛰고 얼굴이 달아올랐다. 점점 이성을 넘어 행동하게 만드는 마음이 이제는 입술을 넘어 더한 것도 훔치라고 마음을 조종하는 것 같았다.

탁!

몸을 돌려 나가려던 재준은 뒤에 있던 보호자용 의자에 발이 걸려 몸의 중심이 흔들렸다. 넘어질 위기는 넘겼지만, 정적을 깨는 소리에 지수가 일어나지 않을까 하는 불안한 시선이 지수에게로 향했다.

"후우."

꿈쩍도 하지 않고 자는 지수의 모습을 보자 안도의 한숨을 내쉬었다. 재준은 최대한 조용하고 빠르게 병실을 빠져나갔다. 타악, 최대한 문이 닫히는 소리가 들리지 않게 문을 닫고 그는 서둘러 주차장으로 향했다. 차에 올라타기 전까지 얼마나 심장이 뛰어 대던지 멀미가 날 지경이었다.

운전대를 잡았던 지수의 모습이 떠오르자 흐뭇한 미소가 지어졌다.

'괜찮아, 사랑해도.'

강의 말이 떠올랐다.

괜찮을까? 사랑해도…….

재준은 미소를 머금고 차에 시동을 걸었다.

강은 지민이 찾아오기 전까지 퇴근할 준비에 정신이 없었다. 자신에게 구박 아닌 구박을 받으면서도 밝은 미소를 지으며 찾아오던 지민이었지만, 오늘은 낯빛이 좋지 못했다.

"친구, 술 한잔 사 줘."

"웃겨. 나보다 돈 잘 버는 네가 사 드셔."

"에이, 이러지 말고요."

자신의 팔짱을 끼며 어색하게 웃는 지민의 얼굴을 쏘아보던 강은 어쩔 수 없다는 듯 한숨을 내쉬었다.

"내가 이 계집애 때문에 못 살아, 정말!"

팔을 뿌리치며 옷매무새를 정리하는 강에게 지민은 그의 엉덩이를 두들겼다.

"우쭈쭈쭈, 아이고 예뻐라!"

"이게, 진짜! 어디 외간 남자의 엉덩이를 만지고 지랄이야!"

지민은 강의 반응에 그제야 유쾌하게 미소를 지었다. 강은 불쾌하다는 듯 엉덩이를 툭툭 털었지만 그래도 기분 나빠 보이지는 않았다.

그들은 강의 헤어숍 주변에 있는 일본식 선술집으로 들어갔다. 작은 규모지만 사람들이 많았다. 사람들은 많았지만 떠드는 소리가 시끄럽게 들리지 않아 지민은 마음에 드는 듯 한쪽 구석 자리에 앉았다.

"무슨 일인데 술을 사 달라는 거야?"

못마땅한 듯 자신을 쳐다보는 강의 얼굴을 지민은 무심한 표정으로 쳐다보았다.

"들었지?"

"뭘?"

지민의 물음에 모르는 척 대답하는 강이었다.

"재준이한테 못 들었어?"

"그러니까 뭘?"

태연하게 되물었다. 강은 지민의 마음을 재준에게 들었지만 그때 자신이 어떤 생각을 했는지 섣불리 내비칠 수 없었다. 지민이 어떤 이야기를 하러 온 것인지 알지 못했으므로.

"으흠……. 말 안 했을 리가 없는데?"

"뭔데 그래?"

"걔랑 나……."

지민이 말끝을 흐리자 강은 그녀를 조용히 응시했다.

"어쩌면 말이야……."

"빨리 말해. 이러다 숨넘어가겠네."

"결혼할지도 몰라."

"뭐?"

재준에게서 이미 들었던 말이었지만 지민을 통해 듣자니 기분이 이상했다.

"재준이네 집안에서 나랑 재준이랑 선을 추진했어. 저번에 재준이 만나서 이야기했는데, 냉정하게 거절하더라."

"그래서?"

"난 진지하게 생각해 보자고 했지. 그 아이…… 좋아하니까."

지민은 컵에 물을 따라 마셨다. 한 컵을 다 마신 후 시원하다는 표정으로 강을 쳐다보았다.

"내 생각을 듣고 싶은 거라면 욕밖에 해 줄 것이 없는데?"

강은 톡 쏘듯이 말했다. 그의 말을 들은 지민은 큭큭거리며 웃어 댔다. 그녀가 웃는 동안 선술집의 직원이 다가와 주문을 받아 갔다. 주문을 마친 강은 팔짱을 끼며 지민을 점점 더 못마땅하다는 표정으로 쳐다보았다.

"네 생각 물어보러 온 것이 아니야. 내가 너한테 물어보고 싶은 건 따로 있어."

지민은 웃음을 멈추고 말했다. 물어보고 싶은 것이 따로 있다라는 말에 강의 한쪽 눈썹이 치켜 올라갔다.

"뭔데?"

"술 한잔 마시고."

직원이 주문한 것들을 가지고 오자 지민은 말을 멈추었다. 그 잠깐 동안 그녀의 표정은 뭔가 많이 복잡해 보였다. 강은 술잔에 술을 따르고 술이 담긴 잔 하나를 지민에게 내밀자, 그녀는 망설임 없이 잔을 들어 입에 털어 넣었다.

"죽인다!"

지민은 비어진 잔에 술을 다시 따랐다. 그녀의 모습을 보던 강도 자신의 술잔을 비웠다.

"친구, 말해 줘."

"뭘?"

"내가 모르는, 재준이 오랫동안 가지고 있었던 상처."

그녀의 말에 강의 눈빛이 흔들렸다. 장난스러운 모습은 온데

간데없었다. 그녀는 이 순간만큼은 진지했고 그의 솔직한 대답을 듣기 원하는 것 같았다.

"알아서 뭐하게?"

"알아야 그 아이 마음을 이해하지."

"이해?"

"그래. 이해. 자꾸만 아니라고 하는데, 내가 모르는 아픔이 있다고 하는데 내가 알 수 없으니 도저히 재준이 마음을 이해할 수 없어. 넌 참 빨리도 물어본다 싶겠지만……. 그래…… 참 빨리도 물어보는구나……."

지민은 고개를 떨구었다. 하지만 이내 아무렇지 않은 척 고개를 들어 강의 빈 술잔에 술을 따랐다.

"말해 줘. 그래야 내가 무슨 판단이든 할 수 있을 것 같아."

그녀의 진심이 담긴 말투에 강은 어차피 알아야 할 것이라면 말해 줘야겠다고 생각했다. 그래야 지민과 재준의 인연이 얽히지 않도록 할 수 있을 테니까.

★

"아이고, 머리야."

강은 어제 지민과 마신 술로 머리가 지끈거리며 아팠다. 몸을 흐느적거리며 거실로 나가자 재준은 소파에 앉아 커피를 마시고 있었다.

"안 나갔어?"

갈라지며 나오는 목소리로 그가 어제 얼마나 과음했는지 알

수 있을 정도였다.

"누구랑 마신 거야?"

재준이 자신의 옆에 앉은 강을 힐끔 쳐다보며 말하자 그는 몸을 소파에 기댄 채 고개를 뒤로 젖혔다.

"지민이랑."

"웬일이야?"

"찾아왔어. 묻고 싶은 것이 있다고."

강은 시선을 재준에게 향했다. 뭔가 기분 좋은 일이 있는 것처럼 혼자 실실 웃는 재준을 보고 눈치 빠른 강은 그의 어깨를 지그시 만졌다.

"좋은 일 있냐?"

"좋은 일은 무슨."

"네가 혼자서 실실 쪼개고 있는데 좋은 일이 아니면 뭐냐? 말 안 해?"

강은 갑자기 재준의 머리를 팔로 감싸며 헤드록을 걸었다.

"안 놔?"

"말해 줄 때까지 안 놔."

"술 냄새 장난 아냐. 빨리 놔라."

"그러니까 말하라고."

재준은 자신이 지수의 병실을 찾아가 자고 있는 그녀의 입술에 입맞춤을 하고 도망치고 나왔다는 말을 죽어도 할 수 없었다. 생각만 해도 심장이 뛰며 얼굴이 달아올랐다.

"진짜 아무 일도 없어. 좋은 일 생겼는데 너한테 말 안 하겠냐?"

재준의 말에 강은 의심쩍었지만 증거가 없는 관계로 취조를 그만해야 했다. 강의 헤드록에서 벗어난 재준은 얼굴이 발갛게 상기되어 자리에서 일어났다.

"강아, 할 말 있어."

"뭔데?"

"한 몇 달 외국으로 강의를 갈 것 같아."

"외국?"

"응. 얼마 전에 제의받은 일이 있어. 생각 중이기는 하지만, 긍정적으로 생각하고 있어."

"네 표정 보니까 결정한 것 같은데, 뭘."

강은 섭섭하다는 표정으로 재준을 쳐다보았다. 그런 강을 재준은 다가와 어깨를 두드리며 미소를 지었다.

"친구. 섭섭해?"

"됐어."

잔뜩 토라진 표정으로 재준의 시선을 외면하며 욕실로 들어간 강은 그에게 말하지는 않았지만 마음이 쓸쓸해지는 기분이었다.

"병식아, 빨리 씻고 나와라. 오늘 데이트해 줄게."

"내가 본명 부르지 말랬지? 내 외모에 그런 촌스러운 이름이 어디 가당키나 하니?"

"난 네 본명이 좋아. 인간적이잖아. 병식아."

"이게 진짜!"

화가 난 듯 문을 쿵 소리 나게 닫고 욕실로 들어간 강은 그냥 친구일 뿐인 자신의 마음을 헤아려 주는 재준에게 고마웠다.

자신의 본명을 부르는 사람도 재준뿐이었고, 동성애자인 자신을 그대로 봐 주는 사람도 재준뿐이었다. 그의 입꼬리가 어느새 호선을 그리며 위로 향해 있었고 콧노래를 흥얼거리기 시작했다.

멀끔하게 차려입은 재준과 강은 주차장으로 향했다. 귀여운 매력을 가진 강과 아름다운 외모의 재준이 승강기에서 내리자 그 앞에서 기다리고 있던 여자들이 숨죽인 비명을 질렀다. 탄성 소리에 강은 미소를 지었다.

"고등학교 때 생각난다."

"무슨 생각?"

"우리 둘이 여고 앞에 지나가면 난리 났던 거 생각 안 나?"

"그땐 그랬지."

"아까 여자들이 핫하다고 하는 말 못 들었어? 우리 아직 쓸 만한가 봐?"

"그러니까 빨리 애인이나 만들어. 오늘 땡땡이 오케이?"

"너 자꾸 그러면 나 설렌다."

볼멘소리로 대답하며 재준의 차에 오른 강은 시트를 뒤로 눕혔다.

"나 아직 술 안 깼어. 좀 누워 가자."

"그런데 지민이가 뭘 물었는데?"

그의 질문에 강은 일순간 표정이 굳어졌다. 아무래도 이야기 하는 것이 좋겠지. 강은 시선을 다른 곳으로 돌리며 입을 열었 다.

"자신이 모르는 네 상처…… 궁금해하더라."

"……"

"그래서 말해 줬어. 네가 왜 마음을 열 수 없는지."

재준은 아무 말도 하지 않았다. 어차피 알게 될 거라고 생각했지만, 단지 시점이 좋지 못한 것 같았다.

"그래서 지민이는 뭐래?"

"다 설명해 준 후로는 그냥 둘이서 주구장창 술만 마셨어. 네가 그때 그걸 본 걸 모르고 있었으니 좀 충격인 것 같긴 했어. 아주 오래전 일이지만 너 상처 많이 받았었잖아."

"어쩌면 말이야……. 그 모든 것이 지민의 탓이라고 핑계 대고 있었던 걸지도 몰라. 오래전부터 생각했었는데 부정하고 싶었지. 처음부터 다 내 잘못이었는데 말이야."

"뭐가 또 네 잘못이라는 거야?"

재준은 마음이 무거웠다. 자신의 마음을 스스로 닫아 버린 이유를 남자답지 못하게 그녀 탓으로 돌리고 있었는지 모른다는 생각에 지민에게 미안해졌다.

"강아, 내가 말이야. 네가 말했던 것처럼 사랑해도 괜찮을까?"

강은 몸을 일으켜 세웠다. 거실에서 보았던 재준의 표정이 수상쩍다 싶더니 자신의 감이 틀리지 않았음에 그는 환하게 웃었다.

"너 이 새끼! 그럴 줄 알았어. 그 사람이지?"

"응. 그 사람."

재준의 미소는 한없이 행복했다.

★

답답했던 깁스도 풀고 염증이 생겼던 상처 부위가 많이 좋아진 지수는 한결 몸이 가벼웠다. 민우와 재준이 마주쳤던 그날, 메시지로 퇴원할 때까지 한 번이라도 병원에 온다면 다시는 보지 않겠다는 통보를 한 그녀는 퇴원을 하루 앞둔 오늘까지 그들의 모습이 보지 않으니 살 맛이 났다.

지수는 재준이 밤에 다녀간 것도 모른 채 갑자기 혼란스러웠던 자신의 생활이 평화를 되찾은 거 같아 아주 만족스러웠다.

"작가님!"

지수의 눈치를 살피며 정 실장이 병실 안으로 들어오자 지수는 그녀를 노려보았다.

"아주 빨리도 오시네요."

"하하하…… 죄송해요. 서운하셨죠?"

"서운하긴요. 다음부터 같이 일 안 하면 되죠."

지수의 차가운 말에 정 실장은 정색하며 그녀의 손을 잡았다.

"우리 작가님이 왜 그러신대요. 이러지 마세요."

"뭐, 신경 안 써 주면 다른 곳하고 일하면 되죠. 안 그래요?"

"누가 신경을 안 쓴다고 그래요. 작가님 이번에 나올 책 잘 만들어 가지고 온 사람에게……."

그녀는 지수에게 자신의 가방에서 책 한 권을 내밀었다. 지금 그녀가 쓰고 있는 작품 이전에 먼저 보내 놓았던 원고가 출간된 것이다.

"제 새끼 세상에 나온 날도 안 알려 주시고……. 좀 문제가 있네요."

"아잉, 작가니임!"

"안 어울리게 애교는."

지수는 고개를 휙 하니 돌려 버렸다.

"한지수!"

정 실장과 만담 같은 대화를 나누고 있는데 자신의 이름을 부르는 호랑이 같은 소리에 지수는 순간 몸이 굳었다. 갑작스런 여행으로 지수에게 한 번도 오지 못했던 영희가 공항에서 내리자마자 병원으로 달려온 것이다.

"이년이, 남자를 데려오라니까 입원을 해? 나잇살이나 처먹은 년이 몸 관리도 하나 못 하고!"

걷는 걸음걸음마다 살기를 가득 내뿜으며 병실로 들어오는 영희의 모습에 정 실장은 침대 가장자리로 뒷걸음질 쳤다.

"어머니 안녕하셨어요?"

"어, 정 실장. 오래간만이네요. 그런데 내가 지금 애랑 할 이야기가 있어서."

"네, 그럼 말씀 나누세요. 전 지금 가려고 했답니다."

지수는 어색하게 웃으며 병실 밖으로 향하는 정 실장을 노려보았다.

"그래서 내일 퇴원한다고?"

"확……실하지는 않아."

"거짓말하지 마."

"거짓말은 무슨 거짓말을 한다고 그래."

지수의 말에 영희는 보호자용 의자에 앉으며 팔짱을 꼈다.

"남자 데려와. 지금 당장."

"아니, 엄마. 딸이 입원을 했으면 괜찮냐고 물어보는 게 먼저 아니야? 엄마 계모야?"

"널 시집보낼 수 있으면 계모보다 더한 것도 할 수 있어."

"아하하하하."

지수는 어색하게 웃으며 시선을 아래로 향했다. 도대체가 안이나 밖이나 마음 편하게 있을 수가 없었다.

"이 계집애야, 내가 누누이 말했지만 너 올해 서른인 거 알아 몰라?"

"알아……."

"그러니까 내일 퇴원하고 바로 데리고 와. 그때 약속했잖아."

"엄마…… 사실은……."

지수는 말끝을 흐렸다. 일이 코앞에 닥치자 어쩔 수 없이 남자가 없음을 고백하려는 지수의 심장은 미친 듯이 뛰어 댔다. 아무래도 고백하고 나면 내일 퇴원은커녕 관을 짜서 들어가야 할지도 몰랐다.

"뭔데 뜸을 들여?"

"아, 아니야."

용기가 없었다. 차라리 퇴원하고 바로 해외로 떠나는 것이 목숨을 부지하기에 딱 좋은 방법이라고 생각한 지수는 입을 다물었다.

"너! 아무튼 퇴원하고 보자."

영희는 차가운 바람을 휘날리며 병실에서 나갔다. 그녀가 나가고 나니 지수는 한숨을 내쉬었다.

"도대체가 왜 자꾸 시집을 못 보내서 난리냐고요. 한국을 떠나고 싶다 정말."

지수는 자신이 생각했던 원초적인 생각이 다시 떠올랐다. 단순한 생각이 가장 좋은 방법 아니던가.

퇴원하고 나면 저 멀리 떠나고 말 테다!

재준과 한 계약 따위 잊고, 그에게 세차게 흔들려 혼자서 고생한 마음을 싸 들고, 혼자서 계속해서 들이대 피곤하게 하는 민우를 떼어 내기 위해 잠시 떠나야겠다고 결심을 굳힌 그녀는 사악한 미소가 지어졌다.

침대에서 내려와 병실 밖으로 향했다. 깁스를 푼 발을 붕대로 감아 놨지만 발에 날개가 달린 듯 걷는 것이 한결 수월했다.

입원해 있는 동안 병실 밖으로 나간 적 없던 지수는 병원 투어를 해 볼 생각이었다. 병원이라고 해 봤자 볼 것이 많지는 않겠지만 병실 안에 있는 것보다 나을 거라고 생각한 그녀였다.

병실에서 나온 그녀는 다리를 조금 쩔뚝이기는 했지만 누구의 도움 없이도 걷는 것에 아무런 지장이 없었다. 그동안 자신을 부축해 줬던 재준이 갑자기 왜 이렇게 생각나는 것인지. 쓸데없는 생각에 고개를 절레절레 흔들었다.

해외도피 계획은 어차피 망상이라는 걸 알기에 약혼자 노릇만 끝나면 마음을 정리할 때까지 재준을 만나지 않으리라고 다짐한 지수는 병원에 마련되어 있는 정원으로 향했다.

덜커덕.

자판기에서 캔 음료를 하나 뽑아 들고 그늘진 벤치에 앉았다. 건물 10층에 마련된 곳이라서 그런지 병원 밖의 세상이 한눈에 보였다. 선선한 바람이 불어왔다. 간만의 바깥바람이라 그런지 기분이 상쾌했다. 도심 속의 바람이었지만 말이다.

"이제 퇴원만 하면 되네. 으아아!"

기지개를 쭉 펴던 지수는 그대로 벤치에 누워 버렸다. 그늘도 있겠다, 바람도 선선하게 불겠다, 다행히 사람들이 많이 없었기에 눈치 보지 않고 드러누울 수 있었다.

"오지 말란다고 진짜 안 오냐?"

오지 말라고 엄포를 놔서 민우의 모습을 보지 않은 것은 좋은데, 재준에게는 살짝 서운한 감정이 들었다. 지수가 느낀 재준은 성격대로라면 안 오는 것이 맞지만 말이다. 사람의 마음이 이렇게 갈대 같으니 재준에 대한 마음을 깨끗하게 정리할 수 있을지 의문이었다.

핸드폰을 들어 화면을 켜자 기다렸다는 듯이 전화가 왔다. 비록 기다리는 사람이 건 것은 아니었지만 말이다.

"여보세요."

— 지수 씨! 목소리 들으니 이제 살 것 같네요!

"뭐가요."

— 그동안 보고 싶기도 하고 목소리 듣고 싶기도 했는데 제가 너무 바빴거든요. 출장 다녀왔어요.

아, 어쩐지. 오지 말란다고 안 올 사람이 아니라고 생각했었는데 왜 이렇게 말을 잘 들은 것일까 했던 의문이 풀렸다. 하지만 덕분에 편하게 쉴 수 있었다는 사실을 말하고 싶었지만 그러지 않기로 했다.

"아, 네."

— 내일 퇴원한다죠?

"어떻게 알았어요?"

― 지수 씨에 관한 건 다 알지요. 그런데 또 출장이 있어서 못 갈 것 같아요. 보고 싶어도 며칠만 참아 줄래요?

여전히 느끼한 말을 하는 민우의 말에 지수는 피식, 웃음이 새어 나왔다. 자신의 상대로는 별로지만 어쨌든 민우라는 남자는 유쾌한 사람임이 분명했기에 말이다.

"잘 다녀오세요."

― 에이. 그 말뿐이에요?

"그럼 무슨 말을 더 해요?"

― 보고 싶을거예요라든지, 아니면 좋아해요라든지.

"됐고! 전화 끊어요."

지수는 서둘러 전화를 끊고 팔을 들어 뒷목을 받쳤다. 군데군데 구름들이 널려 있었고 하늘은 푸르렀다. 지금 느껴지는 기분은 여유롭다는 표현으로 모자랐다.

너무 조―오―타!

한가롭기만 한 오후가 되어 가는 시간. 이런 시간이 영원히 끝나지 않았으면 하는 생각이 들었다.

"할머님, 여기 앉으세요."

지수는 낯설지 않은 남자의 목소리에 귀를 기울였다. 낮은 톤의 듣기 좋은 목소리. 자신의 생각이 틀리지 않는다면 분명 재준의 목소리였다.

"재준아, 너도 어서 앉아 봐. 이 할머니가 할 말이 있어."

"예, 할머니."

"너도 느끼고 있을 테지만 할아버지가 살아갈 수 있는 날이 얼마 남지 않았어."

"알고 있습니다."

남의 말을 엿듣는 것을 좋아하지 않지만 지수는 일어날 수 없었다. 일어날 타이밍을 놓쳐 버린 것만 같아 숨을 죽이고 그대로 누워 있을 수밖에 없었다. 혹시나 재준이 자신을 발견한다면 매우 민망한 상황이 벌어질지도 몰랐지만 말이다.

"음…… 너에 대해서 아주 망측한 소문을 들어서 말이다."

"망측한 소문이요?"

지수는 망측한 소문이라는 것이 아마 재준이 동성애자라는 걸 거라는 생각을 했다. 그 소문을 들은 할머니는 얼마나 놀라셨을까, 지수는 남의 걱정을 하기 시작했다.

"입에 담기도 힘들구나."

"무슨 소문을 들으셨기에 그러세요?"

멍충이! 그걸 몰라?

지수는 자신이 대신 말해 주고 싶은 욕구가 올라왔지만 두 손으로 입을 막아 버렸다.

"저…… 재준아."

"괜찮으니까 어서 말씀해 보세요. 그래야 제가 알죠."

"네가 동성애자라고 하는데…… 그 말이 사실인 게야?"

"……."

지수는 이미 알고 있었지만 재준이 대답하기까지 자신이 왜 이렇게 긴장이 되는지 마른침을 삼켰다. 생각해 보니 자신도 재준의 입으로 직접 그 사실을 들은 적이 없었던 것 같았다.

굳이 확인시켜 줄 필요가 없었던 거겠지.

하지만 할머니께 그것을 인정한다면 충격받으실 것이 뻔했다.

그러므로 재준은 아니라고, 약혼한 사람도 있다고 둘러댈 것이라고 지수는 생각했다.

"할머니, 어디서 그런 말 들으셨어요?"

"암암리에 떠돌아다닌다더구나. 네가 그렇다는 사실이……."

"그래서 우리 할머니 많이 놀라셨구나. 할머니, 걱정 마세요. 저 여자 좋아해요."

그럴 줄 알았어.

그는 거짓으로 대답했지만 지수는 이해할 수 있었다.

"저, 정말인 게지?"

"그럼요. 그 소문이 난 건, 아마 친구 때문일 거예요. 친구가 동성애자거든요. 그 친구 때문에 많이 오해해요. 그리고 사람들이 오해해도 그냥 놔둔 건 제가 편해서 그런 거예요."

그럴듯하게 변명한다고 생각하던 지수의 심장이 세차게 요동치기 시작했다.

친구 때문에 오해한다고?

재준을 처음 만났던 날, 재준의 작업실로 들어가던 강의 모습이 떠오르자 지수는 두 눈을 질끈 감았다.

"여자들이 치근덕대는 것도 싫었고, 누군가에게 마음을 준다는 것도 무서웠어요. 소중한 사람을 지키지도 못한 저에게 누군가를 좋아하거나 사랑한다는 마음은 사치니까요."

"재준아……. 너 네 어미가 죽고 나서 그렇게 자신을 옭아매며 살았던 게야? 그런 게야?"

머릿속이 어지러울 정도로 복잡했다. 분명 할머니께 둘러대는 말일 텐데, 왜 그 말이 진심처럼 들려오는 것일까.

"할머니, 바보같이 들리시겠지만 어머니를 지키지 못한 그 일이 아직도 제 마음에 남아 있어요. 그런데, 어느 날 어떤 여자가 그 얼어붙은 마음속으로 들어와서 하나씩 깨부수고 있다는 것이 느껴져요."

"좋아하는 게야?"

"이제야 깨달았지만 그 사람 정말 많이 좋아해요. 그런데 그녀도 저를 동성애자라고 오해하고 있어요. 어떻게 고백해야 할지 고민이 되네요."

재준의 말이 심장을 타고 들어와 온몸을 감쌌다. 심장은 미친 듯이 뛰어 대고 이성은 마비되어 생각할 수 있는 기관이 멈춰 섰다.

"뭐 하는 사람인데?"

"소설가예요. 이름은 한지수."

한. 지. 수.

자신의 이름이 또박또박 재준의 입에서 흘러나오자 지수는 멍하게 자리에서 일어났다. 부스스한 머리를 손으로 빗어 내리고 몸을 돌렸다.

"지수 씨?"

나직하게 제 마음을 털어놓던 재준은 너무 놀라 입이 다물어지지 않았다. '왜 거기에서 일어나요?' 이런 질문은 하지 않았다. 그저 '제 말을 다 들었어요?' 라는 말이 혀끝에서 맴돌았을 뿐.

"할머님 안녕하세요?"

그 와중에 지수는 전 여사에게 공손히 인사를 한 후 재준을 아무런 표정 없이 쳐다봤다. 그러고는 그대로 자신의 병실로 향했다.

"지, 지수 씨!"

불러도 반응 없이 지수는 재준의 눈앞에서 그렇게 멀어져 갔다. 자신의 시선 끝에서 그녀가 사라지자 마음이 시큰거렸다. 지금 당장 가지 않는다면 또다시 소중한 것을 잃어버릴 것만 같은 느낌이 들었다.

"어서 안 따라가고 뭐 해? 난 볼일이 있어서 이만 일어나야겠다."

전 여사는 환하게 웃으며 재준을 쳐다봤다. 재준은 고개를 끄덕이며 정신없이 지수의 뒤를 쫓았다.

도대체 무슨 말을 들은 거야? 그동안 내가 오해한 거라고?

그동안 감정의 소용돌이에서 힘들어했던 자신이 떠올랐다.

장난해?

"한지수 씨!"

거친 숨을 몰아쉬며 병실로 따라 들어온 재준을 지수는 쳐다보지 않았다. 이상하게 자꾸 눈물이 차올라서 입술을 굳게 다물고 꾸역꾸역 참고 있었다.

"지수 씨……."

따스하게 자신의 이름을 불러 주는 재준의 목소리에 삼키고 있던 눈물이 터져 나올 것만 같아 침대에 올라앉은 지수는 무릎 사이에 고개를 묻었다.

"미안해요. 속이려고 한 건 아니었어요."

"그럼 장난하려고 그런 거……예요?"

"정말 그런 거 아니에요. 나 좀 봐요."

"아, 맞다. 제가 오해한 거죠. 재준 씨 친구를 보고 저 혼자 그런 거죠. 그러니까 사과할 필요는 없겠네요. 제멋대로 오해한 거니까."

지수를 바라보는 재준의 두 눈동자가 애절함을 담은 채 흔들렸다. 아팠다. 상처받은 지수를 보는 자신의 마음이 아팠다.

"제가 동성애자라고 인정한 적은 없지만 지수 씨가 오해하게 만든 것은 정말 미안해요. 처음에는 지수 씨 말대로 친구로 지내고 싶었고, 제가 동성애자가 아니라고 말하면 이렇게 편한 친구 사이로 지낼 수 없을 거라고 생각했고요. 그리고…… 자꾸만 지수 씨를 보면 마음이 흔들리는 것을, 낯설게 느껴지는 감정들과 행동들을 부정해야 했어요. 그런데 지수 씨, 이제는 부정할 수가 없어요. 나 당신을, 아마도 당신이 생각하지 못할 만큼 좋아하는 것 같아요."

"큭, 말도 안 돼."

고개를 든 지수의 눈은 시뻘게져 있었다. 자신도 모르게 어이없는 웃음을 터트린 지수는 생각을 어디서부터 정리해야 할지 알 수 없었다. 그런데 왜 재준의 고해성사가 좋은 것이 아니라 화가 나는 것일까.

"이봐요, 강재준 씨. 지금 제가 그 말을 어떻게 믿어요? 아무리 제가 오해한 거라고는 하지만 이렇게 완벽하게 오해하게 해 놓았으면서."

그렇게 따뜻한 눈빛으로 보지 말아요. 그럼 내가 화를 낼 수가 없잖아.

지수는 숨을 크게 내쉬고 들이마시면서 마음을 진정시켰다. 완전히 바보 같았다. 힘들게 다잡아 놓았던 감정들이 한꺼번에 흐트러지자 현기증이 일어날 정도로 마음이 뒤흔들렸다.

"내가 좋아하는 한지수 씨. 이 말에 정말 제 마음을 담을지 몰랐네요. 처음에는 정말 친구로 좋았어요."

재준은 서서히 지수가 앉아 있는 침대 앞으로 향했다. 그는 단한 번도 지수에게 장난을 치지 않았다. 단지, 자신의 마음을 부정하고 싶었을 뿐이다. 그것이 지수에게 상처가 되었다면 그녀가받은 상처만큼 사랑해 주고 싶었다. 한지수라는 여자를 말이다.

"그러니까 이제 바로잡고 싶어요. 전 한지수라는 친구 말고한지수라는 여자를 보며 좋아하고 있어요."

"그만해요. 간신히 잡은 마음 흐트러트리지 말아요. 이제 바로잡아도 안 되니까 이만 가 줘요. 약혼자 행세는 해 드릴 테니까."

마음에 없는 말을 아프게 내뱉은 지수는 재준과 시선을 마주할 수 없었다. 그의 눈빛을 보면 흔들리지 싶었다. 재준이 나가고 나면 엄청 후회하면서 울지도 모른다는 생각에 벌써부터 눈물이 왈칵 쏟아져 버릴 것만 같았다.

"당신을 보면 미소가 지어지고, 당신을 보면 심장이 뛰고, 당신을 보면 이렇게……."

한순간 뜨겁게 쳐다보던 재준은 두 손으로 지수의 얼굴을 감싸고 그녀의 입술을 끌어당겼다. 도둑질했던 키스가 아닌 지수의마음을 가지기 위한 마음의 표현이었다.

"으읍!"

손으로 재준의 가슴팍을 때렸지만 자신의 얼굴을 감쌌던 재준은 어느새 그녀의 몸을 놓아주지 않겠다는 듯 세게 끌어안았다. 너무나 뜨겁고 달콤한 키스에 지수의 머릿속은 새하얘졌다. 숨막히는 키스가 계속될수록 애써 정리했던 마음들이 쏟아지듯 나와 버려 지수는 재준의 허리에 팔을 두르고 그를 안아 버렸다.

"하아…… 하아……."

재준이 살며시 입술 떼어 지수를 쳐다보자 숨을 몰아쉬던 그녀는 부끄러운 나머지 눈을 마주치지 못했다. 그런 그녀를 보고 입술 끝에 미소를 담은 재준은 머리를 쓰다듬었다.

"오해하도록 만들어서 미안해요. 그래서 이제 당신을 향한 내 마음 안 속이려고……."

"못 믿겠……."

재준은 자신의 품에 안겨 있는 지수의 입술을 다시 한 번 끌어당겼다. 부드럽고 농밀했다. 그의 혀가 지수의 입술을 쓸고 그녀의 입안으로 들어가자 지수는 입술을 살짝 벌려 그를 허락해 주었다.

키스가 점점 짙어질수록 그들은 서로를 놓아주지 않으려는 듯 더 세게 끌어안았다. 서로의 마음을 확인하기까지 너무 많은 시간이 흐른 것은 아닐까 했지만 재준은 아무래도 상관없었다.

뒤늦게라도 지수에 대한 마음을 깨우친 것과 자신의 여자를 놓칠 뻔한 한심한 남자가 되지 않은 것이 다행이었다.

"아하……. 저기…… 재준 씨. 이러다가 병원에서 일 치겠어요."

상기된 표정을 한 지수는 그의 시선을 피했다. 재준은 그런 그녀가 귀여웠는지 머리를 흐트러트리며 쓰다듬었다. 갈 곳을 잃은 지수의 두 손을 가지런히 모아 자신의 무릎 위에 두고 따뜻하게 감싸 잡으며 시선을 마주했다.

"한지수 씨. 고마워요."

"아직 화가 다 풀린 건 아니에요. 그리고 저는 비밀이 많은 사람은 질색이니까 뭔가 있으면 다 말해 줘요. 지금 당장은 아니더라도……."

"알겠어요. 고마워요."

미소를 짓는 재준의 얼굴이 순간 아파 보였다. 그냥 보아도 느낄 수 있을 만큼이어서 지수는 말없이 고개를 끄덕였다. 재준은 그런 그녀를 소중하게 다시 끌어안았다. 그동안 이렇게 하고 싶어서 어떻게 참았을까.

"내가 좋아하는 한지수 씨를 안고 있으니까……."

눈에 호선을 그리며 미소 짓는 재준은 지수를 보며 말끝을 흐렸다.

"안고 있으니까?"

"너무 좋다."

더 세게 지수를 끌어안는 재준의 품에서 꽃향기가 나는 것같이 은은한 향기가 풍겨 왔다. 그 향기가 지수를 유혹하듯 그에게로 끌어당겼다.

자신의 품 안으로 지수가 더 파고들자 재준은 그녀가 사랑스럽다는 듯 등을 토닥였다.

탁!

갑자기 문이 닫히는 소리가 들리자 재준과 지민은 껴안은 상태에서 시선을 문 쪽으로 돌렸다.

"어……엄마!"

지수의 엄마 영희는 재준과 지수의 모습에 흐뭇한 미소를 지으며 그들을 쳐다보고 있었다. 지수는 당황한 나머지 재준의 가슴 쪽을 두 손으로 힘 있게 밀었고, 그게 생각보다 아팠던지 재준은 눈을 살짝 찡그렸다.

"하던 것 마저 해."

"뭘 해?"

영희의 말에 당황한 지수는 두 눈을 크게 뜨며 그녀를 쳐다보았다. 영희는 지수의 시선을 피하며, 자신의 가방이 있는 쪽으로 향했다.

자신의 가방을 집어 든 영희는 재준을 머리부터 발끝까지 아주 자세하게 훑어보았다. 그런 그녀의 부담스러운 시선에 잠시 난감했지만, 곧 재준은 영희에게 다가가 허리를 깊게 숙였다.

"처음 뵙겠습니다. 강재준이라고 합니다."

"아, 난 지수 엄마. 반가워요."

지수는 갑자기 친절한 목소리와 표정을 짓는 영희가 낯설게 느껴졌다.

"엄마, 이렇게 친절하지 않았잖아. 갑자기 왜 그래?"

"아이고, 요년이 미쳤나. 호호호호."

손으로 입을 막고 간드러지게 웃어 대는 영희의 모습을 보자 지수는 등골이 오싹해지는 기분이 들었다.

"어머님, 지수 씨 퇴원하면 빠른 시일 내에 찾아뵙겠습니다."

"오호호호호. 강 서방. 내일이라도 바로 와요."

"악! 엄마, 무슨 강 서방이야?"

지수는 경악했다. 역시 생각한 대로 엄마의 진도는 빨랐다.

"강 서방을 강 서방이라고 하지, 그럼 뭐라고 하니?"

"네, 맞습니다. 어머님."

영희의 속도를 잘 받아 주는 재준을 보자 지수는 재준의 의외의 면을 본 것 같았다. 평소 뻔뻔하기는 했지만 저런 성격이었나 싶었다. 자신이 모르는 재준이 너무 많다.

"서글서글한 것이 내 사위로 딱이네. 호호호호."

"아 쫌! 엄마!"

지수의 정색하는 표정과 말투에 영희는 그녀를 살짝 노려보았다.

"이년아, 내가 얼마나 좋으면 그러니?"

"아무리 좋아도 어떻게 여기서……."

"그럼 너희는 아까 뭐 하고 있었는데?"

지수는 영희에게 덤비다 이기지도 못할 싸움을 걸었다는 것을 느꼈다. 지수와 영희 사이에서 눈치를 보던 재준은 슬그머니 몸을 돌려 영희에게 말했다.

"어머님, 저는 위층에 외조부모님께서 계셔서 이만 가 보겠습니다."

"벌써 가다니 아쉽네. 그럼 어서 가 봐요."

"다음에 뵙겠습니다."

재준은 다시 한 번 허리를 깊게 숙이며 인사한 후 지수를 보며 따뜻한 미소를 지었다. 그 눈빛 속에 '힘을 내요'라는 의미를 담은 것 같아 지수는 환하게 미소를 지어 보였다.

"빨리 가요. 전화할게요."

등을 떠밀듯 재준을 보내고 나니 자신을 음흉하게 쳐다보는 영희의 시선에 지수는 자신도 모르게 몸을 움찔거렸다.

"아, 왜 그렇게 봐?"

"요 엉큼한 년."

영희는 집에 갈 생각도 하지 않는지, 아예 보호자 의자에 앉아 버렸다.

"집에 안 가?"

"온 김에 딸년 간호 좀 해 주려고."

"그냥 가. 간만에 나 혼자 좀 쉬게."

"나쁜 년."

지수를 흘겨보던 영희는 여독이 쌓였는지 하품을 큼지막하게 했다. 그러고는 이내 자리에서 일어났다.

"가야겠다."

"빨리 가."

엄마와 딸 사이는 부부 사이보다 더하다고 했던가. 만나기만 하면 결혼 문제로 티격태격 싸우던 그들은 재준의 등장으로 인해, 화해 모드로 진입한 듯 영희는 나긋나긋한 목소리로 지수에게 말했다.

"어쨌든 강 서방 때문에 엄마는 한숨 놨다. 내일 퇴원하면 빠른 시일 내에 집으로 데리고 와."

"아, 엄마. 그만 좀 하고 가."

지수는 질린다는 듯한 표정이었다. 그런 그녀를 보며 뒤돌아선 영희는 흐뭇한 미소를 지으며 병실 밖으로 향했다.

재준은 외조부의 병실로 서둘러 찾아갔다. 지수의 병실에서 생각지도 못한 복병의 등장으로 당황했던 그는 마음을 가다듬었다.

똑똑!

조용하게 문이 열리자 지난번에 봤던 비서가 고개를 숙이며 인사했다.

"좀 어떠신가요?"

"오늘은 컨디션이 좋아 보이십니다."

조곤조곤하니 말하는 그를 자세히 보니, 나이에 비해 신중한 사람 같았다.

"그렇군요."

재준의 말에 남자는 보일 듯 말 듯 한 미소를 지어 보였고, 재준은 비서를 지나쳐 박 회장에게 향했다.

"좀 어떠신가요?"

"나쁘지 않구나."

재준은 의자를 끌어다 박 회장을 바라보며 앉았다. 그가 손짓을 하자 비서가 가까이 다가와 재준과 마주 보기 편하게 침대 머리를 올려 주었다.

"검토해 보았니?"

"네."

"생각은 어떠니?"

"제가 받아도 될지 모르겠습니다."

재준은 신중했다. 한 회사의 주인이 된다는 것은 그만큼 감당해야 할 것들이 많아진다는 것이기에.

"앞뒤 생각하지 말고 받아 주면 좋겠구나."

"하지만……."

"너에게 큰 도움이 될 것이야. 그리고 네가 받지 않는다면 내가 어떻게 편하게 눈을 감겠니."

나이가 들면 마음이 약해진다고 하던가. 박 회장은 손으로 촉촉해진 눈가를 훔쳤다.

"알겠습니다. 할아버님 뜻이 그러시다면."

재준은 박 회장의 손을 잡았다. 뜨겁게 맞잡은 손이 떨려 왔다. 재준을 향한 박 회장의 애틋한 마음이 그대로 전해지는 듯 재준은 가슴이 뜨거웠다.

검은색 앞치마를 두르고 작품을 만들고 있던 재준은 마지막 꽃을 꽂았다. 팔짱을 끼고 작품을 노련한 눈빛으로 쳐다보던 재준은 곧 만족스럽다는 듯 미소를 입술에 품었다.

이내 그는 테이블을 정리하기 시작했다. 아름다움 곁에 더러움을 둘 수 없는 것이 이치이기에 작업하다 나온 쓰레기들은 서둘러 치워야 한다. 대충 정리가 마무리 되어 갈 때쯤 테이블 위에 있던 휴대폰 진동 소리가 들려왔다.

— 여보세요?

"응."

— 너 지금 나와라.

"뭐?"

— 가게 앞이야. 할 이야기도 있고.

재준은 시선을 멀리하며 무언가 찾는 듯 고개를 두리번거리다 지민의 차를 발견하고는 한숨을 크게 내쉬었다.

"20분만 기다려. 아직 할 일이 남았어."

— 응.

재준은 스케치북에 스케치한 이미지를 바라보다 지민이 기다린다는 것이 신경을 간질이자 더 이상 집중이 되지 않을 것 같았다. 과감하게 테이블 위를 정리하고 앞치마를 벗어 잘 정리한 뒤 가게 문을 잠그고 그녀의 차로 향했다.

"무슨 일이야?"

"빨리 끝났네?"

환하게 웃는 지민의 얼굴을 보자 재준은 더 이상 인상을 쓸수 없었다. 재준이 차에 타자 지민은 씽긋 웃으며 출발했다.

"어디 가는 건데?"

"바람 쐬러."

"뭐?"

"부산이라도 다녀올까?"

부산이라는 말에 재준은 가라앉은 목소리로 지민에게 말했다.

"차 멈춰."

"친구가 답답한 일이 있어서 그러는데 같이 못 가 주나?"

"그래도 갑자기 이건 아니지."

"야, 농담이야. 지금 어떻게 부산을 가니?"

아무렇지 않은 척 애써 밝은 척 말했지만 그녀는 그에게 시선을 돌렸다. 한두 번 거절당한 것도 아닌데 왠지 모르게 창피했다.

"한강이나 가자. 거기 강바람이라도 쐬면서 너랑 꼭 하고 싶은 이야기가 있어."

조금 가라앉은 목소리로 조심스럽게 말을 꺼내자 재준은 다소 굳은 표정으로 대답했다.

"알았어."

한강으로 가는 내내 지민과 재준은 아무 말이 없었다. 재준은 휴대폰을 연신 들여다보며 때때로 미소를 지었고, 지민은 그의 모습에 불안하기만 했다.

날이 점점 더워지자 밤이었지만 한강은 많은 사람들로 북적거렸다. 조금 한가한 곳에 차를 세운 지민은 먼저 차에서 내려

트렁크에서 무언가 뒤적였다. 재준은 그녀를 따라 차에서 내렸다.

지민은 돗자리를 깔고 그 위에 앉으며 재준을 쳐다봤다.

"안 앉아?"

자신의 옆자리를 손으로 톡톡 두드리며 지민은 말했다. 그녀의 모습에 재준은 어쩔 수 없다는 듯 자리에 앉았다. 그가 앉자 지민은 봉지 안에 든 맥주를 꺼내 그에게 내밀었다.

"계획하고 온 거 같네."

"맞아. 계획하고 왔어."

지민은 최대한 밝게 웃었다. 치익, 맥주 캔을 따자 들리는 경쾌한 소리에 지민은 먼저 맥주를 마셨다.

"캬악! 좋다. 이런 곳에서 마시니까."

"말해 봐."

재준은 지민에게서 전화를 받았을 때, 저번에 하다 만 말을 하러 온 것임을 눈치챘지만 내색하지 않았다.

"나, 들었어. 내가 너에게 무슨 상처를 줬는지."

덤덤하게 말을 하기 시작한 지민은 재준을 쳐다보지 못하고 시선을 컴컴한 하늘로 향했다.

"네가 나한테 고백한 날, 너에게 알겠다고 해 놓고 다른 선배 만나는 거 봤다며? 그것도 그 선배랑 키스하는 것까지……. 게다가…… 너희 어머니 돌아가신 것 알고는 있었는데, 그날이 같은 날인 것까지는 알지 못했어……."

"내가 말했잖아. 다 옛날 일이라고. 이젠 그런 거 신경 안 써."

"강은 네가 그러는 게 다 나 때문이라는 듯이 말한단 말이야. 내가 도대체 누구의 말을 믿어야 하는 거니?"

지민의 말투 속에서 그녀가 감정을 꾹꾹 눌러 가며 말하는 것이 느껴졌다. 그녀의 마음이 느껴지자 재준은 그녀를 쳐다보다 이내 입을 열었다.

"강은 내가 그동안 얼마나 힘들었는지 다 알기에 너한테 지금까지 그렇게 말한 거야. 강에게 다 들었다며. 내가 왜 마음의 문을 닫고 게이로 오해받으며 살았는지."

재준은 한숨을 크게 내쉬며 감정을 조절했다. 자신의 삶 속에서 어머니의 죽음은 큰 상처였고, 지금도 지워지지 않았다.

"어머니는 사랑 때문에 배신당하고 그 사랑 포기할 수 없어서 자신의 손으로 목숨을 버리셨어. 내 소중한 어머니를 뒤로하고 너에게 고백하러 나갔기 때문에 난 어머니를 지키지 못했지. 그 죄책감과 어린 시절 첫사랑에게서 받은 상처가 많이 힘들었던 거야."

"첫사랑?"

"지금에 와서야 하는 말이지만 네가 내 첫사랑이었어. 하지만 그 모든 것이 연약한 나를 지키기 위한 핑계였다는 걸 얼마 전에 깨달았어. 어리석게도 다 네 탓으로 돌리면서 살아온 거지. 미안하다, 지민아."

생각하지도 못한 재준의 사과였다. 그의 말에 지민은 가슴이 더 아려 왔다. 그동안 자신을 지키기 위해 마음을 묶고 살아온 아픔이 고스란히 그에게서 느껴졌다. 자신의 이기심이 그를 더 힘들게 했다는 것을 그녀도 지금에서야 깨달았다. 그동안 알지 못했다고 했던 것은 어쨌든 핑계에 불과했다.

"지민아, 난 평생 사랑이라는 감정을 느끼지 못할 줄 알았다. 그런데 나를 웃게 하고, 심장을 뛰게 하는 여자를 만났어. 이 여자라면, 어쩌면 내가 사랑할 수 있지 않을까 생각했지."

재준의 고백에 지민의 심장이 덜컹거렸다. 누군가를 만난다는 것은 강을 통해 들은 바 있었지만, 직접 재준의 입을 통해서 들으니 아직 정리되지 않은 감정이 일렁거렸다.

"이것이 이번 혼담에 응할 수 없는 첫 번째 이유고, 두 번째는 지금도 죽도록 미운 아버지 뜻대로 움직이지 않는다는 걸 보여 주고 싶어서야. 그러니까 내가 너에게 마지막으로 부탁할게. 그냥 아무것도 하지 말고 그대로 있어 줄래?"

재준의 말이 끝나자 지민은 크고 깊게 숨을 내쉬었다. 마음이 아렸지만, 길고 길었던 자신의 마음을 정리해야 할 때였다.

"강재준. 네가 나 친구로 안 받아 주면 나 너 괴롭힐 거야. 그리고 강에게 나랑도 잘 지내라고 전해 줘. 마지막으로 네가 사랑이라고 생각한다는 그 여자, 어쩌면 난 그냥 미워할 수도 있어."

남은 맥주를 쉬지 않고 다 마신 그녀는 자리에서 일어났다.

"아! 시원하다!"

지민의 말 속에 그녀의 심경이 나타나는 것 같았다. 재준은 지민을 따라 일어나 그녀에게 오른손을 내밀었다.

"고맙다, 지민아."

그의 손을 잡은 지민은 고개를 끄덕였다. 살포시 미소를 지었지만 마음은 아련하게 아팠다.

퇴원한 지 이틀째 아침. 역시 잠은 집에서 자야 한다며 지수는 기지개를 쭉 펴고 자리에서 일어났다.

상쾌, 상쾌, 상쾌!

막혀 있던 마음이 통하니 그동안 쓰지 못했던 글도 잘 풀리는 기분에 새벽 늦게까지 글을 썼지만 아침 일찍 일어나는 것에는 문제없었다.

[내가 좋아하는 한지수 씨, 잘 잤어요?]

재준의 메시지를 보며 배시시 웃은 지수는 마음이 콩닥콩닥 뛰어서, 침대를 혼자 이리 뒹굴 저리 뒹굴거렸다.

내가 이 메시지를 보는 맛에 일찍 일어나지!

사심 가득한 아침은 지수에게 행복을 가져왔다. 어기적거리며 일어나는 모습은 여전했지만 좀비가 사람이 되어가는 듯 모습은 봐 줄 만했다.

"아니! 우리 하나 유치원 가니?"

"이모님 아침에 오랜만입니다."

하나의 이상한 말투에 지아를 쳐다보니 그저 미소만 지을 뿐이었다.

"이모님, 그럼 저는 유치원 다녀오겠습니다."

"아하하하하. 그, 그래. 잘 다녀와!"

아침에 조카에게 유치원 잘 다녀오라 인사하는 것이 오랜만인 탓에 지수는 어색하게 손을 흔들었다. 지아가 하나를 데리고 밖으로 나가자 지수는 커피를 마시기 위해 부엌으로 향했다.

"어? 박 서방. 오랜만이네?"

"아침에 정말 오랜만에 뵙는 것 같네요, 처형."

"그런가?"

커피를 내리며 생각해 보니 자신이 이른 아침에 일어난 적이 중요한 계약이나 일이 있을 때가 아니면 없었다는 것을 깨달았다.

"오늘도 계약 있으세요?"

"아니?"

"그럼 어쩐 일로?"

박 서방이 놀란 눈으로 지수를 쳐다보자 그녀는 자신이 아침에 일찍 일어난 것이 그렇게 이상한가 싶었다.

"뭐…… 사람이 꼭 무슨 일이 있어야 일찍 일어나나?"

"처형…… 혹시 연애하세요?"

박 서방은 지수의 달라진 모습을 한 번에 알아차린 듯 말을 했다.

"티 나?"

"엄청 티 나."

하나를 유치원에 보내고 집으로 돌아온 지아는 입을 삐쭉거리며 말했다.

"아, 정말요? 축하드려요."

"뭐, 축하까지야."

머그컵 하나 가득 커피를 담은 지수는 서둘러 부엌을 빠져나갔다. 지아는 그녀 옆에 따라붙으며 물어볼 것이 많다는 눈빛으로 쳐다봤다.

"왜?"

"백민우 씨가 아니야?"

"내가 그 사람이 만나는 사람이라고 했었나?"

"병원에서 민우 씨가 말했을 때, 언니가 아무 말도 안 해서 당연히 그런 줄 알았지……."

점점 기어들어 가는 목소리로 말하는 그녀는 병원에서의 자신의 판단이 틀렸음을 확인했는지, 뭔가 맘에 들지 않는다는 표정이었다.

"난 그 강재준이라고 하는 사람보다는 백민우가 더 마음에 들던데."

"그럼 박 서방하고 헤어지고, 그 사람 만나든가."

시큰둥하게 말하는 지수를 지아는 옴팡지게 째려보다 눈이 마주치니 슬쩍 시선을 다른 곳으로 옮겼다.

"그래서 정리했어?"

"해야지."

"아직도 안 한 거야?"

"시스터, 퇴원 전날 출장이라고 가서 아직 안 왔어. 그런 이야기는 얼굴 보면서 해야 하는 거 아님?"

지수의 말이 맞았다. 그런 중요한 이야기는 껄끄러워도 얼굴 보고 하는 것이 매너였다.

"근데 언니 어디 가?"

"이따 저녁에. 왜?"

"아니. 일찍 일어났기에."

"내님의 모닝 메시지 보려고 일어났다. 왜?"

지아는 순간이었지만 분명 '저건 미친 게 틀림없어' 라는 표정을 지었다. 살다 살다 이제 별걸 다 본다는 그런 미소까지.

"좋을 때다."

"죽는다?"

"우쭈쭈쭈."

"안 나가?"

평소 같았으면 한차례 소리 지르고, 쫓아냈어도 벌써 쫓아냈을 텐데 아무런 액션을 취하지 않고 말로만 위협하는 지수의 모습에 지아는 개구지게 웃으며 밖으로 나갔다.

그녀가 나가고 나자 이른 시간에 일어나긴 일어난 모양인지 피곤해진 지수는 다시 침대로 올라갔다.

퇴원을 했지만, 한쪽 발에는 여전히 붕대가 감겨 있었다. 완전히 아물지 않은 발 때문에 나가지 않으려 했지만, 오랜만에 하는 연애여서 그런지 자꾸만 재준이 보고 싶었다.

살짝 절뚝거리며 아파트 현관 앞으로 나가자 재준이 차에서 내려 지수 앞으로 뛰어왔다.

"혼자 나오기 괜찮았어요?"

"네. 깁스 푸니 이렇게 편하네요."

"음⋯⋯."

재준은 지수를 위에서 아래로 훑다 미소를 지었다.

"왜요?"

그의 음흉한 미소에 지수는 불안했다.

"지수 씨, 업혀요."

자세를 낮추며 자신의 등을 보이는 재준을 보자 지수는 픔, 하고 웃음을 터트렸다.

"뭐예요. 갑자기 왜 업히래."

"아직 발 다 안 나았잖아요."

"제 발로 걸어갈 수 있다고요."

"업혀요."

"싫어요."

"어서요."

말은 근엄하게 했지만, 시수가 거절하자 마음이 상한 것 같은 표정을 한 재준이 그녀를 쳐다보았다. 그의 표정을 보니 지수의 마음은 왜 이렇게 뛰는지 얼굴이 달아올랐다.

"이리 오너라, 업고 놀자."

뭐, 뭐지? 애교인가?

"아, 이 남자 매력 진짜 없어."

뭔가 많이 어색한 재준의 말에 지수는 농담처럼 말했지만, 그는 정색한 표정으로 그녀를 쳐다보았다. 그녀의 손목을 잡고 자신의 품으로 끌어당기자 지수의 얼굴과 그의 얼굴이 아슬아슬한 거리까지 가까워졌다.

"내가 매력 없어요?"

"노……농담이에요."

"난 그런 농담 싫은데."

재준의 눈빛은 상당히 뜨거웠다. 이 남자, 이러고 싶어서 어떻게 참았을까.

"흠흠! 좋을 때여."

할아버지 한 분이 그들 옆으로 지나가면서 마른기침을 했다.
그 소리에 재준은 멋쩍게 미소를 지으며 그대로 지수를 안아 들
었다.

"이거 놔요."

놀란 지수를 보며 그녀의 이마에 살짝 입맞춤한 재준은 지수
가 좋아하는 자신의 차로 향했다. 재준에 의해 차에 태워지자 지
수는 자신이 앉은 검은 가죽 시트를 소중한 것을 만지듯이 쓰다
듬며 애정 어린 시선으로 차 안을 둘러봤다.

"알팔이 잘 있었어요? 언제나 변함없는 너의 모습에 내가 헤
어 나올 수가 없다."

지수의 다정한 말이 자신이 아닌 차에게로 향하자 재준은 미
간을 좁히며 그녀를 쳐다봤다. 상당히 자존심이 상해 서운한 감
정이 끓어올랐다.

"한지수 씨, 나야 얘야?"

재준은 문을 닫지 않고, 상체를 낮춰 지수와 시선을 맞추며 다
소 심각한 표정으로 물었다.

"응?"

지수가 못 알아들은 듯한 표정이자 재준은 차 문을 탕탕 두들
기며 다시 물었다.

"나야 얘야?"

그제야 재준의 질문을 알아들은 지수는 당황했다.

지……금 나를 시험에 빠트리는 건가?

두 눈이 커지고 심장이 뛰었다. 세상에 살면서 자신에게 가장
어려운 문제를 내는 재준이 얄미웠다.

"왜 대답을 못 해요?"

"대답할 수 있는 것을 대답하라고 해요."

그녀의 말에 미간을 좁힌 재준은 찬바람을 일으키며 차 문을 닫고, 차를 출발시켰다.

아, 귀여워.

지수의 눈에는 그런 재준이 귀여웠다.

알팔이를 질투하다니.

지수는 얼굴 가득 미소를 지었다.

"팔아 버려야지."

"뭐요?"

지수는 재준의 입에서 또다시 망언이 나오자 튀어나올 것만 같은 눈을 하고 그를 쳐다보았다. 그녀의 그런 눈빛이 그는 재미있었지만 생물도 아닌 것에 질투를 느끼게 만든 그녀의 잘못이라는 생각에 심술이 났다.

"이제 지겨워졌으니까 다른 놈으로 바꾸려고요."

자신이 이렇게 이야기하면 자신의 차보다 본인을 더 좋아한다고 말해 줄 줄 알았다. 하지만 그것은 재준의 착각이었다.

"그럼! 이 아이 저에게 팔아요!"

지수의 말에 재준은 급브레이크를 밟았다. 안전벨트를 하지 않았다면 아마도 이마를 심하게 부딪쳤을 것이다.

빵!

뒤에 따라오던 차들이 신경질적으로 클랙슨을 눌러 댔다. 그 소리에 재준은 차를 한 곳으로 주차시키고 지수를 가만히 쳐다보았다.

"왜요?"

지수는 심각한 표정으로 자신을 쳐다보고 있는 재준에게 말했다.

이 여자가 정말.

그는 슬슬 질투를 넘어서 화가 나는 것 같았다. 눈치가 없어도 너무 없는 그녀다.

"한지수 씨. 내가 왜 그러는지 정말 몰라요?"

"아니, 이 차를 판다고 그러기에 저한테 팔라고 하는 말이 잘못된 거예요?"

"내가 진짜 팔고 싶어서 지수 씨한테 그렇게 말한 거라는 거죠, 지금?"

"그럼 아닌가요?"

한마디도 지지 않고 말하는 지수를 재준은 점점 눈을 가늘게 뜨며 쳐다봤다.

"왜 그렇게 쳐다봐요? 내가 못할 말 한 것도 아니구만."

"다시 한 번 물을게요. 마지막 기회예요."

"뭘요?"

지수도 점점 미간을 좁혔다. 싸움은 아닌데 주도권을 잡기 위한 기싸움 같은 거랄까. 그녀는 질 수 없다고 생각했다.

"나야, 얘야?"

"나한테 팔래요? 안 팔래요?"

재준은 자신의 물음에 동문서답을 하는 지수의 말을 듣자, 두 입술을 굳게 다물고 차를 출발시켰다.

"지금 어디 가요?"

지수가 물었지만 재준은 그녀에게 눈길 한 번 주지 않고 어디론가 향했다. 도심을 벗어나 고속도로를 타는 재준의 차 안에서 지수는 뭔가 불길한 기운에 휩싸였다.

"어디 가냐고요!"

마음을 진정하고 재준에게 다시 물었다. 재준은 그녀를 슬쩍 쳐다보고는 다시 앞을 바라보았다.

"부산."

"뭐요?"

"부산 간다고요. 마음이 복잡해서."

"헐!"

지수는 불과 며칠 전 자신이 운전하여 부산으로 향했던 것이 떠올랐다. '그때 참 많은 일이 있었지'라고 아름답게 추억하고 싶었지만 그럴 수 없었다. 지금은 자신이 부산으로 끌려가고 있었기 때문에.

"재준 씨."

"말해요."

"정말 볼수록 매력 없어."

투덜대며 말하는 그녀가 귀여웠지만 재준은 무표정으로 일관했다.

"지수 씨."

"말해요."

"당신은 볼수록 좋아요."

재준의 말에 지수는 얼굴이 붉어졌지만 고개를 차창 밖으로 돌렸다. 그런 그녀의 손을 잡은 재준은 손등에 입을 맞췄다.

"자꾸 이럴래요?"

"뭘요?"

"화나게 해 놓고, 화 못 내게 만들 거냐고요."

"그건 지수 씨도 마찬가지라는 거 알죠?"

아이고, 뻔뻔하다.

지수는 재준을 새초롬하게 쳐다보다 갑자기 픽, 하고 웃어 버렸다. 그녀가 웃자 재준도 참아 왔던 웃음을 터트렸다. 아무리 생각해도 자신이 너무 유치했다.

"나 정말 유치하다."

"이제 알았어요?"

지수는 재준의 옆모습을 바라보았다. 날렵한 턱 선이 지수의 숨을 턱 하니 막았지만, 예전처럼 자신의 감정을 숨기지 않아도 되니 기분이 색달랐다.

"간만에 하는 연애라 색다르네요."

"어떻게 색다른데요?"

"이를테면……."

안전벨트를 푼 지수는 상체를 살짝 비틀어 그의 볼에 입을 맞췄다. 갑작스런 그녀의 입맞춤에 그는 심장이 멎을 뻔했다.

아니, 이 여자가.

재준은 놀란 눈으로 지수를 살짝 쳐다보고는 이내 입꼬리가 귀까지 올라갔다.

"그동안 연애라는 걸 왜 안 하고 살았나 후회하고 있죠?"

지수의 말에 재준은 고개를 끄덕였다. 그동안 자신을 채찍질해 가며 살아왔던 세월이 점점 후회되는 것 같았다.

"강재준 씨, 난 당신."

"네?"

"당신을 선택한다고요."

지수는 환하게 미소를 지으며 재준을 쳐다보았다. 재준은 지수의 대답에 미친 듯이 뛰어 대는 심장 때문에 더 이상 운전을 할 수 없을 것 같았다.

14. 아슬아슬하게 아찔하게

열심히 달려 도착한 부산은 지난날 함께 왔을 때와 비슷한 시
간대에 도착했다. 점점 더워지는 날씨에 바다를 찾는 사람들이
더 많아져 늦은 시간임에도 많은 사람들이 해변에서 북적거렸다.

꼬르륵!

지수의 배에서는 꼬르륵 소리가 요동을 쳐 댔다. 그녀는 혹시
나 재준이 들었을까 그의 눈치를 살폈다.

"왜요?"

따뜻하게 미소를 지으며 자연스럽게 지수의 손을 잡은 재준은
그녀와 나란히 걷기 시작했다.

"이젠 너무 자연스러운 거 아녀요?"

"그래서 좋은데?"

"무슨 말을 못 하겠네요."

꼬르륵!

두 번째 지수의 배가 요동칠 때는 재준이 들을 수 있을 만큼 소리가 울렸다. 재준은 그 소리에 큭, 하고 웃음을 터트리고는 지수를 데리고 어디론가 향했다.

"어디 가요?"

"나도 배고파서요."

뻔뻔하기는 하지만 사람의 마음을 배려해 주는 이 남자의 모습에 지수는 자신이 사랑받고 있다는 기분이 들었다. 별거 아닌 것에서 이런 걸 느끼다니, 지수는 조금 당황스러웠다.

"장소가 장소인 만큼 이 주변은 거의 횟집이니까…… 오늘은 이곳으로 들어가죠?"

저번에 갔던 곳 바로 옆으로 지수를 이끌고 들어간 재준은 생각보다 고급스러운 분위기가 느껴지자 만족스러운 듯 자리를 잡고 앉았다.

"이번에는 지수 씨가 고르죠?"

메뉴판을 자기 앞으로 미는 재준을 유심히 보던 지수는 흐뭇하게 미소를 지었다.

"좋다."

"응?"

"저번하고 기분이 틀려서요. 그때는 뭐랄까, 마음의 갈등의 연속이었다고나 할까?"

"마음의 갈등?"

지수는 고개를 끄덕였다. 재준은 그런 그녀의 말에 자신과 비슷하게 지수도 마음이 많이 오르내렸다는 것을 알고 기분이 하늘로 솟구치듯 좋았다.

"주문이요?"

"광어 주세요."

"소주도 한 병."

또다시 자신에게 말도 없이 술을 시킨 재준을 지수는 살며시 노려보았다.

"오늘은 기분이 좋아서요. 운전은 지수 씨가 해요. 할 수 있죠?"

거의 다 나은 것같이 보이는 발을 쳐다보며 재준이 미소를 지었다. 그의 미소에 지수는 못 말린다는 듯 고개를 가로저었다. 얼마 후 많은 반찬들과 회가 나오자, 재준은 소주병을 따고 투명한 유리잔 가득 술을 따라 마셨다.

"아니, 멀쩡한 소주잔 놔두고 왜 거기다 따라 마셔요?"

"일하는 분이 안 줘서요?"

재준은 손바닥을 위로 올리며 어깨를 으쓱여 보였다.

"천천히 마셔요. 난 술에 취한 사람은 싫어하니까요."

"이상하게 왜 지수 씨만 만나면 술을 마시고 싶죠?"

"그 말 칭찬은 아닌 것같이 들리네요."

입을 삐쭉거리며 팔짱을 낀 지수는 마음에 들지 않는다는 표정이었다. 그도 그럴 것이 저번 부산에서의 추억이 발끝에서부터 찌릿하게 올라오는 듯한 기분이 들었기 때문이다. 재준은 지수의 기분을 상하게 하고 싶지 않아 술병을 테이블 밑으로 내려놓았다.

"뭐 해요?"

"여기 이 잔에 있는 것만 마시고 안 마실게요."

"그냥 그 잔에 있는 것도 안 마시면 안 돼요?"

"그럼 한 모금만."

"오케이!"

협상에 극적 타결된 재준은 조금은 아쉽다는 듯이 한 모금 들이켰다.

"크—"

재준 대신 지수의 입에서 술을 마신 듯 감탄사가 터져 나왔다. 그런 그녀가 귀엽게 보이는지 재준은 그녀를 가만히 쳐다보다 눈을 찡그리며 지수가 했던 표정을 따라 했다.

"뭐 하는 거예요?"

"귀여워서요."

"누가? 내가?"

"응."

"이봐요, 강재준 씨. 눈에 콩깍지가 제대로 씌었네."

툴툴거리며 말하는 지수였지만, 싫지는 않았다.

"그런데 원래 술을 못 마시는 거예요?"

"대학교 신입생 때 한 잔 마시고 기절해서 응급실에 실려 갔어요. 그 후로는 마실 생각을 아예 안 하는 거죠, 뭐."

통통하고 살짝 불투명한 회 한 점을 입에 넣으며 대답하는 지수의 모습을 사랑스럽다는 듯이 재준은 쳐다보았다.

"왠지 미안해지는데요? 어떻게 보면 내가 술꾼 같기도 하고."

"미안하죠? 그런데 이제 안 마실 거니까 애교로 봐줄게요."

"애교?"

지수는 대답 없이 고개를 끄덕였다. 그런 그녀를 보던 재준은 무의식적으로 유리잔에 가려던 손을 멈췄다.

"뭐 해요?"

"아, 손이 내 멋대로."

"중독자."

"뭐라고요?"

"중. 독. 자."

시크하게 말한 지수는 상추에 회 한 점을 올려놓고 고추와 마늘을 한꺼번에 넣었다. 그런데 호기롭게 싼 쌈을 입을 크게 벌려 넣고 씹던 그녀의 얼굴이 점점 굳더니 인상이 점점 찡그려졌다.

"왜 그래요?"

"물! 물!"

얼굴까지 붉게 달아올라 어찌할 줄 모르는 지수는 결국 입에 있는 내용물을 휴지에 뱉어 놓고는 정신없이 물을 찾았다.

"지수 씨, 그건 소……."

재준의 말이 끝나기도 전에 지수는 그의 앞에 놓인 잔을 들어 한입에 털어 넣었다.

꾸울꺽.

재준은 지수의 목이 일렁이는 것이 슬로비디오처럼 보였다. 그러고는 곧바로 일그러지는 지수의 얼굴까지.

"괜, 괜찮아요?"

컵 한가득 물을 따른 재준은 지수에게 내밀었다. 지수는 얼굴이 점점 달아오르는지 손으로 부채질을 하더니 얼굴을 감쌌다.

"아……."

짤막한 탄성 후 지수는 재준이 내민 물컵을 받아 단번에 들이마셨다. 그러나 물이 들어오는 것이 꼭 계속해서 술이 들어오는 것 같았다.

"후우."

크게 한숨을 내쉰 지수는 점점 눈이 풀리는 듯한 기분이 들고 몽롱해지는 느낌마저 들었다. 재준은 그저 걱정스럽게 쳐다보고 있었다.

"지수 씨?"

"헤에."

눈이 풀린 표정으로 지수는 미소를 지었다. 술이 체질적으로 맞지 않는 사람은 단 한 잔만 마셔도 금방 술이 오른다더니 지수가 딱 그 짝이었다.

지수는 축 늘어진 어깨를 하고서 상추를 집어 들고 쌈을 싸기 시작했다. 그냥 보아도 사람의 입으로는 들어갈 수 없을 것같이 큰 쌈. 재준은 설마 저것을 먹을까 했지만 그의 생각과는 반대로 지수는 재준에게 그 쌈을 들이밀었다.

"아―"

점점 술기운이 올라오는지 지수의 혀가 짧아졌다. 당황한 재준은 그저 멍하니 그녀를 바라보았고, 자신이 내민 것을 받아먹지 않는 재준을 보자 앙탈을 부리기 시작했다.

"아―앙! 어서 아―앙! 앙!"

생각지도 못한 지수의 앙탈에 재준은 웃음을 터트리고 말았지만, 자꾸만 쌈을 눈앞까지 들이미는 바람에 하는 수 없이 입을 최대한 크게 벌려 그것을 받아먹었다.

씹기도 힘들고 턱이 아플 정도로 큰 쌈이었지만 눈에 둥그런 호선을 그리며 턱을 괴고 자신을 쳐다보는 지수의 모습에 뱉어 버릴 수도 없었다.

간신히 다 씹어 넘긴 재준이 물을 들이마신 후, 지수를 쳐다보자 그녀는 어느샌가 소주병을 들고 자신 앞에 있는 컵에 따르고 있었다.

"지수 씨!"

"한잔합시다. 기분도 좋은데!"

그녀의 말에 큰일 나겠다 싶었던 재준은 자리에서 일어나 지수의 몸을 일으켜 세웠다. 시원한 공기를 쐬면 술이 깨지 않을까 싶었다.

"왜에요?"

"이러다 큰일 나겠어요. 어서 일어나요."

억지로 그녀의 몸을 일으키고 밖으로 빠져나온 재준은 자신의 허리를 감싸며 안는 지수의 온기에 아찔해졌다.

"내가 당신 때무운에 올마나 힘드렀는지이 아나?"

"네?"

"흥!"

재준을 안았던 지수는 어느새 품에서 벗어나 양손을 위로 하고는 해변으로 뛰기 시작했다. 재준은 갑작스러운 그녀의 행동에 놀랄 틈도 없이 지수를 잡으러 그녀의 뒤를 쫓았다.

"나 잡아 봐라!"

"지수 씨! 기다려요."

술 취한 사람이 왜 이렇게 빠른 건지 재준은 이해할 수 없었다. 그는 최선을 다해 달려 지수의 팔을 끌어다 자신의 품에 안았다. 지수는 거칠어진 숨을 헉헉거리며 살짝 풀린 눈빛으로 재준을 쳐다보았다. 그 눈빛에 재준의 심장은 달리기할 때보다 더 빠르게 뛰기 시작했다.

"강재준."

지수는 매혹적인 눈빛으로 재준을 쳐다보았다. 재준은 그녀의 빨려 들어갈 것 같은 눈빛에 마음이 찰랑거리기 시작했다.

"이 바보 같은 남자."

손을 들어 그의 얼굴을 감싼 지수는 그의 얼굴을 끌어당겼다. 재준은 서서히 그녀의 입술로 향하며 터질 듯한 심장의 움직임에 긴장감까지 느껴졌다.

"으흠……."

그때 지수의 손이 툭 하고 떨어졌다. 두 눈을 감은 그녀의 모습에 재준은 순간 숨이 멎는 것 같았다.

"지……지수 씨?"

재준은 기절하듯이 잠든 지수를 업고 주변에서 제일 깨끗하고 좋아 보이는 호텔로 찾아 들어갔다. 아무리 생각해도 차 안에서 재우기가 껄끄러웠던 그는 어쩔 수 없는 선택이라며 자신과 타협했다.

침대에 누운 지수를 보자 이상하게 마음속에서 무언가가 끓어오르는 것이 느껴졌다. 술에 취해 잠든 여자가 이렇게 예뻤던가. 재준은 고개를 크게 도리질을 하며 조금 마신 술을 깨려고 노력했다. 혹시나 술기운에 실수할 수도 있는 일이었다.

남녀 간의 관계, 마음이 통한 사이, 더구나 약간의 술이 들어간 상태와 이 밀폐된 공간에서 자신이 남성의 본능을 숨길 수 있을까?

"으흠…… 강재준……."

바로 누워 있던 지수는 팔을 크게 휘두르며 자신을 쳐다보고 있던 재준의 목을 감싸 안았다. 그녀의 행동에 몸의 중심이 무너지면서 지수의 몸 위에 올라탄 파렴치한 남자가 되어 버린 재준은 당황한 나머지 몸을 움직일 수 없었다.

"지수 씨."

그녀의 가슴골에 얼굴이 묻힌 재준의 얼굴은 순식간에 달아올랐다. 숨을 조심히 들이마실 때마다 그녀의 체향이 후각을 자극하자 피가 빠르게 돌며 자신의 아래쪽이 점점 묵직해지는 기분이 들었다. 화들짝 놀란 재준은 그녀에게서 벗어나고자 얼굴과 상체를 들었다.

"강재준."

어느새 눈을 떴는지 지수의 시선과 마주친 재준은 얼굴이 벌게지다 못해 터져 나갈 것 같았다.

"지수 씨."

"으흥."

아직 술이 안 깬 그녀가 콧바람을 불며 재준의 귀를 간질이자 재준은 찌릿하게 퍼져 나가는 느낌에 더 이상 그녀를 감당할 수 없을 것 같았다.

이 여자 위험해.

처음으로 지수가 위험하게 느껴졌다. 분명 연기는 아닌 것 같은데 자신을 유혹하는 몸짓은 자극적이었다.

"나, 남자예요. 게이가 아닌 남자."

"응응!"

"왜…… 이렇게 귀여운 거예요. 감당하지 못할 정도로."

재준은 그윽한 눈빛으로 그녀의 몽롱한 시선과 마주쳤다. 자신의 이성은 안 된다고 하는데 마음에선 자꾸 지수를 만지고 싶은 욕구가 샘솟자 재준은 크게 숨을 내쉬었다. 재준의 숨결이 자신의 얼굴에 닿자 간지러운지 꺄르륵 어린아이처럼 웃던 지수는 고개를 살짝 들어 그의 입술에 살짝 입을 맞췄다.

"자꾸 나 자극하지 말아요. 나도 내가 어떻게 변할지 몰라."

그는 간신히 이성의 끈을 잡았다. 더 이상 그녀를 보고 있다가는 큰일이 생겨 버릴 것만 같았다. 재준이 지수의 얼굴을 쓸어내리자 지수의 눈이 스르륵 감겼다.

다행이야.

잠든 지수의 모습에 이상하게 안심이 되었다. 재준은 지수 덕분에 땀을 한 바가지는 흘린 듯 온몸이 끈적거렸다. 기절하듯이 잠든 지수에게 이불을 덮어 주고는 재준은 샤워를 하기 위해 화장실로 들어갔다.

잠을 자던 지수는 참을 수 없는 갈증에 눈을 떴다. 그런데 눈을 뜨니 자신의 옆에 반라의 모습으로 자고 있는 재준이 있었다. 화들짝 놀란 그녀는 무의식적으로 이불 안의 자신의 옷차림을 확인했다.

다행히 자신은 옷을 입고 있었던 터라 마음은 놓였지만, 도대체 무슨 일이 있었던 것인지 기억을 되살려야 했다.

아, 나 어떡해.

지수는 울고 싶었다. 실수로 마셔 버린 소주 때문에 기절하고 되지도 않는 애교 부리고 재준을 유혹하고. 곤하게 자고 있는 재준을 보니 그가 성인군자같이 보였다. 다른 남자들이었다면 아마 달려들었을 테니까.

조용하게 일어나 미니 냉장고에서 생수를 꺼내 든 지수는 단번에 작은 생수병 반을 비우고 화장실로 들어갔다. 거울에 비친 얼굴을 보니 번진 화장으로 인해 몰골이 말이 아니었다.

"진짜 나 어떡해."

화장을 지우며 절망하던 지수는 자신의 머리를 쥐어뜯었다.

나한테 실망했으면 어쩌지.

우여곡절 끝에 확인한 마음인지라 더욱 불안했던 지수는 그저 한숨을 내쉴 뿐이었다. 서둘러 화장을 지운 그녀는 밖으로 나갔다. 아직도 곤하게 자고 있는 그의 옆에 가서 눕자니 너무 뻔뻔한 것 같았지만, 다른 곳에 눕자니 아침에 서로 어색할 것 같은 생각에 지수는 마음을 비우고 그의 옆에 살그머니 누웠다.

"어디 갔다 왔어요?"

자는 줄 알았던 재준이 지수를 자신의 품으로 소중하게 끌어안으며 말하자 지수의 심장은 순식간에 벌렁거리기 시작했다. 여전히 눈을 감고 있는 재준이었지만, 그의 입꼬리는 살짝 호선을 그리고 있었다.

"미안해요. 뭐, 실수한 것 없……죠?"

재준은 지수의 물음에 그녀를 품으로 더 깊게 끌어안았다. 그의 숨결이 자신의 목덜미에 스치자 야릇한 느낌이 조금씩 온몸으로 퍼져 나가는 기분이 들었다.

"실수라⋯⋯. 난 좋은데. 이렇게 안고 있을 수도 있고."

그의 달콤한 말에 지수의 심장은 여전히 빠른 속도로 뛰었다. 몸이 달아오르는 것 같이 후끈거렸고, 호흡이 짧고 빨라졌다. 꼭 긴장한 것같이 입안이 말라 마른침을 삼켰다.

"지수 씨, 정말 술 마시면 안 되겠다."

"실수한 거 없다면서요?"

"생각해 보니 실수한 거 있어요."

"뭔데요?"

놀란 눈을 한 지수는 몸을 돌려 재준과 시선을 마주했다. 어두운 조명 아래 자신을 따뜻한 눈빛으로 바라보고 있는 재준의 눈과 마주치니 지수는 숨이 멎을 것만 같았다.

이렇게 보니 완전 잘생겼어.

자신도 모르게 침을 질질 흘릴 것 같던 지수는 살짝 벌어진 입을 굳게 다물었지만, 재준은 순식간에 지수의 얼굴을 끌어당겼다. 그의 입술은 뜨겁고 부드러웠다.

지수는 자신의 손에 그의 탄탄한 가슴근육이 느껴지자 손가락이 떨려 왔다. 재준의 심장이 세차게 뛰는 느낌이 손가락 끝으로 전해져 신경을 타고 온몸으로 전달되는 듯 지수의 호흡이 조금씩 거칠어졌다.

재준은 조금 메마른 듯한 지수의 입술이 자신의 타액에 젖어 촉촉해지자 더욱더 거칠게 그녀의 입술을 탐했다.

살짝 벌어진 그녀의 입술 사이로 재준의 혀가 춤을 추듯 들어가 치열을 쓱, 핥고 지수의 혀를 저돌적으로 감아 올렸다.

점점 더 짙어지는 그의 키스에 지수는 그의 팔을 힘주어 잡았다. 재준의 키스는 잠들어 있던 자신의 세포 하나하나를 깨우는 느낌이었다. 병원에서 했던 키스와는 또 다른 느낌이랄까.

그가 그녀의 입술을 빨아들일수록 그동안 숨겨 왔었던 욕망이라는 불씨가 타올랐다.

뭔가 더 에로틱하면서 그가 자신을, 자신이 그를 원하고 있다는 것이 느껴졌다. 재준은 몸을 서서히 들어 지수 위로 올라왔다. 그러고는 맞물려 있던 입술을 살짝 떼어 내어 뜨거운 눈빛으로 지수를 바라보았다.

"당신이 실수한 건, 날 유혹한 거야."

그러고는 다시 지수의 입술을 집어삼켰다. 처음에 한 키스와는 다르게 그는 거칠고 뜨겁게 입술을 빨고 그 안으로 혀를 넣어 지수의 혀와 뒤엉켰다. 그와의 농밀한 키스가 계속될수록 지수의 머릿속은 흥분과 묘한 감정으로 가득 찼다.

이 남자 너무 짜릿해.

재준의 손이 자신의 상의 속을 파고들어 브래지어 속으로 들어가자 몸을 움찔거린 지수는 감았던 두 눈을 떴다. 그러고는 재준의 손을 잡았다.

"우리, 너무 빠른가요?"

거친 숨을 몰아쉬며 말하는 재준을 보며 지수는 천천히 고개를 가로저었다. 그 모습에 미소를 지은 재준은 그녀의 뺨에 입을 맞췄다.

그는 지수의 볼을 시작해서 이마, 눈, 코, 입술, 귀, 목을 타고 어깨로 입술을 옮겨 갔다. 그의 두 손은 어느샌가 지수의 상의를 벗기고 앙증맞게 모아져 있는 그녀의 젖가슴을 감춘 브래지어를 벗겨 냈다.

급격하게 흥분감이 치솟은 재준의 얼굴은 발갛게 달아올라 있었다. 재준은 예민해진 가슴의 정점 위로 입술을 포개었다. 그가 입술 속에 감추어 두었던 혀로 날을 세워 유두를 핥자 지수가 몸을 움찔거렸다.

재준의 한 손은 다른 쪽의 젖가슴을 쥐고 크게 원을 그리며 비볐다. 그의 손길과 온기에 잊고 있었던 느낌들이 몽글몽글 피어올라 지수의 입에서 신음 소리가 흘러나왔다.

"아……."

그녀의 반응에 재준은 자신의 남성이 묵직하게 올라오는 것이 느껴지자 크게 숨을 내리쉬고는 상체를 들어 올렸다. 지수의 눈에 들어온 재준의 탄탄한 근육과 피부, 매끈한 바디라인, 그리고 어두운 조명 아래에 비친 그의 모습이 꽤나 자극적이었고, 섹시했다.

재준은 자신의 바지를 벗고 곧 지수의 바지도 벗겨 냈다. 이날을 기대하고 입은 것은 아니지만 레이스 자수로 된 팬티가 그녀의 속살을 비칠 듯 안 비칠 듯 야릇한 느낌을 풍겼다.

재준의 입술이 그녀의 치골에 내려앉았다. 그의 부드럽고 말캉한 입술이 치골에 닿자 간질거리는 느낌이 척추를 타고 올라가고 내려오는 느낌이 들었다.

두 눈을 감고 그녀의 치골을 따라 허벅지, 종아리로 내려온 그의 입술은 발목에 잠시 머물다 그녀의 다리 안쪽으로 향했다.

그의 뜨거운 숨결이 점점 자신의 은밀한 곳으로 향해 오자 지수는 밑이 점점 축축하게 젖어 드는 느낌에 다리를 오므렸다. 그는 지수의 다리를 자연스럽게 벌리며 그녀의 가장 은밀한 곳, 아직 가려져 있는 곳 앞에 머물렀다. 팬티 위로 느껴지는 재준 입술의 느낌이 정말 아찔했던 지수는 자신도 모르게 신음이 터졌다.

"아앙—"

그녀의 신음 소리가 자신의 청각을 자극하자 재준은 힘 있게 그녀의 은밀한 곳을 가리고 있던 천 조각을 내렸다. 그리고 주체할 수 없어진 그는 잘 다듬어진 숲을 가르며 손가락을 예민한 곳으로 향했다.

재준의 손가락이 흥분한 듯 떨림을 주체하지 못하는 그녀의 예민한 곳을 건드리자 지수는 몸을 비틀며 그의 어깨를 잡았다. 조금만 건드려도 반응하는 지수를 보자 재준의 남성은 터질 것 같이 드로즈 안에서 예민하게 벌떡거렸다.

그의 손을 적시는 그녀의 따뜻함으로 인해 미끌거리는 은밀한 곳으로 손가락을 더욱 깊게 집어넣었다

"아앗!"

다른 이물질이 자신 안으로 들어오자 지수는 참을 수 없는 찌릿함이 머리끝까지 타고 올라오는 것을 느꼈다. 좁은 그녀의 길을 조금씩 넓히며 재준은 그녀 안에 들어갈 준비를 했다.

"재준 씨……."

참을 수 없는 흥분이 올라오자 지수는 숨을 헐떡거렸다. 그가 만질 때마다 속에서는 무언가가 샘솟는 느낌이었다.

"지수 씨, 더 이상은 못 참겠어요."

재준은 드로즈마저 벗어 던지며 성이 날 대로 난 자신의 남성을 보았다. 그러고는 지수의 다리를 벌리고 단번에, 힘 있게 그녀의 안으로 들어갔다.

"으읏!"

그의 분신이 들어오자 꽉 찬 느낌에 몸이 가늘게 떨렸다.

지수를 쳐다보는 재준의 눈빛에는 사랑이 가득 담겨 있었다. 그리고 그의 팔을 힘 있게 잡은 그녀의 손에서 긴장감마저 느껴졌다. 재준도 그녀의 안에 들어가자 꽉 조이는 느낌에 머리가 터져 나갈 것 같은 흥분이 몰려왔다.

서서히 허리를 움직이자, 지수는 그의 몸을 안았다. 재준의 분신이 자신 안에서 움직이는 느낌이 너무나 적나라하게 느껴지자 머리카락이 쭈뼛 서는 느낌에 계속해서 신음 소리가 터져 나왔다.

재준은 지수의 계속되는 신음에 더욱더 빠르게 몸을 움직였다. 서서히 살이 부딪히는 소리가 빨라지자, 재준의 숨소리도 거칠어지고, 지수의 숨소리도 리듬을 타듯 거칠어졌다.

"후우."

재준은 잠시 몸을 멈추고 숨을 골랐다. 사정감이 빠르게 다가왔지만 그것을 조절해야 했다. 그는 안에서 빠져나오며 그녀의 몸을 일으켜 세웠다.

엎드린 지수는 고양이 자세를 취했고 시선에 들어온 풍만한 엉덩이에 재준은 침을 삼키며 그녀에게 다가갔다.

"하앗!"

지수의 허리를 잡고 세게 들어간 재준은 멈추지 않고 빠르게 허리와 엉덩이를 움직였다. 그가 움직일 때마다 지수는 등을 타고 소름이 오소소 돋는 것 같았다. 하지만 그것이 기분이 나쁜 소름이 아닌 쾌락으로 향하는 느낌이었다.

"윽!"

재준은 입술을 굳게 다물고 신경을 집중해서 지수 안으로 들어가고 들어갔다. 지수는 그가 자신의 안으로 들어올 때마다 침대 시트를 손에 꼭 쥐었다.

탁탁탁!

살끼리 치대는 소리가 적나라하게 들리자 매우 자극적이었던지, 재준이 갑자기 몸을 더 빠르게 움직이기 시작했다. 그가 빠르게 움직일수록 지수의 몸속에서도 뭔가 터져 나올 준비를 하고 있었다.

"아앗!"

재준은 엉덩이에 힘을 주며 지수 안에서 빠져나왔다. 지수의 몸속에서도 뜨거운 것이 왈칵 쏟아져 나와 허벅지 사이를 타고 흘렀다. 뜨거워진 두 사람의 몸은 절정을 맞이하고도 쉽게 식지 않았다.

재준은 뒤에서 지수를 소중하게 끌어안았다. 등에 따뜻한 온기가 닿자 지수는 그의 팔을 잡고 깊게 그의 몸에 맞닿았다.

"좋······좋았어요?"

수줍게 묻는 지수의 말에 재준은 그녀의 정수리에 입을 맞추었다.

"지수 씨여서 좋았어요."

그의 달콤한 말에 몸이 녹을 것 같았다. 비록 술 때문에 호텔까지 왔지만 다행히 맑은 정신으로 서로를 원하고 안을 수 있어서 좋았다.

"재준 씨."

"말해요."

"오……빠?"

지수가 꺼낸 단어에 재준은 심장이 쿵쿵 또다시 뛰어 댔다.

"다시 한 번 말해 줄래요?"

"오빠?"

남자들이 여자들에게 오빠라는 말을 듣는 것이 로망이라는 것을 알았던 지수는 재준에게 갑자기 오빠라고 불러 보고 싶었다.

지수가 자신에게 오빠라고 부르자 이상하게 기분이 묘해진 재준은 그녀를 좀 더 깊게 끌어안았다.

"애교쟁이였네."

"내가 하지 않아서 그렇지, 애교 부리면 감당 못 할걸요?"

"앞으로 기대할게요."

"하는 거 봐서?"

"큭."

재준은 웃음이 터졌다. 그녀의 투정 아닌 투정이 너무나 귀엽게 느껴졌다. 앞으로 사랑할 날들이 많았지만, 앞으로 헤쳐 나가야 할 일들도 많은 그였다. 하지만 이 시간, 지수를 안고 있는 이 시간만큼은 아무런 생각도 하지 않기로 했다.

"저……저기."

"오빠라고 다시 한 번 불러 줘요."

"오빠……. 그런데 내 엉덩이에 뭔가가 닿는데……."

재준은 지수가 오빠라고 부르자 또다시 급격히 흥분이 몰려왔다. 그의 남성은 그동안 참아 왔던 것을 쏟아 내듯 몸을 다시 키웠고, 그것이 지수의 엉덩이에 닿으면서 껄떡거렸다.

"지수 씨가 책임져요. 난 몰라."

"아⋯⋯아니, 그게⋯⋯ 꺅!"

어느새 지수의 몸에 올라탄 재준은 눈빛이 이글거리는 한 마리의 짐승이 되어 있었다. 그는 지수를 향해 미소를 지으며 혀로 자신의 입술을 축였다.

"그동안 어떻게 참고 살았어요?"

"그러니까 각오해요."

지수의 장난기 어린 말 속에 재준은 고개를 숙여 젖가슴의 정점을 핥았다. 그의 말캉한 혀가 닿자 지수의 몸은 움찔거리며 다시 재준을 받아들일 준비를 하는 것 같았다.

미쳤어. 미쳤어.

마음속으로는 이렇게 외치고 있었지만 지수는 자신의 가슴골에 얼굴을 묻으며 입을 맞추고 있는 재준을 욕망이 가득 찬 눈빛으로 쳐다보고 있었다.

"잘 다녀오셨습니까?"

해외 출장으로 자리를 비운 민우가 근 일주일 만에 다시 회사로 출근하자 종철은 허리를 깊숙이 숙여 인사했다. 그 둘은 친구였지만 회사 내에서는 상하 관계가 확실했다.

"나 없어도 회사는 잘 돌아갔군."

뭔가 서운하다는 듯이 말하는 민우는 이내 활짝 미소를 지어보였다.

"일은 잘 되었다고 들었습니다."

"우리 한 작가님 작품 중국에서 좋게 검토하고 있지."

"그래요?"

"일단 거기 계약도 계약이지만 우리도 슬슬 영화 들어가야지? 작업은 하고 있어?"

"네. 지금 극본 작업 중입니다."

종철의 보고를 받고 기분 좋다는 듯 고개를 끄덕였다.

"나 아이스 아메리카노 한 잔 부탁해요, 오 비서."

종철이 사무실 밖으로 나자가 민우는 콧노래를 부르며 가방에서 무언가를 꺼내 들었다. 중국의 한 백화점을 지나다 화보 속의 모델이 하고 있는 목걸이가 눈에 들어온 그는 망설이지 않고, 그 자리에서 뛰어 들어가 사 버렸던 것이다.

그것을 꺼내 들고는 목걸이를 받고 좋아할 지수의 모습을 생각하니 치아가 드러날 정도로 크게 미소가 지어졌다.

똑똑!

"들어와."

상자 안에 다시 목걸이를 집어넣고 서랍 안에 넣은 그는 종철이 커피를 들고 들어오자 소파로 향했다.

"그나저나 우리 한 작가님, 퇴원은 잘 했어?"

민우의 물음에 종철은 눈빛이 흔들렸다. 그러고는 이내 목소리를 가다듬으며 입을 열었다.

"그게……."

"왜?"

"강재준 씨가 와서……."

"뭐?"

"강재준 씨가 가서 퇴원시켰어."

강재준이라는 이름 석 자에 민우의 눈빛이 돌변했다. 먹이를 앞에 두고 싸우는 야수의 매서운 눈빛.

"지금 어디 있어?"

"누구?"

"강재준."

15. 처음부터 인연이 아니었음을

민우의 장점이자 단점은 생각과 동시에 행동하는 것. 민우는 재준이 지수를 퇴원시켰다는 말을 듣고 그의 작업실이라는 곳으로 향했다.

도심 속에서 질주하는 것은 생각보다 어려웠지만 그의 분노가 그것을 가능하게 했는지, 꽤 빠르게 작업실 앞 도로에 차를 세울 수 있었다.

누군가 들어오는 인기척에 재준은 뒤를 돌았다. 자신을 노려보는 매서운 눈을 한 민우가 살기를 내뿜으며 다가오자 재준은 손에 들고 있었던 장갑을 테이블에 내려놓으며 그에게 다가갔다.

"강재준 씨."

밑으로 가라앉은 민우의 음성이 폭풍 전야를 느끼게 했다. 재준은 그의 분위기에 한쪽 눈썹을 꿈틀거리며 흔들리지 않는 눈빛으로 그를 쳐다봤다.

"여긴 무슨 일이죠?"

"지수 씨 퇴원하는 데 그쪽이 있었다고 하더라고요."

"그런데요?"

"하……."

표정 변화 없이 자신의 눈을 똑바로 쳐다보며 대답하는 재준의 얼굴에 민우는 끓어오르는 화를 참기 위해 두 주먹을 말아 쥐었다. 분명 재준과 지수 사이에 뭔가가 있다.

"그냥 단순한 친구가 그럴 필요까지 있을까요?"

"그런 걸 물어보려고 여기까지 온 건가요?"

재준의 눈빛도 번뜩였다. 남자의 감으로 민우는 그런 단순한 문제로 자신을 찾아온 것이 아니라고 느껴졌다.

"내가 물어본 말에 아직 대답 안 했어요, 강재준 씨."

"……."

재준은 잠시 고민했다. 그에게 자신이 먼저 말해도 되는 것인지. 그가 알아야 한다면 자신이 이야기해도 되는 것인가.

"……지수 씨와 난……."

민우는 재준의 대답에 입이 말라 갔다. 별거 아니라고 생각했는데 그의 대답을 듣기까지 긴장되는 건 어쩔 수 없는 현상이었다.

"친구 사이는 아니죠."

민우는 두 눈에 불꽃이 당겨진 듯 재준을 잡아먹을 듯한 야수의 눈빛으로 돌변했다.

"친구가 아니면요?"

"연인 사이……."

"이 개……!"

퍽!

주먹을 쥐고 있던 손이 생각보다 더 빠르게 재준의 얼굴을 향해 날아들었다. 그의 왼쪽 얼굴에 꽂힌 주먹에 재준은 균형을 잃고 구석의 의자가 있는 쪽으로 쓰러졌다.

"……새끼."

호흡이 거칠어져 가슴이 크게 오르내리는 민우는 어금니를 꽉 깨물며 이성을 붙잡고 있는 것같이 보였다. 쓰러진 재준은 입술에 뭔가가 흐르는 것 같자 손으로 쓱, 하고 문질렀다.

"이봐요, 강재준 씨. 이건 아니지 않나?"

몸을 일으켜 세운 재준은 다시 민우 앞으로 다가갔다. 그의 표정은 처음보다 매우 많이 굳어진 상태였다.

"내가…… 당신에게 맞아야 할 만큼 뭔가를 크게 잘못했나요?"

"지수 씨를 가지고 놀았잖아!"

"내가요?"

재준은 점점 톤이 높아지는 민우의 목소리에도 당황하지 않고 똑바로 그를 쳐다봤다.

"백민우 씨. 뭔가 단단히 잘못 생각하고 있나 본데, 난 지수 씨를 가지고 논 적 없어요. 당신이 물어봤을 때, 확실히 대답하지 못했던 것은 다른 사람보다 더 먼저 말해야 할 사람이 있었기 때문이었죠."

"그게 지수 씨였나?"

"그래요. 당신보다 더 먼저 내 진실 된 모습에 대해 말해야 할 사람은 지수 씨였죠."

"그래서 연인이 됐다?"

민우는 조곤조곤 대답하는 재준의 말에 할 말은 많은데 무슨 말을 해야 할지 감이 잡히지 않았다. 복잡한 머릿속에선 어떤 말도 뽑아져 나오지 않았다.

"지수 씨가 나를 게이라고 오해한 것도 사실이고, 그 오해를 하도록 놔둔 것도 사실이었지만, 그건 그녀를 가지고 논 것이 아니었음을 확실히 당신에게 밝혀 둬야겠네요."

"당신 말은 이상한 논리를 가지고 있네. 너무 이기적인 거 아닌가. 당신은 아무것도 하지 않았으니 전혀 잘못이 없다? 아니면 가만히 있는 당신을 오해한 지수 씨나 내가 이상한 건가?"

민우는 기분이 나빴고, 말 또한 좋게 나오지 않았다. 그저 자신의 여자로 만들지 못해 화가 난 것인가, 아니면 그동안 게이인 척 행세한 강재준이라는 사람에게 화가 난 것인가.

재준은 가게 안에 비치된 냉장고로 향했다. 그러고는 생수병 두 개를 꺼내 하나를 민우에게 내밀었다.

"냉수 먹고 속 차리라는 건가?"

민우는 재준이 내민 것을 받아 들지 않고 빈정거렸다. 그런 그의 모습에 재준은 생수병을 테이블 위에 내려놓았다.

"지수 씨가 만약에 당신을 좋아한다고 말했다면 난 그녀에게 내 성적 취향이 그녀와 다르지 않다는 걸 고백하지 않았을 거예요. 아마 평생 게이 친구로 남든지, 아니면 그녀를 만나지 않았겠죠."

재준의 말에 민우의 한쪽 눈썹이 꿈틀대며 위로 올라갔다. 뭔가 굉장히 자존심이 상하는 말을 들은 것 같았다.

"후우."

민우가 한숨을 길게 내쉬며 마른침을 삼키자 재준이 테이블 위에 놓았던 생수병을 들어 뚜껑을 열었다. 다시 한 번 내밀어진 물을 받아 시원하게 마신 그는 마음이 조금은 진정이 되는지 재준을 쳐다보았다.

"백민우 씨, 당신이 기분 나쁘게 생각하는 건 충분히 이해합니다. 하지만 사람 마음이란 것이 자신의 마음대로 되는 것은 아니죠."

"……."

"오늘 오신 것은 말하지 않겠습니다. 이만 돌아가 주세요."

재준은 정중하게 말했다. 그런 그의 모습에 민우의 눈빛이 심하게 흔들렸고, 끝내는 시선을 다른 곳으로 돌렸다.

"일단 오늘은 이만 돌아가도록 하지. 치료비는 회사로 청구해."

민우는 명함을 꺼내 테이블 위에 올려놓으며 무거운 발을 이끌고 밖으로 나갔다. 그가 가게 안에서 나가자 금방이라도 얼어붙을 것만 같았던 분위기가 문을 열었을 때, 들어온 더운 바람으로 살짝 녹는 기분이 들었다.

재준은 그 안에 비치되어 있는 큰 거울 앞에서 자신의 얼굴을 살펴보았다. 왼쪽 입술이 터진 듯 피딱지가 앉아 있었다.

지수 씨에게 뭐라고 말한담.

"후—"

지수는 아침에 민우에게서 한국에 도착했다는 메시지를 받고 한동안 고민에 빠졌다.

만나서 이야기해야 하는데…….

자신을 좋아해 준 민우에게 상처 주기는 싫었지만, 처음부터 그는 자신의 마음에 들어올 수 있는 사람이 아니었다.

"언니, 밥 먹어!"

"아우! 깜짝이야! 이년아, 노크 안 해?"

갑작스런 지아의 말소리에 생각에 빠져 있던 지수는 어지간히 놀랐는지, 자신도 모르게 소리를 질렀다.

"귀 먹었어? 노크했거든?"

지아도 이유 없이 자신에게 짜증 내는 지수에게 짜증스러운 투로 말했다.

"이게, 언니한테 짜증이야."

"언니가 먼저 시작했거든?"

"됐어! 나가, 빨리."

"밥 먹으라고 해도 지랄이지, 아주."

지아는 궁시렁거리며 방문을 쿵 하고 큰 소리가 나게 닫았다. 그제야 시간을 확인하니 벌써 점심때가 다가와 있었다. 그녀는 잠시 망설이다 휴대폰을 집어 들었다.

몇 번의 신호음 끝에 가라앉은 남자의 목소리가 들렸다.

"민우 씨?"

— 네, 말씀하세요.

평소와는 다른 그의 분위기에 지수는 무슨 일이 생긴 걸까 싶었다.

"오늘 시간 있으세요?"

— 후—우.

휴대폰 너머로 들려오는 긴 한숨 소리에 지수는 이상함을 느꼈다.

이 사람, 갑자기 왜 이래?

느낌이 이상했다. 뭔가 다 알고 있다는 그런 느낌.

— 한지수 씨.

지수가 말을 못 하고 머뭇거리자 민우가 먼저 말을 열었다.

"네⋯⋯."

— 저녁 식사 할래요?

"그래요. 이번엔 약속한 것도 있으니 제가 살게요. 어디에서 만나죠?"

— 장소는 메시지로 보낼게요. 그럼 이따 봐요.

"알겠어요."

민우와의 통화를 마친 지수는 마음이 이상했다. 하지만 이내 그녀는 별일 아니겠지 싶었다. 아니, 별일 아닌 것이 아니었다. 오늘 그녀는 민우와의 마지막 식사였다. 그녀가 처음이자 마지막으로 사 주는 식사.

"여보세요?"

잠시 생각에 잠겼던 그녀는 재준에게서 전화가 오자 기다렸다는 듯이 목소리를 가다듬고 말했다.

— 보고 싶은 한지수 씨, 뭐 해요?

"음⋯⋯. 작품 써야 할 분량이 있어서 작업 좀 하다가⋯⋯."

지수는 의도치 않게 말끝을 흐리고 말았다.

— 이상하네? 벌써부터 바람피우는 거 아니죠?

재준의 말에 지수는 속이 뜨끔했다. 바람피우는 것은 아니지만 다른 남자를 만난다는 것이 마음에 걸렸다.

"저기, 재준 씨."

— 왜요? 보고 싶은 지수 씨.

"오늘 저녁에 민우 씨 만나기로 했어요."

— ……

재준은 잠깐 침묵했다. 병실에서 마주쳤으니 민우가 그녀에게 어떤 마음을 가지고 있는지 분명 눈치챘을 것이다. 지수는 차근차근 자신의 의도를 설명했다.

"민우 씨에게 말해야죠. 애인 생겼다고."

— 그래요. 잘 만나고 와요. 그 대신 무슨 일 생기면 바로 전화해요.

"알겠어요. 만나기 전에 전화할 테니까 걱정하지 말고 있어요."

그와 통화를 마친 지수는 책상으로 향하다 아까 제법 화가 난 것 같았던 지아의 얼굴이 떠올랐다. 식사 준비 마치고 밥 먹으라고 한 것 같았는데. 마음이 좋지 못했다.

"시스터어!"

부엌으로 향한 지수는 혼자서 우걱우걱 밥을 먹고 있는 지아를 보자 가슴이 찡했다. 생각해 보니 자신의 온갖 짜증을 받으면서도 집안일을 도맡아 하는 동생이었다.

"왜?"

많이 화가 난 듯한 말투였다. 그녀와 마주 보고 앉은 지수는 크게 기지개를 폈다.

"아, 오늘 작품이고 뭐고, 동생 가방이나 하나 사 주러 나가야 겠다."

다른 사람에게 말하듯 꺼낸 말에 국을 떠 입에 넣던 지아의 두 눈이 커졌다.

"됐어. 그거 사 주고 얼마나 갈구려고."

입으로 내뱉는 말과 그녀의 표정은 정반대였다. 웃고 싶어서 입술을 실룩대자, 그것을 본 지수는 살포시 미소를 지었다.

"그래서 싫어? 싫음 말고."

자리에서 일어나려 하자 지아는 지수의 손을 잡았다.

"내, 내가 싫다고는 하지 않았잖아!"

"됐다는 게 싫다는 거 아냐?"

"동방예의지국에 살면서 한 번쯤 거절하는 아름다운 예의를 설마 모르는 거야?"

지아의 눈빛은 점점 간절해졌다. 그것을 본 지수는 품 하고 웃음을 터트렸다.

"우리 식모, 내 성깔 받아 주느라 힘들었으니까 사 주는 거야. 아! 간 김에 박 서방 옷이랑 우리 하나 옷도 좀 사자."

"정말?"

"그럼 내가 뻥치냐?"

"아싸!"

밥을 먹다 만 지아는 그릇을 정리하기 시작했다. 그 모습이 왜 이렇게 짠한지 지수는 마음이 아렸다. 어린 나이에 한 결혼, 신랑의 사업 실패로 그녀의 집에 들어오면서 말은 안 했지만, 그녀의 눈치를 엄청 살피며 살았다. 또 자신의 옷도 변변히 사 입지도 못하고 돌아다니는 것을 보면 동생이었지만 애잔했다.

순식간에 외출할 준비를 끝낸 자매는 간만의 백화점 나들이에 행복해 보였다.

민우가 보내 온 메시지를 보니 그가 정한 약속 장소는 그들이 처음 만났던 호텔의 처음 밥을 먹었던 그 레스토랑이었다.

"이제 들어가려고요. 네, 걱정 말아요."

재준과의 전화를 끊은 지수는 크게 한숨을 내쉬며 레스토랑 안으로 들어갔다. 직원의 안내를 따라 들어가니 앉아 있는 민우의 뒷모습이 보였다. 그를 보자 지수는 점점 긴장이 되었다.

"민우 씨."

지수의 목소리에 민우는 자리에서 일어났다. 치아까지 드러나는 환한 미소를 지으며 지수를 쳐다보았다.

"어서 와요. 차 많이 안 밀렸어요?"

"네, 오늘은요."

그의 시선이 점점 아래로 향하며 지수의 다리에 머물렀다.

"이제 완전히 괜찮은 건가요?"

"네, 괜찮아요."

지수는 자리에 앉으며 미소를 지어 보였다.

"그렇게 웃지 마요. 정들어요."

민우의 말에 지수는 순간 멈칫했다.

재준 씨와 사귀게 된 걸 아나? 설마⋯⋯.

"뭐 드실래요? 이번에는 먼저 주문 안 해 놨는데."

"음……. 전 역시 고기가 좋아요."

"그렇지 않아도 아까 주방장이 송아지 스테이크를 추천하더군요. 그럼 이걸로."

민우가 한쪽 손을 들자 대기하고 있던 웨이터가 다가왔다. 그리고 주문을 마친 민우는 물을 한 모금 마셨다.

"지수 씨가 밥도 사 준다고 그러고, 오늘 좋은 날이네요."

"그런가요?"

이상하게 자신을 꿰뚫어 보는 듯한 민우의 눈빛을 마주할 수 없던 지수는 애꿎은 테이블 위로 손가락을 뱅뱅 돌렸다.

곧이어 수프부터 시작해 음식들이 코스대로 나오자, 자연스럽게 식사에 집중한 그 둘은 적응하지 못한 어색함을 레스토랑 안에서 은은하게 흘러나오는 클래식 음악에 조용히 묻어 갔다.

"지수 씨."

식사를 마친 민우가 조용한 침묵을 깨고 말문을 열었다. 지수는 나이프와 포크를 내려놓고 냅킨으로 입가를 닦은 후 그를 쳐다보았다.

"난 지수 씨를 내 여자로 만들고 싶었어요. 그거 알죠?"

지수는 그의 말에 점점 더 미안한 감정이 들었다. 의도하지 않게 상처 준 것 같아 마음이 시큰거렸다.

"저…… 민우 씨, 오늘 할 말이 있어서 만나자고 한 거예요."

민우는 잠시 머뭇거리다 물 한 모금을 마시고는 부드러운 눈빛으로 지수를 쳐다보았다.

"내 말부터 들어 줄래요?"

민우의 말에 지수는 괜스레 긴장되었다. 아니, 그에게 재준과의 관계를 알려야겠다는 다짐을 한 순간부터 긴장을 하고 있었는지 모른다.

"네, 말씀해 보세요."

지수는 차분하게, 최대한 자신이 긴장하고 있음을 감추며 말했다. 하지만 눈치가 빠른 민우는 자신이 어떤 말을 할 것인가에 대해 지수가 상당히 궁금해하며 긴장하고 있다는 것이 느껴졌다.

"내가 포기 못 한다고 하면 지수 씨가 힘들겠죠?"

"……."

"대답 못 하는 거 보니까 그러네."

민우는 쓸쓸한 표정으로 미소를 지었다. 아침에 재준을 찾아가 주먹을 날린 일로 하루 종일 기분이 좋지 못했다. 일도 손에 잡히지 않고, 고민하고 또 고민했다.

지수의 얼굴을 보고 자신의 마음을 결정해야겠다고 생각했던 것은 큰 오산이었을까. 티를 내지 않는다고는 하지만, 계속 미안한 얼굴을 하고선 자신의 눈치를 보고 있는 지수를 보자 마음이 한순간에 정리되는 듯 잠잠해졌다.

"민우 씨, 저……."

"말하지 마요. 왠지 그 예쁜 입술이 날 상처 주려고 움직이는 것 같은데……."

다 알고 있다는 듯이 말하는 민우를 보자 지수는 이상하게 마음이 애잔했고, 미안했다.

민우는 마치 큰 죄를 지은 사람처럼 시선을 바닥으로 떨어트리는 지수를 보자 마음이 좋지 않았다. 그저 자신과 인연이 아니었을 뿐이다. 처음부터 자신을 밀어내던 사람의 마음을 가져 보겠다고 오만한 마음을 품었던 사람은 바로 자신이었다.

그녀의 마음속에 강재준이라는 사람이 있다는 것을 알았다면, 자신이 그녀를 처음부터 포기했을까란 생각에 마음이 복잡해졌지만, 민우는 환하게 웃으며 지수를 쳐다봤다.

"지수 씨가 하고 싶은 말, 말하지 마요."

"네?"

"괜히 남자 자존심에 금 갈 것 같으니까."

"그게 아니고……."

"그 사람 나보다 어디가 그렇게 좋았어요?"

두 눈이 커지고 심장이 벌렁거렸다. 여유로운 표정으로 미소를 지으며 바라보고 있는 민우는 다 알고 있었다.

어떻게 알았지?

이상했다. 이상했지만 지금은 그것을 따질 때가 아니었다.

"미안해요. 난……."

"지수 씨한테 따지려고 물어본 것이 아니에요. 아, 제 질문은 참 어리석은 질문이네요. 사람이 좋은 데 무슨 이유가 있겠어요. 단지 이렇게 매력적인 저를 두고 다른 남자를 좋아하는 지수 씨가 안타까울 뿐이죠."

더욱더 환하게 미소를 지으며 당황하는 지수의 긴장을 풀어 보고자 민우는 장난스럽게 말했다.

"그러게요. 이렇게 좋은 남자를 몰라보다니요."

"후회하지 마요. 다시 와도 받아 주지 않을 거니까 그렇게 알아요."

지수는 살며시 미소를 지으며 고개를 끄덕였다. 그녀의 거절에도 계속 다가와 신경 쓰이게 하기는 했지만 그 자체가 나쁜 사람은 아니었다. 하지만 자신과 인연이 아닌 사람을 붙잡고 있을 수는 없는 법.

"그동안 고마웠어요."

"아예 안 볼 사람처럼 말하네요?"

"네?"

"지금 지수 씨 말이에요. 나랑 아예 안 볼 사람처럼 말한다고요. 지수 씨랑 나는 떼려야 뗄 수 없는 관계인 거 몰랐어요?"

민우의 능청스러운 표정과 말에 지수는 고개를 갸웃거렸다. 도대체 무슨 말을 하고 있는 것인지 빠르게 이해되지 않았다.

"계. 약. 관. 계."

한 글자씩 또박또박 말하는 민우의 입술을 보던 지수는 그제야 이해가 갔는지 두 눈을 동그랗게 떴다.

"남들이 들으면 이상하게 듣겠네요."

장난기 어린 표정의 민우에게 투정 부리듯 말하던 지수는 이내 웃음을 터트렸다. 민우는 그녀의 웃는 모습을 보며 살포시 미소를 지었다.

강재준이 맞은 걸로 모든 걸 정리하는 거야.

"자, 그럼 할 말 다 했으니까 일어날까요?"

지수를 향해 미소를 짓는 얼굴에서 쓸쓸함이 묻어나다 이내 덤덤한 표정으로 바뀌었다. 그녀는 그를 따라 일어나며 오른손을 내밀었다.

"이게 무슨 의미예요?"

"음······. 갑을관계로 잘 지내보자?"

"에이, 그건 너무 정 없다."

"그러면요?"

"친구 해요, 우리."

부드럽게 지어 보이는 그의 미소에선 아까 전의 씁쓸함은 보이지 않았다. 민우는 그녀에게 진심이었다.

처음에는 그저 마음에 들었고, 특이하고, 당돌하다고 생각한 그녀가 좋았고, 가져야겠다고 생각했다. 강재준이라는 사람 때문에 질투다운 질투 좀 해 보고, 그리고 친구로 지내자고 하는 이 순간까지도 그는 지수에게 단 한 번도 진심이 아닌 적이 없었다.

"그 말 진심이에요?"

"친구 하는 게 어려워요?"

"그게 아니고······."

"하기 싫음 말든가."

지수를 혼자 남겨 두고 휙, 돌아선 민우를 보자 지수는 그저 '어허허허' 하고 웃음이 났다. 자신이 만약 재준을 만나기 전이었거나, 그가 바람둥이라는 소문을 듣지 않았더라면 아마 그를 좋아하지 않았을까 하는 생각이 잠시 들었지만, 자신의 앞에 있는 남자는 이제 친구였다.

"해요! 친구."

"이제 안 해요. 시간 지났어."

"아, 얼마나 지났다고!"

민우의 입가에 미소가 드리워졌다.

"해요! 하자고요. 친구!"

"싫어요. 우린 그저 갑을관계, 계약관계!"

"아! 치사해!"

"이제 알았어요? 나 치사한 거?"

티격태격하던 두 사람은 때마침 도착한 승강기에 타려다 내리는 사람과 맞닥뜨렸다. 그런데 민우가 그 사람을 보더니 알은척을 했다.

"어, 누나?"

"여기 웬일이야?"

"친구랑 만나느라."

지수는 민우 뒤에 어색하게 서 있었다. 민우의 말에 지수를 슬며시 쳐다본 여자는 부드러운 미소를 지으며 다시 시선을 민우에게 옮겼다.

"그렇구나. 그래. 다음에 봐."

"알겠어. 참! 어머니가 누나 보고 싶어 하시던데?"

"큰어머니께서? 알겠어. 전화드려야겠다. 나 간다."

"잘 가."

승강기에 올라탄 그들은 짧은 침묵에 빠졌다. 그 침묵을 먼저 깬 것은 민우였다.

"친척 누나예요."

"안 궁금하거든요?"

"궁금한 눈치던데요? 아니면 말고."

민우의 말에 실소가 터진 지수는 볼멘소리로 되물었다.

"친구 안 한다면서요?"

"내가 언제요?"

"와, 뻔뻔한 것 봐."

"나 뻔뻔한 거 처음 봤어요?"

개구지게 웃는 민우를 보자 지수는 도저히 당할 수 없다는 생각을 했다.

"그럼 잘 가요."

"네. 잘 가요. 고마워요."

"뭐가요?"

"친구 해 줘서요?"

지수는 다시 한 번 손을 내밀었다. 그녀의 손을 따뜻하게 잡은 민우는 그녀를 품으로 끌어당겼다.

"민, 민우 씨?"

"사심 털어 내는 중이니까 한 번만 봐줘요."

지수는 아무 말 없이 고개를 끄덕였다. 그녀를 잠시 안고 있던 민우는 지수의 어깨를 잡으며 떼어 냈다. 그러고는 입술 끝에 살짝 미소를 담으며 차에 올라탔다. 뒷좌석의 창을 내린 민우는 고개를 내밀고 지수를 쳐다봤다.

"진짜 잘 가요."

민우의 차가 떠나니 마음이 한결 후련해진 지수는 자신의 차에 올라타자마자 재준에게 전화를 걸었다.

— 고객이 전화를 받지 않아…….

긴 연결음이 끝나도록 전화를 받지 않자, 지수는 무슨 일이 있나 싶었지만 이내 차에 시동을 걸어 집으로 향했다.

★

살벌한 분위기 속의 사무실 안 병만이 앉아 있는 책상 앞에 서 있던 재준의 표정은 상당히 좋지 못했다. 자신의 몸을 반으로 쪼갤 것 같은 칼날 같은 시선을 그대로 받아 내며 서 있던 그를 얼어붙게 하는 말들이 날아들었다.

"너와 나 사이에서 대화라고 하는 것은 내가 들어 주었을 때만 가능한 거라는 걸 왜 모르지?"

"……."

"내가 분명 너에게 W그룹 이지민 상무와 선을 보라고 했을 텐데……. 아니, 아니지. 이것은 결국 정략결혼이 되는 거지."

"전 분명히 싫다고 말씀드렸습니다."

탕!

책상에 주먹을 내리치며 자리에서 일어난 재준의 아버지 병만의 얼굴은 세차게 구겨져 있었다.

"내가 분명히 말했지! 너의 의견 따위는 듣지 않겠다고. 그러니까 이번 주말 식사 자리에 나오도록 해."

"사랑하는 사람이 있습니다."

"사랑?"

재준의 말에 한쪽 입꼬리만 올린 병만은 잔인하게 비웃었다.

"그런 쓸데없는 것에 얽매이는 것을 보니 네 죽은 어미랑 꼭 닮았군. 쓸모없는 녀석."

병만의 말이 독이 되어 재준의 마음에 파고들었다. 그 독이 태운 가슴의 한없는 고통에 치를 떨어야 했다.

아픔은 점점 분노가 되고 분노가 미움으로 바뀌어 가는 시간

동안 재준의 마음은 돌이킬 수 없는 곳으로 점점 향하고 있었다.

"한평생 사랑 찾아 불륜을 일삼고 다니시던 아버지의 입에서 나올 말은 아닌 것 같네요. 제 걱정은 하지 마시고, 그 회사나 잘 관리하시죠."

병만을 향한 재준의 미움이 시퍼런 칼날이 되어 그를 겨누었다. 아들에게서 처음 느끼는 살기에 자신도 모르게 몸을 움찔한 그는 재준을 향해 등을 돌려 창가 쪽으로 향했다.

"배은망덕한 놈. 이때까지 키워 준 은혜도 모르고 지금 나에게 덤비는 거냐?"

"말 돌리지 마시죠. 천륜으로 몰고 가신다면 저도 할 말은 많습니다만, 제 입이 더러워질까 입 다물겠습니다."

"어디 한번 해 보지 그러냐. 네가 그런다고 이 강병만이가 눈 깜짝이라도 할 줄 알았다면 오산이지."

병만의 오만함이 하늘을 찌르고, 재준의 속을 뒤집었다. 그는 간신히 이성을 붙잡으려 두 주먹을 터질 것처럼 꽉 쥐었다.

"네가 누구를 만나고 사랑한다고 한들 난 관심 없다. 내가 원하는 것은 W그룹의 투자일 뿐이야. 더 이상 너의 말 같지 않은 말을 받아 줄 시간 없으니 나가 보도록 해."

재준은 기다렸다는 듯 그곳에서 빠져나왔다. 발걸음이 땅에 닿을 때마다 심장을 발로 짓이기는 것같이 숨이 막히며 아팠다.

그는 서둘러 화장실로 향했다. 세면대에 차가운 물을 틀고 찬물로 얼굴을 적셨다. 마음을 기분 나쁘게 달구던 분노는 사그라지지 않았지만, 비집고 터져 나오려는 것을 조금은 진정시켰다.

아무래도 현수를 빨리 만나 봐야겠어.

얼굴의 물기를 닦아 낸 그는 거울 속에 비친 자신의 얼굴을 쳐다봤다. 짧은 시간이었지만, 핼쑥해진 얼굴에 그저 어이없을 뿐이었다.

우—웅.

재킷 안주머니에 넣어 둔 휴대폰의 진동 소리가 들리자 재준은 발신인을 확인했다.

[내 취향 그녀]

지수의 이름 대신 저장해 둔 명칭이 뜨자 금세 미소가 입술에 걸렸지만, 지금의 기분으로 지수의 전화를 받을 순 없었다. 그녀에게 미안했지만 재준은 전화가 끊길 때까지 휴대폰 액정을 쳐다봤다.

한참을 울리던 휴대폰은 이내 잠잠해졌다. 그렇게 전화가 끊기자 재준은 한숨을 몰아쉬고는 자신의 차로 향했다. 차에 시동을 걸면서 서둘러 전화를 걸었다.

"나야. 알아봤어?"

늦은 시간, 두꺼운 검은 뿔테 안경을 쓰고 숨을 죽인 채 타자를 치고 있는 지수는 눈길이 자꾸만 노트북 옆에 놔둔 휴대폰으로 향했다.

아니, 아무리 바빠도 메시지라도 남겨 주지. 걱정하는 거 모르나?

연락 없는 재준에게 일방적으로 심통이 난 지수는 두 볼에 빵빵하게 공기를 넣고 입술을 동그랗게 오므리며 인상을 찡그렸다.

에잇! 몰라 몰라!

신경이 자꾸 재준에게 쏠리자 글에 집중이 되지 않아 지수는 고개를 세차게 흔들며 그에 대한 마음을 비웠다.

아흥.

글을 쓰던 지수는 갑자기 부산에서의 짜릿했던 하룻밤이 떠오르자 얼굴이 붉어지며 심장이 꼭 떡방아를 찧듯이 쿵덕거리기 시작했다. 그의 매끈하고 탄탄한 상체는 몇 번 봐 왔지만, 그의 아래.

그러니까 거기.

"아이고, 이 음란한 년. 아하하하하하!"

자신도 모르게 재준의 하체가 떠오르자 지수는 혼잣말을 아주 크게 하며 미친 듯이 웃어 댔다. 하지만 지수는 곧 얼굴이 달아오르는걸 느끼고는 자신의 얼굴을 감싸고 의자에서 일어났다.

"그동안 너무 굶주렸던 것이야. 이제 로맨스 영화의 베드신 보고 고민 안 해도 되니 얼마나 좋아!"

님도 보고 뽕도 따고, 도랑 치고 가재 잡고. 얼쑤!

지수는 달밤에 체조하듯 어깨를 덩실거렸다. 자신만의 행복한 세계에 빠져서는 행복한 몸부림을 치던 그녀는 아무래도 재준이 걱정이 되어 금방 몸부림을 멈추었다. 그리고 휴대폰을 집어 메시지를 보내려던 찰나, 재준에게서 전화가 왔다.

"여보세요!"

그의 연락을 기다린 만큼 목소리가 급하게 내뱉어지자, 휴대폰 너머로 잔잔하게 미소가 담긴 재준의 말소리가 들려왔다.

— 전화 기다렸어요?

"당연한 거 물어보지 마요."

— 기분 좋네요. 내 연락 기다리는 사람이 있다는 것이.

"그렇게 말해도 난 이미 삐졌다고요."

— 삐……졌어요? 음, 지금 나오면 기분 풀어 줄게요.

지수는 재준의 말에 자신의 귀를 의심했다.

지금 나오라니? 시간이 몇 신데?

마음과는 다르게 지수는 어느새 거울을 보며 자신의 흐트러진 모습을 정리하고 있었다.

"어딘데요?"

말투는 여전히 심통 났다는 듯이.

— 아파트 앞이요.

"아니, 뭐 이 시간에……."

그렇게 말하며 전화를 끊었지만, 지수는 설레는 마음을 감출 수 없었다. 그에게 향하는 발걸음은 걷는 것이 아닌 뛰는 거였고, 마음은 이미 그에게 도착해 있었다.

"지수 씨!"

서둘러 나오는 지수의 모습이 보이자 재준은 환하게 웃었다. 재준이 부르는 목소리에 지수의 표정은 아닌 척해도 그를 향한 눈빛은 설렘으로 가득했다.

지수가 가까이 다가오자마자 자신의 품으로 끌어당긴 재준은 하루 종일 오르고 내렸던 감정이 가라앉는 듯했다.

"무슨 일 있어요?"

"그냥 잠깐만 이렇게 안고 있을게요."

그의 목소리가 왠지 모르게 슬프게 들렸던 지수는 재준이 자신을 놓아줄 때까지 가만히 안겨 있었다.

"안 되겠다."

지수를 안고 있던 재준은 그대로 지수를 들어 자신의 차에 태웠다. 갑작스런 그의 행동에 어안이 벙벙한 표정으로 쳐다보자 재준은 한쪽 눈을 찡끗거렸다.

"운전하라고요?"

자신을 조수석이 아닌 운전석에 태운 재준이 차에 올라타자, 지수는 어찌할 바 몰랐다.

"지수 씨가 가고 싶은 곳 가요. 오늘은 지수 씨가 운전하는 차에 타고 싶은 날."

지수는 재준의 말을 듣자마자 차에 시동을 걸었다. 부릉, 부드럽게 걸리는 시동 소리가 들려, 그녀는 알팔이가 자신을 반겨 준다는 사실에 반색했다.

"아이고, 우리 알팔이, 알았어요. 알았어요. 이 누나가 잘 다뤄 줄게요."

핸들을 부드럽게 쓰다듬던 지수는 자신을 이글거리는 눈빛으로 쳐다보는 재준의 시선에 아차 싶었다.

"아하하하, 어서 가 볼까?"

지수는 애써 재준의 시선을 피하며 곧 차를 출발시켰다.

"너무 뜬금없지만 우리 재준 씨를 위해서 내가 오늘 희생해 준다."

눈치 아닌 눈치를 보던 그녀는 인심 쓴다는 듯 말을 내뱉었다. 그녀는 한산해진 도로 위에서 점점 속도를 내기 시작했다.

"어디로 가요?"

"인천이요."

"인천?"

"월미도로!"

미소를 지으며 지수는 재준과 눈을 슬쩍 마주쳤다. 자신을 아련한 눈빛으로 쳐다보는 그의 표정에 이상하게 마음 끝이 아렸다.

무슨 일이 있는 것이 분명해.

지수는 생각했다. 자신에게 일어난 불길한 일은 아니었지만 재준이 뭔가 마음이 힘들어 보였다. 한참을 말없이 운전하던 지수는 조용한 재준을 쳐다보니 창 쪽으로 머리를 기대어 잠든 모습이 보였다.

월미도 어느 주차장에 차를 주차시킨 지수는 가만히 잠들어 있는 그의 얼굴을 쳐다보다 손을 뻗어 그의 얼굴을 쓰다듬었다.

"음……."

재준은 지수의 손길에 눈을 떴다. 자신이 잠들었다는 것에 놀란 그는 자신을 바라보고 있는 지수와 눈을 마주쳤다.

"나 잠들었었어요?"

"네. 많이 피곤했나 봐요."

신기했다. 예민한 성격 탓에 차에서는 거의 잠이 든 적이 없었기에.

"자, 내립시다!"

지수는 차에서 내리며 말했다. 그녀를 따라 차에서 내린 재준은 그녀의 옆으로 다가가 손을 잡았다.

"오늘따라 이상하네."

"뭐가요?"

"재준 씨요. 묘하게 이상하단 말이지."

밤이지만 환하게 밝혀진 길을 나란히 걷기 시작한 그들은 난간 앞에 서서 바닷물이 빠져나간 갯벌을 쳐다보았다.

"여긴 처음이네요."

"월미도 한 번도 안 와 봤어요?"

"네, 사람들이 많네요."

숨이 트인 것같이 표정이 밝아진 재준은 고개를 들어 하늘을 쳐다봤다.

"너무 밝아서 별이 잘 안 보이네요."

"말해 봐요."

"뭘요?"

"재준 씨를 힘들게 하는 게 어떤 건지."

지수는 그의 고민을 들어 주려 했다. 그가 말해 준다면 말이다.

"음……."

자신을 꿰뚫어 본 것 같은 지수의 물음에 마음이 심하게 일렁였다. 한편으로는 자신의 복잡한 감정이 투영되어 지수가 불편하지 않았을까 하는 생각에 미안했다.

"난 들어 줄 준비가 되어 있어요. 재준 씨가 말해 줄 준비가 되면 그때 말해 줘도 돼요."

따뜻한 눈빛으로 자신을 쳐다보는 지수의 말에 재준은 마음이 편해짐을 느꼈다. 그리고 그는 언젠가는 알게 될 그 일을 그녀에게 말해야겠다고 생각했다.

"지수 씨."

"네."

"내가 약혼자 노릇 해 달라고 했을 때 무슨 생각이 들었어요?"

"그때는 동성애자인 줄 알았으니까, 당연히 집안에서 결혼하라고는 하는데 동성애자란 거 못 밝혀서 임시방편으로 저를 약혼자라고 둘러대려고 하는 줄 알았죠. 왜요?"

"비슷하네요. 제 의도하고."

미소가 없어진 얼굴은 점점 굳어져 갔고, 재준은 때때로 한숨을 내쉬었다. 지수는 물어볼 것들이 너무나 많았지만 그가 이야기해 주기를 기다렸다.

"지수 씨가 좀 힘들어질 수도 있어요."

재준이 알 수 없는 말을 하자 지수는 미간을 좁혔다.

왜 이런 말을 하는 거지?

"그 어떤 상황이 오더라도 나만 믿고 따라와 줄래요?"

"무슨 말을 하는 건지 이해를 못 하겠어요."

재준은 지수의 두 손을 마주 잡았다. 자신의 마음을 그리고 지금부터 말하려 하는 것을 그녀가 오해하지 않고 들어 주었으면 하는 바람이었다. 단지 그것뿐이었다.

"지수 씨, 날 낳아 주신 어머니는 내가 어렸을 때 자살하셨고, 지금의 아버지는……."

그는 천천히 그녀의 눈을 바라보면서 운을 뗐다. 자신의 어머니의 일, 상처, 자신을 동성애자라고 오해하게 놔둔 이유 등을 지수에게 차분히 설명하기 시작했다.

지수는 그의 말을 조용히 들어 주었다. 그의 과거와 아픔을 알아 갈수록 지수는 상당히 충격적이었지만 내색하지 않았다. 아니, 내색할 수 없었다.

자신의 일을 너무나 담담하게 말하는 그는 그동안 얼마나 자신의 감정을 눌러 가며 살았을까 생각하니 마음이 아팠다.

"미안해요. 나 이상하게 당신이라면 힘들어져도 내 곁에 있어 주지 않을까란 막연하고도 이기적인 생각을 가지고 있었어요."

재준의 시선이 어둠에 가려져 끝이 보이지 않는 수평선으로 향하자 지수는 그의 허리에 팔을 두르고 그를 세게 끌어안았다.

토닥토닥, 아무 말 없이 재준의 등을 토닥이던 지수는 기분 좋게 뛰는 재준의 심장 소리에 귀를 묻었다.

"어쨌든 처음에 날 약혼자 코스프레시키려던 의도는 좀 불순했네요. 내가 무슨 일을 당할 줄 알고."

"미안해요. 지수 씨라면 이해해 주지 않을까 하는 못된 생각을 해서……."

"재준 씨, 나란 사람 믿어요?"

"믿고 싶어요."

지수는 고개를 들어 재준과 눈을 맞췄다. 깊은 눈동자로 자신을 쳐다보는 재준을 보던 지수는 두 손으로 그의 얼굴을 감싸고, 뒤꿈치를 들어 입을 맞췄다.

"나도 재준 씨 믿고 싶어요. 그러니까 평소의 뻔뻔한 그 모습으로 돌아와요. 내가 좋아하는 강재준 씨."

지수의 말이 끝나자마자 눈빛이 한없이 흔들리던 재준은 고개를 숙여 그녀의 입술을 뜨겁게 빨아들였다. 부드러운 입술을 가르고 들어간 혀는 지수의 혀를 말아 올리며, 갈증을 해소하듯 그녀의 타액과 혀를 집어삼켰다.

농밀한 그의 키스에 지수는 그의 마음이 느껴지는 것 같아 심장이 뛰었다. 더 이상 말하지 않아도 재준의 마음이 오로지 자신에게 향하고 있다는 것이 느껴져 그녀는 몸이 녹아내렸다.

"지수 씨."

끝나지 않을 것 같았던 키스를 멈추고 재준은 지수를 나지막한 목소리로 불렀다. 그녀는 부드러운 눈빛으로 그를 쳐다보았고, 서로의 시선이 엉키자 재준은 다시 입을 열었다.

"고마워요."

"그리고?"

"……사랑한다, 한지수."

다시 서울로 올라오는 재준의 차 안에서 그 둘은 손을 잡은 채 계속해서 미소를 짓고 있었다.

처음 사랑 고백을 한 재준은 마음이 터져 버릴 것 같았고, 지수 역시도 마찬가지였지만 불타는 마음을 간신히 누르고 집으로 향했다.

중간중간 보이는 러브 모텔들은 그들의 성적인 욕구를 일으켰지만 그럴 때마다 둘은 시선을 맞추지 못하고 다른 곳을 쳐다봤다.

어색한 기류마저 흐르자 견딜 수 없었던 지수는 그만 웃음을 터트렸다.

"아, 정말! 왜 이렇게 모텔들이 많은 거야!"

"나 간신히 차 돌리고 싶은 거 참고 있으니까 이야기하지 마요."

재준은 진지했다. 그 모습이 우스웠던 지수는 더 크게 웃고 말
았다. 그런 그녀의 모습에 재준도 웃음이 터져 버렸다.

"짐승!"

"내가요?"

"그동안 막 키스하고 싶고, 손잡고 싶어서 어떻게 참았어요?"

"그동안 그런 여자를 못 만났으니까요."

그의 대답이 쏙 마음에 들은 지수는 재준의 손을 만지작거렸
다.

"나 그렇게 만지면 큰일 나요."

"네?"

"자꾸 자극하면 집에 안 보낼 거니까 조심해요. 내가 그동안
운동을 괜히 한 것이 아니라니까."

"으흠."

지수는 두 눈을 가늘게 뜨며 정말 그럴까 하는 표정으로 그를
쳐다봤다. 지수는 그에게 장난을 치고 싶은 생각이 들자, 재준의
다리에 자신의 손을 올려놓았다.

"지금 뭐 하는……."

"시험에 빠트리는 중."

사악한 미소를 지으며 재준을 쳐다본 지수는 점점 허벅지 안
쪽으로 손을 가져갔다. 그녀의 손이 자신의 허벅지 안쪽으로 들
어오자 재준은 머리카락이 쭈뼛 서는 느낌이었다.

"그, 그만해요."

"싫은데요?"

"나 도로에 차 세운다?"

"그러시든가요."

"잡아먹는다?"

"용기 있으면."

지수의 도발에 재준은 당황했다. 한편으로는 귀엽기까지 했지만 그녀의 손이 자신의 중심부에 도달한다면 그 후의 사태는 정말 책임질 수 없었다.

"점점 변하려고 해요."

"변해 봐요, 어디."

때마침 빨간 신호로 바뀌자 지수는 재준을 한번 쓱, 하고 쳐다보더니 눈에 보이지 않는 금지선이 있는 곳을 넘어가 버리고 말았다.

"이 여우!"

바로 앞에 지수가 사는 곳이 보였지만, 그녀의 손이 자신의 중심부에 올라가는 순간 그는 차를 돌렸다.

"어디 가요?"

"잡아먹으러."

16. 너무 좋다

재준은 지수의 손을 잡고 굳게 닫힌 문을 서둘러 열었다. 지수는 자신이 물어봐도 대답해 주지 않는 그의 손에 이끌려 오는 내내 긴장되면서 뭔가 모르게 짜릿한 느낌이 들었다.

"재, 재준 씨! 여긴?"

"쉬—잇!"

재준은 눈 한쪽을 찡긋거리며 검지를 입술에 댔다.

그의 손에 이끌려 방 안으로 들어가자 낮은 조명만이 밝혀진 재준의 침대로 향했다. 그의 침대 위에 앉고 나자 순식간에 느껴지는 어색함에 지수는 몸을 움츠렸으나 야수의 눈빛으로 변한 재준은 곧 그녀 위로 올라탔다.

재준의 눈빛은 그녀의 몸을 녹일 만큼 뜨거웠고, 지수는 돌이킬 수 없는 장난을 쳤다는 걸 후회해 봤자 이미 늦었다는 것을 실감했다.

"원래 이런 성격이었어요? 저돌적이고, 참을성 없는?"

지수는 자신을 내려다보고 있는 재준을 자극했다. 어쩌면 이런 아찔한 상황을 즐기고 있는 것이 아닐까.

"내 안에 돌격 대장이 살고 있었다는 걸 지수 씨가 알게 했죠."

"유치해."

"몰랐어요? 원래 감성적인 사람들이 유치한 거."

재준은 서서히 상체를 숙여 지수의 입술로 향했다. 뜨거워진 입술이 향하자 그저 입술과 입술이 닿았을 뿐이었는데도 온 신경이 자극되었다. 잠시 내려앉았던 입술을 떼어 낸 재준은 지수를 그 무엇보다 더 소중하다는 눈빛으로 바라보며 그녀를 감싸 안았다.

"나, 정말 이상해졌어요."

"네?"

"지수 씨가 너무 좋아 미치겠어."

자신의 마음을 조금 더 빨리 깨닫지 못했던 자신이 매우 한심스러웠다. '늦지 않아서 다행이야.' 라고 안도의 한숨을 내쉴 수 있었던 건 지수가 자신의 마음을 받아 줬기 때문이었다.

"고마워요. 동성애자였던 남자를 받아 줘서."

"진짜는 아니었잖아요."

"그래도⋯⋯."

"쉬—잇!"

지수는 재준이 했던 거와 같이 검지를 입술 가운데에 대었다.

그러고는 그의 얼굴을 감싸고 고개를 살짝 들어 그의 입술을 조심스럽게 빨아들였다.

그녀의 키스는 달콤했다. 달콤하고 달콤한 것이 자신의 몸을 스르륵 녹였다. 살포시 벌어진 입술 사이로 말캉한 지수의 혀가 들어와 그의 치열을 쓸고, 입안의 점막을 핥았다. 자연스럽게 내밀어진 재준의 혀와 맞닿자 서로를 끌어당기듯 얽히고설켰다.

재준의 남성은 이미 커질 대로 커져 바지 안에서 꿈틀거리며 드로즈 안에 눌린 채 찌릿한 기운을 재준에게 퍼트렸다.

"아, 하."

입술을 뗀 재준의 입에서는 나지막한 신음 소리가 흘러나왔다. 볼그스름해진 지수의 볼을 보니 세상에 그 어떤 여자들보다 더 예쁘다고 생각이 들었다.

재준은 그대로 그녀의 상의 안에 두 손을 집어넣고 망설임 없이 벗겨 내었다. 브래지어 속에 모아진 젖가슴이 탐스럽게 눈을 유혹하자, 재준은 참을 수 없다는 듯이 브래지어마저 벗겨 버렸다.

벌써부터 흥분된 분홍빛 유두가 서 있었고, 재준은 혀로 그것을 살짝 쓸었다. 그의 따뜻한 혀가 닿자 유두 끝에서부터 퍼지는 간질거림에 지수의 호흡이 더욱더 거칠어져 가는 것만 같았다.

"앙!"

더욱 거세게 지수의 가슴을 움켜쥐고 유두 전체를 번갈아 가며 혀로 춤을 추듯 간질이자 지수의 허리는 활처럼 휘며, 발가락 끝까지 전해져 오는 찌릿함에 다리 한쪽을 세웠다. 재준의 입술은 곧 가슴골로 내려와 앉았고, 그의 손은 지수의 은밀한 숲으로 향했다.

"으읏!"

은밀한 곳을 지분거리는 재준의 손놀림에 지수는 살짝 벌려진 다리를 세워 발가락에 힘을 주었다.

"아, 아— 하."

그의 손가락이 깊은 곳으로 향하여 들어가자 지수는 자신도 모르게 다리를 오므리고 엉덩이에 힘을 주어 그의 손가락을 조였다. 좁혀진 길은 그로 하여금 엄청난 욕망을 불러일으켰다.

재준은 몸을 일으켜 자신의 몸을 나체로 만들었다. 바지와 드로즈 안에서 억눌려 있었던 자신의 남성이 드러나자 서둘러 지수에게 다가가 그녀의 입술을 뜨겁게 집어삼켰다. 재준은 지수의 한쪽 다리를 들어 올리며, 그녀 안으로 깊게 들어갔다.

"아핫!"

그녀의 입술에서 어느새 떨어져 나온 재준은 상체를 높게 들어 세우고, 허리의 반동을 이용해 엉덩이를 세게 움직였다.

"으—응."

지수는 그의 팔을 붙잡고 두 눈을 감았다. 그의 것이 들어올 때마다 아래쪽이 묵직해지면서 꽉 들어차는 느낌이었다. 그녀는 깊고 깊은 곳의 맞닿은 느낌을 느끼려고 집중했다.

재준의 움직임이 빨라질수록 지수는 자신의 깊은 곳에서 무언가 툭 하고 터져 나올 것 같은 느낌에 상체를 일으켜 세워 재준과 마주 보는 자세로 앉았다. 서로를 욕망에 찬 눈빛으로 쳐다보며 재준의 어깨에 손을 올렸다.

"윽……."

지수가 서서히 움직이기 시작하자 재준은 아랫입술을 깨물며 신음을 터트렸다. 지수의 깊은 곳에서 재준의 남성을 강하게 조이며 움직이자 재준은 폭탄이 터질 것 같이 속에서 흐르는 긴장감이 느껴졌다.

지수는 고개를 살짝 뒤로 젖히며 엉덩이를 방아 찧듯이 들썩였다. 자연스럽게 그녀의 허리를 두 손으로 잡고 움직임을 느끼던 재준은 갑자기 몰려오는 사정감에 두 눈을 감아 버렸다.

"못 참겠어."

잠긴 듯한 목소리로 말을 내뱉은 후 재준은 지수를 그대로 침대로 눕히고는 상체를 낮춰 그녀의 볼에 입을 맞췄다. 그러고는 강하고 빠르게 지수 안으로 들어가 몸을 움직였다. 질퍽한 살 부딪히는 소리가 방 안을 채우고, 벽에는 낮은 조명으로 인해 두 남녀가 엉켜 있는 그림자가 드리워졌다.

"나 할 것 같아."

재준은 지수의 젖가슴을 손에 쥐고 유두를 세게 손가락으로 문질렀다. 유두 끝에서 아픔과 찌릿함이 동시에 느껴지자 지수의 머릿속이 하얘지면서 깊은 곳에서는 뜨거운 것이 터져 나왔다.

"으웃!"

"아……."

재준도 빠르게 움직이다 척추를 타고 뜨거운 불이 자신의 남성을 통해 터져 나올 것 같자, 서둘러 그녀의 몸에서 빠져나와 배 위에 사정했다. 서둘러 침대 옆 테이블에 놓인 티슈를 뽑아 지수의 배 위를 닦아 낸 재준은 지수와 시선이 마주치자 웃음을 터트렸다.

"왜 웃어요?"

"우리 그동안 너무 굶주린 것 같아서요."

"나 아니었으면 계속 그렇게 굶주렸을 거잖아요."

"설마."

재준의 대답에 지수는 새초롬한 표정으로 쳐다봤다.

"설마? 이 말의 뜻은 나 아니었어도 누군가 만났을 거다?"

"그런 뜻이 아닌……."

"뭘, 맞고만."

지수는 뾰루퉁한 표정으로 몸을 뒤돌렸다.

"언젠간 나 아니었어도 나중에는 동성애자 코스프레 때려 치우고 여자 만나고 다녔겠지."

상당히 심통 난 것 같은 말투로 중얼거리는 지수의 등을 바라보던 재준은 입술 끝에 미소를 매달았다. 살짝 떨어져서 그녀의 옆모습을 보자 굴곡을 그리는 지수의 보디라인에 재준은 들리지 않을 만큼 침을 집어삼켰다.

아무것도 걸치지 않은 그녀의 몸매가 시선을 자극하고 매끈한 피부가 손을 움직이게 했다.

재준은 지수의 엉덩이 위에 검지를 대고 그림을 그리듯 점점 상체로 올라갔다. 그의 손길의 간질거림에 자칫 웃음이 터져 나올 것 같았지만 입을 굳게 다물고 지수는 반응하지 않았다.

"지수 씨여서."

"……."

"당신이어서 내가 지금 미친놈같이 구는 거라는 거 알잖아요."

재준의 손가락은 서서히 지수의 옆구리를 타고 올라가다 멈추고 그 자리에 원을 그리며 손가락 끝으로 부드러운 피부를 느꼈다.

"설마라는 단어 하나에 나를 그런 놈으로 만들면…… 내가 마음 불편해요, 안 불편해요?"

그는 지수를 갑작스레 껴안았다. 그의 품에 안기자 잠잠하던 심장이 빠르게 뛰기 시작했다.

"사랑해. 한지수."

재준은 지수를 더 세게 자신의 몸 쪽으로 끌어당기며, 나지막하게 고백했다. 그의 고백에 지수는 세상을 다 가진 기분이었다.

그렇게 그의 품에 행복한 기분으로 안겨 있던 지수는 스르르 눈이 감겼다. 재준도 어느 순간 눈을 감았다.

어느새 날이 밝아 왔다. 해가 떠오르는 시간이 빨라져서 그런지 이른 시간이었지만, 재준의 방 안으로 쏟아져 들어오는 햇볕을 두터운 암막 커튼이 간신히 가리고 있었다. 재준은 지수를 품 안에서 놓지 않은 채 곤하게 잠들어 있었고, 지수도 그의 품 안에서 벗어나지 않았다.

★

아침 일찍 일어나 보내고 싶지 않은 지수를 집까지 데려다주고 오니 갑자기 조용해진 분위기에 재준은 뭔가 허전하다는 느낌이 들어 집 안을 둘러봤다. 평소에 느껴지지 않았던 그 느낌이 낯선 재준은 그것을 지우려는 듯 서둘러 자신의 방으로 향했다.

우—웅.

잠시 책상에 앉아 작품 화보집을 보고 있던 재준은 책상 위에 둔 휴대폰 진동 소리가 들리자 시선을 휴대폰으로 옮겼다. 발신인을 확인한 그는 통화 버튼을 누르기 전 잠긴 목소리를 가다듬고 전화를 받았다.

"어, 그래. 현수야."

— 재준아, 어제는 일이 바빠서 미안했다.

"괜찮아."

— 자료 조사는 거의 끝났어. 오늘 볼래?

"오후 2시쯤 괜찮아?"

— 그래, 그럼 저번에 만났던 그 커피숍에서 보자.

짧막한 대화 후 전화를 끊은 재준은 자리에서 일어나 상의를 벗으며 욕실로 향했다. 이제는 찬물로 씻지 않으면 안 될 만큼 더워진 날씨였다. 샤워기 아래에 선 그의 몸 위로 시원한 물줄기가 닿자, 정신이 상쾌하면서 맑아지는 기분이었다.

서둘러 몸을 씻어 내고 방으로 향하자 또다시 진동 소리가 들려왔다.

"어, 지민아."

발신인은 이지민. 재준은 평소와 다름없이 전화를 받았다.

— 이번 주 주말에 너희 집이랑 우리 집 만나서 식사한다는데, 알고 있었어?

"우리 아버지가 밀어붙였겠지."

— 알고 있었던 거야?

일방적인 통보였다. 자신의 거절을 거절한 아버지가 정말로 자신의 생각대로 움직이고 있다는 사실에 재준은 진정되었던 마음에 한차례 큰 비가 퍼붓는 것 같았다.

"어제 듣긴 했지. 거절했지만."

— 그런데?

"무시당했어."

재준은 지민에게 제 아버지가 한 이야기를 그대로 전할 수 없었다. 여자로서 자존심이 상할 수 있는 말을 뜻하지 않게 할 수도 있었다.

— 어떻게 할 건데?

"자세한 건 만나서 이야기해. 전화로 할 수 있는 이야기가 아닌 것 같아."

— 오늘이라도 만나서 이야기해야 하는 거 아냐?

"오후 일정 끝내고 전화할게."

지민과 통화를 끊은 재준은 마음이 좋지 않았다. 어떻게 하면 엉킨 실을 끊어 버릴 수 있을까 잠시 생각하던 재준은 무엇을 결심했는지 입매가 굳게 다물어졌다.

재준의 눈에 들어온 현수는 언제나처럼 한 치의 흐트러짐이 없었다. 자신과는 다르게 유쾌한 성격인 그는 일할 때만큼은 묵직함과 진중함을 보여 주어 함부로 대할 수 없는 분위기까지 느껴졌다.

"일찍 왔네?"

약속 시간보다 십 분 일찍 도착한 재준은 자신보다 더 일찍 도착해 무언가를 들여다보고 있는 현수에게 말을 건넸다. 현수는 재준의 말소리에 고개를 들었고, 보던 서류를 덮어 자신의 서류 가방에 집어넣었다.

"방금 왔어. 검토해야 할 서류가 있어서 보고 있었지."

"아, 그래. 커피 뭐로 할래?"

"아이스 아메리카노."

재준은 곧바로 커피를 주문하러 향했다. 빠르게 주문한 커피가 나오자 두 손에 커피를 들고 자리로 돌아가 현수와 마주 보며 앉았다.

"아, 고마워. 요새 너무 바빠서 딱 죽을 맛이야."

그동안 얼마나 바빴는지 피곤에 찌들어 보이는 현수의 표정에 재준은 그에게 왠지 미안한 마음이 들었다.

"바쁜데 내가 더 바쁘게 한 건 아닌지 모르겠다."

"아니야. 이런 건 바로 찌르면 나오는 거니까."

현수는 시원한 커피를 쭉 들이켰다. 카페인이 몸속으로 들어가자 약간 몽롱했던 정신이 맑아지는지 살짝 멍했던 눈빛이 날카롭게 돌아왔다.

"생각보다 심각하던데? 잠시만."

현수는 서류 가방에서 서류를 꺼내 재준에게 내밀었다.

"너희 아버지 회사인 FF에너지의 현재 상황이야."

재준은 천천히 서류를 들여다봤다. 현수는 그가 한눈에 볼 수 있게 정갈하게 정리하고 노란색 형광펜으로 중요한 곳을 체크해 놓았다. 그 덕분에 아버지의 회사 상황을 쉽게 인지할 수 있게 된 재준은 다소 심각한 표정으로 현수를 쳐다봤다.

"FF에너지는 지금 겉으로 드러난 것보다도 심각한 재정난이야. 조사해 본 결과 j미디어컴퍼니라는 페이퍼 컴퍼니를 만들어 그곳을 통해 자금 세탁을 했고, 그 규모는 60억 원 내외로 파악된 상태야."

현수의 말을 듣는 재준의 표정에 그늘이 드리워졌다.

"방치 시 지속적인 자금 세탁이 이루어질 거야. 거기에 네 새어머니가 이사장직을 맡고 있는 유엔아이 자선 재단에서도 자금세탁이 이루어지고 있다는 정황증거가 포착되었어. 지금 FF에너지가 자본 증식 상태이기에 투자든, 가지고 있는 주식을 매각해서든 어떻게든 돈을 끌어 모으려고 할 거야. 그런데 이상한 소문도 들리던데……."

현수는 다시 커피를 한 모금 마신 후, 조심스럽게 입을 열었다.

"W그룹에게 투자 요청을 했다는데, 너와 이지민 상무의 혼사로 엮어서 말이야."

"맞아. 현대판 심청이 되게 생겼어."

싸늘해진 표정과 말투로 말하는 재준은 한숨을 길게 내쉬며 팔짱을 꼈다.

"넌 어떤데?"

"어떻긴. 내가 팔려 가겠냐? 그런데 말이지. W그룹에서 투자를 못 받게 되면 그대로 부도인가?"

"자금을 끌어모으지 못하면 그렇게 되는 거지. 그런데 너 생각보다 좀 담담한 거 같다?"

"그동안 큰일을 많이 겪어서 이런 걸로 놀랍지도 않아."

"그래······."

현수는 재준이 아버지와 사이가 좋지 않다는 것을 알고 있었다. 아무렇지 않은 척하지만 절대 아무렇지 않을 리 없다는 것을 알기에 씁쓸해진 현수는 그저 미소를 지어 보였다.

"아무튼 고맙다. 바쁜데 알아봐 줘서."

"고맙긴. 나 가 봐야겠다. 일하다 잠깐 나온 거라."

손목에 찬 시계를 보며 시간을 확인하던 현수는 서둘러 자리에서 일어나 서류 가방을 집어 들었다. 현수를 따라 일어선 재준은 방금 전까지 무덤덤했던 표정을 풀고 입술 끝에 미소를 담으며 인사했다.

"다음에 술 한잔 살게. 빨리 가 봐."

"술은 됐고 꽃바구니나 만들어 와. 알았나?"

"아, 그래. 알겠어."

재준과 인사를 나누던 현수는 서둘러서 그곳에서 빠져나갔다. 재준도 클래스에서의 강의가 있어 서둘러 그곳을 빠져나왔다. 아버지 회사에 대한 전반적인 상황을 알게 되었으니 이제 지민과 만나 이야기를 나눠야 했다.

차를 몰고 강의하는 곳으로 향하던 재준은 휴대폰 진동 소리에 이어폰을 끼고 전화를 받았다.

— 재준 씨!

언제 들어도 기분을 좋게 만드는 지수의 목소리에 재준은 그녀가 보지는 않지만 환하게 미소를 지었다.

"그래요. 나예요."

— 뭐 해요?

"나 이제 강의하러 이동하는 중이에요. 지수 씨는 뭐 해요?"

— 글 쓰다가 생각나서 전화했어요.

"그렇구나. 참, 우리 내일 봐요."

재준의 만나자는 말에 기다렸다는 듯 지수는 기분 좋은 목소리로 알겠다고 대답했다. 그런 그녀의 목소리에 재준의 마음은 설레고 편안해졌다.

"저녁에 전화할게요. 사랑하는 한지수 씨."

"네. 운전 조심히 해요. 사랑하는 강재준 씨."

전화를 끊는 것이 이렇게 아쉬운 일이라는 것을 왜 이제야 알게 되었을까. 매일매일 들어도 좋은 그 목소리. 마음속에 언젠가부터 따뜻한 바람을 불어넣어 차가운 마음을 녹여 준 그녀. 강재준이 사랑하는 한지수.

"목소리 들으니 보고 싶네."

혼잣말을 중얼거리는 재준의 얼굴에는 미소가 떠나가지 않았다.

강의가 끝나고 작업실에 들러 간단하게 일을 정리하고 나니 생각보다 시간이 많이 늦어져 있었다. 지민이 또다시 집에 쳐들어와 술판을 벌인다는 강의 메시지를 뒤늦게 확인한 재준은 서둘러 집으로 들어갔다.

"나 왔어."

"빨리 와. 이 계집애 완전히 술꾼이야."

강은 재준이 오자 반색하며 자리에서 일어났다. 벌써 얼마나 마셨는지, 평소 술을 마셔도 얼굴색 하나 변하지 않던 강은 붉어진 얼굴로 재준을 반겼다.

"왔어?"

"어. 그런데 무슨 술을 이렇게 많이 사 온 거야?"

지민이 사 온 술들을 본 재준이 놀란 표정을 짓자 지민은 개구진 표정을 지으며 말했다.

"친구 집에서 술 마시면 원래 이렇게 많이 마시는 거야."

"웃기네."

재준에게 맥주를 건네던 강은 볼멘소리를 했다. 재준은 강이 건넨 맥주를 테이블에 내려놓으며 입을 열었다.

"옷 좀 갈아입고 올게."

"빨리 와. 나 혼자서 얘 감당하기 힘들어."

방 안으로 사라지는 재준의 뒷모습을 보다 맥주 캔을 찌그러트리던 강은 인상을 강하게 썼다.

"씁!"

"왜?"

"손 베었어."

"괜찮아?"

지민은 서둘러 자신의 옆에 있던 티슈를 뽑아 들고 강에게 다가갔다. 시뻘겋게 상처 부위를 덮고 바닥으로 떨어지는 핏방울에 지민은 자기가 얼굴을 찡그리며 고개를 돌렸다.

"으……. 난 피 싫어."

"아, 아파!"

"가만히 좀 있어 봐."

"쳐다보고나 말을 해!"

방에서 나온 재준은 강과 지민이 티격태격하는 소리에 무슨 일인가 싶어 빠른 걸음으로 다가왔다.

"무슨 일이야?"

"쟤 손 다쳤어."

강의 손가락을 감싸고 있던 티슈 위로 배어난 피를 본 재준은 서둘러 구급함을 가져왔다.

"손 줘 봐."

지수가 다쳤던 상처에 비하면 아무것도 아니네.

강의 상처를 보자 부산에서 다쳤었던 지수의 모습이 떠올랐다. 다시 생각해도 정말 아찔한 순간이었다.

"별거 아니네. 그냥 약 바르면 되겠어."

익숙하게 저치를 끝낸 재준은 구급함을 테이블 위에 올려놨다.

"끝!"

"많이 해 본 솜씨네?"

"꽃 만지는 사람이 손가락 성할 일은 없지. 익숙해지기 전까지는 손에 상처 많이 나."

"그래?"

지민은 맥주 캔을 잡고 있는 재준의 손을 유심히 쳐다봤다. 꽃보다도 아름답다는 말을 듣는 외모와는 다르게 남자답게 굵직한 손이었다. 하얗고 길어서 얼핏 봤을 땐 상처 하나 없을 것 같던 그의 손은 여기저기 상처가 나 있었다.

겉으로는 편하게 살았을 것 같은 재준은 자신의 삶을 손으로 감싸듯 감추고 살아왔다. 유명 플로리스트라는 명성을 가지고 있지만 사랑하는 사람을 지켜 주지 못한 트라우마로 지금껏 행복한 삶을 살아오지 못한 그가 이제는 그 상처를 내보이며 치유받기 원하고 있었다. 그리고 한 여자로 인해 그 상처는 치유되어 가고 있었다.

"우리 재준이 손도 상처가 많네. 의외네."

"그럼. 재준인 너처럼 낙하산은 아니거든."

"이게 진짜! 오늘 싸우자!"

"한주먹거리도 안 되는 게!"

서로를 향해 두 주먹을 불끈 쥐고 노려보고 있는 지민과 강을 보면서 재준은 웃음을 터트렸다. 고등학교 시절 때의 순수했던 모습이 다시 고스란히 느껴졌다. 아버지와의 일만 아니면 너무나 완벽한 생활이었다. 사랑하는 사람과 친구들, 그리고 행복함이 느껴지는 감정.

"너, 내가 재준이 웃으니까 봐주는 거야."

"웃겨, 흥!"

부부 싸움은 칼로 물 베기라는 말처럼 이 둘의 싸움도 그러했다. 사이가 좋거나 나쁘거나 만나면 티격태격, 미워해도 미워할 수 없는 친구 관계.

"아! 재준아, 내가 여기 온 건 놀러온 거기도 하지만 어떻게 할지 상의하려고 온 거야."

웃음기가 조금 사라진 얼굴로 지민이 물었다. 그녀의 말에 재준은 맥주를 시원하게 들이켰다.

"무슨 일?"

"뭐 대충 알고는 있겠지만 재준이 아버지가 혼사를 밀어붙이려고 하는 거 말이야."

"그래서?"

예상은 하고 있었던 강의 표정이 굳어졌다. 하지만 그 대화에
끼어들지는 않고 단지 재준의 옆에서 아무 말 없이 지켜보았다.
그가 더 힘들지 않게 도와주고 싶었지만 이번 일은 자신이 도와
줄 수 있는 일이 아니었다. 그런 속상한 마음을 가지고 있었지만
강은 재준에게 티를 내지 않았다.

재준은 몸을 소파에 깊숙이 묻으며 입을 열었다.

"지민아, 너도 알고는 있겠지만 그 사람한테 중요한 건 너희
회사의 투자야. 내가 알아본 바로는 부채가 상당해서 투자를 받
지 않으면 곧 1차 부도가 날 거래."

"음…… 나도 조금은 알아봤는데 페이퍼 컴퍼니를 통해 자금
세탁해서 쟁여 놓은 비자금이 꽤 되는 것 같은데 맞아?"

"맞아."

재준은 고개를 끄덕였다.

"하지만 그 모든 걸 다 처분하고 회사로 자본을 유입한다고
해도 자본 잠식 상태라 회생은 불가능한 거 같아."

"넌 어떻게 알고 있는 거야?"

"대학 동기 중에 정보통이 하나 있어. 그 친구 통해 들었어."

"그렇군. 그럼 내가 뭘 어떻게 해 주면 돼?"

지민의 눈이 빛났다. 그동안 재준을 심적으로 힘들게 한 것에
대한 보상을 하고 싶었다. 그것이 아니라도 친구니까 그를 도와
주고 싶었다.

"너희 부모님께는 말씀드렸어? 너랑 나에 대해."

"응. 사실 너희 쪽에서 혼담이 들어왔을 때 썩 내켜하지 않으셨어. 그때는 내가 너를 마음에 두고 있었으니까 내가 그러겠다고 한 거지. 이 업계에서 네 아버지 소문이 그렇게 좋은 건 아니거든."

"아…… 그래?"

"결론은, 반색하시면서 좋아하시던걸?"

"그러면 됐어. 다음 주 그 식사 자리엔 아무도 나가지 않는 것이 좋겠어. 그것보다 더 확실한 거절은 없을 테니."

"오케이. 알겠어."

폭풍이 몰아치듯 이어지는 대화에 끼어들지 못한 강은 시무룩하게 자리에서 일어났다.

"어디 가?"

"들어도 모르는데 뭘."

"쟤 삐졌다, 삐졌네. 너 자꾸 그러면 고추 떨어진다!"

지민이 사악한 미소를 지으며 강을 쳐다봤다. 강의 얼굴은 순식간에 붉으락푸르락해지며 곧 그녀를 잡아먹을 듯한 표정을 지었다.

"나 오늘 삐뚤어질 테야!"

요즘 들어 술 마시는 횟수가 많아진 것 같은 재준은 화장실 거울에 비친 자신의 모습을 자세히 들여다봤다. 거칠어 보이는 피부는 오롯이 어제의 음주 행태를 드러내고 있었다. 얼굴을 매만지던 재준은 한숨을 길게 내쉬며 샤워기의 물을 틀었다.

오전에 있는 지인과의 약속을 빼면 오후 내내 온전히 지수와 함께 있을 수 있다는 생각에 재준은 기분이 들뜨기 시작하고 설레었다.

분명 좋아할 거란 말이지. 그리고…….

흐뭇했다. 아침부터 기분이 좋았다. 차가운 물줄기가 몸을 감싸니 더욱 상쾌해졌다. 어느새 거품으로 몸을 가린 그는 서둘러 깨끗하게 씻어 냈다.

마지막 면도까지 깔끔하게 마치고 큰 타월로 하체를 감쌌다.

재준은 노래를 흥얼거리며 욕실에서 나왔다.

밖에서는 웅성거리는 소리가 들려왔다. 아마 술 마시고 뻗은 지민을 그냥 소파에 놔둔 것 때문에 강과 지민이 아침부터 싸우는 소리일 거라고 생각한 재준은 자신의 방 안에 욕실이 붙어 있다는 것에 처음으로 감사했다.

"야! 강재준!"

신경질적으로 자신의 이름을 부르는 지민의 목소리가 바로 문 밖에서 들려오자 당황한 재준은 서둘러 옷을 입었다.

벌컥, 짜증스럽게 문을 연 지민은 평소에 보이지 않았던 눈빛으로 재준을 암팡지게 노려봤다. 잘못 걸리면 뼈도 못 추릴 것 같은 분위기에 재준은 자연스레 지민의 눈치를 살폈다.

"너희 진짜 매너 꽝이야!"

울부짖는 소리에 가까웠다.

"야, 이 계집애야. 너를 방으로 옮기고 싶어도 다가갈 때마다 우리를 때리는데 어떻게 옮길 수가 있겠니? 봐! 네 손톱자국!"

뒤이어 흥분해서 시뻘게진 얼굴을 하고 강이 쫓아와 속사포같이 말을 내뱉었다. 아무래도 둘이 싸우다 진실의 판결을 솔로몬 왕에게 맡기는 심정으로 자신을 찾아 왔을 거라 생각한 재준은 그만 웃음을 터트려 버렸다.

"왜 웃어? 너도 마찬가지야, 강재준. 그래서 여자들이 좋아하겠니?"

"그런데 너…… 다시는 술 그렇게 많이 마시지 마. 진짜 우리 둘 다 죽을 뻔했어."

"뻥치시네. 나 그런 술버릇 없거든?"

"지민아, 미안하지만 나도 여기……."

재준은 자신의 팔에 선명하게 그어져 있는 붉은 손톱자국을 지민에게 내밀었다. 그것을 본 그녀는 믿지 못하겠다는 표정이었다.

"설마, 내가……."

"그 설마가 사람 잡는 거 모르냐?"

"에잇! 짜증 나. 나 집에 갈래."

"밥은 먹고 가, 이 계집애야."

"흥!"

재준의 방에서 나간 지민은 소파 위에 있던 자동차 키를 찾아 들고는 현관으로 향했다. 왠지 모르게 그녀는 화가 난 것보다 창피해서 자리를 서둘러서 피하는 것 같은 느낌이었다.

"너 정말 밥 안 먹고 가?"

"나 간다."

서둘러서 그들의 집에서 빠져나온 지민은 기억나지 않는 자신의 술버릇에 부끄러워 어디론가 숨어 버리고 싶은 생각뿐이었다. 하지만 강의 밥 먹고 가라는 말이 다시 떠오르니 살며시 미소가 새어 나오는 것은 어쩔 수 없었다.

재준은 이제야 강과 지민이 예전처럼 진짜 친구처럼 느껴졌다. 이성의 감정을 배제한 그저 우정이라는 것으로만 채워진 친구.

"어디 가?"

"약속 있어."

"밥은?"

"브런치 하기로 했거든."

"나도 그럼 샵 나가서 먹어야겠다. 혼자 먹기 싫으니까."

전신 거울을 보며 자신의 옷매무새를 고치던 재준은 고개를 끄덕였다.

"나도 좀 씻어야겠어. 잘 다녀와라."

"오늘 늦는다."

"나도 오늘 애인 만나기로 해서 늦으니 서로 걱정하지 말자고."

"오— 우리 병식이 애인 생겼어?"

"이게! 본명 부르지 말랬지?"

장난기 어린 표정으로 바라보는 재준을 못마땅한 듯이 쳐다보던 강은 뒤돌아섰다.

"언제까지나 혼자일 순 없으니까. 잘 다녀와."

방에서 나가며 말하는 강을 쳐다보던 재준은 미리 챙겨 두었던 가방을 들고 밖으로 향했다.

지인과의 약속이었던 브런치를 마친 재준은 지수에게 전화를 걸었다. 얼마간의 신호 끝에 지수의 목소리가 부드럽게 전해져 왔다.

— 언제 와요?

"지금 출발할거예요. 30분쯤 걸려요."

— 빨리 와요. 보고 싶어요.

"기다려요."

재준은 보고 싶다는 지수의 달콤한 목소리에 한없이 설레었다. 누군가 자신을 보고 싶어 한다는 것이 이렇게 심장이 뛰는 일이라는 것을 왜 이제야 알았을까. 지수를 통해서 느껴지는 감정들이 재준에게는 처음 느껴지는 것들이니 생소하면서 행복하게 만들었다.

살맛 난다.

행복한 미소를 지으며 재준은 서둘러 자신의 차에 올라탄 후 지수의 집으로 향했다.

언제부터 나와서 기다리고 있었는지 지수는 재준의 차가 시야에 들어오자 한쪽 팔을 들어서 크게 흔들었다. 어린아이처럼 좋아하는 모습에 재준은 순간 자기를 보고 좋아하는 것인지 차를 보고 좋아하는 것인지 하는 의구심이 들었다.

이것도 병이다.

평소 자신보다 차를 보고 더 좋아했던 그녀라 방심을 늦추면 안 됐지만 차에게 질투를 느끼는 자신을 보고 있자니 웃음부터 터져 나왔다.

"우와— 사랑하는 강재준 씨. 너무 멋있다."

재준이 차에서 내리자 지수는 환하게 웃으며 칭찬을 쏟아 냈다. 재준은 괜한 의구심이었다며 이젠 차보다 자신을 먼저 눈에 넣어 주는 지수에게 이상하게 고마운 마음이 들었다.

"오늘 우리 지수 씨도 너무 예쁘네요. 누굴 꼬이려고 이렇게 하늘하늘한 원피스를 입고 왔을까?"

"강재준 씨요."

까치발을 들고 재준의 귀에 대고 속삭이자 재준은 얼굴이 달아올랐다. 아무래도 이 여자가 오늘 작정을 하고 자신을 유혹하려고 하나 보다라고 생각하니 자신 안에 있는 짐승이 감고 있던 두 눈을 뜨려 했다.

"지수 씨. 지금부터 이러면 오늘 데이트고 뭐고 못 해요."

"재미있겠다."

두 눈을 반으로 접고 눈웃음을 치는 지수를 본 재준은 그녀를 당장 안지 않으면 견딜 수 없을 것 같은 마음이 끓어올랐다.

"재, 재준 씨."

지수의 허리를 감싸고 자신의 몸으로 밀착시킨 재준은 지수의 이마에 이마를 맞대었다.

"그렇게 웃는 건 나한테만."

"그리고요?"

"응?"

"또 재준 씨한테만 할 거요."

"지수 씨를 그냥 내 주머니에 넣고 다니고 싶다."

재준의 느끼한 말에 지수는 그만 웃음을 터트리고 말았다.

"다음부터 그 말 하지 마요. 견디기 힘들다."

"정말 로맨틱하지 않는 여자야."

재준은 슬며시 지수의 입술을 끌어당겨 입을 맞췄다. 더 깊게 키스하고 싶었지만 장소가 장소인 만큼 재준은 곧 지수를 차에 태웠다.

"우리 어디 가요?"

"비밀."

"어차피 밝혀질 건데 무슨 비밀이람."

볼멘소리로 대답하는 지수는 말을 그리했지만 꽤 기대하는 표정이었다. 재준은 지수의 손을 잡고 목적지에 도착할 때까지 정말 아무 말도 하지 않았다.

"어? 여기 백화점이잖아요."

"쇼핑 데이트하러 왔어요."

"쇼핑? 남자들 쇼핑 싫어하잖아요."

"한번 도전해 보려고요. 내 여자 입히는 건 싫지 않을 것 같아서."

재준은 차에서 내려 얼른 조수석 쪽으로 와 차에서 내리는 지수의 손을 잡고 승강기로 향했다. 그는 꽤 뭔가 기대하는 눈치였다.

재준은 평소 쇼핑을 즐기는 타입은 아니었지만 가끔 강과 백화점에 한번 오면 녹초가 되곤 했었다. 이렇게 육체노동이 심한 것을 여자들은 어떻게 하루 종일 할까 하는 의문을 품었던 적이 많았고, 지수와 같이 오기 전까지도 그러했다. 하지만 지수가 입을 옷을 사러 온다는 생각을 하자 재준은 쇼핑이라는 것에 흥미가 일었다.

"누굴 입혀요?"

"지수 씨요."

"왜요?"

"사 주고 싶어서요."

지수는 재준의 손에 이끌려 백화점 맨 꼭대기 층으로 올라갔다. 이곳은 명품 부티크 샵들이 입점되어 있는 명품관이었다.

승강기에서 내린 지수는 눈이 휘둥그레졌다. 명품 백은 두세 개 정도 가지고는 있지만 옷까지 명품으로 입지 않았기에 이런 곳에 올 일이 없었다. 재준은 강과 자주 갔었던 샵으로 지수를 데리고 들어갔다.

"어서 오세요. 어머, 선생님 오랜만이세요."

"네. 오랜만이네요."

간드러진 목소리로 인사하는 점원을 보자 지수는 못마땅하다는 표정을 잠시 지었다. 아무리 봐도 사심이 들어간 점원의 눈빛이 마음에 들지 않았다.

"지수 씨, 왜 그래요?"

직원이 멀어져 가자 재준이 물어 왔다.

"아까 저 직원이 끼 부리잖아요."

"끼 부려요?"

"재준 씨는 못 느끼나 본데, 제 눈에는 다 보인다고요."

"질투해요?"

새침해진 지수는 화려하게 진열된 명품들을 쭉 둘러보았다. 그러나 구경을 할수록 부담이 느껴지자 지수는 재준을 올려다보았다. 자신보다 20센티 정도 큰 재준이 오늘따라 더 크게 느껴진 지수는 재준의 상의를 살짝 잡아당겼다.

"왜요?"

"여기 너무 비싸 보이는데, 저 체질상 이런 옷 못 입어요."

"내가 그 체질 다르게 바꿔 줄게요."

그사이에 점원이 옷을 들고 나타나자 지수는 어색하게 웃을 수밖에 없었다. 재준은 상기된 표정으로 쭈뼛거리는 지수의 등을 떠밀며 옷을 갈아입고 나오라고 들여보내고는 자신은 질 좋은 가죽 소파에 앉았다.

시간이 얼마 지나지 않아 지수는 디올 검은색 시스루 미니 원피스를 입고 같은 색 지미 추 구두를 신고 재준 앞에 섰다. 아찔하면서도 점잖은 분위기를 풍기는 지수를 보자 재준은 자신도 모르게 침을 삼켰다.

"괜, 괜찮아요?"

"아주 좋은데요. 지금 입고 있는 옷하고 신발 포장해 주세요."

"재준 씨!"

재준은 소파에서 일어나 지수 앞에 섰다. 킬 힐을 신으니 시선이 비슷해진 그녀의 눈과 마주했다.

"이거 너무 비싸요."

눈을 마주치며 자신만 들릴 만큼의 소리로 소곤대는 지수가 왜 이렇게 귀여운지. 재준은 그녀를 안아 버리고 싶었지만 그 마음을 꾹 누르며 따뜻한 시선으로 바라보았다.

"원래도 예뻤지만 더 예뻐요. 내가 마음에 들어서 사는 거니까 부담 갖지 말아요."

"느낌이 이상해요. 뭔가 있을 것 같은데?"

눈치 빠른 지수는 옷을 갈아입으러 들어가면서 재준에게 말했다.

사실 재준은 내일 지수를 데리고 병만에게 가려고 생각하고 있었다. 최고로 예쁘고 멋진 모습의 지수를 소개시키며 당당하게 사랑하는 사람이라고 말하고 나올 생각이었다.

이미 재준에게 아버지라는 존재는 중요하지 않았다. 혈연이고 가족이라는 이름하에 법적으로 묶인 관계였지만 남보다 더 못한 사람들이었다.

그들 앞에서 결혼할거라고 통보하고 연을 끊을 생각인 재준이었지만, 자식으로서 마지막 도리를 다하기 위해 사랑하는 사람을 소개시켜 주고 싶었다.

사랑이라는 것이 자신을 얼마나 변화시켜 놨는지, 그 누구보다 아버지라는 사람에게 보여 주고 싶은 마음이 간절했다. 이것을 마지막으로 그들을 신경 쓰지 않고 자유롭게 살리라 결심한 재준은 한숨을 길게 내쉬었다.

"무슨 생각을 그리해요?"

"아무것도 아니에요. 음, 다른 옷들도 더 입어 보죠? 다른 브랜드로 갈까요?"

"재준 씨, 아래층에 내려가면 제가 즐겨 입는 브랜드 있거든요. 몸에 잘 맞고 편하고요. 전 여기보다 그곳이 더 좋은데."

"알았어요. 그럼 오늘은 내가 여기서 양보할게요. 평생 계속 사 주면 되지 뭐."

"설마 그, 그거 프러포즈 아니죠?"

지수는 믿을 수 없다는 표정으로 재준을 쳐다봤다. 재준은 그저 부드러운 미소를 지으며 지수와 함께 다른 곳으로 향했다. '평생', '계속'이라는 단어가 왜 이렇게 설레고 두근거리게 하는 것인지. 그 말을 입에 담는 재준은 행복했다.

쇼핑부터 시작해서 서점, 음식점, 커피숍으로 두 사람의 데이트가 이어졌다. 평범한 연인들이 하는 데이트로 하루를 행복함으로 꽉 채운 지수와 재준은 지수의 집 앞에서 아쉬운 마음에 도란도란 이야기를 나누며 한 시간째 차 안에 있었다.

"지수 씨, 우리 내일도 만나요."

"내일도요?"

"네."

"그런데 내일은 그 원피스랑 구두 신고 나와요. 갈아입을 옷
도 가져오고."

지수는 불길한 느낌이 들었다. 하긴 좋은 옷을 사 줄 때부터
알아봤어야 했다.

"뭐예요? 빨리 말해요."

"내일 약혼자 노릇 하러 가요."

"그럴 줄 알았어."

"미리 이야기 못 해서 미안해요. 갑자기 그렇게 되었어요."

후— 지수는 한숨을 크게 내쉬었다. 재준에게 미리 부모님에
대해서 들었기도 했고, 그의 부모님이 어떤 사람인지를 떠나 재
준의 부모님이라는 것 자체에 중압감이 들었다.

"갑자기 긴장되네요. 어쨌든 재준 씨 부모님을 만나 뵙는 거
니까요."

"지수 씨, 나 좀 봐요."

지수의 손을 잡고 놓지 못하는 재준의 표정에는 미안함과 불
안감이 녹아 있었다. 분명 지수가 상처받을 것이 뻔한데, 그런
곳에 데리고 가야 하는 것도 미안했다.

"분명히 가면 좋은 말 못 들을 거예요. 상처받을지도 몰라요.
그런데 그런 거 다 알면서도 지수 씨를 데려가려는 건 내가 사랑
하는 사람이라는 거 당당하게 보여 주고 싶어서예요."

흔들리지 않는 눈동자와 진심을 담은 눈빛에서 결의가 느껴

졌다.

재준은 진심이었다. 사랑을 하찮게 여기는 아버지란 사람에게 자신이 사랑하는 사람을 보여 주고 싶었다. 자신들 앞에서 비웃고 조롱해도 그 사랑을 보여 주고 싶었다. 오랜 세월 동안 마음을 닫고 살아왔던 자신이 한지수라는 사람을 만나 마음을 열었고, 매일 웃게 되었고, 또 사랑하는 마음을 되찾게 되었다는 것을 보여 주고 싶었다.

"나 재준 씨 믿으니까 걱정 없어요. 그리고 나 우리 엄마한테 훈련된 사람이라 웬만한 막말 따위는 다 커버할 수 있으니까 걱정 말아요. 내가 사랑하는 강재준 씨."

말 한마디, 한마디로 자신의 마음을 감동시키는 지수를 재준은 품에 안았다.

이 여자를 놓치면 평생 후회할 거다, 강재준.

"고마워요."

"오늘 피곤했을 텐데 어서 들어가 쉬어요."

"헤어지기 싫다."

"나도요. 하지만 내일을 위해서 우리 어쩔 수 없이 헤어져야 해요."

"알겠어요."

잔뜩 아쉬운 표정을 얼굴에 담고 재준은 차에서 먼저 내려 조수석 쪽으로 걸어가 차 문을 열어 주었다. 지수가 내리자마자 그녀를 끌어안고 타는 듯한 뜨거운 입맞춤을 한 재준은 호흡이 거칠어지기 전, 이성이 끊어지기 전에 입술을 떼어 내고 부드럽게 미소를 지었다.

"내일 봐요."

"조심해서 가요."

"먼저 들어가요. 들어가는 거 보고 갈게요."

"아니에요. 먼저 가요. 우리 알팔이 뒤태 좀 보게."

장난기 가득한 지수의 말에 재준은 웃음을 터트리며 못 말리겠다는 듯 고개를 가로저었다.

"알겠어요. 요놈 궁둥이 많이 보고 들어가요."

재준은 떨어지지 않는 발걸음이었지만 지수의 기분을 맞춰 주기 위해 먼저 차에 올랐다. 차를 몰고 그곳을 빠져나오기까지 백미러로 지수의 모습을 확인하던 재준은 이내 지수의 모습이 안 보이자 크게 한숨을 내쉬며 집으로 향했다.

똑똑!

강은 집에 돌아오자마자 재준의 방문을 두들겼다. 들어오라는 재준의 목소리가 들리자 방 안으로 들어간 강은 침대에 누워 책을 읽고 있는 그의 옆에 걸터앉았다.

"뭐 읽어?"

"지수 씨 신작."

"열부 났다."

입술을 삐쭉거리던 강은 손에 들고 있던 티켓을 재준에게 내밀었다.

"이게 뭐야?"

"제주도 비행기 티켓."

"그런데 이걸 왜 나한테 줘? 애인이랑 다녀오지."

"내일 가려고 준비 다 해 놨는데 애인이 장염 걸려서 못 가. 환불하기도 아깝고 그래서 시간 많은 네 커플이 생각나더라."

강은 피곤하다는 듯이 자리에서 일어나 기지개를 펴며 하품을 했다. 하품으로 찔끔 눈물이 나온 강은 손으로 눈물을 닦아 내며 마른세수를 했다.

"저녁 비행기고, 호텔까지 다 잡아 놨으니까 다녀와. 그럼 나 피곤해서 간다."

"내일 갈 수 있을지 모르겠지만 아무튼 고마워."

"별말씀을."

강이 나가자 강이 놓고 간 티켓을 확인하던 재준은 피식, 웃어 버렸다. 이상하게 강이 일부러 준비한 것 같은 생각이 들었다.

오늘따라 예쁜 놈.

재준은 서둘러 지수에게 메시지를 보냈다. 제발 갈 수 있다는 답변이 와라, 하며 휴대폰을 손에서 떼지 못하던 재준은 진동이 느껴지자 서둘러 확인했다.

[완전 좋아요. 사랑하는 강재준 씨.]

재준의 얼굴에는 환한 미소와 설렘이 가득했다. 아마 혼자 있는 이 밤이 아주 길어질 것 같았다.

★

— 늦지 말고 오도록 해. 이제야 말귀를 알아들으니 마음에 드는군.

약속 두 시간 전, 병만에게서 걸려 온 전화를 받은 재준은 통화를 끝내자마자 바로 지민에게 전화를 걸었다.

"바쁜가?"

신호음이 오래 들려와도 받지 않자, 재준은 전화를 끊어 버렸다. 그곳으로 가기 전 지민과 통화하고 움직여야 마음이 놓일 것 같았던 재준은 다시 전화를 걸어 볼까 하다 소파에서 일어났다.

쿵.

현관문이 닫히는 소리가 요란하게 나며 강이 빠른 걸음으로 집 안으로 들어왔다.

"왜 들어와? 오늘 쉬는 날이었어?"

"아, 아……. 그게 아니고…… 아이고 나 죽는다!"

한 손으로 엉덩이를 움켜잡고 급하게 화장실로 들어간 강은 잠시 후 하얗게 질린 얼굴로 나왔다.

"왜 그래? 어디 아파?"

"장염인가 봐. 아, 옮……았나 봐…….”

"그럼 병원을 가야지.”

"집도 간신히 왔어. 아, 아! 또…….”

다시 화장실로 뛰어 들어가는 강의 모습에 재준은 걱정스러웠다. 바이러스도 씹어 먹는 타고난 건강 체질인 녀석이 아픈 모습에 안쓰럽기만 했다. 약이라도 사 주고 가야겠다는 생각에 재준은 현관으로 향했다. 현관문을 열고 밖으로 나가려는 순간 손에 든 휴대폰이 울렸다.

"여보세요?"

— 전화했었어?

"어, 지민아. 오늘 그날이잖아.”

— 걱정돼서 전화한 거야?

웃음이 섞인 말투였지만 그녀 역시도 긴장하고 있는 것같이 느껴졌다. 그녀의 긴장감이 재준에게도 고스란히 느껴졌다.

"걱정은 아니고, 이상하게 네 목소리를 듣고 가야 할 것 같아서."

— 강재준, 이제 와서 그런 말 하면 곤란해. 난 오늘 선본다고.

"선? 좋은 사람 만났으면 좋겠다."

— 아마 우리 아버지가 네 아버지한테 전화할 때쯤 난 선볼 사람 앞에서 억지스런 미소를 짓고 있겠지. 어쨌든 난 지금 나가야 하니 성공을 빈다, 친구야.

"고마워, 지민아."

지민과 통화를 마친 재준은 서둘러 움직였다. 강의 약까지 사다 주고 지수를 데리러 가야 했기 때문이었다. 지수와 함께 간다는 것에 조금은 긴장되었지만 두렵지는 않았다. 오히려 힘이 난다고나 할까.

"강! 여기 약 사다 놨다. 먹고 좀 쉬어. 다녀올게."

"고마워…… 윽!"

화장실 안에서 들리는 신음 소리에 그를 혼자 놔두고 나가는 것이 조금 신경 쓰이기는 했지만 어쩔 수 없는 상황이었기에 재준은 서둘렀다.

"지수 씨!"

여행 가방을 들고 나오는 지수를 보자 서둘러 그녀에게 향한 재준은 어제보다 더 아름다운 지수의 모습에 흐뭇한 미소를 지었다. 비록 아름답게 꾸미고 가는 곳이 상처받을지도 모를 곳이었지만 재준은 지수가 잘 견뎌 주리라 믿었다.

"어제보다 더 아름답네요."

"칭찬 들으니 긴장이 좀 풀리네요."

"긴장하지 말아요. 괜찮을 거예요."

재준은 지수를 먼저 차에 태우고 그녀의 여행 가방을 트렁크에 실었다. 시간을 확인하니 약속 시간까지 얼마 남지 않아 재준은 운전석에 올라타며 시동을 걸었다. 그곳으로 가는 시간 동안 그 둘은 말이 없었다.

유명 호텔 정문에 앞에 차를 세운 재준은 먼저 내려 다가오는 발렛에게 차 키를 건넨 후 뒤따라 내리는 지수의 손을 잡았다. 그녀는 긴장하고 있는지 표정이 굳어 있었고, 자꾸만 숨을 깊게 내쉬었다. 그런 그녀의 손을 잡고 호텔 안으로 들어가 레스토랑 입구에 도착한 재준은 잠시 멈춰 서서 지수를 바라보며 미소 지었다.

"사랑하는 한지수 씨."

"네."

"나 믿어요?"

"네. 믿어요."

"그럼 한번 웃어 줄래요? 내가 좋아하는 지수 씨 미소 짓는 얼굴 보면 힘 날 것 같아요."

언제 긴장했냐는 듯 지수는 곧 환하게 미소를 지어 보였다. 그녀의 미소에 재준은 혼자였을 때 힘겨워하던 시간들이 순식간에 떠올랐다.

혼자 버텨야 했던 그 시간이 이제는 그저 추억으로 지나간다. 사랑하는 사람이 자신을 보고 미소 지어 주는 것에, 그리고 함께 손을 잡고 있는 이 순간에 재준은 숨이 막히도록 감정이 복받쳐 올랐다.

"가요."

재준은 손을 놓지 않은 채 지수와 함께 안으로 들어갔다. 먼저 와 있던 병만과 그 여자, 혜리는 그들을 보더니 얼굴을 점점 일 그러트렸다

"지수 씨, 인사드려요. 제 부모님이세요."

"안녕하세요? 한지수입니다."

혜리는 재준의 행동에 기가 막혔다. 이렇게 중요한 자리에 여자를 데리고 오다니, 그녀는 그를 산뜩한 표정으로 노려봤다.

"정신 나간 녀석."

병만의 서늘한 시선과 말투에 재준의 표정도 싸늘해졌다.

"당장 돌려보내지 못해? 곧 회장님 내외분이 오실 건데 마주치기라도 한다면 어쩔 거냐?"

"지수 씨, 여기 앉아요."

재준은 병만의 말을 무시하며 지수와 함께 그들이 차갑게 노려보는 맞은편에 앉았다.

"너 미쳤니? 어딜 앉히는 거야?"

차마 밖으로 새어 나갈까 소리 지르지 못하고 날카로운 목소리를 내뱉은 혜리는 병만을 쳐다봤다.

"어디 한번 해보자는 거냐?"

마치 맹수가 으르렁거리듯 낮은 음성으로 위협하는 병만을 재

준은 입을 굳게 다문 채 힘 있는 눈빛으로 쳐다봤다.

"너 지금 여기가 어떤 자리인 줄 알고 따라온 거니? 개념이 없는 걸 보니 어떤 앤지 알겠구나."

표정하나 변하지 않고, 재준 옆에 앉아 있는 지수를 향해 혜리는 말을 무기 삼아 공격했다.

지수는 내색하지는 않았지만 계속되는 긴장감에 갈증이 일었고 재준은 지수가 혹여나 상처받지 않을까 하는 걱정에 그녀의 손을 더욱더 세게 잡았다. 조금만 더 힘내라는 재준만의 신호였다.

"당장 데리고 나가!"

화를 참지 못한 병만이 소리쳤다. 그의 모습에서는 평소에는 볼 수 없었던 초조함이 느껴졌다. 곧 W그룹에서 사람들이 올 거라는 것을 인식한 듯 병만은 무슨 짓을 해서라도 지수를 쫓아내겠다는 듯이 언성을 높였다.

"어디서 굴러……."

우—웅.

테이블에 놓여 있던 병만의 휴대폰이 요란스러운 진동 소리를 내자 지수에게 막말을 퍼부으려던 그가 시선을 틀어 발신자를 확인했다.

곧 언제 화를 냈냐는 듯 목소리를 가다듬은 그는 미소까지 품으며 휴대폰은 집어 들었다.

"여보세요?"

— W그룹 이지성입니다.

"아이고, 회장님! 기다리고 있습니다. 이지민 상무도 오질 않

398

고 무슨 일 있는 건가요?"

자신의 영혼이라도 빼 줄 것 같은 병만의 나긋나긋한 목소리에 재준은 씁쓸했다. 자식인 자신은 한 번도 아버지의 저런 목소리를 들은 적이 없었다.

— 저희 W그룹의 입장을 전하겠습니다. 저희는 FF에너지사와의 혼사는 없던 일로 할 것입니다.

"뭐, 뭐라고요?"

지성의 말에 병만의 두 눈동자 크게 흔들렸다. 당황한 것이 역력했다.

— 따라서 저희 그룹에서의 투자 건도 백지화시키겠습니다. 혼사가 아니더라도 부실한 기업에 큰 금액을 투자하는 모험을 할 수는 없는 거니까요.

병만의 표정이 크게 일그러지기 시작했다. 얼굴이 빨개지며 올라오는 화를 참는 듯 테이블 위의 주먹 쥔 손이 부르르 떨렸다. 그의 모습에 계획이 틀어졌음을 눈치챈 혜리의 표정도 점점 굳어졌다.

혜리는 마치 예상하고 있었다는 듯 여유로운 표정으로 미소까지 짓는 재준을 쳐다봤다. 이곳에 여자를 데려온 재준의 행동에 그녀는 이제야 이해가 갔다. 혜리는 아랫입술을 지그시 깨물고는 재준을 죽일 듯이 노려봤다.

— 다시는 이렇게 개인적으로 전화드리는 일은 없을 겁니다. 그럼, 안녕히 계십시오.

거의 일방적인 지성의 말이 끝난 후 그는 병만이 아무런 미련따위 품지 못하도록 차갑게 전화를 끊어 버렸다. '아' 한 마디

해 보지 못하고 전화가 끊어지자 병만은 휴대폰을 바닥에 처박 듯 던져 버렸다.

"이게 도대체 무슨 일이야?"

얼굴이 빨개진 병만은 불같이 화를 내며 소리를 질렀다. 그런 그의 모습에 혜리의 미간은 깊게 좁아지며 노려보고 있던 재준에게 입을 열었다.

"강재준. 네가 꾸민 일이야?"

"뭐? 설마, 네가 이런 짓을 벌였다고?"

병만은 믿기지 않는다는 듯이 재준을 쳐다봤다.

"지수 씨, 일어나요."

병만의 말을 무시하듯 재준은 지수에게 미소를 지으며 그녀를 일으켜 세웠다. 그러고는 표정이 일그러지다 못해 구겨진 병만과 혜리를 차갑게 쳐다봤다.

"세상은 아버지의 뜻대로 움직이지 않죠. 그리고 저는 아버지의 아들이지 원하는 대로 사용할 수 있는 도구가 아닙니다. 제가 사랑하는 사람을 이곳에 데리고 온 것은 마지막 도리를 하려고 하는 겁니다. 아들이 누군가와 평생 행복하게 사는지 아셔야 하니까요."

짝!

"꺅! 재준 씨!"

병만은 화를 참지 못하고 재준에게 다가가 뺨을 내리쳤다. 지수는 너무 놀라 두 손으로 입을 가리고 눈만 껌뻑였고, 재준의 한쪽 얼굴은 순식간에 시뻘게졌다.

"이 배은망덕한 새끼. 네가 누구 덕에 이렇게 호강하면서 컸는데! 그런데 은혜를 이런 식으로 갚아?"

"그동안 아버지가 저한테 해 주신 것이 있으시면 제가 배상하
죠. 그럼 앞으로 영원히 마주치지 말았으면 좋겠습니다. 건강하
십시오."

재준은 허리를 깊게 숙여 인사한 후 지수의 손을 잡고 그곳에
서 나갔다.

"여, 여보!"

레스토랑을 나가는 그들의 뒤로 놀라 소리치는 혜리의 목소리
가 들렸다. 병만이 휘청거렸는지도 모르는 일이었지만 재준은 뒤
돌아보지 않았다.

"재, 재준 씨!"

혜리의 다급한 목소리를 들은 지수는 걱정되는 듯 재준을 쳐
다봤지만 재준은 멈추지 않고 호텔 정문으로 향했다. 밖으로 나
와서야 지수의 손을 놓고 호흡을 가다듬는 재준의 표정은 어딘
가 모르게 복잡해 보였지만 이내 지수를 향해 애틋한 눈빛으로
바라봤다.

"지수 씨, 괜찮아요?"

"네, 괜찮아요."

"고마워요."

"그런데…… 아버님은 괜찮으실까요?"

"걱정 말아요. 이제 우리 생각만 해요."

발렛이 다가와 차 키를 건네자 재준은 서둘러 지수를 차에 태
우고 자신도 운전석에 올라탔다. 이제 온전히 둘이서만 지낼 수
있는 곳을 향해 떠나야 할 시간이었다.

자신의 최대 숙제를 끝낸 재준은 그동안 가슴을 답답하게 짓누르던 것들이 모두 해소된 듯 시원했다.

　이제 사랑할 시간만이 남았다.

18. 둘만 있기에 아찔한 이 밤

밤늦게 도착한 제주도는 낮과는 또 다른 매력을 풍겼다. 하루 종일 거의 긴장 상태였던 재준과 지수는 바로 호텔로 들어가 누가 뭐라 할 것 없이 침대에 누웠다. 바다가 바로 보이는 뷰를 자랑하는 스위트룸의 전망을 볼 겨를도 없었다.

"이상하게 피곤해요."

"피곤하면 안 되는데?"

"왜요?"

"그렇게 아찔하게 입고 있으면서 모르는 척할 거예요?"

재준은 팔로 머리를 받치고 비스듬히 누워 지수를 야릇한 눈빛으로 쳐다봤다. 그의 손끝은 지수의 팔을 살며시 쓰다듬었고, 지수는 간지러움에 웃음을 터트렸다.

"이런 옷이 취향이었어요?"

"아니, 지수 씨가 입으니까요. 어제 피팅할 때 당장이라도 납치하고 싶었는데, 몰랐어요?"

"몰랐어요."

"여우."

모르는 척 시치미를 떼는 지수 몸 위로 올라온 재준은 이제는 뜨거운 눈빛으로 그녀를 쳐다봤다. 쳐다보고 있는 것만으로도 그녀를 안고 싶다는 생각이 가득해지자 몸이 서서히 달아올랐다.

그런 재준의 붉은 입술에 시선이 향한 지수는 몸에서 야릇한 움찔거림을 느꼈다.

시선과 시선이 키스하듯 뜨겁게 부딪히자, 재준은 지수의 입술을 살며시 감쌌다. 부드럽고 따뜻한 재준의 입술이 지수의 입술을 쉴 새 없이 핥으며 끌어당겼다. 자신의 입술 사이를 열고 재준의 혀가 들어오자 기다리고 있었다는 듯 그의 혀를 감싸며 세게 끌어당겼다.

서로의 숨결이 더욱더 뜨겁게 느껴지고 점점 호흡이 거칠어지자 재준은 입술을 떼고 지수를 그윽한 눈빛으로 쳐다봤다.

"내가 사랑하는 한지수 씨. 고마워요."

재준은 지수가 대답할 시간도 주지 않고 다시 뜨겁게 지수의 입술을 탐했다. 부드럽게 입술을 열고 들어가 혀와 혀가 서로의 몸을 비비고, 입안 구석구석을 스치고 지나갈 때마다 농밀해지는 키스는 그들의 몸을 뜨겁게 달구었다.

지수는 재준의 셔츠 안으로 손을 집어넣고 그의 탄탄한 복근을 매만졌다. 그녀의 손이 재준의 복근을 지나 단단한 가슴으로 향해 앙증맞은 그의 유두를 손끝으로 간질이자 뒷머리가 쭈뼛 서며 전기가 찌릿하게 온몸에 퍼져 나갔다.

달아오른 몸에 그의 분신이 깨어나 드로즈 안에서 몸부림쳤다. 재준은 지수를 일으켜 그녀가 입은 원피스의 지퍼를 서서히 엉덩이 골까지 내렸다.

지퍼가 내려가는 그 느낌이 왜 이렇게 자극적인 것인지, 재준이 힘없이 벌어지는 그 사이로 손을 집어넣어 지수의 어깨를 감싸고 있던 그저 천에 불과한 옷을 천천히 밑으로 벗겨 내자 브래지어 안에 감춰져 있는 젖가슴이 탐스럽게 눈에 들어왔다.

재준이 지수를 천천히 눕히고 아직 다 벗지 못한 원피스를 밑으로 서서히 잡아당기자 그녀는 엉덩이를 살짝 들어 그가 벗기는 것을 도와주었다.

그녀의 중요 부분만 속옷으로 가린 모습에 재준의 눈빛은 서서히 더 뜨겁게 타들어 갔다. 서둘러 자신의 셔츠 단추를 풀고 벗어 버리자 재준의 군살 없는 몸매가 드러났다. 그러고는 하의도 모두 벗어 던졌다.

재준은 다시 지수의 몸 위로 올라가 브래지어를 풀어 버렸다. 그녀의 젖가슴을 탐욕스럽게 한 손 가득 쥐고 손가락으로 유두를 슬며시 비비니 지수가 몸을 움찔거렸다. 고개를 숙여 지수의 젖가슴을 한입 가득 입에 물고 혀를 세워 예민하게 서 있는 정점을 괴롭혔다.

"아—"

힘 있게 선 유두 끝에 혀가 닿자 지수는 몸을 비틀며 살며시 신음 소리를 내뱉었다. 재준이 혀로 빙글 돌려 가며 그녀의 유두를 쉴 새 없이 자극하자, 지수의 밑이 서서히 젖어 들어가기 시작했다. 긴 팔을 뻗어 그녀의 세워진 다리 사이로 손이 지나가자 지수는 몸을 가느다랗게 떨었다.

그저 피부 위로 온기가 지나갔을 뿐인데 몸속에서는 정신없이 폭죽을 터트리듯 예민하게 반응했다. 원피스 안에 입은 짧은 반바지를 벗겨 내자 은밀한 곳을 가리고 있는 손바닥만 한 속옷이 드러났다. 그는 거침없이 그 안으로 손을 집어넣고 숲을 가르며 예민한 곳을 찾아 들어갔다.

"으응."

촉촉하다 못해 축축해져 버린 숲 안에서 은밀한 부분을 지분거리며 자극하자 허리를 활처럼 휘며 지수는 신음을 터트렸다. 재준은 그런 그녀를 강하게 붙들고 깊은 곳으로 손가락을 집어넣었다.

"아항—"

손가락을 움직일 때마다 지수는 발로 침대 시트를 밀어 댔다. 예민한 곳과 깊은 곳을 같이 자극하니 척추를 타고 무언가 뜨거운 것이 타고 내려와 터져 나왔다. 재준은 상체를 들고 지수의 다리를 들어 올렸다. 그러고는 망설임 없이 힘 있게 그녀 안으로 들어갔다.

"읏!"

재준은 지수의 신음 소리에 묘하게 자극되자 몰려오는 흥분감에 침을 삼켰다. 재준은 서서히 허리와 엉덩이를 같이 움직이기 시작했다.

살끼리 부딪히는 소리가 그들 사이에서 퍼지고, 지수의 신음 소리가 점점 더 크게 흘러나오자 재준은 더욱더 세고 빠르게 엉덩이를 튕겼다.

그의 분신이 들어오고 나가는 느낌이 너무도 생생해 지수의 척추를 타고 뜨거운 불길이 자꾸 오르고 내렸다. 자신의 다리를 받치고 있는 그의 손을 잡자 재준은 깍지를 끼며 지수의 손을 그녀의 머리 위로 들어 올리고는 상체를 낮췄다.

지수의 입술을 핥고 목선을 타고 내려간 재준의 입술은 가슴의 정점을 삼키며 세게 빨았다. 찌릿한 느낌에 지수가 밑을 강하게 조이자 재준은 잠시 움직임을 멈췄다.

"후— 오늘따라 너무 자극적이야."

지수의 상체를 들어 올리며 그녀의 귓가에 나직하게 말했다. 지수는 두 팔을 재준의 목에 두르고 그 상태에서 엉덩이를 들썩거리며 움직이기 시작했다. 자신의 끝까지 닿는 느낌에 깊은 곳에서는 뜨거운 것이 터져 나오며 지수는 신음을 터트렸다.

재준은 자신의 몸 위에서 움직이는 지수가 사랑스러워 보였다. 그녀가 자신을 정복하고 있다는 사실에 쾌감이 느껴졌다.

"아— 하."

들썩거리던 엉덩이를 빙글 돌리자 나직하게 신음을 터트린 재준은 서서히 한계에 다다르고 있었다. 그는 두 손으로 지수의 엉덩이를 받치고 더 깊고 세게 움직일 수 있도록 도와주었다. 재준의 분신이 지수의 깊은 곳에 닿자 그녀 안에서 뜨거운 것이 또다시 흘러나왔다.

재준은 황홀한 기분에 머릿속이 폭발할 지경이었다. 그대로 다시 지수를 침대에 눕히고 허리를 튕기기 시작했다.

"아앙!"

세계 지수 안으로 들어갈 때마다 그녀는 교태로운 신음 소리를 내뱉었다. 그 소리가 더 자극이 된 재준은 땀이 이마에 맺힌 지도 모른 채 움직임을 멈추지 않았다. 숨이 차올랐다. 심장이 터질 듯이 뛰고 재준의 가슴은 오르내렸다.

재준은 지수의 두 다리를 들고, 위로 무릎을 세워 일어났다. 그러고는 다시 엉덩이를 치대기 시작했다.

탁! 탁! 탁!

살 부딪히는 소리가 차지게 들렸다. 지수는 한 손으로 침대 시트를 쥐어 잡고 신음 소리를 내질렀다. 조금 더 빠르게, 멈출 줄 모르는 재준은 머리 꼭대기까지 숨이 차오르자 잠시 움직임을 멈추고 거칠어진 숨을 내뱉었다.

그녀 안에서 분신을 빼내자 번들거리며 아직도 위용을 자랑하듯 하늘을 향해 고개를 쳐들며 껄떡였다. 재준은 지수의 몸을 엎드리게 하고 상체를 낮게 했다. 그러고는 또다시 그녀 안으로 깊게 들어갔다. 자세가 바뀌니 닿는 부분도 달라져 새로운 느낌에 지수의 몸에서는 또다시 느낄 준비를 하고 있었다.

재준은 그녀의 탐스러운 엉덩이를 손으로 쥐며 몸을 움직이기 시작했다. 뒤에서 재준의 분신이 움직이기 시작하자 등에 소름이 오소소 돋아났다. 소름이 끼칠 만큼 황홀했다.

"지수, 너무 좋아."

재준은 점점 사정감이 몰려왔다. 그의 움직임은 거칠면서 빨라졌고 지수도 또다시 터져 나올 것만 같았다.

"아—"

빨라진 움직임은 자신의 몸 안에서 재준이 재빠르게 빠져나가며 멈췄고, 지수는 그대로 누우며 이불로 몸을 감쌌다. 뒤처리를 끝낸 재준은 이불로 몸을 감싸고 있는 지수를 보자 두 눈이 가늘어졌다.

"오늘 날 감당하기 힘들 것 같은데, 괜찮겠어요?"

"짐승!"

"그대가 여우니, 난 늑대 하죠."

재준은 그녀를 껴안으며 미소를 지었다.

세상에 이럴 수가, 아침에 눈을 뜬 지수의 몸은 반쪽으로 갈라진 듯 온몸이 아프고 쑤셨다. 제주도에 가서 몸도 마음도 쉬고 오자고 해서 따라온 거였는데, 이런 식으로 며칠을 이 남자와 같이 있다가는 휴양은 고사하고 더 병원 신세를 질 게 뻔했다.

"잘 잤어요?"

부스스한 표정의 재준은 모든 것이 만족스러운 듯 환하게 미소를 지었다. 엎드려서 그윽한 눈빛으로 지수를 바라보던 재준은 그녀의 머리를 슬며시 쓰다듬었다.

"죽을 것 같아요."

"왜요? 어디 아파요?"

"알면서 물어보는 건 아니죠?"

지수는 자신의 연애사에 길이 남을 일이라고 생각했다. 사랑하는 사람과의 관계를 졸면서 해 본 적은 처음이었다. 재준이 세 번째이자, 마지막 폭주를 할 때, 관계 도중 잠이 들지 않았다면 그는 밤새 자신을 가만두지 않았을 것이라는 생각이 들자 지수는 간담이 서늘했다.

"진짜 아파요? 약 사 올게요."

"이봐요. 강재준 씨. 내가 누구 때문에 지금 이렇게 아픈데……."

몸을 일으키던 지수의 입에서는 '아이고' 소리가 저절로 흘러나왔다.

"이리 와요."

"아, 살살."

재준은 지수의 몸을 끌어다 품에 안았다. 조금만 건드려도 살과 뼈 마디마디가 아팠던 지수는 얼굴을 찡그렸다. 그러고 보니 몸도 으슬으슬 추운 것 같기도 하고 어째 머리도 멍하게 느껴졌다.

"내 과도한 사랑을 받아서 그런가?"

"능구렁이."

점점 달콤하다 못해 능글거리는 재준의 표정에 지수는 고개를 내저었다. 그래도 사랑하는 사람의 품에 안겨 있으니 마음은 편한 지수는 재준의 손바닥에 자신의 손을 올려놓고 손가락 사이사이에 제 손가락을 끼워 넣었다.

"이렇게 있으니까 너무 좋다."

"저도요. 이런 게 행복이군요."

재준의 입술은 지수의 어깨에서 벗어나 목덜미로 향했다. 그의 온기와 부드러운 입술이 어깨를 타고 올라올 때마다 지수는 아픈 몸과는 다르게 또 다른 곳에서 서서히 달아오르는 것이 느껴졌다.

미쳤어. 미쳤어.

지수는 서둘러 애국가를 속으로 불렀다. 어찌 상황이 반대로 된 것 같은데 어쩔 수 없었다. 이러다 몸이 남아나지 않는 것은 시간 문제였다.

"배고프다."

혹시나 재준이 자신의 생각을 눈치챌까 싶어 다른 말로 화제를 돌렸다.

"일어날 수 있겠어요?"

고개를 절레절레 돌리며 불쌍한 표정으로 재준을 쳐다보자 재준은 귀엽다는 듯 지수를 쳐다봤다. 그러고는 옷을 입으며 입을 열었다.

"나가서 먹을 것 좀 사 올게요. 뭐 먹고 싶어요?"

"우동이 먹고 싶어요."

"또 다른 건?"

"지금 너무 배고파서 재준 씨도 잡아먹을 지경이거든요. 그러니까 알아서……."

"그래요?"

재준의 미소에 음흉함이 담겼다. 그의 표정에 아차 싶었던 그녀는 등을 돌려 누웠다.

눈을 마주치지 말자.

몸이 아픈 상황에서도 인간의 가장 기본적인 욕구 중의 하나인 성욕은 없어지지 않는 모양이었다. 무의식중으로 내뱉은 말이었지만, 이상하게 야릇했다.

"이, 이상한 생각 하지 말고 빨리 다녀와요!"

등에 꽂히는 재준의 뜨거운 시선과 자신의 욕구를 애써 무시하며 지수는 냉랭한 척 말했다.

재준의 기척이 문 닫는 소리와 함께 사라지자 지수는 슬그머니 자리에서 일어났다. 처음에 눈을 떴을 때보다 아팠던 것이 줄어든 것 같아 욕실로 향했다.

사람이 아니다.

부스스한 머리, 다크서클은 턱까지 내려왔고 얼굴은 유난히 부어 있어 아주 가관이었다. 이런 자신을 정말 아무렇지도 않게 끌어안으며, 정수리에 입까지 맞추다니 자신을 사랑하는 연인이지만 너무 관대하게 자신을 봐주는 것은 아닐까 하고 생각했다.

간단하게 샤워를 끝내고 나온 지수는 주변을 둘러보며 자신의 옷이 든 가방을 찾았다.

이 센스 있는 남자 보게.

정갈하게 개어 테이블 위에 놓인 자신의 옷을 본 지수는 문득 사랑받고 있다는 느낌에 마음이 잔잔하게 일렁였다.

'아까 말했잖아요.'

'뭘요?'

'연애 감정 느끼게 해 준다고.'

'그게 말이 돼요?'

'말이 되나 안 되나 한번 해 볼래요?'

처음 재준과 부산에 내려갔을 때의 일이 떠오른 지수는 그이 말이 맞았음을 인정했다. 연애 감정, 사랑받고 있다는 그 느낌을 재준은 자신이 했던 말처럼 그대로 자신에게 느끼게 해 주었다.

정말 말이 되네요. 재준 씨.

재준이 개어 놓은 옷은 아까워 그대로 놔두고 자신의 가방에서 옷을 꺼내 입으며 지수는 기분이 묘했다. 정말 다르다고 생각했던 재준과 자신과의 성적 차이가 오해였음을, 그리고 그 오해로 서로 사랑하게 되었음에 이런 것이 운명인 것일까 하는 생각이 들었다.

우—웅.

어디에선가 휴대폰 진동 소리가 들려오자 지수는 먼저 자신의 가방에서 휴대폰을 찾아 들었다. 발신인에 지아의 이름이 뜨자 왜 이렇게 불안한 건지, 지수는 한숨을 푹 하니 내쉬고 전화를 받았다.

"여보세요?"

— 어, 언니…….

울먹이는 지아의 목소리가 흘러나오자 지수는 미간을 좁혔다. 도대체 무슨 일이기에 아침부터 이런 목소리로 전화를 하는 것인지.

"무슨 일인데?"

— 미, 미안해.

"뭐가?"

— 언니……. 나 쫓아내지 마.

불안했다. 지아가 쫓아내지 말라고 하는 것은 엄청난 잘못을 했을 때 하는 말버릇이었다.

"또 뭐야?"

— 애마가…….

"빨랑 말 안 해?"

애마라는 단어가 들리자 지수는 가슴이 아플 정도로 심장이 뛰며 이성을 놓을 것만 같았다.

— ……사고가 나서…… 폐차…….

사고가 나서 폐차? 뭐가? 내 애마가?

자신의 귀에 들린 말을 의심했다. 지금 자신이 들은 말은 거짓이라고, 지아가 놀리려고 뻥을 치고 있는 것이라고 생각하고 싶었지만 지아의 떠는 목소리에 지수는 툭, 하니 심장이 발밑으로 떨어지는 것 같았다.

"넌…… 괜찮아?"

분명 지아가 운전하다 사고가 났을 것이다. 너무 놀라니 이성을 놓기는커녕 더 맑아지는 정신에 자신보다 더 놀랐을 지아가 걱정됐다. 그 와중에 대죄를 고하는 모습에 마음이 짠하기까지 했다.

— 응. 팔에 깁스 하고 입원을 좀 해야 하지만 언니에게 전화할 정도로 멀쩡해.

"알았어. 몸조리 잘 하고 있어. 가서 이야기해."

— 언니, 미안해.

"괜찮아. 쉬어."

전화를 끊은 지수는 한숨을 크게 내쉬었다. 지아도 지아였지만 사랑하는 애마의 안 좋은 소식에 자신도 모르게 눈물이 툭 하고 떨어졌다.

"애마…… 어떡해…… 흑."

"나 왔어요."

때마침 재준이 손에 뭔가를 한가득 사 들고 들어오다 흐느끼며 우는 지수를 보자 깜짝 놀라며 그녀 앞으로 다가갔다.

"왜 그래요? 정말 어디가 안 좋은 거예요?"

"……애마…….."

"네?"

"내 애마…… 폐차됐대요……. 나 이제 어떡해요. 우리 애마…… 엉엉—"

이제는 목 놓아 울기 시작한 지수를 재준은 품에 안고 등을 토닥여 주었다.

한참을 그의 품에서 울고 난 지수의 얼굴은 눈물, 콧물 범벅이었다. 그런 그녀의 얼굴조차도 재준의 눈에는 예쁘게 보였는지 자신의 옷을 들어 올려 얼굴을 닦아 주었다.

"더, 더럽잖아요."

"사랑하는 한지수 씨. 더한 것도 할 수 있어요."

"흐—윽!"

그 말에 또다시 울음을 터트리자 재준은 다시 품에 안았다.

"그만 울어요. 지수 씨가 속상해하니까 나도 슬퍼지려고 해요. 어서 마음 추스르고 밥 먹고 기분 전환하러 나가요. 알겠죠?"

그의 품속에서 눈물을 삼키며 간신히 고개를 끄덕인 지수는 잠시 동안 그렇게 재준을 안고 있었다.

재준은 벌겋게 눈이 부은 지수에게 선글라스를 끼워 주고는 뭔가 만족한 듯이 환하게 웃어 보였다.

"옷을 좀 사러 가야겠어요."

"무슨 옷을 또 사요?"

"여자들은 기분이 안 좋을 땐 쇼핑한다던데. 아니에요?"

"옷 안 사도 괜찮아요."

"해 보고 싶은 게 있어서요."

재준은 미소를 가득 머금고 차를 몰았다. 지수는 재준의 그 해 보고 싶다는 것이 무엇인지 대충 눈치챘지만 아무 말 하지 않고 그가 이끄는 대로 따랐다.

제주시 중심가에 있는 한 편집샵에 지수의 손을 잡고 들어간 재준은 이것저것 돌아보며 옷을 골랐다.

"우리 커플룩인데요?"

레드 스트라이프 티셔츠를 입은 재준은 블루 스트라이프 티셔츠를 입고 나온 지수를 향해 말했다. 지수는 자신의 옷과 재준의 옷을 번갈아 보다 이내 슬며시 미소를 지었다.

"어? 웃었다! 지수 씨, 웃었죠?"

"재준 씨 덕분에 기분 풀렸어요."

"그나저나 우리 커플룩 입으니까 신혼부부 같아 보이지 않아요?"

신혼부부라는 말에 얼굴이 붉어진 지수는 이상하게 설레었다. 혹시나 자신이 오버하는 거 아닌가 싶은 지수는 몸을 돌려 다른 옷을 보는 척했다. 그런 지수에게 다가간 재준은 그녀의 얼굴 옆으로 얼굴을 가까이 붙였다.

"지수 씨, 우리 속옷 사러 갈래요?"

조심스럽게 속삭이자, 얼굴이 달아오른 지수는 먼저 샵에서 나가 버렸다. 그런 그녀의 모습에 재준은 개구지게 미소를 지으며 값을 서둘러 치르고 그녀를 따라 나갔다.

"지수 씨, 같이 가야죠."

"짐승."

"그래서 나 사랑하는 거 아니었어요?"

"무슨 자신감이래요?"

"자신감 아니고 사실. 그리고 내가 지수 씨를 사랑하는 건 변하지 않는 진심."

서로 맞잡는 손이 따뜻하다. 지수는 재준의 이 따뜻한 손을 놓치고 싶지 않았다. 혼자서 깊게 생각하는 것이겠지만 영원히 그의 손을 잡고 같이하고 싶었다. 지수는 재준을 정말 사랑하고 있었다.

뜨거운 여름날의 서로를 향한 열기는 영원히 사그라지지 않을 것 같았다. 지수를 바라보는 재준의 두 눈 속에는 늘 사랑이 담겼고, 그를 쳐다보는 지수도 마찬가지였다.

재준은 지수를 차에 태워 어디론가 향했다. 맑디맑은 제주도 날씨가 너무나 투명했다. 무미건조한 에어컨 바람이 의미 없게 느껴진 재준은 차의 덮개를 열었다. 후덥지근하지만 맑고 상쾌한 바람이 온몸을 감싸고 머릿결을 흩날렸다.

"와—아!"

지수의 마음이 풍경 안에 녹아들었다. 도로 바로 옆에는 모래 사장이 펼쳐져 있었고, 마음만 먹으면 차에서 내려 바로 바다에 뛰어 들어갈 수 있었다. 중간중간 놓인 벤치들과 그곳에 앉아 수평선을 바라보는 연인, 뛰어노는 어린아이들의 목소리가 자연스럽게 어우러져 마치 한 폭의 그림이었다.

재준은 한쪽에 차를 세웠다. 운전석에서 내린 재준은 반대편 조수석으로 다가가 차 문을 열었다.

"내려요?"

"네. 이렇게 좋은 곳을 지나칠 수 없죠."

강렬한 햇빛 때문이었을까, 두 눈을 크게 호선을 그리며 환하게 미소 짓는 재준의 모습에 눈이 부셨다.

"여기 와 봤어요?"

"아뇨. 제주도는 처음이에요."

"진짜?"

"응. 나 서울 촌년."

배시시 미소를 지으며 재준과 함께 다른 연인들처럼 바다를 바라보며 벤치에 앉았다. 뜨거운 열기에 숨이 차올랐지만, 이내 부는 바닷바람이 숨을 탁 트이게 만들었다.

"나랑 같이 제주도에 처음 온 소감이 어때요?"

"굉장히 행복해요."

"나도 행복해요. 지수 씨랑 함께할 수 있어서."

"저도요."

"잠깐만요."

재준은 차로 향했다. 트렁크를 열고 뭔가 찾는 재준에게 시선을 향하다 잔잔하게 파도치는 바다로 돌렸다.

마음이 평온하다. 이래서 사람들이 자연 경치가 좋은 곳으로 여행을 떠나는 것이 아닐까 하는 생각을 했다. 여행이라는 것은 혼자보다는 둘이 좋은 것 같다. 사랑하는 사람과 함께하는 여행은 그 모든 시간이 행복할 것이다.

자신을 덮는 그림자가 드리우자 지수는 고개를 들었다. 지수의 시선을 맞추고 눈을 떼지 않은 채, 재준은 서서히 몸을 낮춰 한쪽 무릎을 꿇었다.

　"재준 씨……."

　지수는 순식간에 심장박동이 빨라졌다.

　혹시…….

　자신이 생각하는 그런 것이 맞을까 하는 생각에 가슴이 울렁거렸다. 이상하게 긴장이 되었다. 그런 지수를 향해 재준은 꽃 한 송이를 내밀었다.

　"이게 뭐예요?"

　"아이리스요."

　"와! 너무 예뻐요."

　"이 한 송이가 가진 뜻이 있어요. 널 유혹하고 싶어."

　"꽃은 받겠지만 꽃말은 거절하겠어요."

　환하게 웃으며 농담하는 지수의 표정이 꽃이 만개한 것같이 환해졌다. 그런 그녀의 표정을 놓치지 않고 눈에 담은 재준은 두근거리는 마음으로 또 다른 꽃을 내밀었다.

　"오늘만큼은 그냥 보낼 수 없어요."

　"응?"

　빨간색 장미 한 송이를 안개꽃으로 감싼 작은 꽃다발을 내민 재준은 짓궂은 표정이었다. 지수는 쿡, 하고 웃음을 터트렸다.

　"당신에게 나의 전부를 드리오니 당신의 색으로 나를 물들여 주세요."

　마지막으로 활짝 핀 백합 열 송이를 심플하게 묶은 것을 내밀었다. 지수가 받아 들자 재준은 자리에서 일어나 지수를 일으켜 세웠다. 지수의 두 눈이 선글라스 때문에 안 보이자 재준은 그것을 머리 위로 끌어 올렸다.

갑작스레 쏟아져 들어오는 밝디밝은 빛에 눈이 부셨지만 곧 빛에 적응한 두 눈에는 자신을 태양보다 더 뜨거운 눈빛으로 쳐다보는 재준이 들어왔다.

"나랑 결혼합시다. 지금부터 둘 중 누군가가 먼저 죽는 그날까지 나란 남자 만나고, 사랑하고, 결혼한 것을 후회하지 않게 해 줄게요. 당신의 색으로 온전히 물들여 줘요. 나란 사람."

청혼, 꽃을 받을 때부터 어느 정도는 예상을 하고 있었지만 막상 소설 속 한 장면처럼 자신이 주인공이 되자 지수는 심장이 온몸을 돌아다니면서 뛰어다니듯 떨려 왔다.

"내 대답은…… 예스."

말이 떨어지기 무섭게 재준은 지수를 품 안으로 끌어당겼다. 대답을 기다리는 짧은 순간이었지만 입안이 바싹 마르고 긴장되었다. 청혼이라는 것이 이렇게 떨리는 것이었다면 두 번은 할 수 없을 것 같았다.

"나랑 행복하게 삽시다."

"그래요. 그런데 여기서 살면 더 행복할 것 같아요."

"여기?"

"네. 여기 제주도."

설레는 표정이 가득했다. 그녀의 표정을 바라보는 재준의 눈동자가 흔들렸다.

제주도에서 살고 싶단 말이지?

재준은 고민할 것도 없다고 느껴졌다. 지수가 원하는 곳에서 행복하게 살고 싶은 마음뿐이었으니까.

"좋아요. 우리 여기서 살아요."

"정말?"

와, 하며 지수는 어린아이처럼 좋아했다. 처음 온 제주도가 자신의 마음을 송두리째 빼앗은 것 같았다. 정말 이런 곳에서 살면 어떨까? 생각을 하면 할수록 마음이 떨렸다.

"그런데 이건 다 언제 준비한 거예요?"

"어제 계획하고 꽃은 아까 먹을 것 사러 갔을 때 샀죠. 그런데……."

"그런데?"

"미안해요. 반지를 준비 못 해서. 서울 가면 당장 반지 사 줄게요. 엄청 큰 다이아몬드로."

"괜찮……."

재준은 지수의 얼굴을 감싸고 그녀의 입술을 뜨겁게 끌어당겼다.

한없이 사랑스러운 그녀에게 그 무엇이라도 다 해 주고 싶은 그였다. 재준의 입술이 그의 혀가 자신의 입술을 탐하며 가르고 들어와 숨까지 빨아들이듯 깊고 농밀하게 빨아들이자 다리가 풀려 버릴 것만 같았다.

잠시였지만 뜨거웠던 시간이 지나고 재준은 다시 지수를 품에 안았다. 심장의 울림이 서로의 몸과 몸을 통해 전해지자 전율이 느껴졌다.

"사랑하는 한지수 씨. 당신을 만나지 못했다면 난 지금까지도 사랑을 모르고 살았을 거예요. 고마워요. 나 사랑해 줘서."

"내가 사랑하는 강재준 씨. 나야말로 고마워요. 사랑해 줘서."

지수는 더욱더 세게 그를 끌어안았다. 사랑의 열기가 아무래도 밤새도록 계속될 것 같았다.

★

이른 아침부터 재준의 휴대폰이 울려 댔다. 재준은 밤새 사랑을 나눈 탓에 눈을 제대로 뜨지 못했지만 중요한 전화인 것 같아 무시하지 못했다.

"무슨 일이야?"

— 재준아, 이른 아침부터 미안한데 뉴스 좀 빨리 봐.

다급한 현수의 목소리가 휴대폰 너머로 흘러나왔다.

"무슨 일인데?"

— 빨리!

재준은 침대에서 내려와 침대 앞쪽에 놓인 소파에 앉아 텔레비전을 켰다.

「……검찰은 15일 FF에너지의 압수수색을 전면적으로 실시하였다고 밝혔습니다. 검찰은 강병만 대표의 배임, 횡령과 j미디어 컴퍼니와 유엔아이 자선 재단을 통해 주기적인 자금 세탁을 벌인 혐의로 오늘 오후 3시경 강병만 대표를 소환할 것…….」

뉴스를 보던 재준은 왠지 모르게 마음이 무거워졌다. 텔레비전을 꺼 버린 재준은 한숨을 길게 내쉬었다.

악인들은 하늘의 벌을 받는다고 했던가, 자신의 어머니에게 그리고 자신에게 못할 짓을 하고 살았던 아버지가 자신을 힘 있게 만들어 준 회사로 인해 나락으로 떨어지는 것을 보자 기분이 이상했다.

— 예상하지 못하고 있다가 갑자기 검찰이 들이 닥쳐서 어떤 행동도 취하지 못하고 수색당한 거 같더라고. 검찰이 내사를 하고 있었나 봐.

"그랬구나."

— 너 괜찮은 거지?

"아버지 일이잖아. 아무튼 신경 써 줘서 고맙다, 현수야."

— 그래. 넌 꽃바구니나 만들어 와. 당장.

"내일쯤 올라갈 거야. 가면 바로 만들어서 배달까지 해 드릴게."

현수와의 전화를 끝마치고, 소파에 몸을 깊게 기댔다. 한숨을 깊게 여러 번 내쉰 재준은 마음을 툭툭 털어 내기로 결심했다.

"으—음. 재준 씨?"

잠긴 목소리로 자신을 찾는 지수의 목소리가 들렸다. 재준은 그 목소리에 소파에서 몸을 일으켜 다시 그녀 옆에 누웠다.

"왜 이렇게 일찍 일어났어요?"

"전화가 와서요."

"전화?"

"네, 친구 녀석이 급한 일이 있다고."

"그랬구나."

지수는 재준의 품으로 파고들며 말했다. 지수의 머리카락이 코끝에 스치자 간질거림에 코를 찡긋거렸다. 지수를 안고 등을 토닥였다. '조금 더 자요.' 부드러운 음성으로 속삭이자 지수는 말없이 고개를 끄덕였다.

지수를 안고 있자 무거웠던 마음이 서서히 풀어졌다. 처음 만났을 때도 이상하게 지수만 생각하면 미소 짓곤 했던 기억이 떠오르자 미소가 지어졌다. 자신의 삶 속에 이유 없이 나타난 것이 아니었다는 생각이 들었다.

마음이 풀어지니 스르륵 눈이 감긴 재준은 깊게 잠이 들었다.

"재준 씨, 일어나요. 우리 너무 많이 잤나 봐."

지수의 놀란 듯한 목소리에 번쩍 눈이 뜨인 재준은 두 팔을 위로 들어 올려 기지개를 폈다. 두 팔을 내리기도 전에 다가온 지수의 기습적인 입맞춤에 재준은 그녀를 안아 자신의 옆으로 눕혔다. 어느새 재준은 지수의 몸 위로 올라갔다.

"남자들은 잠에서 바로 깼을 때가 정력이 제일 센 거 알고 유혹한 거죠?"

"곧 있으면 손만 스쳐도 유혹했다고 하겠네요."

"어떻게 알았어요?"

야릇하게 미소 짓는 재준을 보며 못 말린다는 듯 피식, 웃음을 터트렸다. 재준은 지수의 이마에 입을 맞추고 그녀를 안아 일으켰다. 자신이 생각해도 또다시 본능을 터트린다면 사람이 아니지 싶었다.

"시간이 벌써 점심이 지났어요."

"우리 정말 피곤했었나 봐요."

"그건 다 재준 씨 탓."

"지금 다 내 탓으로 돌리는 거예요?"

지수의 시선이 점점 재준의 중심으로 내려갔다.

"아니면 쟤 탓."

자고 일어난 터라 그런지 아니면 지수와 같이 있어서 그런지 드로즈 안에서 존재를 강하게 드러내는 재준의 중심을 손가락으로 가리켰다.

"아, 시도 때도 없이! 얘가 잘못했네."

재준은 급하게 뒤돌아 화장실로 향했다. 그런 그의 모습에 지수는 재밌다는 듯 웃음을 터트렸다. 그녀는 소파에 앉아 텔레비전을 켰다. 재준이 아침에 보던 뉴스 채널이 나오자 다른 채널로 돌리려고 리모컨을 눌렀다.

어? 잠깐…….

낯설지 않은 얼굴을 본 것 같아 지수는 다시 채널을 돌렸다.

재준 씨 아버지?

두 눈이 커지고 순식간에 심장이 벌렁거렸다. 왜 뉴스에 병만이 나오는 것인지 그녀는 잠시 멍한 표정이었다.

"지수 씨, 우리 뭐 좀…….'

화장실에서 나오던 재준은 검찰이 병만의 회사를 압수수색하는 장면과 병만의 사진이 화면에서 나오는 것을 지수가 보고 있자 당황하지 않을 수 없었다. 하지만 언젠가 알게 될 것 지금 안다고 해서 달라질 것은 아무것도 없었다.

"재준 씨, 이리 와 봐요. 아버님 맞으시죠?"

지수의 목소리가 더 떨렸다. 재준은 덤덤한 표정으로 지수의 옆에 앉아 텔레비전을 껐다. 놀란 지수는 두 눈을 동그랗게 뜨며 재준을 쳐다봤다. 지금 뭐 해요? 이렇게 말하고 있었다.

"아버지는 죗값을 받을 거예요."

"……알, 알고 있었어요?"

조용히 고개를 끄덕인 재준은 조심스레 입을 열었다.

"아까 친구가 전화한 게 이것 때문이었어요. 그래서 알게 됐고."

"재준 씨 괜찮아요?"

"네, 괜찮아요."

지수를 바라보는 재준의 눈빛이 아파 보였다. 그의 눈빛을 바라보는 지수의 마음도 먹먹하게 아파 왔다.

"우리 재준 씨, 그동안 많이 힘들었죠? 이리 와요. 이제는 내가 행복하게 해 줄게요."

지수의 따뜻한 말에 불안감들이 깨끗하게 씻겨 나가듯 사라졌다. 떨어냈다고 생각한 감정이 아직도 남아 있었던 것인지 이상하게 울컥하며 눈물이 차올랐다. 슬며시 안아 주며 등을 토닥여 주는 지수의 손길에 참았던 눈물이 볼을 타고 흘러내렸다.

아물지 않을 것 같던 상처들이 이제 아물어 가려고 간질거렸다. 재준의 성하지 않은 마음을 지수가 자신도 모르게 치료하고 있음을 그 둘은 알지 못했다.

그렇게 두 사람은 서로의 마음과 마음을 채워 가며 한동안 안고 있었다.

19. 그렇게 우리는 사랑을 한다

공항에 도착하자마자 현수의 급한 연락을 받은 재준은 정신없이 병원으로 향했다. 그들이 서울에 도착하기를 기다렸다는 듯이 걸려 온 전화였다.

"재준 씨, 진정해요."

초조해 보이는 재준을 바라보며 지수는 기어에 올려놓은 재준의 손을 잡아 주며, 마음을 만져 주듯 어루만졌다.

"도착하면 먼저 들어가요. 내가 정리하고 따라갈게."

"응, 고마워요."

낮게 깔린 재준의 음성에 슬픔과 먹먹함이 묻어 나왔다. 가까운 누군가를 보내야 한다는 것은 참 힘든 일이었다. 특히 재준에게는 더 그랬다.

다행히도 빠르게 도착한 재준은 지수의 말대로 먼저 병실로 향했다. '제발 도착할 때까지는 돌아가시면 안 돼요!' 그의 뒷모습은 애절하게 소리치고 있었다.

"할아버지!"

병실 안으로 뛰어 들어간 재준은 벌써 의료진들이 와 있는 모습에 마른침을 삼켰다. 적막감까지 맴도는 병실 안으로 서둘러 들어갔다. 박 회장이 누워 있는 곳으로 향한 재준은 며칠 사이에 얼굴이 흙빛으로 변한 그를 보며 눈빛이 쉼 없이 흔들렸다.

"할아버지……."

입술 끝이 떨렸다. 재준은 최대한 애달픈 마음을 누르고 담담하게 그를 불렀다. 재준의 목소리에 기력을 다한 손을 올리는 박 회장의 숨소리는 거칠었다. 의자에 앉아 최대한 박 회장에게 가까이 다가갔다.

"기다……렸…… 다……."

숨이 끊어질 듯한 호흡 탓에 들리지 않는 소리가 재준의 귀를 통해 가슴을 저몄다. 명치끝이 지끈거리고 코가 시큰거렸다. 할아버지의 진심이 어머니가 자신에게 하는 말로 들리자 뜨거운 것이 울컥 쏟아져 나왔다.

어머니도 나를 얼마나 많이 기다리셨을까.

"네…… 저 왔어요."

말소리에 눈물을 담지 않으려고 재준은 어금니를 물었다. 애써 눈물을 참았다.

"이……제…… 너의…… 행복을 위해…… 살려……무나."

순간 자신의 손을 꽉 잡아 주는 힘에 재준은 숨이 멎을 뻔했다. 그의 손이 힘없이 빠져나가자 재준의 두 눈에서는 참았던 눈물이 터져 나왔다.

삐이—

심장의 움직임이 멈췄다는 기계적인 소리가 병실을 채우자 의료진들이 분주하게 움직였다. 그의 모든 것을 체크한 담당 교수가 시간을 확인하며 사망 선고를 내리자 재준의 숨이 턱 하고 막히는 기분이 들었다.

죽었다고 판단하기까지가 허무할 정도로 빨랐다. 하지만 재준은 그의 마지막 가는 길을 볼 수 있어서 한편으로는 다행이라는 생각이 들었다.

담담하게 있던 전 여사는 박 회장이 숨을 거두자 말없이 눈물만 흘렸다. 재준이 도착하기 전 그동안 고생 많았다며 힘들게 말하던 그의 모습이 머릿속에서 떠나지 않았다.

"할머님."

전 여사에게 다가간 재준은 그녀를 품에 안았다. 한평생 같이 살며 사랑한 사람의 죽음을 지켜보는 것은 힘들 것이다. 더구나 오래전 딸의 죽음까지 경험한 그녀였기에 이제 재준이 자신에게 남은 마지막 가족이었다.

"좋은 곳으로 가셨을 거예요."

"그래, 그러셨을 거야. 그리고…… 재준아, 장례를 잘 부탁한다."

소파에 주저앉듯이 앉으며 말하던 전 여사의 몸이 휘청거리자 재준과 한쪽에서 눈물을 훔치고 있던 비서가 재빠르게 그녀를 부축했다.

"할머니께서 잠시 쉬실 수 있는 곳이 있을까요?"

"준비하겠습니다."

비서는 쏟아지는 눈물을 간신히 참은 채 대답하며 병실 밖으로 나갔다. 그는 나가며 병실 밖에 있던 지수와 눈이 마주치자 고개를 가볍게 숙이며 지나갔다. 그의 인사에 지수는 쭈뼛거리다 병실 안으로 조심스럽게 들어갔다.

"재준 씨."

조심스럽게 이름을 부르자 재준의 시선은 지수에게로 향했다. 빨갛게 충혈된 그의 눈을 보니 그의 마음이 고스란하게 느껴지는 것 같아 지수의 마음도 아려 왔다.

"지수 씨, 어서 와요. 할머니, 저와 결혼할 사람이에요."

"저번에 잠시 뵀었지요. 이렇게 다시 뵙게 되어 송구합니다."

전 여사는 괜찮다고 말하며 반갑게 맞아 주지 못하는 걸 이해하라고 말했다. 지수는 그저 조용히 재준의 옆에 서 있었다. 자신이 해 줄 수 있는 일이라는 것이 이런 것뿐. 곧 시신을 옮기기 위해 사람들이 들어왔다. 하얀 천으로 덮인 침대를 끌고 나가며 재준에게 한 사람이 다가왔다.

"장례식장이 준비되는 대로 연락드리겠습니다."

"잘 부탁드립니다."

그들이 나가자 재준은 깊게 한숨을 내쉬었지만 어머니가 돌아가셨을 때처럼 마음이 찢어질 정도로 아프지는 않았다. 오히려 시간이 조금씩 지날수록 덤덤해지는 기분이 들었다. 아마 지수가 옆에 있기에 그럴 것이라고 생각했다.

재준은 지수의 손을 슬며시 잡았다. 그리고 고맙다고 속삭였다. 당신이 없었다면 나는 이렇게 버티고 있지 못했을 거야. 당신이 나의 슬픔을 거의 다 없애 줬어. 정말 고마워. 고마워.

★

장례식 이후로 재준은 한동안 힘들어 보였다. 아무래도 가까운 사람의 죽음을 곁에서 본다는 것은 생각보다 아픈 일이겠지만, 그래도 잘 버텨 주었다.

시간은 그만큼 정신없이 빠르게 흘렀다. 그 시간 동안 혼자 남은 전 여사와 자주 왕래하며 함께했다. 물론 지수도 같이했다. 지수는 전 여사가 그 누구보다도 다정하다고 느꼈고, 전 여사 또한 지수를 소중하게 대해 주었다.

그렇게 박 회장이 세상을 떠난 지 한 달이라는 시간이 흘렀다.

— 오늘 오는 거 아니었어요?

"급하게 일정이 생겨서 삼 일 정도 더 있다 갈 것 같아."

— 밉다. 진짜.

"나도 정말 미치겠어. 당신 너무 보고 싶어. 안고 싶고."

— 보고 싶다. 나도.

전화를 끊은 재준의 입술에 크게 호선이 그려졌다. 갑작스레 샌프란시스코로 강연을 간 재준은 매일매일 그리움에 파묻혀 지수의 목소리를 들었다. 그렇게 약속된 한 달이 지나갔고, 원래 오늘 한국에 귀국해야 했지만 재준은 지수에게 삼 일 후에 들어갈 것 같다는 거짓말을 했다.

그리고 그는 지금 제주도에 와 있었다.

"선생님."

"여기!"

자신의 제자였던 용일이 손을 흔들면서 다가오자 재준은 환하게 미소를 지어 보이며 자리에서 일어났다.

"여긴 웬일이세요?"

"일이 좀 있어서. 그리고 너한테 부탁도 있고."

"부탁이요?"

"응. 오랜만에 만났는데 다짜고짜 부탁이라고 하니까 부담스럽지?"

"아, 아니에요."

"아니긴 뭐가 아니야. 얼굴에 쓰여 있는데."

선생님은 속일 수 없어요. 예전보다 더 날카로워지신 거 같아요. 용일은 이렇게 구시렁거리듯 말을 읊조렸다. 재준은 따뜻한 커피를 한 모금 마시며 용일을 쳐다봤다.

"너 그 집 팔았어?"

"무슨 집이요?"

"저번에 나한테 전망 좋은 집 있다고 누구 살 사람 없냐고 물어봤었잖아."

"아, 그 집이요? 그거 판 지가 언젠데요."

"그래?"

한순간 실망한 기색이 역력했다. 그 집이라면 지수가 좋아할 만할 텐데. 자신이 생각했던 계획에 차질이 생기려고 하자 머리가 지끈거리며 아파 왔다. 하루라도 빨리 집을 마련해야 지수와 떨어지지 않고 같이 있을 수 있을 텐데, 재준의 머릿속에는 이 생각뿐이었다.

"선생님, 왜요? 누가 필요하대요?"

"이 눈치 없는 놈."

"선생님 제주도로 내려오시게요? 혼자?"

"혼자 사는데 내가 제주도까지 오겠어?"

"오, 마이 갓!"

용일은 오버 액션을 하며 호들갑을 떨었다. 하지만 그는 곧 뭔가 생각하는 듯 차분해졌다. 확신은 하지 않았지만 재준를 두고 도는 소문 때문에 용일은 잠시 머뭇거렸다.

"선생님 혹시, 게……."

"여자 좋아한다."

"아, 예."

머리를 긁적이는 용일을 보자 다른 사람들이 자신을 동성애자라고 오해하든지 말든지 신경 쓰지 않았던 그때가 생각이 났다. 그때는 그냥 그것이 편하다고 생각했는데.

"결혼하시는 거예요?"

조심스레 물어보던 용일은 재준이 고개를 끄덕이자 자신의 가방에서 태블릿을 꺼내 들었다. 아버지의 반대로 플로리스트의 길을 포기하고 대를 이어 부동산을 하고 있던 용일은 재준에게 태블릿 안을 가리켰다.

"선생님, 그 집은 팔렸지만 더 죽이는 집이 여기 있어요."

"응?"

정말 그랬다. 용일이 보여 주는 그 집은 영화 속에서나 볼 수 있는 그런 집이었다. 슬라이딩 문을 열면 바로 바다가 보이고 계단을 내려가면 모래사장이 있어 언제든 산책할 수 있었다. 그 반대편으로는 널찍한 마당이 있어서 정원을 가꿀 수도 있고 아이들 놀이터도 만들어 줄 수 있었다.

"지은 지 얼마 안 된 거 같은데?"

"네, 맞아요. 지은 지 2년 됐고, 이민을 가게 돼서 갑자기 팔려고 하는 거예요."

"가격은?"

재준의 귀에 대고 소곤거리던 용일의 말에 재준은 얼굴이 환해졌다. 아주 마음에 드는 가격에 집이었다.

"당장 거기 가 보자. 실제로도 사진만큼 좋으면 오늘 계약하지."

"예, 선생님."

지수가 좋아할 것이다. 그리고 그런 그녀의 모습을 보는 자신도 행복할 것이라고 생각했다.

용일과 재준은 서둘러 그 집으로 향했다. 며칠 전 짐을 정리한 흔적이 역력했고, 다행인지 공실이었다. 사진으로 봤던 것보다 훨씬 더 크고 멋진 집이기에 딱 지수와 함께할 장소라는 생각이 들었다.

"계약하자. 더 볼 것도 없을 만큼 너무 좋아!"

"그럼요! 그럼 저희 사무실로 가시죠."

지수와 자신만의 공간. 혹시나 아이를 가지게 된다면 아이 소리가 가득 차게 될 곳, 가족들의 쉼터. 그런 곳을 자신의 손으로 직접 구매한다니 감정이 복받쳐 올랐다. 행복했다. 그리고 그 행복은 지수와 함께하기에 더 커질 수 있겠지.

강은 팔짱을 끼고 자신의 집을 점령하듯 앉아 있는 두 여자를 번갈아 가며 째려봤다. 몇 번 만난 후로 급속도로 친해진 두 여자가 약속이라도 한 듯 거의 매일 찾아오는 통에 미칠 지경이었다.

"아니, 지수 씨는 재준이도 없는데 왜 자꾸 와요?"

"강이 씨랑 놀아 주려고요."

"난 혼자 있고 싶다고요. 어서 저 계집애랑 집에 가요. 네?"

"야, 나 왜 쫓아내려고 해? 친하게 지내면 좋은 거 아니야? 어차피 재준이 결혼할 사이면 우리랑도 친하게 지내면 좋잖아."

"맞아요, 언니."

언제부터 친했다고 저렇게 둘이 아주 눈꼴시게 구는지 강은 입술을 삐죽거렸다. 지수는 술을 못 마신다고 해서 다행이라고 생각했는데 어찌 놀다 보면 술 마신 사람보다 더 잘 노는 그녀의 모습에 강은 혀를 내둘렀다.

"그런데 왜 진우 씨는 그 후로 안 와?"

"그렇지 않아도 오늘 올 거거든? 그러니까 좀 꺼져 줄래?"

"누구한테 꺼지라고 하는 거야?"

재준의 목소리에 화들짝 놀란 지수와 강과 지민 사이에 순간 정적이 일었다.

"재, 재준 씨?"

"야, 너 내일 오는 거 아니었어?"

재준은 그대로 지수에게 다가가 그녀를 깊게 껴안으며 그동안 굶주렸다는 듯 입술을 삼켰다. 그런 그들의 모습에 강과 지민은 자신들이 부끄러워하며 시선을 다른 곳으로 향했다.

"재준이가 원래 저런 타입이었어?"

"갈수록 더한다. 저러다가 우리가 있거나 말거나……."

강의 말이 끝나기도 전에 그가 우려했던 일이 벌어지자 짜증 난다는 표정으로 지수를 안아 올린 재준을 쏘아봤다.

"적당히 하자."

"부러워? 부러우면 지는 거다."

재준의 품에 안긴 지수의 얼굴이 빨갛게 달아올랐다. 자신을 안고 있는 남자가 뻔뻔스러운 얼굴로 말을 내뱉는데 자신이 왜 더 부끄러운 것인지 모르겠다.

"재준 씨도 참. 강 오빠 그만 놀려요."

"오빠? 누가 오빠야?"

재준의 한쪽 눈썹이 꿈틀거렸다. 자신에게는 오빠라는 말을 가뭄의 콩 나듯 말해 주면서 그 사이에 강이랑 얼마나 친해졌다고 오빠라고 하는지 기가 막혔다.

아무리 강이 동성애자여도 남자는 남자라는 사실은 변하지 않고, 친구이기 전에 남자이기에 자신이 질투할 수 있다는 것쯤은 알고 있어야 했다.

"재준이 눈빛 봐라. 질투하나 본데? 오빠라고 했다고."

지민이 놀리듯 말하자 재준은 그녀를 살짝 노려본 후 그대로 자신의 방으로 향했다. 재준의 눈빛은 지수를 집어삼킬 것같이 뜨거웠고, 지수는 그의 눈빛에 끝없이 심장이 뛰어 댔다.

"어떻게 된 거예요?"

"당신 보고 싶어서."

"그럼 연락이라도 하지. 공항에서 기다렸을 텐데."

"집에 짐 놔두고 바로 보러 가려고 했더니 고맙게도 와 있었네?"

재준의 미소는 지수를 유혹하는 듯 색기가 흘렀다. 재준은 지수를 침대에 눕혔다. 그녀 옆으로 비스듬히 누워 깊고 그윽한 눈빛으로 지수의 얼굴을 천천히 하나하나 쳐다봤다.

"보고 싶었어. 사랑하는 한지수 씨."

"나도 보고 싶었어요."

"내가 지금 당신을 쉴 새 없이 안아도 성이 차지 않을 것 같은데 저것들 때문에 간신히 참는 거야."

"우리가 나갈까요?"

"그럴까?"

미소를 품은 지수의 입술에 재준의 입술이 부드럽게 내려앉았다. 그리웠던 재준의 다정한 입술이 자신의 입술을 훑고, 빨아들일 때마다 사랑받고 있고, 사랑하고 있구나라고 느껴졌다.

재준의 혀가 자신의 혀와 뒤엉키고 부딪힐 때마다 그들은 더 서로를 원하는 듯 시간이 지날수록 키스가 깊어져 갔다. 호흡이 거칠어지기 시작할 때쯤, 아쉬운 듯 입술을 떼어 낸 재준은 자신의 타액이 묻은 지수의 입술을 살며시 닦아 주었다.

"강과 지민 씨가 아마 방 앞에서 귀 대고 저것들이 뭐하나 하고 듣고 있을 것 같은데."

장난기 어린 미소를 지으며 지수를 일으킨 재준은 그녀의 손을 잡고 마주 봤다. 올해가 가기 전에 결혼하고 싶다는 생각을 제주도에서 집을 계약하며 했다.

미국에 한 달이라는 시간을 혼자 있다 보니 지수와 빨리 가정을 꾸려야겠다는 생각만이 가득했었다. 그녀의 빈 자리가 너무나 컸고, 그녀 없이는 아무것도 할 수 없었다.

"지수 씨, 우리 결혼해요."

"응? 우리 결혼하기로 했잖아요. 미국 다녀오더니 까먹었어요?"

"아니, 진짜 하자고요. 늦은 가을에."

"네?"

너무 빠른 것이 아닌가 생각했다. 만난 지 일 년도 되지 않았는데, 식을 올리자고 하는 재준의 말에 지수는 얼떨떨했다.

"싫어요? 난 이제 지수 씨랑 못 떨어져 있을 것 같은데."

"그……게, 시간이 너무 촉박하잖아요."

"준비할 게 뭐 있어요. 집도 있고, 결혼식 올릴 곳도 있고."

"집?"

집이 있다는 말에 지수는 뭔가 싶었다. 뜬금없이 미국에 다녀와서 한다는 재준의 말들이 와 닿지가 않았다. 그런 그녀의 표정에 재준은 손을 잡고 거실로 향했다.

"뭐야? 벌써 끝났어?"

"미친놈."

지수를 소파에 앉히고 재준은 거실에 있던 가방에서 자신의 휴대폰을 꺼내 왔다.

"나 집 샀어. 그리고 우리 가을에 결혼해."

"뭔 소리야?"

지민은 심드렁하게 또 시작이다라는 표정이었다. 재준의 외조부가 돌아가시고 처음 넷이 만났을 때도 재준의 무한 지수 사랑에 지민은 혀를 내둘렀다. 질투 따위 느낄 수도 없이 그 둘은 너무나 잘 어울렸다.

"이리 와서 봐 봐."

재준이 보여 주는 사진 속 집을 본 지수는 두 손으로 입을 가리며 깜짝 놀랐다. 언젠가 어느 잡지에서 보고는 저런 집에서 한 번 살아 보고 싶다 생각한 그 집이었다. 그런 집을 재준이 샀다고 보여 주는데, 사실 믿기지가 않았다.

"여기 제주도야?"

"응. 우리 제주도에서 살기로 했거든."

"지수 씨 표정 보니까 집 산 거 몰랐다는 표정이네?"

행복했다. 행복해서 눈물이 자꾸만 차올랐다. 강의 말에 가득 차올랐던 눈물이 순식간에 볼을 타고 흘러내렸다.

운명의 상대를 만나는 것은 한순간이라고 했다. 사랑에 빠지는 것도 한순간이었다. 지수는 처음 재준을 보고 느꼈던 그 감정이 오해 속에서도 사그라지지 않았음에 감사했다. 재준이 너무 늦게 자신의 감정을 깨닫지 않아서 감사했다. 그 마음을 표현해 줘서 감사했다. 그가 자신의 어려웠던 순간을 잘 견뎌 줘서 감사했다. 그리고 그런 그의 옆에 있음에 감사했다.

"지수 운다. 여자가 행복해서 울면 예뻐 보인다더니. 쳇! 이건 질투 나네."

팔짱을 끼며 지민이 부럽다는 듯이 쳐다봤다. 재준은 지수의 눈물을 닦아 주며 환하게 웃었다.

"우리 잘 살자."

"네. 사랑하는 강재준 씨."

눈물이 가득 찬 목소리였지만 그 말조차 행복했다. 그들은 그렇게 사랑하고 있다.

★

"엄마, 이모는 어디에 있습니까요?"

"이모 조금 있으면 올 거야."

"음……."

하나는 뭔가 잔뜩 불만이 많은 표정으로 볼에 공기를 빵빵하게 넣어 입술을 삐죽거렸다.

"왜 이렇게 심통이 난 표정이야?"

"하나에 대한 사랑이 어쩐지 시들었다 싶었더니 결국 이렇게 되는군요."

아이답지 않은 말에 주변에 있던 사람들의 웃음소리가 들려왔다. 지아도 자신의 딸이지만 가끔 어른 같은 말을 할 때 깜짝깜짝 놀랐다.

"아이고, 우리 하나를 사랑하던 이모가 결혼하니까 속상하구나?"

곱게 화장하고 한복을 차려입은 영희가 하나 옆에 앉으며 말했다. 그녀는 상당히 들떠 있었고, 더 긴장된 표정이었다.

"어째 엄마가 더 긴장한 거 같네?"

"너 결혼할 때랑은 또 다르다. 그런데 우리 기특한 강 서방은 언제 이런 집을 사서 이렇게 꾸며 놨다니."

영희는 주변을 둘러보며 말했다. 그림 같은 집과 그 앞 정원에 마련된 결혼식장의 모습이 그녀를 흐뭇하게 만들었다.

"능력 있는 형부라고 편애하면 나 서운해, 엄마."

"이년이, 박 서방은 박 서방이고, 강 서방은 강 서방이지. 그나저나 왜 안 오지?"

고개를 빼고 담 밖을 쳐다보던 영희는 검은색 차량이 다가오는 것을 보고 환하게 미소를 지었다.

"저, 저기 오네. 그런데 저 계집애는 왜 결혼하는 날에도 지가 운전을 하고 지랄이야. 에효……."

"어쩌겠어. 드림카인지 뭔지 형부 차를 자기가 영원히 소유했는데. 엄청 좋겠지."

곧 집 앞에 세워진 차에서 내린 지수와 재준은 행복하게 미소 지었다. 하얀 미니 드레스 탑 부분에는 재준의 제자들이 밤새워 수놓은 꽃으로 가득했고, 손에 든 핑크 작약으로 만든 부케는 새벽에 재준이 직접 만들었다.

재준이 지수 옆에 서서 팔을 내밀자 그녀는 수줍게 그의 팔짱을 꼈다. 실크 카펫을 깔아 만든 버진로드에 들어서자 첼로와 바이올린 연주자들이 은은한 선율로 연주를 시작했다.

"지금부터 신랑 강재준 군과 신부 한지수 양의 결혼 서약서를 낭독하겠습니다."

사회자의 말에 주변은 순식간에 조용해졌다. 재준이 마이크를 잡고 자신들을 기대에 찬 눈빛으로 쳐다보고 있는 사람들을 둘러보며 환하게 미소를 지었다. 그러고는 조용히 서약서를 읽기 시작했다.

"여러분, 저희가 하나 되는 뜻깊은 자리에 와 주셔서 감사합니다. 짧은 시간이지만 저희는 서로를 만나 사랑에 빠졌고, 그 사이엔 많은 어려움도 있었습니다. 하지만 그 어려움들은 저희의 사랑을 더 단단하고 깊게 만들어 주었고, 잠시라도 떨어져 있는 시간이 견딜 수 없어 평생 동반자로 살아가려 합니다."

재준이 서약서를 읽어 내려갈수록 지수의 두 눈은 눈물로 물들었다. 하지만 이렇게 좋은 날 눈물을 흘리고 싶지 않았다. 그녀는 마음을 가다듬고 재준을 사랑하는 마음을 담아 바라보았다.

"지금 이 자리에서 한 가지 드릴 약속은 서로를 끝없이 사랑하고, 사랑하고, 또 사랑하겠습니다. 마지막 세상을 떠날 때 후회하지 않도록 사랑하며 살겠습니다."

지수는 어느덧 재준의 손을 맞잡고 있었다. 짧은 서약서였지만 그들의 마음이 오롯이 담겨 있었다. 그들을 지켜보는 많은 사람들도 눈에 사랑이 담겨 있었다. 참 사랑스러운 부부였다.

"자, 그럼 신랑 신부에게 키스하세요."

사회자의 수줍은 말이 떨어지자 재준은 지수의 허리를 감싸고 살포시 입을 맞췄다. 재준의 입술은 그 어떤 때보다 더 뜨거웠고, 지수의 입술은 그 어느 때보다 더 달콤했다.

"으아아아아아앙!"

입술을 떼려는 순간 갑자기 아이의 울음소리가 터져 나왔다. 모든 사람들의 시선이 향한 곳에는 하나가 시뻘게진 얼굴로 악을 지르며 대성통곡을 했다.

"이모 미워어어! 결혼 안 하고 하나랑 산다고 했자나아앙!"

지아는 당황한 표정으로 어쩔 줄 몰라 했고, 영희는 조용히 눈물을 흘리다 놀란 표정이었다.

"이모부 미워! 도둑놈! 난 이 결혼 반댈세. 으아아아앙."

그곳에 있던 사람들의 웃음소리가 하나둘 터져 나오다 결국에는 웃음바다가 되어 버렸다. 지아는 당황한 채 하나를 안고 저 멀리 뛰어가 버렸고, 살짝 당황한 재준은 지수의 웃음에 곧 미소를 지어 보였다.

"조, 조카가 이모를 많이 사랑했었나 봅니다. 너무 귀엽네요. 흠흠."

당황한 사회자가 말을 더듬었다.

"그럼 서둘러서 신랑, 신부의 행진이 있겠습니다. 할 건 다 하고 마쳐야겠죠? 자, 신랑 신부 행진!"

은은한 선율의 음악이 흘러나오자 재준과 지수는 두 손을 맞잡고 버진 로드를 걸어 나갔다. 많은 사람들의 박수 소리가 터져 나왔고, 사람들의 축복이 이어졌다.

강과 그의 연인, 지민도 그들을 보면서 흐뭇한 표정을 지었다. 재준이 행복한 길로 걸어가는 것을 지켜보는 내내 강은 눈물을 글썽였다.

"아이참, 이상하게 자꾸 눈물이 나네."

"네가 저 아이의 역사를 다 봐서 그러지."

"그러게. 아무튼 어서 눈물 닦아. 사람들이 또 오해한다."

지수의 말에 화들짝 놀란 강은 주변을 둘러보고는 남자 친구가 좀 울면 어때서, 혼잣말을 했다. 손수건으로 눈물을 꾹꾹 눌러 닦는 자신의 손을 잡아 주는 연인의 얼굴을 바라보며 미소를 지었다.

짧은 본식이 끝난 후 곧바로 피로연이 이어졌다. 자유로움 속에서 음식들이 차려지고 음악이 어우러졌다. 편한 복장으로 갈아입으러 집 안으로 들어온 재준은 지수를 방을 데리고 들어가 벽에 밀어붙였다. 참을 수 없다는 표정으로 그녀의 입술을 거칠게 탐했다.

"재, 재준 씨."

그의 거친 키스에 당황한 지수는 재준이 입술을 떼자마자 벽에서 빠져나왔다. 여차하면 잡아먹힐 것 같은 그런 분위기였다.

"저 사람들 갈 때까지 못 참겠어. 이대로 우린 호텔로 갑시다."

"재준 씨, 손님들이 있잖아요. 애국가 부르면서 참아요."

"애국가? 지금 내 앞에 섹시한 색시가 있는데 그런 걸로 참을 수 있을 거 같아요?"

"아님 군가라도 부르든가."

툭 하고 말을 던진 지수는 재빨리 그 방에서 빠져나갔다. 더 있다가는 피로연이고 뭐고 인사도 못 하고 납치당할 것이 뻔했다. 다른 방에서 옷을 서둘러 갈아입고 나가다 언제 옷을 갈아입었는지 자신을 기다리고 있는 재준과 마주친 지수는 아무렇지 않게 환하게 웃어 보였다.

"군가 부르고 참았으니까 이따 각오해요. 사랑하는 한지수 씨."

지수를 바라보는 재준에게서는 한없이 미소가 끊이지 않았다. 지수 역시 마찬가지였다.

결국 재준도 지수도 성적 취향은 같았다. 다르지 않음에 마주볼 수 있었고, 그것은 사랑으로 이어졌다. 사랑이 시작된 시간보다 앞으로 사랑할 시간이 그들에게는 많았다. 그래서 같은 길을 걸어가는 지금의 시작이 앞으로 더 기대되기 시작했다.

— The end

작가 후기

먼저 하나님께 영광과 감사 올려드립니다.

우연한 기회로 글을 다시 쓰게 되어 종이책으로 출간하는 지금 이 순간 너무나 가슴이 벅차오릅니다.

먼저 연재 때 글을 읽어 주시고 사랑해 주신 독자님들께 감사드립니다. 부족하지만 제가 쓰는 글마다 찾아서 읽어 주시는 독자님들 애정합니다. 앞으로 더욱 열심히 노력해서 저 작가가 쓰는 글은 믿고 볼 수 있다는 생각을 하실 수 있도록 매 순간 노력하겠습니다.

이 작품을 선택해 주시고 수정과 편집에 힘쓰신 저의 담당자 박경희 씨. 감사드립니다. 부족한 저에게 조언을 아끼지 않고 해 주시고, 저의 말동무도 되어 주시고, 귀찮게 해도 늘 친절하게 대해 주신 우리 경희 씨에게 정말 감사하다고 전하고 싶었습니다.

그리고 이 작품을 쓸 때 읽어 달라고 괴롭혔던 친구 세뇨리따 선경이에게도 고맙다고 전하고 싶네요. 부족한 점을 지적해 준 매의 눈을 가진 그대에게 애정을 드립니다.

마지막으로 응원해 주시는 부모님들과 가족분들께 감사드립니다.

제가 이런 후기 같은 걸 잘 못 씁니다. 꼭 감사하다고 전하고 싶은 분들이 있으셔서 짤막하게나마 적습니다.(죄송합니다.)

앞으로 더 좋은 작품으로 만나 뵙길 간절히 기도하겠습니다. 감사합니다.

그
남
자
의
취
향

초판 1쇄 찍음 2015년 7월 27일
초판 1쇄 펴냄 2015년 7월 31일

지은이 | 김현진
펴낸이 | 정 필
펴낸곳 | (주)뿔미디어

편집장 | 이재권
기획 · 편집 | 이은정, 박경희

출판등록 | 2002년 9월 11일 (제1081-1-132호)
주소 | 경기도 부천시 원미구 소향로 17, 303(두성프라자)
전화 | 032)651-6513 / 팩스 | 032)651-6094
E-mail | dahyangs@naver.com
블로그 | http://blog.naver.com/dahyangs
홈페이지 | http://bbulmedia.com

값 9,000원

ISBN 979-11-315-6624-4 03810

www.bbulmedia.com